紅樓夢

脂評匯校本

典藏版

肆

曹雪芹 著

脂硯齋 評

吴銘恩 匯校

上海古籍出版社

第六十五回　賈二舍偷娶尤二姨　尤三姐思嫁柳二郎

戚 筆筆叙二姐温柔和順，高鳳姐十倍，言語行事，勝鳳姐五分，堪爲賈璉二房，所以深著鳳姐不念宗祠血食，爲賈宅第一罪人。綱目書法！

文有雙管齊下法，此文是也。事在寧府，却把鳳姐之奸毅刻薄、平兒之任俠直鯁、李紈之號菩薩、探春之號玫瑰、林姑娘之怕倒、薛姑娘之怕化，一時齊現，是何等妙文！

話説賈璉、賈珍、賈蓉等三人商議，事事妥貼，至初二日，先將尤老和三姐送入新房。尤老一看，雖不似賈蓉口内之言，也十分齊備，母女二人已稱了心。鮑二夫婦見了如一盆火，趕着尤老一口一聲喚老娘，又或是老太太；趕着三姐喚三姨，或是姨娘。至次日五更天，一乘素轎，將二姐抬來。各色香燭紙馬，並鋪蓋以及酒飯，早已備得十分妥當。一時，賈璉素服坐了小轎而來，拜過天地，焚了紙馬。那尤老見二姐身上頭上焕然一新，不似在家模樣，十分得意。攙入洞房。是夜賈璉同他顛鸞倒鳳，百般恩愛，不消細説。

那賈璉越看越愛，越瞧越喜，不知怎生奉承這二姐，乃命鮑二等人不許提三説二的，直以奶奶稱之，自己也稱奶奶，竟將鳳姐一筆勾倒。有時回家中，只説在東府有事羈絆，鳳姐輩因知他和賈珍相得，自然是或有事商議，也不疑心。再家下人雖多，都不管這些事。便有那遊手好閒專打聽小事的人，也都去奉承賈璉，乘機討些便宜，誰肯去露風。於是賈璉深感賈珍不盡。賈璉一月出五兩銀子做天天的供給。若不來時，他母女三人一處吃飯；若賈璉來了，他夫妻二人一處吃，他母女便回房自吃。賈璉又將自己積年所有的梯己，一併搬了與二姐收着，又將鳳姐素日之爲人行事，枕邊衾内盡情告訴了他，只等一死，便接他進去。二姐聽了，自是願意。當下十來個人，倒也過起日子來，十分豐足。

眼見已是兩個月光景。這日賈珍在鐵檻寺作完佛事，晚間回家時，因與他姨妹久別，竟要去探望探望。先命小斷去打聽賈璉在與不在，小斷回來說不在。賈珍歡喜，將左右一概先遣回去，只留兩個心腹小童牽馬。一時，到了新房，已是掌燈時分，悄悄入去。兩個小斷將馬拴在圈内，自往下房去聽候。

賈珍進來，屋内纔點燈，先看過了尤氏母女，然後二姐出見，賈珍仍喚二姨。大家吃茶，說了一回閒話。賈珍因笑說：「我作的這保山如何？若錯過了，打着燈籠還没處尋，過日你姐姐還備了禮來瞧你們呢。」說話之間，尤二姐已命人預備下酒饌，關起門來，都是一家人，原無避諱。那鮑二來請安，賈珍便說：「你還是個有良心的小子，所以叫你來伏侍。日後自有大用你之處，不可在外頭吃酒生事。我自然賞你。倘或這裏短了什麽，你璉二爺事多，那裏人雜，你只管去回我。我們弟兄不比别人。」鮑二答應道：「是，小的知道。若小的不盡心，除非不要這腦袋了。」賈珍點頭說：「要你知道。」當下四人一處吃酒。尤二姐知局，便邀他母親說：「我怪怕的，媽同我到那邊走走來。」尤老也會意，便真個同他出來，只剩小丫頭們。賈珍便和三姐挨肩擦臉，百般輕薄起來。小丫頭子們看不過，也都躲了出去，憑他兩個自在取樂，不知作些什麽勾當。

跟的兩個小厮都在厨下和鮑二飲酒，鮑二女人上竈。忽見兩個丫頭也走了來嘲笑，要吃酒。鮑二因説：「姐兒們不在上頭伏侍，也偷來了。一時叫起來没人，又是事。」他女人駡道：「糊塗渾嗆了的忘八！你撞喪〔一〕那黄湯罷。撞喪醉了，夾着你那膫子挺你的屍去。叫不叫，與你屄相干！一應有我承當，風雨横竪洒不着你頭上來。」這鮑二原因妻子發跡的，近日越發虧他。自己除賺錢吃酒之外，一概不管，賈璉等也不肯責備他，故他視妻如母，百依百隨，且吃够了便去睡覺。這裏鮑二家的陪着這些丫鬟小厮吃酒，討他們的好，準備在賈珍前上好。

四人正吃的高興，忽聽扣門之聲，鮑二家的忙出來開門，看見是賈璉下馬，問有事無事。鮑二女人便悄悄告他説：「大爺在這裏西院裏呢。」賈璉聽了，便回至卧房。只見尤二姐和他母親都在房中，見他來了，二人面上便有些訕訕的。賈璉反推不知，只命：「快拿酒來，咱們吃兩杯好睡覺。我今日很乏了。」尤二姐忙上來陪笑接衣奉茶，問長問短。賈璉喜的心癢難受。一時鮑二家的端上酒來，二人對飲。他丈母不吃，自回房中睡去了。兩個小丫頭分了一個過來伏侍。

賈璉的心腹小童隆兒拴馬去，見已有了一匹馬，細瞧一瞧，知是賈珍的，心下會意，也來厨下。只見喜兒壽兒兩個正在那裏坐着吃酒，見他來了，也都會意，故笑道：「你這會子來的巧。我們因趕不上爺的馬，恐怕犯夜，往這裏來借宿一宵的。」隆兒便笑道：「有的是炕，只管睡。我是二爺使我送月銀的，交給了奶奶，我也不回去了。」喜兒便説：「我們吃多了，你來吃一鍾。」隆兒纔坐下，端起杯來，忽聽馬棚内鬧將起來。原來二馬同槽，不能相容，互相蹶踢起來。隆兒等慌的忙放下酒杯，出來喝馬，好容易喝住，另拴好了，方進來。鮑二家的笑説：「你三人就在這裏罷，茶也現成了，我可去了。」説着，帶門出去。這裏喜兒喝了幾杯，已是楞子眼了。隆兒壽兒關了門，回頭見喜兒直挺挺的仰卧炕上，二人便推他説：「好兄弟，起來好生睡，只顧你一個人，我們就苦了。」那喜兒便説道：「咱們今兒可要公公道道的貼一爐子燒餅，要有一個充正緊的人，我痛把你媽一肏。」隆兒壽兒見他醉了，也不必多説，只得吹了燈，將就睡下。

尤二姐聽見馬鬧，心下便不自安，只管用言語混亂賈璉。那賈璉吃了幾杯，春興發作，便命收了酒果，掩門寬衣。尤二姐只穿着大紅小襖，散挽烏雲，滿臉春色，比白日更增了顔色。賈璉摟他笑道：「人人都説我們那夜叉婆齊整，如今我看來，給你拾鞋也不要。」尤二姐道：「我雖標緻，却無品行。看來到底是不標緻的好。」賈璉忙問道：「這話如何説？我却不解。」尤二姐滴淚説道：「你們拿我作愚人待，什麼事我不知。我如今和你作了兩個月夫妻，日子雖淺，我也知你不是愚人。我生是你的人，死是你的鬼，如今既作了夫妻，我終身靠你，豈敢瞞藏一字。我算是有靠，將來我妹子却如何結果？據我看來，這個形景恐非長策，要作長久之計方可。」賈璉聽了，笑道：「你且放心，我不是拈酸吃醋之輩。前事我已盡知，你也不必驚慌。你因妹夫倒是作兄的，自然不好意思，不如我去破了這例。」説着走了，便至西院中來，只見窗内燈燭輝煌，二人正吃酒取樂。

賈璉便推門進去，笑說：「大爺在這裏，兄弟來請安。」賈珍羞的無話，只得起身讓坐。賈璉忙笑道：「何必又作如此景象，咱們弟兄從前是如何樣來！大哥爲我操心，我今日粉身碎骨，感激不盡。大哥若多心，我意何安。從此以後，還求大哥如昔方好；不然，兄弟能可絶後，再不敢到此處來了。」說着，便要跪下。慌的賈珍連忙攙起，只說：「兄弟怎麽說，我無不領命。」賈璉忙命人：「看酒來，我和大哥吃兩杯。」又拉尤三姐說：「你過來，陪小叔子一杯。」賈珍笑着說：「老二，到底是你，哥哥必要吃乾這鍾。」說着，一揚脖。

尤三姐站在炕上，指賈璉笑道：「你不用和我花馬吊嘴的。『清水下雜麵，你吃我看見』〔二〕；『提着影戲人子上場，好歹別戳破這層紙兒』。你別油蒙了心，打量我們不知道你府上的事。這會子花了幾個臭錢，你們哥兒倆拿着我們姐兒兩個權當粉頭來取樂兒，你們就打錯了算盤了。我也知道你那老婆太難纏，如今把我姐姐拐了來做二房，『偷的鑼兒敲不得』。我也要會會那鳳奶奶去，看他是幾個腦袋幾隻手。若大家好取和便罷；倘若有一點叫人過不去，我有本事先把你兩個的牛黃狗寶掏了出來，再和那潑婦拼了這命，也不算是尤三姑奶奶！喝酒怕什麽，咱們就喝！」說着，自己綽起壺來斟了一杯，自己先喝了半杯，摟過賈璉的脖子來就灌，說：「我和你哥哥已經吃過了，咱們來親香親香。」唬的賈璉酒都醒了。賈珍也不承望尤三姐這等無恥老辣。弟兄兩個本是風月場中耍慣的，不想今日反被這閨女一席話說住。尤三姐一叠聲又叫：「將姐姐請來，要樂咱們四個一處同樂。俗語說『便宜不過當家』，他們是弟兄，咱們是姊妹，又不是外人，只管上來。」尤二姐反不好意思起來。賈珍得便就要一溜，尤三姐那裏肯放。賈珍此時方後悔，不承望他是這種爲人，與賈璉反不好輕薄起來。

這尤三姐鬆鬆挽着頭髮，大紅襖子半掩半開，露着葱綠抹胸，一痕雪脯。底下綠褲紅鞋，一對金蓮或翹或併，没半刻斯文。兩個墜子却似打鞦韆一般，燈光之下，越顯得柳眉籠翠霧，檀口點丹砂。本是一雙秋水眼，再吃了酒，又添了餳澀淫浪，不獨將他二姊壓倒，據珍璉評去，所見過的上下貴賤若干女子，皆未有此綽約風流者。二人已酥麻如醉，不禁去招他一招，他那淫態風情，反將二人禁住。那尤三姐放出手眼來略試了一試，他弟兄兩個竟全然無一點別識別見，連口中一句響亮話都沒了，不過是酒色二字而已。自己高談闊論，任意揮霍洒落一陣，拿他弟兄二人嘲笑取樂，竟真是他嫖了男人，並非男人淫了他。一時他的酒足興盡，也不容他弟兄多坐，攆了出去，自己關門睡去了。

自此後，或略有丫鬟婆娘不到之處，便將賈璉、賈珍、賈蓉三個潑聲厲言痛罵，說他爺兒三個誆騙了他寡婦孤女。賈珍回去之後，以後亦不敢輕易再來。有時尤三姐自己高了興悄命小廝來請，方敢去一會，到了這裏，也只好隨他的便。誰知這尤三姐天生脾氣不堪，仗着自己風流標緻，偏要打扮的出色，另式作出許多萬人不及的淫情浪態來，哄的男子們垂涎落魄，欲近不能，欲遠不捨，迷離顛倒，他以爲樂。他母姊二人也十分相勸，他反說：「姐姐糊塗。咱們金玉一般的人，白叫這兩個現世寶沾污了去，也算無能。而且他家有一個極利害的女人，如今瞞着他不知，咱們方安。倘或一日他知道了，豈有干休之理，勢必有一場大鬧，不知誰生誰死。趁如今我不拿他們取樂作踐准折，到那時白落個臭名，後悔不及。」因此一說，他母女見不聽勸，也只得罷了。那尤三姐天天挑揀穿吃，打了銀的，又要金的；有了珠子，又要寶石；吃的肥鵝，又宰肥鴨。或不趁心，連桌一推；衣裳不如意，不論綾緞新整，便用剪刀剪碎，撕一條，罵一句。究竟賈珍等何曾隨意了一日，反花了許多昧心錢。

賈璉來了，只在二姐房內，心中也悔上來。無奈二姐倒是個多情人，以爲賈璉是終身之主了，凡事倒還知疼着癢。若論起温柔和順，凡事必商必議，不敢恃才自專，實較鳳姐高十倍；若論標緻，言談行事，也勝五分。雖然如今改過，但已經失了脚，有了一個「淫」字，憑他有甚好處也不算了。偏這賈璉又説：「誰人無錯，知過必改就好。」故不提已往之淫，只取現今之善，便如膠授漆，似水如魚，一心一計，誓同生死，那裏還有鳳平二人在意了？二姐在枕邊衾内，也常勸賈璉説：「你和珍大哥商議商議，揀個相熟的人，把三丫頭聘了罷。留着他不是常法子，終久要生出事來，怎麼處？」賈璉道：「前日我曾回過大哥的，他只是捨不得。我説『是塊肥羊肉，只是燙的慌；玫瑰花兒可愛，刺大扎手。咱們未必降的住，正緊揀個人聘了罷』。他只意意思思，就丢開手了。你叫我有何法。」二姐道：「你放心。咱們明日先勸三丫頭，他肯了，讓他自己鬧去。鬧的無法，少不得聘他。」賈璉聽了説：「這話極是。」

至次日，二姐另備了酒，賈璉也不出門，至午間特請他小妹過來，與他母親上坐。尤三姐便知其意，〔己〕全用醍醐灌頂，全是大翻身大解悟法。酒過三巡，不用姐姐開口，先便滴淚泣道：〔己〕全用如是等語，一洗孽障。「姐姐今日請我，自有一番大禮要說。但妹子不是那愚人，也不用絮絮叨叨提那從前醜事，我已盡知，說也無益。既如今姐姐也得了好處安身，媽也有了安身之處，我也要自尋歸結去，方是正理。但終身大事，一生至一死，非同兒戲。我如今改過守分，只要我揀一個素日可心如意的人方跟他去。若憑你們揀擇，雖是富比石崇，才過子建，貌比潘安的，我心裏進不去，也白過了一世。」賈璉笑道：「這也容易。憑你說是誰就是誰，一應彩禮都有我們置辦，母親也不用操心。」尤三姐泣道：「姐姐知道，不用我說。」賈璉笑問二姐是誰，二姐一時也想不起來。大家想來，賈璉便料定是此人無移了，便拍手笑道：「我知道了。這人原不差，果然好眼力。」二姐笑問是誰，賈璉笑道：「別人他如何進得去，一定是寶玉。」二姐與尤老聽了，亦以爲然。尤三姐便啐了一口，道：〔己〕奇，不知何爲。「我們有姊妹十個，也嫁你弟兄十個不成？己有理之極！難道除了你家，天下就没了好男子了不成！」己一駡反有理。衆人聽了都詫異：「除去他，還有那一個？」己余亦如此想。尤三姐笑道：「别只在眼前想，姐姐只在五年前想就是了。」己奇甚！

正説着，忽見賈璉的心腹小厮興兒走來請賈璉説：「老爺那邊緊等着叫爺呢。小的答應往舅老爺那邊去了，小的連忙來請。」賈璉又忙問：「昨日家裏没人問？」興兒道：「小的回奶奶説，爺在家廟裏同珍大爺商議作百日的事，只怕不能來家。」賈璉忙命拉馬，隆兒跟隨去了，留下興兒答應人來事務。

尤二姐拿了兩碟菜，命拿大杯斟了酒，就命興兒在炕沿下蹲着吃，一長一短向他説話兒。問他家裏奶奶多大年紀，怎個利害的樣子，老太太多大年紀，太太多大年紀，姑娘幾個，各樣家常等語。興兒笑嘻嘻的在炕沿下一頭吃，一頭將榮府之事備細告訴他母女。又説：「我是二門上該班的人。我們共是兩班，一班四個，共是八個。這八個人有幾個是奶奶的心腹，有幾個是爺的心腹。奶奶的心腹我們不敢惹，爺的心腹奶奶的就敢惹。提起我們奶奶來，心裏歹毒，口裏尖快。我們二爺也算是個好的，那裏見得他。倒是跟前的平姑娘爲人很好，雖然和奶奶一氣，他倒背着奶奶常作些個好事。小的們凡有了不是，奶奶是容不過的，只求求他去就完了。如今合家大小除了老太太、太太兩個人，没有不恨他的，只不過面子情兒怕他。皆因他一時看的人都不及他，只一味哄着老太太、太太兩個人喜歡。他説一是一，説二是二，没人敢攔他。又恨不得把銀子錢省下來堆成山，好叫老太太、太太説他會過日子，殊不知苦了下人，他討好兒。估着有好事，他就不等别人去説，他先抓尖兒；或有了不好事，或他自己錯了，他便一縮頭推到别人身上來，他還在旁邊撥火兒。如今連他正緊婆婆大太太都嫌了他，説他『雀兒揀着旺處飛，黑母鷄一窩兒，自家的事不管，倒替人家去瞎張羅』。若不是老太太在頭裏，早叫過他去了。」

尤二姐笑道：「你背着他這等説他，將來你又不知怎麽説我呢。我又差他一層兒，越發有的説了。」興兒忙跪下説道：「奶奶要這樣説，小的不怕雷打！但凡小的們有造化起來，先娶奶奶時若得了奶奶這樣的人，小的們也少挨些打罵，也少提心吊膽的。如今跟爺的這幾個人，誰不背前背後稱揚奶奶聖德憐下。我們商量着叫二爺要出來，情願來答應奶奶呢。」尤二姐笑道：「猴兒肏的，還不起來呢。說句頑話，就唬的那樣起來。你們作什麽來，我還要找了你奶奶去呢。」

興兒連忙搖手說：「奶奶千萬不要去。我告訴奶奶，一輩子别見他纔好。嘴甜心苦，兩面三刀；上頭一臉笑，脚下使絆子；明是一盆火，暗是一把刀：都占全了。只怕三姨的這張嘴還説他不過。奶奶這樣斯文良善人，那裏是他的對手！」尤氏笑道：「我只以禮待他，他敢怎麽樣！」興兒道：「不是小的吃了酒放肆胡説，奶奶便有禮讓，他看見奶奶比他標緻，又比他得人心，他怎肯干休善罷？人家是醋罐子，他是醋缸醋甕。凡丫頭們二爺多看一眼，他有本事當着爺打個爛羊頭。雖然平姑娘在屋裏，大約一年二年之間兩個有一次到一處，他還要口裏掂十個過子呢，氣的平姑娘性子發了，哭鬧一陣，説：『又不是我自己尋來的，你又浪着勸我，我原不依，你反説我反了，這會子又這樣。』他一般的也罷了，倒央告平姑娘。」尤二姐笑道：「可是扯謊？這樣一個夜叉，怎麽反怕屋裏的人呢？」興兒道：「這就是俗語説的『天下逃不過一個理字去』了。這平兒是他自幼的丫頭，陪了過來一共四個，嫁人的嫁人，死的死了，只剩了這個心腹。他原爲收了屋裏，一則顯他賢良名兒，二則又叫拴爺的心，好不外頭走邪的。又還有一段因果：我們家的規矩，凡爺們大了，未娶親之先都先放兩個人伏侍的。二爺原有兩個，誰知他來了没半年，都尋出不是來，都打發出去了。别人雖不好説，自己臉上過不去，所以强逼着平姑娘作了房裏人。那平姑娘又是個正緊人，從不把這一件事放在心上，也不會挑妻窩夫的，倒一味忠心赤膽伏侍他，纔容下了。」

尤二姐笑道：「原來如此。但我聽見你們家還有一位寡婦奶奶和幾位姑娘。他這樣利害，這些人如何依得？」興兒拍手笑道：「原來奶奶〔三〕不知道。我們家這位寡婦奶奶，他的渾名叫作『大菩薩』，第一個善德人。我們家的規矩又大，寡婦奶奶們不管事，只宜清净守節。妙在姑娘又多，只把姑娘們交給他，看書寫字，學針綫，學道理，這是他的責任。除此問事不知，説事不管。只因這一向他病了，事多，這大奶奶暫管幾日。究竟也無可管，不過是按例而行，不像他多事逞才。我們大姑娘不用説，但凡不好也没這段大福了。二姑娘的渾名是

『二木頭』，戳一針也不知『噯喲』一聲。三姑娘的渾名是『玫瑰花』。」尤氏姊妹忙笑問何意。興兒笑道：「玫瑰花又紅又香，無人不愛的，只是刺戳手。也是一位神道，可惜不是太太養的，『老鴰窩裏出鳳凰』。四姑娘小，他正緊是珍大爺親妹子，因自幼無母，老太太命太太抱過來養這麽大，也是一位不管事的。奶奶不知道，我們家的姑娘不算，另外有兩個姑娘，真是天上少有，地下無雙。一個是咱們姑太太的女兒，姓林，小名兒叫什麽黛玉，面龐身段和三姨不差什麽，一肚子文章，只是一身多病，這樣的天，還穿夾的，出來風兒一吹就倒了。我們這起没王法的嘴都悄悄的叫他『多病西施』。還有一位姨太太的女兒，姓薛，叫什麽寶釵，竟是雪堆出來的。每常出門或上車，或一時院子裏瞥見一眼，我們鬼使神差，見了他兩個，不敢出氣兒。」尤二姐笑道：「你們大家規矩，雖然你們小孩子進的去，然遇見小姐們，原該遠遠藏開。」興兒摇手道：「不是，不是。那正緊大禮，自然遠遠的藏開，自不必説。就藏開了，自己不敢出氣，是生怕這氣大了，吹倒了姓林的；氣暖了，吹化了姓薛的。」説的滿屋裏都笑起來了。要知端的，下回分解。

戚總評：房内兄弟聚麀，棚内兩馬相鬧；小廝與家母飲酒，小姨與姐夫同床。可見有是主必有是奴，有是兄必有是弟，有是姐必有是妹，有是人必有是馬。

〔一〕「撞喪」，後文也作「咮嗓」，意爲狂吃濫飲。

〔二〕「清水下雜麵，你吃我看見」：或謂「見」字應歸下句，這個歇後語只作「清水下雜麵，你吃我看」，非是。按：此語又見第七十一回，作「清水下雜麵，你吃我也見」（亦見《姑妄言》第十一回，文字全同）。

〔三〕「和幾位姑娘……原來奶奶」二十七字原缺，諸本皆有，據己、列等本補。

尤三姐

第六十六回　情小妹恥情歸地府　冷二郎一冷入空門

戚 余嘆世人不識「情」字，常把「淫」字當作「情」字。殊不知淫裏無情，情裏無淫，淫必傷情，情必戒淫，情斷處淫生，淫斷處情生。三姐項下一横，是絶情，乃是正情；湘蓮萬根皆削，是無情，乃是至情。生爲情人，死爲情鬼。故結句曰「來自情天，去自情地」，豈非一篇盡情文字？再看他書，則全是「淫」不是「情」了。

話説鮑二家的走來打了興兒一下子，笑道：「原有些真的，叫你又編了這混話，越發没了捆兒了。你倒不像跟二爺的人，這些混話倒像是寶玉那邊的了。」己 好極之文，將茗煙等已全寫出，可謂一擊兩鳴法，不寫之寫也。

尤二姐纔要又問，忽見尤三姐笑問道：「可是你們家那寶玉，除了上學，他作些什麽？」〔己〕拍案叫絶！此處方問，是何文情！

興兒笑道：「姨娘别問他，説起來姨娘也未必信。他長了這麽大，獨他没有上過正緊學堂。我們家從祖宗直到二爺，誰不是寒窗十載，偏他不喜讀書。老太太的寶貝，老爺先還管，如今也不敢管了。成天家瘋瘋顛顛的，説的話人也不懂，幹的事人也不知。外頭人人看着好清俊模樣兒，心裏自然是聰明的，誰知是外清而内濁，見了人，一句話也没有。所有的好處，雖没上過學，倒難爲他認得幾個字。每日也不習文，也不學武，又怕見人，只愛在丫頭群裏鬧。再者也没剛柔，有時見了我們，喜歡時没上没下，大家亂頑一陣；不喜歡各自走了，他也不理人。我們坐着卧着，見了他也不理，他也不責備。因此没人怕他，只管隨便，都過的去。」

尤三姐笑道：「主子寬了，你們又這樣；嚴了，又抱怨。可知難纏。」〔己〕情語，情文至語。尤二姐道：「我們看他倒好，原來這樣。可惜了一個好胎子。」尤三姐道：「姐姐信他胡説，咱們也不是見一面兩面的，行事言談吃喝，原有些女兒氣，那是只在裏頭慣了的。若說糊塗，那些兒糊塗？姐姐記得，穿孝時咱們同在一處，那日正是和尚們進來繞棺，咱們都在那裏站着，他只站在頭裏擋着人。人說他不知禮，又没眼色。過後他没悄悄的告訴咱們說：『姐姐不知道，我並不是没眼色。想和尚們髒，恐怕氣味熏了姐姐們。』接着他吃茶，姐姐又要茶，那個老婆子就拿了他的碗倒。他趕忙說：『我吃髒了的，另洗了再拿來。』這兩件上，我冷眼看去，原來他在女孩子們前不管怎樣都過的去，只不大合外人的式，所以他們不知道。」尤二姐聽說，笑道：「依你說，你兩個已是情投意合了。竟把你許了他，豈不好？」三姐見有興兒，不便說話，只低頭嗑瓜子。興兒笑道：「若論模樣兒行事爲人，倒是一對好的。只是他已有了，只未露形。將來準是林姑娘定了的。因林姑娘多病，二則都還小，故尚未及此。再過三二年，老太太便一開言，那是再無不准的了。」大家正說話，只見隆兒又來了，說：「老爺有事，是件機密大事，要遣二爺往平安州去。不過三五日就起身，來回也得半月工夫。今日不能來了。請老奶奶早和二姨定了那事，明日爺來，好作定奪。」說着，帶了興兒回去了。

這裏尤二姐命掩了門早睡，盤問他妹子一夜。至次日午後，賈璉方來了。尤二姐因勸他說：「既有正事，何必忙忙又來，千萬別爲我誤事。」賈璉道：「也没甚事，只是偏偏的又出來了一件遠差。出了月就起身，得半月工夫纔來。」尤二姐道：「既如此，你只管放心前去，這裏一應不用你記掛。三妹子他從不會朝更暮改的。他已說了改悔，必是改悔的。他已擇定了人，你只要依他就是了。」賈璉問是誰，尤二姐笑道：「這人此刻不在這裏，不知多早纔來，也難爲他眼力。自己說了，這人一年不來，他等一年；十年不來，等十年；若這人死了再不來了，他情願剃了頭當姑子去，吃長齋念佛，以了今生。」賈璉問：「到底是誰，這樣動他的心？」二姐笑道：「說來話長。五年前我們老娘家裏做生日，媽和我們到那裏與老娘拜壽。他家請了一起串客，裏頭有個作小生的叫作柳湘蓮，〔己〕千奇百怪之文，何至於此！他看上了，如今要是他纔嫁。舊年我們聞得柳湘蓮惹了一個禍逃走了，不知可有來了不曾？」賈璉聽了道：「怪道呢！我說是個什麼樣人，原來是他！果然眼力不錯。你不知道這柳二郎，那樣一個標緻人，最是冷面冷心的，差不多的人，都無情無義。他最和寶玉合的來。去年因打了薛獃子，他不好意思見我們的，不知那裏去了一向。後來聽見有人説來了，不知是真是假，一問寶玉的小子們就知道了。倘或不來，他萍踪浪跡，知道幾年纔來，豈不白耽擱了？」尤二姐道：「我們這三丫頭説的出來，幹的出來，他怎樣説，只依他便了。」

二人正説之間，只見尤三姐走來説道：「姐夫，你只放心。我們不是那心口兩樣人，説什麽是什麽。若有了姓柳的來，我便嫁他。從今日起，我吃齋念佛，只伏侍母親，等他來了，嫁了他去，若一百年不來，我自己修行去了。」説着，將一根玉簪，擊作兩段，「一句不真，就如這簪子！」説着，回房去了，真個竟非禮不動，非禮不言起來。賈璉無了法，只得和二姐商議了一回家務，復回家與鳳姐商議起身之事。一面着人問茗煙，茗煙説：「竟不知道。大約未來；若來了，必是我知道的。」一面又問他的街坊，也説未來。賈璉只得回復了二姐。至起身之日已近，前兩天便説起身，却先往二姐這邊來住兩夜，從這裏再悄悄長行。果見小妹竟又換了一個人，又見二姐持家勤慎，自是不消記掛。

是日一早出城，就奔平安州大道，曉行夜住，渴飲飢餐。方走了三日，那日正走之間，頂頭來了一群䭾子，内中一夥，主僕十來騎馬，走的近來一看，不是别人，竟是薛蟠和柳湘蓮來了。賈璉深爲奇怪，㊂余亦爲怪。忙伸馬迎了上來，大家一齊相見，説些别後寒温，大家便入酒店歇下，叙談叙談。賈璉因笑説：「鬧過之後，我們忙着請你兩個和解，誰知柳兄踪跡全無。怎麽你兩個今日倒在一處了？」薛蟠笑道：「天下竟有這樣奇事。我同夥計販了貨物，自春天起身，往回裹走，一路平安。誰知前日到了平安州界，遇一夥强盜，已將東西劫去。不想柳二弟從那邊來了，方把賊人趕散，奪回貨物，還救了我們的性命。我謝他又不受，所以我們結拜了生死弟兄，如今一路進京。從此後我們是親弟親兄一般。到前面岔口上分路，他就分路往南二百里有他一個姑媽，他去望候望候。我先進京去安置了我的事，然後給他尋一所宅子，尋一門好親事，大家過起來。」賈璉聽了道：「原來如此，倒教我們懸了幾日心。」因又聽道尋親，又忙説道：「我正有一門好親事堪配二弟。」説着，便將自己娶尤氏，如今又要發嫁小姨一節説了出來，只不説尤三姐自擇之語。又囑薛蟠且不可告訴家裹，等生了兒子，自然是知道的。

薛蟠聽了大喜，說：「早該如此，這都是舍表妹之過。」湘蓮忙笑說：「你又忘情了，還不住口。」薛蟠忙止住不語，便說：「既是這等，這門親事定要做的。」湘蓮道：「我本有願，定要一個絕色的女子。如今既是貴昆仲高誼，顧不得許多了，任憑裁奪，我無不從命。」賈璉笑道：「如今口說無憑，等柳兄一見，便知我這內娣的品貌是古今有一無二的了。」湘蓮聽了大喜，說：「既如此說，等弟探過姑娘，不過月中就進京的，那時再定如何？」賈璉笑道：「你我一言爲定，只是我信不過柳兄。你乃是萍踪浪跡，倘然淹滯不歸，豈不誤了人家。須得留一定禮。」湘蓮道：「大丈夫豈有失信之理。小弟素係寒貧，况且客中，何能有定禮。」薛蟠道：「我這裏現成，就備一分二哥帶去。」賈璉笑道：「也不用金帛之禮，須是柳兄親身自有之物，不論物之貴賤，不過我帶去取信耳。」湘蓮道：「既如此說，弟無别物，此劍防身，不能解下。囊中尚有一把鴛鴦劍，乃吾家傳代之寶，弟也不敢擅用，只隨身收藏而已。賈兄請拿去爲定。弟縱係水流花落之性，然亦斷不捨此劍者。」說畢〔二〕，大家又飲了幾杯，方各自上馬。作别起程。正是：

將軍不下馬，各自奔前程。

且說賈璉一日到了平安州，見了節度，完了公事。因又囑他十月前後務要還來一次，賈璉領命。次日連忙取路回家，先到尤二姐處探望。誰知賈璉出門之後，尤二姐操持家務十分謹肅，每日關門閤户，一點外事不聞。他小妹子果是個斬釘截鐵之人，每日侍奉母姊之餘，只安分守己，隨分過活。雖是夜晚間孤衾獨枕，不慣寂寞，奈一心丢了衆人，只念柳湘蓮早早回來完了終身大事。這日賈璉進門，見了這般景况，喜之不盡，深念二姐之德。大家叙些寒温之後，賈璉便將路上相遇湘蓮一事説了出來，又將鴛鴦劍取出，遞與三姐。三姐看時，上面龍吞夔護，珠寶晶瑩，將靶一掣，裏面却是兩把合體的。一把上面鏨着一「鴛」字，一把上面鏨着一「鴦」字，冷颼颼，明亮亮，如兩痕秋水一般。三姐喜出望外，連忙收了，掛在自己繡房床上，每日望着劍，自笑終身有靠。賈璉住了兩天，回去覆了父命，回家合宅相見。那時鳳姐已大愈，出來理事行走了。賈璉又將此事告訴了賈珍。賈珍因近日又遇了新友，將這事丟過，不在心上，任憑賈璉裁奪，只怕賈璉獨力不加，少不得又給了他三十兩銀子。賈璉拿來交與二姐預備妝奩。

誰知八月內湘蓮方進了京，先來拜見薛姨媽，又遇見薛蝌，方知薛蟠不慣風霜，不服水土，一進京時便病倒在家，請醫調治。聽見湘蓮來了，請入卧室相見。薛姨媽也不念舊事，只感新恩，母子們十分稱謝。又説起親事一節，凡一應東西皆已妥當，只等擇日。柳湘蓮也感激不盡。

次日，又來見寶玉，二人相會，如魚得水。湘蓮因問賈璉偷娶二房之事，寶玉笑道：「我聽見茗煙一干人説，我却未見，我也不敢多管。我又聽見茗煙説，璉二哥哥着實問你，不知有何話説？」湘蓮就將路上所有之事一概告訴寶玉，寶玉笑道：「大喜，大喜！難得這個標緻人，果然是個古今絶色，堪配你之爲人。」湘蓮道：「既是這樣，他那裏少了人物，如何只想到我。況且我又素日不甚和他厚，也關切不至此。路上工夫忙忙的就那樣再三要來定，難道女家反趕着男家不成。我自己疑惑起來，後悔不該留下這劍作定。所以後來想起你來，可以細細問個底裏纔好。」寶玉道：「你原是個精細人，如何既許了定禮又疑惑起來？你原說只要一個絕色的，如今既得了個絕色便罷了，何必再疑？」湘蓮道：「你既不知他娶，如何又知是絕色？」寶玉道：「他是珍大嫂子的繼母帶來的兩位小姨。我在那裏和他們混了一個月，怎麼不知？真真一對尤物，〔己〕可巧。他又姓尤。」湘蓮聽了，跌足道：「這事不好，斷乎做不得了。你們東府裏除了那兩個石頭獅子乾净，只怕連猫兒狗兒都不乾净。我不做這剩忘八。」〔己〕極奇之文！極趣之文！《金瓶梅》中有云「把忘八的臉打綠了」，已奇之至，此云「剩忘八」，豈不更奇！寶玉聽說，紅了臉。湘蓮自慚失言，連忙作揖說：「我該死胡說。〔己〕忽用湘蓮提東府之事，罵及寶玉，可是人想得到的？所謂「一個人不曾放過」。你好歹告訴我，他品行如何？」寶玉笑道：「你既深知，又來問我作甚麼？連我也未必乾净了。」湘蓮笑道：「原是我自己一時忘情，好歹別多心。」寶玉笑道：「何必再提，這倒似有心了。」湘蓮作揖告辭出來，若去找薛蟠，一則他現卧病，二則他又浮躁，不如去索回定禮。主意已定，便一逕來找賈璉。

賈璉正在新房中，聞得湘蓮來了，喜之不禁，忙迎了出來，讓到內室與尤老相見。湘蓮只作揖稱老伯母，自稱晚生，賈璉聽了詫異。吃茶之間，湘蓮便說：「客中偶然忙促，誰知家姑母於四月間訂了弟婦，使弟無言可回。若從了老兄背了姑母，似非合理。若係金帛之訂，弟不敢索取，但此劍係祖父所遺，請仍賜回爲幸。」賈璉聽了，便不自在，還說：「定者，定也。原怕反悔所以爲定。豈有婚姻之事，出入隨意的？還要斟酌。」湘蓮笑道：「雖如此說，弟願領責領罰，然此事斷不敢從命。」賈璉還要饒舌，湘蓮便起身說：「請兄外坐一叙，此處不便。」那尤三姐在房明明聽見。好容易等了他來，今忽見反悔，便知他在賈府中得了消息，自然是嫌自己淫奔無恥之流，不屑爲妻。今若容他出去和賈璉說退親，料那賈璉必無法可處，自己豈不無趣。一聽賈璉要同他出去，連忙摘下劍來，將一股雌鋒隱在肘內，出來便說：「你們不必出去再議，還你的定禮。」一面淚如雨下，左手將劍並鞘送與湘蓮，右手回肘只往項上一横。可憐——

揉碎桃花紅滿地，玉山傾倒再難扶。

芳靈蕙性，渺渺冥冥，不知那邊去了。當下唬得衆人急救不迭。尤老一面嚎哭，一面又駡湘蓮。賈璉忙揪住湘蓮，命人捆了送官。尤二姐忙止淚反勸賈璉：「你太多事，人家並没威逼他死，是他自尋短見。你便送他到官，又有何益，反覺生事出醜。不如放他去罷，豈不省事。」賈璉此時也没了主意，便放了手命湘蓮快去。湘蓮反不動身，泣道：「我並不知是這等剛烈賢妻，可敬，可敬。」湘蓮反扶屍大哭一場。等買了棺木，眼見入殮，又俯棺大哭一場，方告辭而去。

出門無所之，昏昏默默，自想方纔之事。原來尤三姐這樣標緻，又這等剛烈，自悔不及。正走之間，只見薛蟠的小厮尋他家去，那湘蓮只管出神。那小厮帶他到新房之中，十分齊整。忽聽環珮叮噹，尤三姐從外而入，一手捧着鴛鴦劍，一手捧着一卷册子，向柳湘蓮泣道：「妾痴情待君五年矣，不期君果冷心冷面，妾以死報此痴情。妾今奉警幻之命，前往太虚幻境修註案中所有一干情鬼。妾不忍一别，故來一會，從此再不能相見矣。」説着便走。湘蓮不捨，忙欲上來拉住問時，那尤三姐便説：「來自情天，去由情地。前生誤被情惑，今既恥情而覺，與君兩無干涉。」説畢，一陣香風，無踪無影去了。

湘蓮警覺，似夢非夢，睁眼看時，那裏有薛家小童，也非新室，竟是一座破廟，旁邊坐着一個跏腿道士捕虱。湘蓮便起身稽首相問：「此係何方？仙師仙名法號？」道士笑道：「連我也不知道此係何方，我係何人，不過暫來歇足而已。」柳湘蓮聽了，不覺冷然如寒冰侵骨，掣出那股雄劍，將萬根煩惱絲一揮而盡，便隨那道士，不知往那裏去了。後回便見。

戚 總評：尤三姐失身時，濃妝艷抹凌辱群兇；擇夫後，念佛吃齋敬奉老母；能辨寶玉能識湘蓮，活是紅拂文君一流人物。

鴛鴦劍能斬鴛鴦，鴛鴦人能破鴛鴦，豈有此理？鴛鴦劍夢裏不會殺奸婦，鴛鴦人白日偏要助淫夫，焉有此情？真天地間不測的怪事！

〔一〕此處列本比諸本獨多「解囊出劍捧與賈璉，賈璉命人收了」兩句，交代的清楚明白。不過這不像作者的行文風格。

第六十七回　饋土物顰卿念故里　訊家童鳳姐蓄陰謀[一]

話説尤三姐自戕之後，尤老娘以及尤二姐、賈珍、尤氏並賈蓉、賈璉等聞之，俱各不勝悲慟傷感，自不必説，忙着人治買棺木盛殮，送往城外埋葬。却説柳湘蓮見尤三姐身亡，迷性不悟，尚有痴情眷戀，被道人數句偈言打破迷關，竟自削髪出家，跟隨瘋道飄然而去，不知何往。後事暫且不表。

且説薛姨媽聞知湘蓮已説定了尤三姐爲妻，心甚喜悦，正自高高興興要打算替他買房屋、治器用、辦妝奩，擇吉日迎娶過門等事，以報他救命之恩。忽有家中小厮見薛姨媽，告知尤三姐自戕與柳湘蓮出家的信息，心甚嘆息。正自猜疑是爲什麽原故，時值寶釵從園子裏過來，薛姨媽便對寶釵説道：「我的兒，你聽見了没有？你珍大嫂子的妹妹尤三姐，他不是已經許定了給你哥哥的義弟柳湘蓮的？這也很好。不知爲什麽尤三姐自刎了，柳湘蓮也出了家了。真正奇怪的事，叫人意想不到！」寶釵聽了，並不在意，便説道：「俗語説的好，『天有不測風雲，人有旦夕禍福』。這也是他們前生命定，活該不是夫妻。媽所爲的是因有救哥哥的一段好處，故諄諄感嘆。如果他兩人齊齊全全的，媽自然該替他料理，如今死的死了，出家的出了家了，依我説，也只好由他罷了。媽也不必爲他們傷感，損了自己的身子。倒是自從哥哥起江南回來了一二十日，販了來的貨物，想來也該發完了，那同伴去的夥計們辛辛苦苦的，來回幾個月，媽同哥哥商議商議，也該請一請，酬謝酬謝纔是。不然，倒叫他們看着無禮似的。」

母女正説之間，見薛蟠自外而入，眼中尚有淚痕未乾。一進門，便向他母親拍手説道：「媽，可知道柳大哥、尤三姐的事麽？」薛姨媽説：「我在園子裏聽見大家議論，正在這裏纔和你妹子説這件公案呢。」薛蟠道：「這事可奇不奇？」薛姨媽説：「可是。柳相公那樣一個年輕聰明的人，怎麽就一時糊塗跟着道士去了呢？我想他前世必是有夙緣的有根基的人，所以纔容易聽得進這些度化他的話去。想你們相好了一場，他又無父母兄弟，隻身一人在此，你也該各處找一找纔是。靠那跏足道士瘋瘋顛顛的，能往那裏遠去！左不過在這房前左右的廟裏寺裏躲藏着罷咧。」薛蟠說：「何嘗不是呢。我一聽見這個信兒，就連忙帶了小厮們在各處尋找去，連個影兒也没有。又去問人，人人都說不曾看見。我因如此，急的没法，唯有望着西北上大哭了一場回來了。」說着，眼圈兒又紅上來了。薛姨媽說：「你既然找尋了没有，把你作朋友的心也盡了。焉知他這一出家，不是得了好處去呢？你也不必太過慮了。一則張羅張羅買賣，二則把你自己娶媳婦應辦的事情，倒是早些料理料理。咱們家裏没人手兒，竟是『笨雀兒先飛』，省得臨期丢三忘四的不齊全，令人笑話。再者，你妹妹纔說，你也回家半個多月了，想貨物也該發完了，同你作買賣去的夥計們，也該設桌酒席請請他們，酬酬勞乏纔是。他們固然是咱家約請的吃工食勞金的人，到底也算是外客，又陪着你走了一二千里的路程，受了四五個月的辛苦，而且在路上又替你擔了多少的驚怕沉重。」薛蟠聞聽，說：「媽説的很是，妹妹想得週到。我也這樣想來着，只因這些日子爲各處發貨，鬧得頭暈。又爲柳大哥的親事又忙了這幾日，反倒落了一個空，白張羅了一會子，倒把正經事都誤了。要不然，就定了明兒後兒下帖子請請罷。」薛姨媽道：「由你辦去罷。」

話猶未了，外面小厮回説：「張管總的夥計着人送了兩個箱子來，説這是爺各自買的，不在貨賬裏面。本要早送來，因貨物箱子壓着，未得拿，昨日貨物發完了，所以今兒纔送來了。」一面説，一面又見兩個小厮搬進了兩個夾板夾的大棕箱來。薛蟠一見，説：「嗳哟，可是。我怎麽就糊塗到這一步田地了！特特的給媽和妹妹帶來的東西都忘了，没拿了家裏來，還是夥計送了來了。」寶釵説：「虧你纔説還是特特的帶來的，還是這樣放了一二十日纔送來，若不是特特的帶來，必定是要放到年底下纔送進來呢。你也諸事太不留心了。」薛蟠笑道：「想是我在路上叫賊人把魂嚇掉了，還没歸殼呢。」

説着，大家笑了一陣，便向回話的小厮説：「東西收下了，叫他們回去罷。」薛姨媽同寶釵忙問：「是什麽好東西，這樣捆着夾着的？」便命人挑了繩子，去了夾板，開了鎖看時，却是些綢緞、綾錦、洋貨等家常應用之物。獨有寶釵他的那個箱子裏，除了筆、墨、硯、各色箋紙、香袋、香珠、扇子、扇墜、花粉、胭脂、頭油等物外，還有虎丘帶來的自行人、酒令兒、水銀灌的打筋斗的小小子，沙子燈，一齣一齣的泥人兒的戲，用青紗罩的匣子裝着，又有在虎丘上作的薛蟠的像，泥捏成的與薛蟠毫無相差，以及許多碎小玩意兒的東西。寶釵一見，滿心歡喜，便叫自己使的丫鬟來吩咐：「你將我的這個箱子與我拿了園子裏去，我好就近從那邊送送人。」說着，便起身來，告辭母親，往園子裏來了。這裏薛姨媽將自己這個箱子裏的東西取出，一分一分的打點清楚，着同喜丫頭送往賈母並王夫人等處去不講。

且說寶釵隨着箱子到了自己房中，將東西逐件逐件的過了目，除將自己留用之外，遂一分一分配合妥當：也有送筆、墨、紙、硯的，也有送香袋、扇子、香墜的，也有送脂粉、頭油的，也有單送玩意兒的；酌量其人分辦。只有黛玉的比别人不同，比衆人加厚一倍。一一打點完畢，使鶯兒同一個老婆子跟着，送往各處。

其李紈、寶玉等以及諸人，不過收了東西，賞賜來使，皆說些見面再謝等語而已。惟有林黛玉他見江南家鄉之物，反自觸物傷情，因想起他的父母來了。便對着這些東西，揮淚自嘆，暗想：「我乃江南之人，父母雙亡，又無兄弟，隻身一人，可憐寄居外祖母家中，而且又多疾病，除外祖母以及舅母、姐妹看問外，那裏還有一個姓林的親人來看望看望，給我帶些土物來。使我送送人，妝妝臉面也好。可見人若無至親骨肉手足，是最寂寞、極冷清、極寒苦，没趣味的！」想到這裏，不覺就大傷起心來了。紫鵑他乃伏侍黛玉多年，朝夕不離左右的，深知黛玉的心腹：他爲見了江南故土之物，因感動了心懷，追思親人的原故。但不敢説破，只在一旁勸説道：「姑娘的身子多病，早晚尚服丸藥，這兩日看着不過比那些日子略飲食好些，精神壯一點兒，還算不得十分大好。今兒寶姑娘送來這些東西，可見寶姑娘素日看姑娘甚重，姑娘看着該歡喜纔是，爲什麽反倒傷感。這不是寶姑娘送東西爲的是叫姑娘歡喜，這反倒是招姑娘煩惱了不成？若令寶姑娘知道了，怎麽臉上下得來呢？再姑娘也要細想一想，老太太、太太們爲姑娘的病症千方百計請好大夫診脉配藥調治，所爲的是姑娘的病急好。這如今纔好些，又這樣哭哭啼啼的，豈不是自己遭塌自己的身子，不肯叫老太太看着歡喜？難道説姑娘這個病，不是因素日從憂慮過度上傷多了氣血得的麽？姑娘的千金貴體别自己看輕了。」紫鵑正在這裏勸解黛玉，只聽見小丫頭子在院内説：「寶二爺來了。」紫鵑忙説：「快請。」

話猶未畢，只見寶玉已進房來了。黛玉讓坐畢，寶玉見黛玉淚痕滿面，便問：「妹妹，又是誰得罪了你了？你兩眼都哭得紅了，是爲什麽？」黛玉不回答。旁邊紫鵑將嘴向床裏一扭，寶玉會意，便往床裏一看，見堆着許多東西，就知是寶釵送來的，便笑着取笑説道：「好東西，想是妹妹要開雜貨舖麽？擺着這些東西作什麽？」黛玉只是不理。紫鵑説：「二爺還提東西呢。因寶姑娘送了些東西來，我們姑娘一看，就傷心哭起來了。我正在這裏好勸歹勸，總勸不住呢。而且又是纔吃了飯，若只管哭，大發了，再吐了，犯了舊病，可不叫老太太罵死了我們麽？倒是二爺來的很好，替我們勸一勸。」寶玉他本是聰明人，而且一心總留意在黛玉身上最重，所以深知黛玉之爲人心細心窄，而又多心要强，不落人後，因見了人家哥哥自江南帶了東西來送人，又係故鄉之物，勾想起别的痛腸來，是以傷感是實。這是寶玉他心裏揣摩黛玉的心病，却不肯明明説出，恐黛玉越發動情，乃笑道：「你們姑娘的原故不爲別的，爲的是寶姑娘送來的東西少，所以生氣傷心。妹妹，你放心！等我明年往江南去，與你多多的帶兩船來，省得你淌眼抹淚的。」黛玉聽了這話，不由「嗤」的一聲笑了，忙説道：「我憑他怎麽没見過世面，也到不了這一步田地上，因送的東西少，就生氣傷心。我也不是兩三歲的小孩子，你也忒把人看得平常小氣了。我有我的原故，你那裏知道。」説着説着，眼淚又流下來了。寶玉忙移至床上，挨黛玉坐下，將那些東西一件一件的拿起來，擺弄着細瞧，故意問：「這是什麽，叫什麽名字？那是怎麽做的，這樣齊整？這是什麽，要他做什麽使用？妹妹，你瞧，這一件可以擺在書閣兒上作陳設，那件放在條案上當古董兒倒好呢！」一味的將這些没要緊的話來支吾搭訕了一會，黛玉見寶玉那些獃樣子，問東問西的，招人可笑，稍將煩惱丢開，略有些喜笑之意。寶玉見他有些喜色，便説道：「寶姐姐送東西來給咱們，我想着，咱們也該到他那裏道個謝去纔是，不知妹妹可去不去？」黛玉原不願意爲送些東西來就特特的道謝去，不過一時見了，説一聲就完了。今被寶玉説得有理難以推託，無奈只得同寶玉去了。這且不提。

且說薛蟠聽了母親之言，急忙下請帖，置辦酒筵。張羅了一日，果於次日，三四位夥計，俱各到齊。未免說了些店內發貨、賬目之事，畢，列席讓坐，薛蟠與各位奉酒酬勞。裏面薛姨媽又着人出來致謝道乏，畢，内有一位問道：「今日席上怎麼少柳大哥不出來？想是東家忘了，沒請麼？」薛蟠聞聽，把眉一皺，嘆了一口氣，說道：「休提，休提，想來衆位不知深情。若說起此人，真真可嘆！於一二日前，忽被一個瘋道士度化的出了家，跟着他去了。你們衆位聽一聽，可奇不奇？」衆人說道：「我們在店内也聽見外面人吵嚷，說有一個道士三言兩語把一個俗家子弟度了去了，又聞說一陣風颳了去了，又說駕着一片雲彩去了，紛紛議論不一。我們也因發貨事忙，那裏有工夫當正經事，也沒去細問細打聽，到如今還是似信不信的。今聽此言，那道士度化的原來就是柳大哥麼？早知是他，我們大家也該勸解勸解。憑他怎麼，也不容他去。噯，又少了一個有趣兒的好朋友了！實實在在的可惜可嘆。也怨不得東家你心裏不爽快。想他那樣一個伶俐人，未必是真跟了道士去罷。柳大哥他會些武藝，又有力量，或者看破了道士有些什麽妖術邪法的破綻出來，故意假跟了他去，在背地裏擺佈他也未可知。」薛蟠説：「誰知道，果能如此，倒好罷咧，世上也少一個妖言惑衆的人了。」衆人道：「難道你知道了的時候，也没尋找他去不成？」薛蟠説：「城裏城外，那裏没有找到！因找了不見，不怕你們笑話，我還哭了一場呢。」言畢，只是長吁短嘆，無精打彩的，不像往日高興頑笑，讓酒暢飲。席上雖設了些鷄鵝魚鴨，山珍海味，美品佳餚，怎奈東家皺眉嘆氣，衆夥計看此光景，不便久坐，不過隨便喝了幾鍾酒，吃了些飯食，就都散了。這也不提。

且説寶玉拉了黛玉至寶釵處來道謝。彼此見面，未免説幾句客言套語。黛玉便對寶釵説道：「大哥哥辛辛苦苦的能帶了多少東西來，擱得住送我們這些處，你還剩什麽呢？」寶玉説：「可是這話呢。」寶釵笑道：「東西不是什麽好的，不過是遠路帶來的土物兒，大家看着略覺新鮮似的。我剩不剩什麽要緊，我如今果愛什麽，今年雖然不剩，明年我哥哥去時，再叫他給我帶些個來，有什麽難呢？」寶玉聽説，忙笑道：「明年再帶了什麽來，我們還要姐姐送我們呢。可別忘了我們！」黛玉說：「你要，你只管說你要，不必拉扯上『我們』不『我們』的字眼，姐姐瞧寶哥哥不是給姐姐來道謝，竟是又要定下明年的東西來了。」寶玉笑說：「我要出來，難道没有你一分兒不成？你不知道幫着說，反倒說起這散話來了。」大家聽了，笑了一陣。寶釵問：「你二人如何來得這樣巧，是誰會誰去的？」寶玉說：「休提，我因姐姐送我東西，想來林妹妹也必有，我想要來道謝，想林妹妹也必來道謝，故此我就到他房裏會了他一同要到這裏來。誰知到了他家，他正在屋裏傷心落淚，也不知是爲什麼這樣愛哭。」寶玉剛說到「落淚」兩字，見黛玉瞪了他一眼，恐他往下還說。寶玉會意，隨即便換過口來說道：「林妹妹這幾日因身上不爽快，恐怕又病扳嘴，故此着急落淚。我勸解了一會子，纔來了。一則道謝；二則省的一個人在房裏坐着只是發悶。」寶釵說：「妹妹怕病悶，固然是正理，也不過是在那飲食起居、穿脱衣服冷熱上加些小心就是了，爲什麼傷起心來呢？妹妹，你難道不知傷心難免不傷氣血精神，把要緊的傷了，反倒要受病的罷咧。妹妹你細想想。」黛玉說：「姐姐說的很是。我何嘗自己不知道呢，只因我這幾年，姐姐是看見的，那一年不病一兩場？病的我怕怕的了。見了藥，吃了見效不見效，一聞見，先就頭疼發噁心，怎麽不叫我怕病呢？」寶釵説：「雖然如此説，却也不該傷心，倒是覺着身上不爽快，反自己勉强扎挣着出來，各處走走逛逛，把心鬆散鬆散，比在屋裏悶坐着還强呢。傷心是自己添病的大毛病。我那兩日不時覺着發懶，渾身乏倦，只是要歪着，心裏也是爲時氣不好，怕病，因此偏扭着他，尋些事情作作，一般裏也混過去了。妹妹别惱我説，越怕越有鬼。」寶玉聽説，忙問道：「寶姐姐，鬼在那裏呢？我怎麽看不見一個兒？」惹得衆人哄聲大笑。寶釵道：「獃小爺，這是比喻的話，那裏真有鬼呢！認真的果有鬼，你又該駭哭了。」黛玉因此笑道：「姐姐説的很是。很該説他，誰叫他嘴快！」寶玉説：「有人説我的不是，你就樂了。你這會子心裏也不懊惱了，咱們也該走罷。」於是彼此又説笑了一回，二人辭了寶釵出來。寶玉仍把黛玉送至瀟湘舘門首，自己回家。這且不提。

且説趙姨娘因見寶釵送環哥之物，忙忙接下，心中甚喜，滿口誇獎：「人人都説寶姑娘會行事，很大方，今日看來，果然不錯。他哥哥能帶了多少東西來，他挨家送到，並不遺漏一處，也不露出誰薄誰厚，連我們搭拉嘴子，他都想到，實在的可敬。若是那林姑娘——也罷麼，也没人給他送東西帶什麽來；即或有人帶了來，他也只是揀着那有勢力、有體面的人頭兒跟前纔送去，那裏還臨的到我們娘兒們身上呢！可見人會行事，真真的露着各别另樣的好。」趙姨娘因環哥兒得了東西，深爲得意，不住的托在掌上擺弄瞧看一會。想寶釵乃係王夫人之表侄女，特要在王夫人跟前賣好兒。自已叠叠歇歇的拿着那東西，走至王夫人房中，站在一旁説道：「這是他寶姑娘纔給環哥他兄弟送來的。他年輕輕的人想的週到，我還給了送東西的小丫頭二百錢。聽見説姨太太也給太太送來了，不知是什麽東西？你們瞧瞧這一個門裏頭這就是兩分兒，能有多少呢？怪不的老太太同太太都誇他疼他，果然招人愛。」説着，將抱的東西遞過去與王夫人瞧，誰知王夫人頭也没抬，手也没伸，只口内説了一聲「好，給環哥兒玩罷咧」，並無正眼看一看。趙姨娘因招了一鼻子灰，滿肚氣惱，無精打彩的回至自己房中，將東西丢在一邊，説了許多的勞兒三、巴兒四，不着要的一套閒話；也無人問他，他却自己咕嘟着嘴，一邊子坐着。可見趙姨娘爲人小器糊塗，饒得了東西，反説許多令人不入耳生厭的閒話，也怨不得探春生氣，看不起他。閒話休提。

且説寶釵送東西的丫頭回來，説：「也有道謝的，也有賞賜的，獨有給巧姐兒的那一分兒，仍舊拿回來了。」寶釵一見，不知何意，便問：「爲什麼這一分兒没送去呢，還是送了去没收呢？」鶯兒説：「我方纔給環哥兒送東西的時候，見璉二奶奶往老太太房裏去了。我想，璉二奶奶不在家，知道交給誰呢，所以没有送去。」寶釵説：「你也太糊塗了。二奶奶不在家，難道平兒、豐兒也不在家不成？你只管交給他們收下，等二奶奶回來，自有他們告訴就是了，必定要你當面交給纔算麽？」鶯兒聽了，復又拿着東西出了園子，往鳳姐處去。在路上走着，便對拿東西的老婆子説：「早知道一就事兒送了去不完了，省得又跑這一趟。」老婆子説：「閒着也是白閒着，藉此出來逛逛也好罷咧。只是姑娘你今日來回各處走了好些路兒，想是不慣，乏了，咱們送了這個，可就完了，一打總兒再歇着。」兩人説着話，到了鳳姐處，送了東西，回來見寶釵。

寶釵問道：「你見了璉二奶奶没有？」鶯兒説：「我没有見。」寶釵説：「想是二奶奶還沒回來麼？」丫頭說：「回是回來了。因豐兒對我說：『二奶奶自老太太屋裏回房來，不似往日歡天喜地的，一臉的怒氣，叫了平兒去，唧唧咕咕的說話，也不叫人聽見。連我都攆出來了，你不必去見，等我替你回一聲兒就是了。』因此便着豐兒他拿進去，回了出來說：『二奶奶說，給你們姑娘道生受。』賞了我們一吊錢，我就回來了。」寶釵聽了，自己納了一會子悶，也想不出鳳姐是爲什麼有氣。這也不表。

且說襲人見寶玉回來，便問：「你怎麼不逛就回來了？你原說約着林姑娘，你們兩個同到寶姑娘處道謝去，可去了沒有？」寶玉說：「你別問，我原說是要會林姑娘同去的，誰知到了他家，他在房裏守着東西很很的不自在呢。我也知道林姑娘的那些原原故故的，又不好直問他，又不好說他，只裝不知道兒，搭訕着說別的寬解了他一會子，纔好了。然後方拉了他同到了寶姐姐那裏道了謝，說了一會子閒話，方散了。我又送他到家，我纔回來了。」襲人說：「你看送林姑娘的東西，比送你的是多是少，還是一樣呢？」寶玉說：「比送我的多着一兩倍呢。」襲人說：「這纔是明白人，會行事。寶姑娘他想別的姊妹等都有親的熱的跟着，有人送東西，唯有林姑娘離家二三千里地遠，又無有一個親人在這裏，那有人送東西。況且他們兩個不但是親戚，還是乾姐妹，難道你不知道林姑娘去年曾認過薛姨太太作乾媽的？論理多給他些也是該的。」

寶玉笑說：「你就是會評事的一個公道老兒。」說着話兒，便叫小丫頭取了拐枕來，要在床上歪着。襲人說：「你不出去了？我有一句話告訴你。」寶玉便問：「什麼話？」襲人說：「素日璉二奶奶待我很好，你是知道的。他自從病了一大場之後，如今又好了。我早就想着要到那裏看看去，只因爲璉二爺在家不方便，始終總没有去，聞說璉二爺不在家，你今日又不往那裏去，而且初秋天氣，不冷不熱，一則看二奶奶，盡個禮，省得日後見了受他的數落；二則藉此也逛一逛。你同他們看着家，我去去就來。」晴雯說：「這却是該的，難得這個巧空兒。」寶玉說：「我纔爲他議論寶姑娘，誇他是個公道人，這一件事行的，又是一個週到人了。」襲人笑道：「好小爺，你也不用誇我，你只在家同他們好生玩；好歹別睡覺，看睡出病來，又是我擔沉重。」寶玉說：「我知道了，你只管去罷。」言畢，襲人遂到自己房裏，換了兩件新鮮衣服，拿着把兒鏡照着，抿了抿頭，勻了勻臉上脂粉，步出下房。復又囑咐了晴雯、麝月幾句話，便出了怡紅院。

來至沁芳橋上立住，往四下裏觀看那園中景致。時值秋令，秋蟬鳴於樹，草蟲鳴於野；見這石榴花也開敗了，荷葉也將殘上來了，倒是芙蓉近着河邊，都發了紅鋪鋪的咕嘟子，襯着碧綠的葉兒，倒令人可愛。一壁裏瞧着，一壁裏下了橋。走了不遠，迎見李紈房裏使喚的丫頭素雲，跟着個老婆子，手裏捧着一個洋漆盒兒走來。襲人便問：「往那裏去？送的是什麽東西？」素雲說：「這是我們奶奶給三姑娘送去的菱角、鷄頭。」襲人說：「這個東西，還是咱們園子裏河内採的，還是外頭買來的呢？」素雲說：「這是我們房裏使喚的劉媽媽，他告假瞧親戚去帶來的，孝敬奶奶。因三姑娘在我們那裏坐着看見了，我們奶奶叫人剥了讓他吃。他說：『纔喝了熱茶了，不吃，一會子再吃罷。』故此給三姑娘送了家去。」言畢，各自分路走了。

襲人遠遠的看見那邊葡萄架底下，有一個人拿着撣子在那裏動手動脚的，因迎着日光，看不真切。至離得不遠，那祝老婆子見了襲人，便笑嘻嘻的迎上來，説道：「姑娘今日怎麽得工夫出來閒逛，往那裏去？」襲人説：「我那裏還得工夫來逛，我往璉二奶奶家瞧瞧去。你在這裏做什麽呢？」那祝婆子説：「我在這裏趕馬蜂呢。今年三伏裏的雨水少，不知怎麽這些果木樹上長蟲子，把果子吃得巴拉眼睛的，掉了好些下來，可惜了兒的白扔了！就是這葡萄，剛成了珠兒，怪好看的，那馬蜂、蜜蜂兒滿滿的圍着來蚰，都咬破了。這還罷了，喜鵲、雀兒，他也來吃這個葡萄。還有這樣一個毛病兒，無論雀兒蟲兒，一嘟嚕上只咬破三五個，那破的水淌到好的上頭，連這一嘟嚕都是要爛的。這些雀兒、馬蜂可惡着呢，故此我在這裏趕。姑娘你瞧，咱們説話的空兒没趕，就蚰了許多上來了。」襲人道：「你就是不住手的趕，也趕不了許多；你剛趕了這裏，那裏又來了。倒是告訴買辦説，叫他多多的作些冷布口袋來，一嘟嚕一嘟嚕的套上，免得翎禽草蟲遭塌，而且又透風，握不壞。」婆子笑道：「倒是姑娘説的是。我今年纔管上，那裏就知道這些巧法兒呢。」

襲人説：「如今這園子裹這些果品有好些種，到是那樣先熟的快些？」老祝婆子説：「如今纔入七月的門，果子都是纔紅上來，要是好吃，想來還得月盡頭兒纔熟透了呢。姑娘不信，我摘一個給姑娘嚐嚐。」襲人正色説道：「這那裹使得？不但没熟吃不得，就是熟了，一則没有供鮮，二則主子們尚然没吃，咱們如何先吃得呢？你是這府裹的陳人，難道連這個規矩也不曉得麼？」老婆子忙笑道：「姑娘説得有理。我因爲姑娘問我，我白這樣説。」心内暗説道：「够了！我方纔幸虧是在這裹趕馬蜂，若是順着手兒摘一個嚐嚐，叫他看見，還了得了！」襲人説：「我方纔告訴你要口袋的話，你就回一回二奶奶，叫管事的作去罷。」言畢，遂一直的出了園子的門，就到鳳姐這裹來了。

正是鳳姐與平兒議論賈璉之事。因見襲人他是輕易不來之人，又不知是有什麼事情，便連忙止住話語，勉强帶笑説道：「貴人從那陣風兒颳了我們這個賤地來了？」襲人笑説：「我就知道奶奶見了我，是必定要先麻煩我一頓的，我有什麼説的呢！但是奶奶欠安，本心惦着要過來請請安，頭一件，璉二爺在家不便，二則奶奶在病中，又怕嫌煩，故未敢來。想奶奶素日疼愛我的那個分兒上，自必是體諒我，再不肯惱我的。」鳳姐笑道：「寶兄弟屋裏雖然人多，也就靠着你一個兒照看，也實在的離不開。我常聽見平兒告訴我，説你背地裏還惦着我，常問，我聽見就狠喜歡的什麽似的。今日見了你，我還要給你道謝呢，我還捨得麻煩你嗎？我的姑娘！」襲人説：「我的奶奶，若是這樣説，這就是真疼我了。」鳳姐拉了襲人的手，讓他坐下。襲人那裏肯坐，讓之再三，方在挨炕沿脚踏上坐了。

平兒忙自己端了茶來。襲人説：「你叫小人兒們端罷，勞動姑娘我倒不安。」一面站起，接過茶來吃着，一面回頭看見床沿上放着一個活計簸羅兒，内裝着一個大紅洋錦的小兜肚，襲人説：「奶奶一天七事八事的，忙的不了，還有工夫作活計麽？」鳳姐説：「我本來就不會作什麽，如今病了纔好，又兼着家務事鬧個不清，那裏還有工夫做這些呢？要緊要緊的我都丢開了。這是我往老太太屋裏請安去，正遇見薛姨太太送老太太這個錦，老太太説：『這個花紅柳緑的，倒對給小孩子們做小衣小裳兒的，穿着倒好頑呢！』因此我就問老祖宗討了來了。還惹的老祖宗説了好些頑話，説我是老太太的命中小人，見了什麽要什麽，見了什麽拿什麽。惹得衆人都笑了。你是知道我是臉皮兒厚、不怕説的人，老祖宗只管説，我只管裝聽不見，拿着就走。所以纔交給平兒，先給巧姐兒做件小兜肚穿着頑，剩下的等消閒有工夫再作別的。」

襲人聽畢，笑道：「也就是奶奶，纔能够慪的老祖宗喜歡罷咧。」伸手拿起來一看，便誇道：「果然好看！各樣顔色都有。好材料也須得這樣巧手的人做纔對。況又是巧姐兒他穿的，抱了出去，誰不多看一看。」又問道：「巧姐兒那裏去了？我怎麽這半日没見他？」平兒説：「方纔寶姑娘那裏送了些頑的東西來，他一見了很希罕，就擺弄着頑了好一會子，他奶媽兒纔抱了出去，想是乏了，睡覺去了。」襲人説：「巧姐兒比先前自然越發會頑了。」平兒説：「小臉蛋子吃得銀盆似的，見了人就趕着笑，再不得罪人，真真是我奶奶的解悶的寶貝疙瘩兒。」鳳姐便問：「寶兄弟在家作什麽呢？」襲人笑道：「我纔是求他同晴雯他們看家，我纔告了假來了。可是呢！只顧説話，我也來了好大半天了，要回去了。别叫寶玉在家裏抱怨，説我屁股沉，到那裏就坐住了。」説着，便立起身來告辭，回怡紅院來了。

這也不提。

且説鳳姐見平兒送出襲人回來，復又把平兒叫入房中，追問前事，越説越氣，説道：「二爺在外邊偷娶老婆，你説你是聽見二門上的小厮們説的。到底是那一個説的呢？」平兒説：「是旺兒他説的。」鳳姐便命人把旺兒叫來，問道：「你二爺在外邊買房子娶小老婆，你知道麽？」旺兒説：「小的終日在二門上聽差，如何知道二爺的事，這是聽見興兒告訴的。」鳳姐説：「興兒是幾時告訴你的？」旺兒説：「還是二爺没起身的頭裏告訴我的。」鳳姐又問：「興兒在那裏呢？」旺兒説：「興兒在新二奶奶那裏呢。」鳳姐聞聽，滿腔怒氣，啐了一口，駡道：「下作猴兒崽子！什麽是『新奶奶』『舊奶奶』，你就私自封了奶奶了？滿嘴裏胡説，這就該打嘴巴。」又問：「興兒他是跟二爺的人，他怎麽没有跟了二爺去呢？」旺兒説：「特留下他在家裏照看尤二姐，故此未曾跟了去。」鳳姐聽説，忙得一叠連聲命旺兒：「快把興兒叫了來！」

旺兒忙忙的跑了出去，見了興兒只説：「二奶奶叫你呢。」興兒正在外邊同小人兒們頑笑，聽見叫他，妙在也不問旺兒「二奶奶叫我做什麼」，便跟了旺兒，急急忙忙的來至二門前。回明進去，見了鳳姐，請了安，旁邊侍立。鳳姐一見，便先瞪了兩眼，問道：「你們主子奴才在外面幹的好事！你們打量我是獃瓜，不知道？你是緊跟二爺的人，自必深知根由。你須細細的對我實説，稍有一些兒隱瞞撒謊，我將你的腿打折了！」興兒忙跪下磕頭，説：「奶奶問的是什麼事，是我同爺幹的？」鳳姐罵道：「好小雜種！你還敢來支吾我？我問你，二爺在外邊，怎麼就説成了尤二姐？怎麼買房子、治傢伙？怎麼娶了過來？一五一十的説個明白，饒你的狗命！」

興兒聽説，仔細想了一想：「此事二府皆知，就是瞞着老爺、太太、老太太同二奶奶不知道，終久也是要知道的。我如今何苦來瞞着，不如告訴了他，省得挨眼前打，受委屈。」再興兒一則年幼，不知事的輕重；二則素日又知道鳳姐是個烈口子，連二爺還懼怕他五分；三則此事原是二爺同珍大爺、蓉哥他叔侄弟兄商量着辦的，與自己無干。故此把主意想定，壯着膽子，跪下説道：「奶奶別生氣，等奴才回稟奶奶聽：只因那府裏的大老爺的喪事上穿孝，不知二爺怎麽看見過尤二姐幾次，大約就看中了，動了要説的心。故此先同蓉哥商議，求蓉哥替二爺從中調停辦理，作了媒人説合，事成之後，還許下謝候的禮。蓉哥滿應，將此話轉告訴了珍大爺；珍大爺告訴了珍大奶奶和尤老娘。尤老娘很願意，但説是：『二姐從小兒已許過張家爲媳，如何又許二爺呢？恐張家知道，生出事來不妥當。』珍大爺笑道：『這算什麽大事，交給我！便説那張姓的小子，本是個窮苦破落户，那裏見得多給他幾兩銀子，叫他寫張退親的休書，就完了。』後來，果然找了姓張的來，如此説明，寫了休書，給了銀子去了。二爺聞知，纔放心大膽的説定了。又恐怕奶奶知道，攔阻不依，所以在外邊咱們後身兒買了幾間房子，治了東西，就娶過來了。珍大爺還給了兩口人使唤。二爺時常推説給老爺辦事，又説給珍大爺張羅事，都是些支吾的謊話，竟是在外頭住着。從前原是娘兒三個住着，還要商量給尤三姐説人家，又許下厚聘嫁他；如今尤三姐也死了，只剩下尤老娘跟着尤二姐住着作伴兒呢。這是一往從前的實話，並不敢隱瞞一句。」説畢，復又磕頭。

鳳姐聽了這一篇言詞，只氣得痴獃了半天，面如金紙，兩隻吊稍子眼越發直竪起來了，渾身亂戰。半晌，連話也說不上來，只是發怔。猛一低頭，見興兒在地下跪着，便說道：「這也没你的大不是，但只是二爺在外邊行這樣的事，你也該早些告訴我纔是。這却很該打，因你肯實說，不撒謊，且饒恕你這一次。」興兒說：「未能早回奶奶，這是奴才該死！」便叩頭有聲。鳳姐說：「你去罷。」興兒纔立起身要走，鳳姐又說：「叫你時，須要快來，不可遠去。」興兒連連答應了幾個「是」，就出去了。到外面伸了伸舌頭，說：「够了我的了，差一差兒没有捱一頓好打。」暗自後悔不該告訴旺兒，又愁二爺回來怎麽見，各自害怕。這也不提。

且說鳳姐見興兒出去，回頭向平兒說：「方纔興兒說的話，你都聽見了没有？」平兒說：「我都聽見了。」鳳姐說：「天下那有這樣没臉的男人！吃着碗裏，看着鍋裏，見一個，愛一個，真成了喂不飽的狗，實在的是個棄舊迎新的壞貨。只是可惜這五六品的頂戴給他！他别想着俗語說的『家花那有野花香』的話，他要信了這個話，可就大錯了。多早晚在外面鬧一個很没臉、親戚朋友見不得的事出來，他纔罷手呢！」平兒一旁勸道：「奶奶生氣，却是該的。但奶奶身子纔好了，也不可過於氣惱。看二爺自從鮑二的女人那一件事之後，倒很收了心，好了呢，如今爲什麼又幹起這樣事來？這都是珍大爺他的不是。」鳳姐說：「珍大爺固然有不是，也總因咱們那位下作不堪的爺他眼饞，人家纔引誘他罷咧。俗語說的『牛不吃水，也强按頭』麽？」平兒說：「珍大爺幹這樣事，珍大奶奶也該攔着不依纔是。」鳳姐說：「可是這話咧！珍大奶奶也不想一想，把一個妹子要許幾家子弟纔好，先許了姓張的，今又嫁了姓賈的；天下的男人都死絶了，都嫁了賈家來！難道賈家的衣飯這樣好不成？這不是說幸而那一個没臉的尤三姐知道好歹，早早兒的死了，若是不死，將來不是嫁寶玉，就是嫁環哥兒呢。總也不給那妹子留一些兒體面，叫妹子日後怎麽抬頭竪臉的見人呢？妹子好歹也罷咧！那妹子本來也不是他親的，而且聽見説原是個混賬爛桃。難道珍大奶奶現做着命婦，家中有這樣一個打嘴現世的妹子，也不知道羞臊，躲避着些，反到大面兒上揚名打鼓的，在這門裏丢醜，也不怕人笑話麽？再者，珍大爺也是作官的人，别的律例不知道也罷了，連個服中娶親、停妻再娶使不得的規矩，他也不知道不成？你替他細想一想，他幹的這件事，是疼兄弟，還是害兄弟呢？」平兒說：「珍大爺只顧眼前，叫兄弟喜歡，也不管日後的輕重干係了。」鳳姐兒冷笑道：「這是什麽『叫兄弟喜歡』，這是給他毒藥吃呢！若論親叔伯兄弟中，他年紀又最大，又居長，不知教導兄弟學好，反引誘兄弟學不長進，擔罪名兒，日後鬧出事來，他在一邊缸沿兒上站着看熱鬧，真真我要駡也駡不出口來。再者，他那邊府裏的醜事壞名兒，已經叫人聽不上了，必定也叫兄弟學他一樣，纔好顯不出他的醜來。這是什麽作哥哥的道理？倒不如撒泡尿浸死了，替大老爺死了倒罷咧，活着作什麽呢！你瞧東府裏大老爺那樣厚德，吃齋念佛行善，怎麽反得了這樣一個兒子孫子？大概是好風水都叫他老人家一個人全拔盡了。」平兒說：「想來不錯。若不然，怎麽這樣差着格兒呢？」鳳姐說：「這件事幸而老太太、老爺、太太不知道，倘或吹到這幾位耳朵裏去，不但咱們那没出息的二爺捱打受駡，就是珍大爺和珍大奶奶也保不住要吃不了要兜着走呢！」連説帶罵，直鬧了半天，連午飯也推頭疼，没過去吃。

平兒看此光景越説越氣，勸道：「奶奶也煞一煞氣，事從緩來，等二爺回來，慢慢的再商量就是了。」鳳姐聽了此言，便從鼻孔内哼了兩聲，冷笑道：「好罷咧，等爺回來，可就遲了！」平兒便跪在地下，再三苦勸，安慰了一會子，鳳姐纔略消了些氣惱。喝了口茶，喘息了良久，便要了拐枕，歪在床上，閉着眼睛打主意。平兒見鳳姐兒躺着，方退出去。偏有不懂眼的幾起子回事的人來，都被豐兒攆出去了。又有賈母處着瑪瑙來問：「二奶奶爲什麼不吃飯？老太太不放心，着我來瞧來了。」鳳姐知是賈母處打發人來，遂勉强起來，說：「我白有些頭疼，並没別的病，請老太太放心。我已經躺了一躺兒，好了。」言畢，打發來人去後，却自己一個人將前事從頭至尾細細的盤算多時，得了一個「一計害三賢」的狠主意出來。自己暗想：須得如此如此方妥。主意已定，也不告訴平兒，反外面作出嘻笑自若、無事的光景，並不露出惱恨妒嫉之意。

於是叫丫頭傳了來旺來吩咐，令他明日傳喚匠役人等，收拾東厢房，裱糊鋪設等語。平兒與衆人皆不知爲何緣故。要知端的，且看下回分解。

〔一〕按：此回庚辰本缺。其他各本存在兩種類型文字，且出入較大。列、戚、甲辰本此回情節安排完整合理，但較爲囉嗦拖沓，翫其文字，當非出於曹雪芹手筆，或係脂硯等人據曹雪芹殘稿補寫而成。蒙、楊本及程甲乙本一系文字比較簡練，顯係經過後人整理，且存在删減過度及某些情節欠合理的問題。由於兩種版本文字多寡懸殊，無法互校，故本書正文依據早出的列藏本，另將程甲本文字附録於下。

第六十七回　見土儀顰卿思故里　聞秘事鳳姐訊家童（程甲本）

話説尤三姐自盡之後，尤老娘和二姐兒、賈珍、賈璉等俱不勝悲慟，自不必説，忙令人盛殮，送往城外埋葬。柳湘蓮見尤三姐身亡，痴情眷戀，却被道人數句冷言打破迷關，竟自截髮出家，跟隨瘋道人飄然而去，不知何往。暫且不表。

且説薛姨媽聞知湘蓮已説定了尤三姐爲妻，心中甚喜，正是高高興興要打算替他買房子，治傢伙，擇吉迎娶，以報他救命之恩。忽有家中小厮吵嚷「三姐兒自盡了」，被小丫頭們聽見，告知薛姨媽。薛姨媽不知爲何，心甚嘆息。正在猜疑，寶釵從園裏過來，薛姨媽便對寶釵説道：「我的兒，你聽見了没有？你珍大嫂子的妹妹三姑娘，他不是已經許定給你哥哥的義弟柳湘蓮了麽，不知爲什麽自刎了。那柳湘蓮也不知往那裏去了。真正奇怪的事，叫人意想不到。」寶釵聽了，並不在意，便説道：「俗話説的好，『天有不測風雲，人有旦夕禍福』。這也是他們前生命定。前日媽媽爲他救了哥哥，商量着替他料理，如今已經死的死了，走的走了，依我説，也只好由他罷了。媽媽也不必爲他們傷感了。倒是自從哥哥打江南回來了一二十日，販了來的貨物，想來也該發完了，那同伴去的夥計們辛辛苦苦的，回來幾個月了，媽媽和哥哥商議商議，也該請一請，酬謝酬謝纔是。别叫人家看着無理似的。」

母女正説話間，見薛蟠自外而入，眼中尚有淚痕。一進門來，便向他母親拍手説道：「媽媽可知道柳二哥、尤三姐的事麽？」薛姨媽説：「我纔聽見説，正在這裏和你妹妹説這件公案呢。」薛蟠道：「媽媽可聽見説柳湘蓮跟着一個道士出了家了麽？」薛姨媽道：「這越發奇了。怎麽柳相公那樣一個年輕的聰明人，一時糊塗，就跟着道士去了呢。我想你們好了一場，他又無父母兄弟，隻身一人在此，你該各處找找他纔是。靠那道士能往那裏遠去，左不過是在這方近左右的廟裏寺裏罷了。」薛蟠説：「何嘗不是呢。我一聽見這個信兒，就連忙帶了小厮們在各處尋找，連一個影兒也没有。又去問人，都説没看見。」薛姨媽説：「你既找尋過没有，也算把你作朋友的心盡了。焉知他這一出家不是得了好處去呢。只是你如今也該張羅張羅買賣，二則把你自己娶媳婦應辦的事情，倒早些料理料理。咱們家没人，俗語説的『夯雀兒先飛』，省得臨時丢三落四的不齊全，令人笑話。再者你妹妹纔説，你也回家半個多月了，想貨物也該發完了，同你去的夥計們，也該擺桌酒給他們道道乏纔是。人家陪着你走了二三千里的路程，受了四五個月的辛苦，而且在路上又替你擔了多少的驚怕沉重。」薛蟠聽説，便道：「媽媽説的很是。倒是妹妹想的週到。我也這樣想着，只因這些日子爲各處發貨鬧的腦袋都大了。又爲柳二哥的事忙了這幾日，反倒落了一個空，白張羅了一會子，倒把正經事都誤了。要不然定了明兒後兒下帖兒請罷。」薛姨媽道：「由你辦去罷。」

話猶未了，外面小厮進來回説：「管總的張大爺差人送了兩箱子東西來，説這是爺各自買的，不在貨賬裏面。本要早送來，因貨物箱子壓着，没得拿，昨兒貨物發完了，所以今日纔送來了。」一面説，一面又見兩個小厮搬進了兩個夾板夾的大棕箱。薛蟠一見，説：「嗳喲，可是。我怎麽就糊塗到這步田地了！特特的給媽和妹妹帶來的東西，都忘了没拿了家裏來，還是夥計送了來了。」寶釵説：「虧你説，還是特特的帶來的纔放了一二十天，若不是特特的帶來，大約要放到年底下纔送來呢。我看你也諸事太不留心了。」薛蟠笑道：「想是在路上叫人把魂嚇掉了，還没歸竅呢。」説着大家笑了一回，便向小丫頭説：「出去告訴小厮們，東西收下，叫他們回去罷。」薛姨媽同寶釵因問：「到底是什麽東西，這樣捆着綁着的？」薛蟠便命叫兩個小厮進來，解了繩子，去了夾板，開了鎖看時，這一箱都是綢緞、綾錦、洋貨等家常應用之物。薛蟠笑着道：「那一箱是給妹妹帶的。」親自來開。母女二人看時，却是些筆、墨、紙、硯、各色箋紙、香袋、香珠、扇子、扇墜、花粉、胭脂等物，外有虎丘帶來的自行人、酒令兒、水銀灌的打筋斗小小子、沙子燈、一齣一齣的泥人兒的戲，用青紗罩的匣子裝着，又有在虎丘山上泥捏的薛蟠的小像，與薛蟠毫無相差。寶釵見了，别的都不理論，倒是薛蟠的小像，拿着細細看了一看，又看看他哥哥，不禁笑起來了。因叫鶯兒帶着幾個老婆子將這些東西連箱子送到園裏去，又和母親哥哥説了一回閒話兒，纔回園裏去了。這裏薛姨媽將箱子裏的東西取出，一分一分的打點清楚，叫同喜送給賈母並王夫人等處不提。

且説寶釵到了自己房中，將那些玩意兒一件一件的過了目，除了自己留用之外，一分一分配合妥當，也有送筆、墨、紙、硯的，也有送香袋、扇子、香墜的，也有送脂粉、頭油的，有單送頑意兒的。只有黛玉的比別人不同，且又加厚一倍。一一打點完畢，使鶯兒同着一個老婆子，跟着送往各處。

這邊姊妹諸人都收了東西，賞賜來使，説見面再謝。惟有林黛玉看見他家鄉之物，反自觸物傷情，想起父母雙亡，又無兄弟，寄居親戚家中，那裏有人也給我帶些土物？想到這裏，不覺的又傷起心來了。紫鵑深知黛玉心腸，但也不敢説破，只在一旁勸道：「姑娘的身子多病，早晚服藥，這兩日看着比那些日子略好些。雖説精神長了一點兒，還算不得十分大好。今兒寶姑娘送來的這些東西，可見寶姑娘素日看得姑娘很重，姑娘看着該喜歡纔是，爲什麼反倒傷起心來。這不是寶姑娘送東西來倒叫姑娘煩惱了不成？就是寶姑娘聽見，反覺臉上不好看。再者這裏老太太們爲姑娘的病體，千方百計請好大夫配藥診治，也爲是姑娘的病好。

這如今纔好些，又這樣哭哭啼啼，豈不是自己遭塌了自己身子，叫老太太看着添了愁煩了麽？況且姑娘這病，原是素日憂慮過度，傷了血氣。姑娘的千金貴體，也别自己看輕了。」紫鵑正在這裏勸解，只聽見小丫頭子在院内説：「寶二爺來了。」紫鵑忙説：「請二爺進來罷。」

只見寶玉進房來了，黛玉讓坐畢，寶玉見黛玉淚痕滿面，便問：「妹妹，又是誰氣着你了？」黛玉勉强笑道：「誰生什麽氣。」旁邊紫鵑將嘴向床後桌上一努，寶玉會意，往那裏一瞧，見堆着許多東西，就知道是寶釵送來的，便取笑説道：「那裏這些東西，不是妹妹要開雜貨舖啊？」黛玉也不答言。紫鵑笑着道：「二爺還提東西呢。因寶姑娘送了些東西來，姑娘一看就傷起心來了。我正在這裏勸解，恰好二爺來的很巧，替我們勸勸。」寶玉明知黛玉是這個緣故，却也不敢提頭兒，只得笑説道：「你們姑娘的緣故想來不爲别的，必是寶姑娘送來的東西少，所以生氣傷心。妹妹，你放心，等我明年叫人往江南去，與你多多的帶兩船來，省得你淌眼抹淚的。」

黛玉聽了這些話，也知寶玉是爲自己開心，也不好推，也不好任，因説道：「我任憑怎麼没見世面，也到不了這步田地，因送的東西少，就生氣傷心。我又不是兩三歲的小孩子，你也忒把人看得小氣了。我有我的緣故，你那裏知道。」説着，眼淚又流下來了。寶玉忙走到床前，挨着黛玉坐下，將那些東西一件一件拿起來擺弄着細瞧，故意問這是什麽，叫什麽名字；那是什麽做的，這樣齊整；這是什麽，要他做什麽使用。又説這一件可以擺在面前，又説那一件可以放在條桌上當古董兒倒好呢。一味的將些没要緊的話來厮混。黛玉見寶玉如此，自己心裏倒過不去，便説：「你不用在這裏混攪了。咱們到寶姐姐那邊去罷。」寶玉巴不得黛玉出去散散悶，解了悲痛，便道：「寶姐姐送咱們東西，咱們原該謝謝去。」黛玉道：「自家姊妹，這倒不必。只是到他那邊，薛大哥回來了，必然告訴他些南邊的古蹟兒，我去聽聽，只當回了家鄉一趟的。」説着，眼圈兒又紅了。寶玉便站着等他。黛玉只得同他出來，往寶釵那裏去了。

且説薛蟠聽了母親之言，急下了請帖，辦了酒席。次日，請了四位夥計，俱已到齊，不免説些販賣賬目發貨之事。不一時，上席讓坐，薛蟠挨次斟了酒。薛姨媽又使人出來致意。

大家喝着酒説閒話兒。内中一個道：「今日這席上短兩個好朋友。」衆人齊問是誰，那人道：「還有誰，就是賈府上的璉二爺和大爺的盟弟柳二爺。」大家果然都想起來，問着薛蟠道：「怎麽不請璉二爺和柳二爺來？」薛蟠聞言，把眉一皺，嘆口氣道：「璉二爺又往平安州去了，頭兩天就起了身的。那柳二爺竟别提起，真是天下頭一件奇事。什麽是柳二爺，如今不知那裏作柳道爺去了。」衆人都詫異道：「這是怎麽説？」薛蟠便把湘蓮前後事體説了一遍。衆人聽了，越發駭異，因説道：「怪不的前日我們在店裏彷彷彿彿也聽見人吵嚷説，有一個道士三言兩語把一個人度了去了，又説一陣風颳了去了。只不知是誰。我們正發貨，那裏有閒工夫打聽這個事去，到如今還是似信不信的，誰知就是柳二爺呢。早知是他，我們大家也該勸他勸纔是。任他怎麽着，也不叫他去。」内中一個道：「别是這麽着罷？」衆人問怎麽樣，那人道：「柳二爺那樣個伶俐人，未必是真跟了道士去罷。他原會些武藝，又有力量，或看破那道士的妖術邪法，特意跟他去，在背地擺佈他，也未可知。」薛蟠道：「果然如此倒也罷了。世上這些妖言惑衆的人，怎麽没人治他一下子。」衆人道：「那時難道你知道了也没找尋他去？」薛蟠說：「城裏城外，那裏没有找到？不怕你們笑話，我找不着他，還哭了一場呢。」言畢，只是長吁短嘆無精打彩的，不像往日高興。衆夥計見他這樣光景，自然不便久坐，不過隨便喝了幾杯酒，吃了飯，大家散了。

且說寶玉同着黛玉到寶釵處來。寶玉見了寶釵，便說道：「大哥哥辛辛苦苦的帶了東西來，姐姐留着使罷，又送我們。」寶釵笑道：「原不是什麽好東西，不過是遠路帶來的土物兒，大家看着新鮮些就是了。」黛玉道：「這些東西我們小時候倒不理會，如今看見，真是新鮮物兒了。」寶釵因笑道：「妹妹知道，這就是俗語説的『物離鄉貴』，其實可算什麽呢。」寶玉聽了這話正對了黛玉方纔的心事，連忙拿話岔道：「明年好歹大哥哥再去時，替我們多帶些來。」黛玉瞅了他一眼，便道：「你要你只管説，不必拉扯上人。姐姐你瞧，寶哥哥不是給姐姐來道謝，竟又要定下明年的東西來了。」説的寶釵寶玉都笑了。三個人又閒話了一回，因提起黛玉的病來。寶釵勸了一回，因説道：「妹妹若覺着身子不爽快，倒要自己勉强扎挣着出來各處走走逛逛，散散心，比在屋裏悶坐着到底好些。我那兩日不是覺着發懶，渾身發熱，只是要歪着，也因爲時氣不好，怕病，因此尋些事情自己混着。這兩日纔覺着好些了。」黛玉道：「姐姐說的何嘗不是。我也是這麽想着呢。」大家又坐了一會子方散。寶玉仍把黛玉送至瀟湘館門首，纔各自回去了。

且說趙姨娘因見寶釵送了賈環些東西，心中甚是喜歡，想道：「怨不得别人都説那寶丫頭好，會做人，很大方，如今看起來果然不錯。他哥哥能帶了多少東西來，他挨門兒送到，並不遺漏一處，也不露出誰薄誰厚，連我們這樣没時運的，他都想到了。若是那林丫頭，他把我們娘兒們正眼也不瞧，那裏還肯送我們東西？」一面想，一面把那些東西翻來覆去的擺弄瞧看一回。忽然想到寶釵係王夫人的親戚，爲何不到王夫人跟前賣個好兒呢。自己便蝎蝎螫螫的拿着東西，走至王夫人房中，站在旁邊，陪笑説道：「這是寶姑娘纔剛給環哥兒的。難爲寶姑娘這麽年輕的人，想的這麽週到，真是大户人家的姑娘，又展樣，又大方，怎麽叫人不敬服呢。怪不得老太太和太太成日家都誇他疼他。我也不敢自專就收起來，特拿來給太太瞧瞧，太太也喜歡喜歡。」王夫人聽了，早知道來意了，又見他說的不倫不類，也不便不理他，説道：「你自管收了去給環哥頑罷。」趙姨娘來時興興頭頭，誰知抹了一鼻子灰，滿心生氣，又不敢露出來，只得訕訕的出來了。到了自己房中，將東西丢在一邊，嘴裏咕咕噥噥自言自語道：「這個又算了個什麼兒呢。」一面坐着，各自生了一回悶氣。

却説鶯兒帶着老婆子們送東西回來，回復了寶釵，將衆人道謝的話並賞賜的銀錢都回完了，那老婆子便出去了。鶯兒走近前來一步，挨着寶釵悄悄的説道：「剛纔我到璉二奶奶那邊，看見二奶奶一臉的怒氣。我送下東西出來時，悄悄的問小紅，説剛纔二奶奶從老太太屋裏回來，不似往日歡天喜地的，叫了平兒去，唧唧咕咕的不知説了些什麼。看那個光景，倒像有什麼大事的似的。姑娘没聽見那邊老太太有什麼事？」寶釵聽了，也自己納悶，想不出鳳姐是爲什麼有氣，便道：「各人家有各人的事，咱們那裏管得。你去倒茶去罷。」鶯兒於是出來，自去倒茶不提。

且説寶玉送了黛玉回來，想着黛玉的孤苦，不免也替他傷感起來。因要將這話告訴襲人，進來時却只有麝月秋紋在房中。因問：「你襲人姐姐那裏去了？」麝月道：「左不過在這幾個院裏，那裏就丟了他。一時不見，就這樣找。」寶玉笑着道：「不是怕丟了他。因我方纔到林姑娘那邊，見林姑娘又正傷心呢。問起來却是爲寶姐姐送了他東西，他看見是他家鄉的土物，不免對景傷情。我要告訴你襲人姐姐，叫他閒時過去勸勸。」正説着，晴雯進來了，因問寶玉道：「你回來了，你又要叫勸誰？」寶玉將方纔的話説了一遍。晴雯道：「襲人姐姐纔出去，聽見他説要到璉二奶奶那邊去。保不住還到林姑娘那裏。」寶玉聽了，便不言語。秋紋倒了茶來，寶玉漱了一口，遞給小丫頭子，心中着實不自在，就隨便歪在床上。

却説襲人因寶玉出門，自己作了回活計，忽想起鳳姐身上不好，這幾日也没有過去看看，况聞賈璉出門，正好大家説説話兒。便告訴晴雯：「好生在屋裏，別都出去了，叫寶玉回來抓不着人。」晴雯道：「嗳喲，這屋裏單你一個人記掛着他，我們都是白閒着混飯吃的。」襲人笑着，也不答言，就走了。

剛來到沁芳橋畔，那時正是夏末秋初，池中蓮藕新殘相間，紅緑離披。襲人走着，沿堤看頑了一回。猛抬頭看見那邊葡萄架底下有人拿着撢子在那裏撢什麼呢，走到跟前，却是老祝媽。那老婆子見了襲人，便笑嘻嘻的迎上來，説道：「姑娘怎麼今日得工夫出來逛逛？」襲人道：「可不是。我要到璉二奶奶家瞧瞧去。你在這裏做什麼呢？」那婆子道：「我在這裏趕蜜蜂兒。今年三伏裏雨水少，這果子樹上都有蟲子，把果子吃的疤瘌流星的掉了好些下來。姑娘還不知道呢，這馬蜂最可惡的，一嘟嚕上只咬破三兩個兒，那破的水滴到好的上頭，連這一嘟嚕都是要爛的。姑娘你瞧，咱們説話的空兒没趕，就落上許多了。」襲人道：「你就是不住手的趕，也趕不了許多。你倒是告訴買辦，叫他多多做些小冷布口袋兒，一嘟嚕套上一個，又透風，又不遭塌。」婆子笑道：「倒是姑娘説的是。我今年纔管上，那裏知道這個巧法兒呢。」因又笑着説道：「今年果子雖遭塌了些，味兒倒好，不信摘一個姑娘嚐嚐。」襲人正色道：「這那裏使得。不但没熟吃不得，就是熟了，上頭還没有供鮮，咱們倒先吃了。你是府裏使老了的，難道連這個規矩都不懂了。」老祝忙笑道：「姑娘説得是。我見姑娘很喜歡，我纔敢這麼説，可就把規矩錯了，我可是老糊塗了。」襲人道：「這也没有什麼。只是你們有年紀的老奶奶們，别先領着頭兒這麼着就好了。」説着遂一逕出了園門，來到鳳姐這邊。

一到院裏，只聽鳳姐説道：「天理良心，我在這屋裏熬的越發成了賊了。」襲人聽見這話，知道有原故了，又不好回來，又不好進去，遂把脚步放重些，隔着窗子問道：「平姐姐在家裏呢麽？」平兒忙答應着迎出來。襲人便問：「二奶奶也在家裏呢麽，身上可大安了？」説着，已走進來。鳳姐裝着在床上歪着呢，見襲人進來，也笑着站起來，説：「好些了，叫你惦着。怎麽這幾日不過我們這邊坐坐？」襲人道：「奶奶身上欠安，本該天天過來請安纔是。但只怕奶奶身上不爽快，倒要静静兒的歇歇兒，我們來了，倒吵的奶奶煩。」鳳姐笑道：「煩是没的話。倒是寶兄弟屋裏雖然人多，也就靠着你一個照看他，也實在的離不開。我常聽見平兒告訴我，説你背地裏還惦着我，常常問我。這就是你盡心了。」一面説着，叫平兒挪了張杌子放在床旁邊，讓襲人坐下。豐兒端進茶來，襲人欠身道：「妹妹坐着罷。」一面説閒話兒。只見一個小丫頭子在外間屋裏悄悄的和平兒説：「旺兒來了。在二門上伺候着呢。」又聽見平兒也悄悄的道：「知道了。叫他先去，回來再來，别在門口兒站着。」襲人知他們有事，又説了兩句話，便起身要走。鳳姐道：「閒來坐坐，説説話兒，我倒開心。」因命平兒：「送送你妹妹。」平兒答應着送出來。只見兩三個小丫頭子，都在那裏屏聲息氣齊齊的伺候着。襲人不知何事，便自去了。

却説平兒送出襲人，進來回道：「旺兒纔來了，因襲人在這裏我叫他先到外頭等等兒，這會子還是立刻叫他呢，還是等着？請奶奶的示下。」鳳姐道：「叫他來。」平兒忙叫小丫頭去傳旺兒進來。這裏鳳姐又問平兒：「你到底是怎麽聽見説的？」平兒道：「就是頭裏那小丫頭子的話。他説他在二門裏頭聽見外頭兩個小厮説：『這個新二奶奶比咱們舊二奶奶還俊呢，脾氣兒也好。』不知是旺兒是誰，吆喝了兩個一頓，説：『什麽新奶奶舊奶奶的，還不快悄悄兒的呢，叫裏頭知道了，把你的舌頭還割了呢。』」平兒正説着，只見一個小丫頭進來回説：「旺兒在外頭伺候着呢。」鳳姐聽了，冷笑了一聲説：「叫他進來。」那小丫頭出來説：「奶奶叫呢。」旺兒連忙答應着進來。

旺兒請了安，在外間門口垂手侍立。鳳姐兒道：「你過來，我問你話。」旺兒纔走到裏間門旁站着。鳳姐兒道：「你二爺在外頭弄了人，你知道不知道？」旺兒又打着千兒回道：

「奴才天天在二門上聽差事，如何能知道二爺外頭的事呢。」鳳姐冷笑道：「你自然不知道。你要知道，你怎麽攔人呢。」旺兒見這話，知道剛纔的話已經走了風了，料着瞞不過，便又跪回道：「奴才實在不知。就是頭裏興兒和喜兒兩個人在那裏混説，奴才吆喝了他們兩句。内中深情底裏奴才不知道，不敢妄回。求奶奶問興兒，他是長跟二爺出門的。」鳳姐聽了，下死勁啐了一口，駡道：「你們這一起没良心的混賬忘八崽子！都是一條藤兒，打量我不知道呢。先去給我把興兒那個忘八崽子叫了來，你也不許走。問明白了他，回來再問你。好，好，好！這纔是我使出來的好人呢！」那旺兒只得連聲答應幾個是，磕了個頭爬起來出去，去叫興兒。

却説興兒正在賬房兒裏和小厮們玩呢，聽見説二奶奶叫，先唬了一跳，却也想不到是這件事發作了，連忙跟着旺兒進來。旺兒先進去，回説：「興兒來了。」鳳姐兒厲聲道：「叫他！」那興兒聽見這個聲音兒，早已没了主意了，只得乍着膽子進來。鳳姐兒一見，便説：「好小子啊！你和你爺辦的好事啊！你只實説罷！」興兒一聞此言，又看見鳳姐兒氣色及兩邊丫頭們的光景，早唬軟了，不覺跪下，只是磕頭。鳳姐兒道：「論起這事來，我也聽見説不與你相干。但只你不早來回我知道，這就是你的不是了。你要實説了，我還饒你，再有一字虛言，你先摸摸你腔子上幾個腦袋瓜子！」興兒戰兢兢的朝上磕頭道：「奶奶問的是什麼事，奴才同爺辦壞了？」鳳姐聽了，一腔火都發作起來，喝命：「打嘴巴！」旺兒過來纔要打時，鳳姐兒罵道：「什麼糊塗忘八崽子！叫他自己打，用你打嗎！一會子你再各人打你那嘴巴子還不遲呢。」那興兒真個自己左右開弓打了自己十幾個嘴巴。

鳳姐兒喝聲「站住」，問道：「你二爺外頭娶了什麼新奶奶舊奶奶的事，你大概不知道啊。」興兒見説出這件事來，越發着了慌，連忙把帽子抓下來在磚地上咕咚咕咚碰的頭山響，口裏説道：「只求奶奶超生，奴才再不敢撒一個字兒的謊。」鳳姐道：「快説！」興兒直蹶蹶的跪起來回道：「這事頭裏奴才也不知道。就是這一天，東府裏大老爺送了殯，俞禄往珍大爺廟裏去領銀子。二爺同着蓉哥兒到了東府裏，道兒上爺兒兩個説起珍大奶奶那邊的二位姨奶奶來。二爺誇他好，蓉哥兒哄着二爺，説把二姨奶奶説給二爺。」鳳姐聽到這裏，使勁啐道：「呸，没臉的忘八蛋！他是你那一門子的姨奶奶！」興兒忙又磕頭説：「奴才該死！」

往上瞅着，不敢言語。鳳姐兒道：「完了嗎？怎麽不説了？」興兒方纔又回道：「奶奶恕奴才，奴才纔敢回。」鳳姐啐道：「放你媽的屁，這還什麽恕不恕了。你好生給我往下説，好多着呢。」興兒又回道：「二爺聽見這個話就喜歡了。後來奴才也不知道怎麽就弄真了。」

鳳姐微微冷笑道：「這個自然麽，你可那裏知道呢！你知道的只怕都煩了呢。是了，説底下的罷！」興兒回道：「後來就是蓉哥兒給二爺找了房子。」鳳姐忙問道：「如今房子在那裏？」興兒道：「就在府後頭。」鳳姐兒道：「哦。」回頭瞅着平兒道：「咱們都是死人哪。你聽聽！」平兒也不敢作聲。興兒又回道：「珍大爺那邊給了張家不知多少銀子，那張家就不問了。」鳳姐道：「這裏頭怎麽又扯拉上什麽張家李家咧呢？」興兒回道：「奶奶不知道，這二奶奶……」剛説到這裏，又自己打了個嘴巴，把鳳姐兒倒慪笑了。兩邊的丫頭也都抿嘴兒笑。興兒想了想，説道：「那珍大奶奶的妹子……」鳳姐兒接着道：「怎麽樣？快説呀。」興兒道：「那珍大奶奶的妹子原來從小兒有人家的，姓張，叫什麽張華，如今窮的待好討飯。珍大爺許了他銀子，他就退了親了。」

鳳姐兒聽到這裏，點了點頭兒，回頭便望丫頭們説道：「你們都聽見了？小忘八崽子，頭裏他還説他不知道呢！」興兒又回道：「後來二爺纔叫人裱糊了房子，娶過來了。」鳳姐道：「打那裏娶過來的？」興兒回道：「就在他老娘家抬過來的。」鳳姐道：「好罷咧。」又問：「没人送親麽？」興兒道：「就是蓉哥兒。還有幾個丫頭老婆子們，没别人。」鳳姐道：「你大奶奶没來嗎？」興兒道：「過了兩天，大奶奶纔拿了些東西來瞧的。」鳳姐兒笑了一笑，回頭向平兒道：「怪道那兩天二爺稱讚大奶奶不離嘴呢。」掉過臉來又問興兒，「誰伏侍呢？自然是你了。」興兒趕着碰頭不言語。鳳姐又問：「前頭那些日子説給那府裏辦事，想來辦的就是這個了。」興兒回道：「也有辦事的時候，也有往新房子裏去的時候。」鳳姐又問道：「誰和他住着呢。」興兒道：「他母親和他妹子。昨兒他妹子各人抹了脖子了。」鳳姐道：「這又爲什麽？」興兒隨將柳湘蓮的事説了一遍。鳳姐道：「這個人還算造化高，省了當那出名兒的忘八。」因又問道：「没了别的事了麽？」興兒道：「别的事奴才不知道。奴才剛纔説的字字是實話，一字虛假，奶奶問出來只管打死奴才，奴才也無怨的。」

鳳姐低了一回頭，便又指着興兒説道：「你這個猴兒崽子就該打死。這有什麼瞞着我的？你想着瞞了我，就在你那糊塗爺跟前討了好兒了，你新奶奶好疼你。我不看你剛纔還有點怕懼兒，不敢撒謊，我把你的腿不給你砸折了呢。」説着喝聲「起去」。興兒磕了個頭，纔爬起來，退到外間門口，不敢就走。鳳姐道：「過來，我還有話呢。」興兒趕忙垂手敬聽。鳳姐道：「你忙什麽，新奶奶等着賞你什麽呢？」興兒也不敢抬頭。鳳姐道：「你從今日不許過去。我什麽時候叫你，你什麽時候到。遲一步兒，你試試！出去罷。」興兒忙答應幾個「是」，退出門來。鳳姐又叫道：「興兒！」興兒趕忙答應回來。鳳姐道：「快出去告訴你二爺去，是不是啊？」興兒回道：「奴才不敢。」鳳姐道：「你出去提一個字兒，堤防你的皮！」興兒連忙答應着纔出去了。鳳姐又叫：「旺兒呢？」旺兒連忙答應着過來。鳳姐把眼直瞪瞪的瞅了兩三句話的工夫，纔説道：「好旺兒，很好，去罷！外頭有人提一個字兒，全在你身上。」旺兒答應着也出去了。

鳳姐便叫倒茶。小丫頭子們會意，都出去了。這裏鳳姐纔和平兒説：「你都聽見了？這纔好呢。」平兒也不敢答言，只好陪笑兒。鳳姐越想越氣，歪在枕上只是出神，忽然眉頭一皺，計上心來，便叫：「平兒來。」平兒連忙答應過來。鳳姐道：「我想這件事竟該這麼着纔好。也不必等你二爺回來再商量了。」未知鳳姐如何辦理，下回分解。

王熙鳳

第六十八回　苦尤娘賺入大觀園　酸鳳姐大鬧寧國府

戚 余讀《左氏》見鄭莊，讀《後漢》見魏武，謂古之大奸巨猾，惟此爲最。今讀《石頭記》，又見鳳姐作威作福，用柔用剛，占步高，留步寬，殺得死，救得活。天生此等人，斲喪元氣不少！

話説賈璉起身去後，偏值平安節度巡邊在外，約一個月方回。賈璉未得確信，只得住在下處等候。及至回來相見，將事辦妥，回程已是將兩個月的限了。

誰知鳳姐心下早已算定，只待賈璉前脚走了，回來便傳各色匠役，收拾東廂房三間，照依自己正室一樣裝飾陳設。至十四日便回明賈母王夫人，説十五日一早要到姑子廟進香去。只帶了平兒、豐兒、周瑞媳婦、旺兒媳婦四人，未曾上車，便將原故告訴了衆人。又吩咐衆男人，素衣素蓋，一逕前來。

興兒引路，一直到了二姐門前扣門。鮑二家的開了。興兒笑説：「快回二奶奶去，大奶奶來了。」鮑二家的聽了這句，頂梁骨走了真魂，忙飛進報與尤二姐。尤二姐雖也一驚，但已來了，只得以禮相見，於是忙整衣迎了出來。至門前，鳳姐方下車進來。尤二姐一看，只見頭上皆是素白銀器，身上月白緞襖，青緞披風，白綾素裙。眉彎柳葉，高吊兩梢，目横丹鳳，神凝三角。俏麗若三春之桃，清潔若九秋之菊。周瑞旺兒二女人攙入院來。尤二姐陪笑忙迎上來萬福，張口便叫：「姐姐下降，不曾遠接，望恕倉促之罪。」説着便福了下來。鳳姐忙陪笑還禮不迭。二人携手同入室中。

鳳姐上座，尤二姐命丫鬟拿褥子來便行禮，説：「奴家年輕，一從到了這裏之事，皆係家母和家姐商議主張。今日有幸相會，若姐姐不棄奴家寒微，凡事求姐姐的指示教訓。奴亦傾心吐膽，只伏侍姐姐。」説着，便行下禮去。

鳳姐兒忙下座以禮相還，口内忙説：「皆因奴家婦人之見，一味勸夫慎重，不可在外眠花卧柳，恐惹父母擔憂。此皆是你我之痴心，怎奈二爺錯會奴意。眠花宿柳之事瞞奴或可，今娶姐姐二房之大事亦人家大禮，亦不曾對奴説。奴亦曾勸二爺早行此禮，以備生育。不想二爺反以奴爲那等嫉妒之婦，私自行此大事，並不説知。使奴有冤難訴，惟天地可表。前於十日之先奴已風聞，恐二爺不樂，遂不敢先説。今可巧遠行在外，故奴家親自拜見過，還求姐姐下體奴心，起動大駕，挪至家中。你我姊妹同居同處，彼此合心諫勸二爺，慎重世務，保養身體，方是大禮。若姐姐在外，奴在内，雖愚賤不堪相伴，奴心又何安。再者，使外人聞知，亦甚不雅觀。二爺之名也要緊，倒是談論奴家，奴亦不怨。所以今生今世奴之名節全在姐姐身上。那起下人小人之言，未免見我素日持家太嚴，背後加減些言語，自是常情。姐姐乃何等樣人物，豈可信真。若我實有不好之處，上頭三層公婆，中有無數姊妹妯娌，况賈府世代名家，豈容我到今日。今日二爺私娶姐姐在外，若别人則怒，我則以爲幸。正是天地神佛不忍我被小人們誹謗，故生此事。我今來求姐姐進去和我一樣同居同處，同分同例，同侍公婆，同諫丈夫。喜則同喜，悲則同悲，情似親妹，和比骨肉。不但那起小人見了，自悔從前錯認了我，就是二爺來家一見，他作丈夫之人，心中也未免暗悔。所以姐姐竟是我的大恩人，使我從前之名一洗無餘了。若姐姐不隨奴去，奴亦情願在此相陪。奴願作妹子，每日伏侍姐姐梳頭洗面。只求姐姐在二爺跟前替我好言方便方便，容我一席之地安身，奴死也願意。」說着，便嗚嗚咽咽哭將起來。尤二姐見了這般，也不免滴下淚來。

二人對見了禮，分序座下。平兒忙也上來要見禮。尤二姐見他打扮不凡，舉止品貌不俗，料定是平兒，連忙親身挽住，只叫：「妹子快休如此，你我是一樣的人。」鳳姐忙也起身笑說：「折死他了！妹子只管受禮，他原是咱們的丫頭。以後快別如此。」說着，又命周家的從包袱裏取出四匹上色尺頭，四對金珠簪環爲拜禮。尤二姐忙拜受了。

二人吃茶，對訴已往之事。鳳姐口內全是自怨自錯，「怨不得別人，如今只求姐姐疼我」等語。尤二姐見了這般，便認他作是個極好的人，小人不遂心誹謗主子亦是常理，故傾心吐膽，叙了一回，竟把鳳姐認爲知己。又見周瑞等媳婦在旁邊稱揚鳳姐素日許多善政，只是吃虧心太痴了，惹人怨，又説「已經預備了房屋，奶奶進去一看便知」。

尤氏心中早已要進去同住方好，今又見如此，豈有不允之理，便説：「原該跟了姐姐去，只是這裏怎樣？」鳳姐兒道：「這有何難，姐姐的箱籠細軟只管着小厮搬了進去。這些粗笨貨要他無用，還叫人看着。姐姐説誰妥當就叫誰在這裏。」尤二姐忙説：「今日既遇見姐姐，這一進去，凡事只憑姐姐料理。我也來的日子淺，也不曾當過家，世事不明白，如何敢作主。這幾件箱籠拿進去罷。我也没有什麽東西，那也不過是二爺的。」

鳳姐聽了，便命周瑞家的記清，好生看管着抬到東廂房去。於是催着尤二姐穿戴了，二人携手上車，又同坐一處，又悄悄的告訴他：「我們家的規矩大。這事老太太一概不知，倘或知二爺孝中娶你，管把他打死了。如今且别見老太太、太太，我們有一個花園子極大，姊妹住着，容易没人去的。你這一去且在園裏住兩天，等我設個法子回明白了，那時再見方妥。」尤二姐道：「任憑姐姐裁處。」那些跟車的小厮們皆是預先説明的，如今不去大門，只奔後門而來。

下了車，趕散衆人。鳳姐便帶尤氏進了大觀園的後門，來到李紈處相見了。彼時大觀園中十停人已有九停人知道了，今忽見鳳姐帶了進來，引動多人來看問。尤二姐一一見過。衆人見他標緻和悦，無不稱揚。鳳姐一一的吩咐了衆人：「都不許在外走了風聲，若老太太、太太知道，我先叫你們死。」園中婆子丫鬟都素懼鳳姐的，又係賈璉國孝家孝中所行之事，知道關係非常，都不管這事。鳳姐悄悄的求李紈收養幾日，「等回明了，我們自然過去的。」李紈見鳳姐那邊已收拾房屋，況在服中，不好倡揚，自是正理，只得收下權住。鳳姐又變法將他的丫頭一概退出，又將自己的一個丫頭送他使喚。暗暗吩咐園中媳婦們：「好生照看着他。若有走失逃亡，一概和你們算賬。」自己又去暗中行事。合家之人都暗暗納罕的説：「看他如何這等賢惠起來了。」那尤二姐得了這個所在，又見園中姊妹各各相好，倒也安心樂業的自爲得其所矣。

誰知三日之後，丫頭善姐便有些不服使喚起來。尤二姐因説：「没了頭油了，你去回聲大奶奶拿些來。」善姐便道：「二奶奶，你怎麽不知好歹没眼色。我們奶奶天天承應了老太太，又要承應這邊太太那邊太太。這些妯娌姊妹，上下幾百男女，天天起來，都等他的話。一日少説，大事也有一二十件，小事還有三五十件。外頭的從娘娘算起，以及王公侯伯家多少人情客禮，家裏又有這些親友的調度。銀子上千錢上萬，一日都從他一個手一個心一個口裏調度，那裏爲這點子小事去煩瑣他。我勸你能着些兒罷。咱們又不是明媒正娶來的，這是他亘古少有一個賢良人纔這樣待你，若差些兒的人，聽見了這話，吵嚷起來，把你丢在外，死不死，生不生，你又敢怎樣呢！」一席話，説的尤氏垂了頭，自爲有這一説，少不得將就些罷了。那善姐漸漸連飯也怕端來與他吃，或早一頓，或晚一頓，所拿來之物，皆是剩的。尤二姐説過兩次，他反先亂叫起來。尤二姐又怕人笑他不安分，少不得忍着。隔上五日八日見鳳姐一面，那鳳姐却是和容悦色，滿嘴裏姐姐不離口。又説：「倘有下人不到之處，你降不住他們，只管告訴我，我打他們。」又駡丫頭媳婦説：「我深知你們，軟的欺，硬的怕，背開我的眼，還怕誰。倘或二奶奶告訴我一個不字，我要你們的命。」尤氏見他這般的好心，想道：「既有他，何必我又多事。下人不知好歹，也是常情。我若告了，他們受了委屈，反叫人説我不賢良。」因此反替他們遮掩。

鳳姐一面使旺兒在外打聽細事，這尤二姐之事皆已深知。原來已有了婆家的，女婿現在纔十九歲，成日在外嫖賭，不理生業，家私花盡，父親攆他出來，現在賭錢廠存身。父親得了尤婆十兩銀子退了親的，這女婿尚不知道。原來這小夥子名叫張華。鳳姐都一一盡知原委，便封了二十兩銀子與旺兒，悄悄命他將張華勾來養活，着他寫一張狀子，只管往有司衙門中告去，就告璉二爺「國孝家孝之中，背旨瞞親，仗財依勢，强逼退親，停妻再娶」等語。這張華也深知利害，先不敢造次。旺兒回了鳳姐，鳳姐氣的駡：「癩狗扶不上墻的種子。你細細的説給他，便告我們家謀反也没事的。不過是藉他一鬧，大家没臉。若告大了，我這裏自然能够平息的。」旺兒領命，只得細説與張華。鳳姐又吩咐旺兒：「他若告了你，你就和他對詞去。」如此如此，這般這般，「我自有道理。」旺兒聽了有他做主，便又命張華狀子上添上自己，說：「你只告我來往過付，一應調唆二爺做的。」張華便得了主意，和旺兒商議定了，寫了一紙狀子，次日便往都察院喊了冤。

察院坐堂看狀，見是告賈璉的事，上面有家人旺兒一人，只得遣人去賈府傳旺兒來對詞。青衣不敢擅入，只命人帶信。那旺兒正等着此事，不用人帶信，早在這條街上等候。見了青衣，反迎上去笑道：「起動衆位兄弟，必是兄弟的事犯了。說不得，快來套上。」衆青衣不敢，只說：「你老去罷，別鬧了。」於是來至堂前跪了。察院命將狀子與他看。旺兒故意看了一遍，碰頭說道：「這事小的盡知，小的主人實有此事。但這張華素與小的有仇，故意攀扯小的在內。其中還有別人，求老爺再問。」張華碰頭說：「雖還有人，小的不敢告他，所以只告他下人。」旺兒故意急的說：「糊塗東西，還不快說出來！這是朝廷公堂之上，憑是主子，也要說出來。」張華便說出賈蓉來。

察院聽了無法，只得去傳賈蓉。鳳姐又差了慶兒暗中打聽，告了起來，便忙將王信喚來，告訴他此事，命他託察院只虛張聲勢警唬而已，又拿了三百銀子與他去打點。是夜王信到了察院私第，安了根子。那察院深知原委，收了贓銀。次日回堂，只說張華無賴，因拖欠了賈府銀兩，枉捏虛詞，誣賴良人。都察院又素與王子騰相好，王信也只到家說了一聲，况是賈府之人，巴不得了事，便也不提此事，且都收下，只傳賈蓉對詞。

且說賈蓉等正忙着賈珍之事，忽有人來報信，說有人告你們如此如此，這般這般，快作道理。賈蓉慌了，忙來回賈珍。賈珍說：「我防了這一着，只虧他大膽子。」即刻封了二百銀子着人去打點察院，又命家人去對詞。正商議之間，人報：「西府二奶奶來了。」賈珍聽了這個，倒吃了一驚，忙要同賈蓉藏躲。不想鳳姐進來了，說：「好大哥哥，帶着兄弟們幹的好事！」賈蓉忙請安，鳳姐拉了他就進來。賈珍還笑說：「好生伺候你嬸娘，吩咐他們殺牲口備飯。」說了，忙命備馬，躲往別處去了。

這裏鳳姐兒帶着賈蓉走來上房，尤氏正迎了出來，見鳳姐氣色不善，忙笑說：「什麼事這等忙？」鳳姐照臉一口唾沫啐道：「你尤家的丫頭没人要了，偷着只往賈家送！難道賈家的人都是好的，普天下死絕了男人了！你就願意給，也要三媒六證，大家説明，成個體統纔是。你痰迷了心，脂油蒙了竅，國孝家孝兩重在身，就把個人送來了。這會子被人家告我們，我又是個沒脚蟹，連官場中都知道我利害吃醋，如今指名提我，要休我。我來了你家，幹錯了什麼不是，你這等害我？或是老太太、太太有了話在你心裏，使你們做這圈套，要擠我出去。如今咱們兩個一同去見官，分證明白。回來咱們公同請了合族中人，大家覿面說個明白。給我休書，我就走路。」一面說，一面大哭，拉着尤氏，只要去見官。急的賈蓉跪在地下碰頭，只求：「姑娘嬸子息怒。」

鳳姐兒一面又罵賈蓉：「天雷劈腦子、五鬼分屍的沒良心的種子！不知天有多高，地有多厚，成日家調三窩四，幹出這些沒臉面、沒王法、敗家破業的營生。你死了的娘陰靈也不容你，祖宗也不容，還敢來勸我！」哭罵着揚手就打。賈蓉忙磕頭有聲說：「嬸子別動氣，仔細手，讓我自己打。嬸子別生氣。」說着，自己舉手左右開弓，自己打了一頓嘴巴子，又自己問着自己說：「以後可再顧三不顧四的混管閒事了？以後還單聽叔叔的話不聽嬸子的話了？」衆人又是勸，又要笑，又不敢笑。

鳳姐兒滾到尤氏懷裏，嚎天動地，大放悲聲，只説：「給你兄弟娶親我不惱。爲什麽使他違旨背親，將混賬名兒給我背着？咱們只去見官，省得捕快皂隸來拿。再者咱們只過去見了老太太、太太和衆族人，大家公議了，我既不賢良，又不容丈夫娶親買妾，只給我一紙休書，我即刻就走。你妹妹我也親身接來家，生怕老太太、太太生氣，也不敢回，現在三茶六飯金奴銀婢的住在園裏。我這裏趕着收拾房子，一樣和我的道理，只等老太太知道了。原説接過來大家安分守己的，我也不提舊事了。誰知又有了人家的。不知你們幹的什麽事，我一概又不知道。如今告我，我昨日急了，縱然我出去見官，也丢的是你賈家的臉，少不得偷把太太的五百兩銀子去打點。如今把我的人還鎖在那裏。」説了又哭，哭了又駡，後來放聲大哭起祖宗爹媽來，又要尋死撞頭。把個尤氏揉搓成一個麵團，衣服上全是眼淚鼻涕，並無别語，只駡賈蓉：「孽障種子！和你老子作的好事！我就説不好的。」

鳳姐兒聽説，哭着兩手搬着尤氏的臉緊對相問道：「你發昏了？你的嘴裏難道有茄子塞着？不然他們給你嚼子啣上了？爲什麽你不告訴我去？你若告訴了我，這會子平安不了？怎得經官動府，鬧到這步田地，你這會子還怨他們。自古說：『妻賢夫禍少，表壯不如裏壯。』你但凡是個好的，他們怎得鬧出這些事來！你又没才幹，又没口齒，鋸了嘴子的葫蘆，就只會一味瞎小心圖賢良的名兒。總是他們也不怕你，也不聽你。」說着啐了幾口。尤氏也哭道：「何曾不是這樣。你不信問問跟的人，我何曾不勸的，也得他們聽。叫我怎麽樣呢，怨不得妹妹生氣，我只好聽着罷了。」

衆姬妾、丫鬟、媳婦已是烏壓壓跪了一地，陪笑求說：「二奶奶最聖明的。雖是我們奶奶的不是，奶奶也作踐的够了。當着奴才們，奶奶們素日何等的好來，如今還求奶奶給留臉。」說着，捧上茶來。鳳姐也摔了，一面止了哭挽頭髮，又喝駡賈蓉：「出去請大哥哥來。我對面問他，親大爺的孝纔五七，侄兒娶親，這個禮我竟不知道。我問問，也好學着日後教導子侄的。」賈蓉只跪着磕頭，説：「這事原不與父母相干，都是兒子一時吃了屎，調唆叔叔作的。我父親也並不知道。如今我父親正要出殯，〔一〕嬸子若鬧起來，兒子也是個死。只求嬸子責罰兒子，兒子謹領。這官司還求嬸子料理，兒子竟不能幹這大事。嬸子是何等樣人，豈不知俗語説的『胳膊只折在袖子裏』。兒子糊塗死了，既作了不肖的事，就同那猫兒狗兒一般。嬸子既教訓，就不和兒子一般見識的，少不得還要嬸子費心費力將外頭的事壓住了纔好。原是嬸子有這個不肖的兒子，既惹了禍，少不得委屈，還要疼兒子。」説着，又磕頭不絶。

鳳姐見他母子這般，也再難往前施展了，只得又轉過了一副形容言談來，與尤氏反陪禮説：「我是年輕不知事的人，一聽見有人告訴了，把我唬昏了，不知方纔怎樣得罪了嫂子。可是蓉兒説的『胳膊折了往袖子裏藏』，少不得嫂子要體諒我。還要嫂子轉替哥哥説了，先把這官司按下去纔好。」尤氏賈蓉一齊都説：「嬸子放心，横竪一點兒連累不着叔叔。嬸子方纔説用過了五百兩銀子，少不得我娘兒們打點五百兩銀子與嬸子送過去，好補上的，不然豈有反教嬸子又添上虧空之名，越發我們該死了。但還有一件，老太太、太太們跟前嬸子還要週全方便，别提這些話方好。」

鳳姐兒又冷笑道：「你們饒壓着我的頭幹了事，這會子反哄着我替你們週全。我雖然是個獃子，也獃不到如此。嫂子的兄弟是我的丈夫，嫂子既怕他絶後，我豈不更比嫂子更怕絶後。嫂子的令妹就是我的妹子一樣。我一聽見這話，連夜喜歡的連覺也睡不成，趕着傳人收拾了屋子，就要接進來同住。倒是奴才小人的見識，他們倒說：『奶奶太好性了。若是我們的主意，先回了老太太、太太，看是怎樣，再收拾房子去接也不遲。』我聽了這話，教我要打要罵的，纔不言語。誰知偏不稱我的意，偏打我的嘴，半空裏又跑出個張華來告了一狀。我聽見了，嚇的兩夜没合眼兒，又不敢聲張，只得求人去打聽這張華是什麼人，這樣大膽。打聽了兩日，誰知是個無賴的花子。我年輕不知事，反笑了，說：『他告什麼？』倒是小子們說：『原是二奶奶許了他的。他如今正是急了，凍死餓死也是個死，現在有這個理他抓着，縱然死了，死的倒比凍死餓死還值些。怎麽怨的他告呢。這事原是爺作的太急了。國孝一層罪，家孝一層罪，背着父母私娶一層罪，停妻再娶一層罪。俗語說：拼着一身剮，敢把皇帝拉下馬。他窮瘋了的人，什麽事作不出來，况且他又拿着這滿理，不告等請不成。』嫂子說，我便是個韓信張良，聽了這話，也把智謀嚇回去了。你兄弟又不在家，又没個商議，少不得拿錢去墊補，誰知越使錢越被人拿住了刀靶，越發來訛。我是『耗子尾上長瘡——多少膿血兒』。所以又急又氣，少不得來找嫂子。」

尤氏、賈蓉不等説完，都説：「不必操心，自然要料理的。」賈蓉又道：「那張華不過是窮急，故捨了命纔告。咱們如今想了一個法兒，竟許他些銀子，只叫他應了妄告不實之罪，咱們替他打點完了官司，他出來時再給他些個銀子就完了。」鳳姐兒笑道：「好孩子，怨不得你顧一不顧二的作這些事出來。原來你竟糊塗。若你説得這話，他暫且依了，且打出官司來又得了銀子，眼前自然了事。這些人既是無賴之徒，銀子到手一旦光了，他又尋事故訛詐。倘又叨登起來這事，咱們雖不怕，也終擔心。擱不住他説既没毛病爲什麽反給他銀子，終久是不了之局。」

賈蓉原是個明白人，聽如此一説，便笑道：「我還有個主意，『來是是非人，去是是非者』，這事還得我了纔好。如今我竟去問張華個主意，或是他定要人，或是他願意了事〔二〕得錢再娶。他若説一定要人，少不得我去勸我二姨，叫他出來仍嫁他去；若説要錢，我們這裏少不得給他。」鳳姐兒忙道：「雖如此説，我斷捨不得你姨娘出去，我也斷不肯使他去。好侄兒，你若疼我，只能可多給他錢爲是。」賈蓉深知鳳姐口雖如此，心却是巴不得只要本人出來，他却做賢良人。如今怎說怎依。

鳳姐兒歡喜了，又說：「外頭好處了，家裏終久怎麽樣？你也同我過去回明纔是。」尤氏又慌了，拉鳳姐討主意如何撒謊纔好。鳳姐冷笑道：「既没這本事，誰叫你幹這事了。這會子又這個腔兒，我又看不上。待要不出個主意，我又是個心慈面軟的人，憑人撮弄我，我還是一片痴心。說不得讓我應起來。如今你們只别露面，我只領了你妹妹去與老太太、太太們磕頭，只說原係你妹妹，我看上了很好。正因我不大生長，原説買兩個人放在屋裏的，今既見你妹妹很好，而又是親上做親的，我願意娶來做二房。皆因家中父母姊妹新近一概死了，日子又艱難，不能度日，若等百日之後，無奈無家無業，實難等得。我的主意接了進來，已經厢房收拾了出來暫且住着，等滿了服再圓房。仗着我不怕臊的臉，死活賴去，有了不是，也尋不着你們了。你們母子想想，可使得？」尤氏賈蓉一齊笑說：「到底是嬸子寬洪大量，足智多謀。等事妥了，少不得我們娘兒們過去拜謝。」尤氏忙命丫鬟們伏侍鳳姐梳妝洗臉，又擺酒飯，親自遞酒揀菜。

鳳姐也不多坐，執意就走了。進園中將此事告訴與尤二姐，又說我怎麽操心打聽，又怎麽設法子，須得如此如此方救下衆人無罪，少不得我去拆開這魚頭，大家纔好。不知端詳，且聽下回分解。

戚 總評：人謂「鬧寧國府」一節極凶猛，「賺尤二姐」一節極和藹，吾謂「鬧寧國府」情有可恕，「賺尤二姐」法不容誅，「鬧寧國府」聲聲是淚，「賺尤二姐」字字皆鋒。

〔一〕「我父親正要出殯」，除蒙府本作「我父親正要商量接太爺出殯」，甲辰本作「我爺爺正要出殯」外，其餘諸本均同底本，應是原稿如此。今人校本則多依蒙府本改。按：賈敬死在六十三回，出殯在六十四回，此時已是「五七」，説「正要出殯」毫無道理（當爲「正要扶柩回籍」之口誤）。蒙府、甲辰本所改，不得要領，不從。

〔二〕底本此處缺失一頁，從「不言語。誰知偏……」到「或是他願意了事」一段文字，據己卯本補（個別文字據諸本校訂）。

第六十九回　弄小巧用借劍殺人　覺大限吞生金自逝

【戚】寫鳳姐寫不盡，却從上下左右寫。寫秋桐極淫邪，正寫鳳姐極淫邪；寫平兒極義氣，正寫鳳姐極不義氣；寫使女欺壓二姐，正寫鳳姐欺壓二姐；寫下人感戴二姐，正寫下人不感戴鳳姐。史公用意，非念死書子之所知。

話説尤二姐聽了，又感謝不盡，只得跟了他來。尤氏那邊怎好不過來的，少不得也過來跟着鳳姐去回，方是大禮。鳳姐笑説：「你只别説話，等我去説。」尤氏道：「這個自然。但一有個不是，是往你身上推的。」説着，大家先來至賈母房中。

正值賈母和園中姊妹們説笑解悶，忽見鳳姐帶了一個標緻小媳婦進來，忙覷着眼看，説：「這是誰家的孩子！好可憐見的。」鳳姐上來笑道：「老祖宗倒細細的看看，好不好？」説着，忙拉二姐説：「這是太婆婆，快磕頭。」二姐忙行了大禮，展拜起來。又指着衆姊妹説：這是某人某人，你先認了，太太瞧過了再見禮。二姐聽了，一一又從新故意的問過，垂頭站在旁邊。賈母上下瞧了一遍，因又笑問：「你姓什麽？今年十幾了？」鳳姐忙又笑説：「老祖宗且别問，只説比我俊不俊。」賈母又戴了眼鏡，命鴛鴦琥珀：「把那孩子拉過來，我瞧瞧肉皮兒。」衆人都抿嘴兒笑着，只得推他上去。賈母細瞧了一遍，又命琥珀：「拿出手來我瞧瞧。」鴛鴦又揭起裙子來。賈母瞧畢，摘下眼鏡來，笑説道：「更是個齊全孩子，我看比你俊些。」鳳姐聽説，笑着忙跪下，將尤氏那邊所編之話，一五一十細細的説了一遍，「少不得老祖宗發慈心，先許他進來，住一年後再圓房。」賈母聽了道：「這有什麽不是。既你這樣賢良，很好。只是一年後方可圓得房。」鳳姐聽了，叩頭起來，又求賈母着兩個女人一同帶去見太太們，説是老祖宗的主意。賈母依允，遂使二人帶去見了邢夫人等。王夫人正因他風聲不雅，深爲憂慮，見他今行此事，豈有不樂之理。於是尤二姐自此見了天日，挪到厢房住居。

鳳姐一面使人暗暗調唆張華，只叫他要原妻，這裏還有許多賠送外，還給他銀子安家過活。張華原無膽無心告賈家的，後來又見賈蓉打發人來對詞，那人原説的：「張華先退了親。我們皆是親戚。接到家裏住着是真，並無婚娶之説。皆因張華拖欠了我們的債務，追索不與，方誣賴小的主人那些個。」察院都和賈王兩處有瓜葛，况又受了賄，只説張華無賴，以窮訛詐，狀子也不收，打了一頓趕出來。慶兒在外替他打點，也没打重。又調唆張華：「親原是你家定的，你只要親事，官必還斷給你。」於是又告。王信那邊又透了消息與察院，察院便批：「張華所欠賈宅之銀，令其限内按數交還，其所定之親，仍令其有力時娶回。」又傳了他父親來當堂批准。他父親亦係慶兒説明，樂得人財兩進，便去賈家領人。

鳳姐兒一面嚇的來回賈母，説如此這般，都是珍大嫂子幹事不明，並没和那家退准，惹人告了，如此官斷。賈母聽了，忙唤了尤氏過來，説他作事不妥，「既是你妹子從小曾與人指腹爲婚，又没退斷，使人混告了。」尤氏聽了，只得説：「他連銀子都收了，怎麼没准。」鳳姐在旁又說：「張華的口供上現說不曾見銀子，也没見人去。他老子説：『原是親家母説過一次，並没應准。親家母死了，你們就接進去作二房。』如此没有對證，只好由他去混説。幸而璉二爺不在家，没曾圓房，這還無妨。只是人已來了，怎好送回去，豈不傷臉。」賈母道：「又没圓房，没的强佔人家有夫之人，名聲也不好，不如送給他去。那裏尋不出好人來。」尤二姐聽了，又回賈母説：「我母親實於某年月日給了他十兩銀子退準的。他因窮急了告，又翻了口。我姐姐原没錯辦。」賈母聽了，便説：「可見刁民難惹。既這樣，鳳丫頭去料理料理。」鳳姐聽了無法，只得應着。回來只命人去找賈蓉。

賈蓉深知鳳姐之意，若要使張華領回，成何體統，便回了賈珍，暗暗遣人去説張華：「你如今既有許多銀子，何必定要原人。若只管執定主意，豈不怕爺們一怒，尋出個由頭，你死無葬身之地。你有了銀子，回家去什麽好人尋不出來。你若走時，還賞你些路費。」張華聽了，心中想了一想，這倒是好主意，和父親商議已定，約共也得了有百金，父子次日起個五更，回原籍去了。賈蓉打聽得真了，來回了賈母鳳姐，説：「張華父子妄告不實，懼罪逃走，官府亦知此情，也不追究，大事完畢。」鳳姐聽了，心中一想：若必定着張華帶回二姐去，未免賈璉回來再花幾個錢包佔住，不怕張華不依。還是二姐不去，自己相伴着還妥當，且再作道理。只是張華此去不知何往，他倘或再將此事告訴了別人，或日後再尋出這由頭來翻案，豈不是自己害了自己。原先不該如此將刀靶付與外人去的。因此悔之不迭，復又想了一條主意出來，悄命旺兒遣人尋着了他，或說他作賊，和他打官司將他治死；或暗中使人算計，務將張華治死，方剪草除根，保住自己的名譽。旺兒領命出來，回家細想：人已走了完事，何必如此大作，人命關天，非同兒戲，我且哄過他去，再作道理。因此在外躲了幾日，回來告訴鳳姐，只說張華是有了幾兩銀子在身上，逃去第三日在京口地界五更天已被截路人打悶棍打死了。他老子唬死在店房，在那裏驗屍掩埋。鳳姐聽了不信，説：「你要扯謊，我再使人打聽出來敲你的牙！」自此方丟過不究。鳳姐和尤二姐和美非常，更比親姊親妹還勝十倍。

那賈璉一日事畢回來，先到了新房中，已竟悄悄的封鎖，只有一個看房子的老頭兒。賈璉問他原故，老頭子細説原委，賈璉只在鐙中跌足。少不得來見賈赦與邢夫人，將所完之事回明。賈赦十分歡喜，説他中用，賞了他一百兩銀子，又將房中一個十七歲的丫鬟名唤秋桐者，賞他爲妾。賈璉叩頭領去，喜之不盡。見了賈母和家中人，回來見鳳姐，未免臉上有些愧色。誰知鳳姐兒他反不似往日容顏，同尤二姐一同出迎，叙了寒温。賈璉將秋桐之事説了，未免臉上有些得意之色，驕矜之容。鳳姐聽了，忙命兩個媳婦坐車在那邊接了來。心中一刺未除，又平空添了一刺，説不得且吞聲忍氣，將好顔面换出來遮掩。一面又命擺酒接風，一面帶了秋桐來見賈母與王夫人等。賈璉心中也暗暗的納罕。

那日已是臘月十二日，賈珍起身，先拜了宗祠，然後過來辭拜賈母等人〔二〕。合族中人直送到洒淚亭方回，獨賈璉賈蓉二人送出三日三夜方回。一路上賈珍命他好生收心治家等語，二人口内答應，也説些大禮套話，不必煩叙。

且説鳳姐在家，外面待尤二姐自不必説得，只是心中又懷别意。無人處只和尤二姐説：「妹妹的聲名很不好聽，連老太太、太太們都知道了，説妹妹在家做女孩兒就不乾净，又和姐夫有些首尾，『没人要的了你揀了來，還不休了再尋好的。』我聽見這話，氣得倒仰，查是誰說的，又查不出來。這日久天長，這些個奴才們跟前，怎麽説嘴。我反弄了個魚頭來拆。」説了兩遍，自己又氣病了，茶飯也不吃，除了平兒，衆丫頭媳婦無不言三語四，指桑説槐，暗相譏刺。秋桐自爲係賈赦之賜，無人僭他的，連鳳姐平兒皆不放在眼裏，豈肯容他。張口是「先姦後娶没漢子要的娼婦，也來要我的强。」鳳姐聽了暗樂，尤二姐聽了暗愧暗怒暗氣。鳳姐既裝病，便不和尤二姐吃飯了。每日只命人端了菜飯到他房中去吃，那茶飯都係不堪之物。平兒看不過，自拿了錢出來弄菜與他吃，或是有時只説和他園中去頑，在園中厨内另做了湯水與他吃，也無人敢回鳳姐。只有秋桐一時撞見了，便去説舌告訴鳳姐説：「奶奶的名聲，生是平兒弄壞了的。這樣好菜好飯浪着不吃，却往園裏去偷吃。」鳳姐聽了，罵平兒説：「人家養猫拿耗子，我的猫只倒咬鷄。」平兒不敢多説，自此也要遠着了。又暗恨秋桐，難以出口。

園中姊妹如李紈、迎春、惜春等人，皆爲鳳姐是好意，然寶、黛一干人暗爲二姐擔心。

雖都不便多事，惟見二姐可憐，常來了，倒還都憫恤他。每日常無人處說起話來，尤二姐便淌眼抹淚，又不敢抱怨。鳳姐兒又並無露出一點壞形來。賈璉來家時，見了鳳姐賢良，也便不留心。况素習以來因賈赦姬妾丫鬟最多，賈璉每懷不軌之心，只未敢下手。如這秋桐輩等人，皆是恨老爺年邁昏憒，貪多嚼不爛，没的留下這些人作什麽，因此除了幾個知禮有耻的，餘者或有與二門上小幺兒們嘲戲的。甚至於與賈璉眉來眼去相偷期的，只懼賈赦之威，未曾到手。這秋桐便和賈璉有舊，從未來過一次。今日天緣凑巧，竟賞了他，真是一對烈火乾柴，如膠投漆，燕爾新婚，連日那裏拆的開。那賈璉在二姐身上之心也漸漸淡了，只有秋桐一人是命。鳳姐雖恨秋桐，且喜藉他先可發脱二姐，自己且抽頭，用「借劍殺人」之法，「坐山觀虎鬭」，等秋桐殺了尤二姐，自己再殺秋桐。主意已定，没人處常又私勸秋桐説：「你年輕不知事。他現是二房奶奶，你爺心坎兒上的人，我還讓他三分，你去硬碰他，豈不是自尋其死？」那秋桐聽了這話，越發惱了，天天大口亂駡説：「奶奶是軟弱人，那等賢惠，我却做不來。奶奶把素日的威風怎都没了。奶奶寬洪大量，我却眼裏揉不下沙子去。讓我和他這淫婦做一回，他纔知道。」鳳姐兒在屋裏，只裝不敢出聲兒。氣的尤二姐在房裏哭泣，飯也不吃，又不敢告訴賈璉。次日賈母見他眼紅紅的腫了，問他，又不敢説。秋桐正是抓乖賣俏之時，他便悄悄的告訴賈母王夫人等説：「專會作死，好好的成天家號喪，背地裏咒二奶奶和我早死了，他好和二爺一心一計的過。」賈母聽了便説：「人太生嬌俏了，可知心就嫉妒。鳳丫頭倒好意待他，他倒這樣争鋒吃醋的。可是個賤骨頭。」因此漸次便不大喜歡。衆人見賈母不喜，不免又往下踏踐起來，弄得這尤二姐要死不能，要生不得。還是虧了平兒，時常背着鳳姐，看他這般，與他排解排解。

那尤二姐原是個花爲腸肚雪作肌膚的人，如何經得這般磨折，不過受了一個月的暗氣，便懨懨得了一病，四肢懶動，茶飯不進，漸次黄瘦下去。夜來合上眼，只見他小妹子手捧鴛鴦寶劍前來説：「姐姐，你一生爲人心痴意軟，終吃了這虧。休信那妒婦花言巧語，外作賢良，内藏奸狡，他發恨定要弄你一死方休。若妹子在世，斷不肯令你進來，即進來時，亦不容他這樣。此亦係理數應然，你我生前淫奔不才，使人家喪倫敗行，故有此報。你依我將此劍斬了那妒婦，一同歸至警幻案下，聽其發落。不然，你則白白的喪命，且無人憐惜。」尤二姐泣道：「妹妹，我一生品行既虧，今日之報既係當然，何必又生殺戮之冤。隨我去忍耐。若天見憐，使我好了，豈不兩全。」小妹笑道：「姐姐，你終是個痴人。自古『天網恢恢，疎而不漏』，天道好還。你雖悔過自新，然已將人父子兄弟致於麀聚之亂，天怎容你安生。」尤二姐泣道：「既不得安生，亦是理之當然，奴亦無怨。」小妹聽了，長嘆而去。尤二姐驚醒，却是一夢。等賈璉來看時，因無人在側，便泣說：「我這病便不能好了。我來了半年，腹中也有身孕，但不能預知男女。倘天見憐，生了下來還可，若不然，我這命就不保，何况於他。」賈璉亦泣說：「你只放心，我請明人來醫治。」於是出去即刻請醫生。

誰知王太醫亦謀幹了軍前效力，回來好討蔭封的。小厮們走去，便請了個姓胡的太醫，名叫君榮。進來診脉看了，說是經水不調，全要大補。賈璉便說：「已是三月庚信不行，又常作嘔酸，恐是胎氣。」胡君榮聽了，復又命老婆子們請出手來再看看。尤二姐少不得又從帳内伸出手來。胡君榮又診了半日，說：「若論胎氣，肝脉自應洪大。然木盛則生火，經水不調亦皆因由肝木所致。醫生要大膽，須得請奶奶將金面略露露，醫生觀觀氣色，方敢下藥。」賈璉無法，只得命將帳子掀起一縫，尤二姐露出臉來。胡君榮一見，魂魄如飛上九天，通身麻木，一無所知。一時掩了帳子，賈璉就陪他出來，問是如何。胡太醫道：「不是胎氣，只是瘀血凝結。如今只以下瘀血通經脉要緊。」於是寫了一方，作辭而去。

賈璉命人送了藥禮，抓了藥來，調服下去。只半夜，尤二姐腹痛不止，誰知竟將一個已成形的男胎打了下來。於是血行不止，二姐就昏迷過去。賈璉聞知，大罵胡君榮。一面再遣人去請醫調治，一面命人去打告胡君榮。胡君榮聽了，早已捲包逃走。這裏太醫便說：「本來氣血生成虧弱，受胎以來，想是着了些氣惱，鬱結於中。這位先生擅用虎狼之劑，如今大人元氣十分傷其八九，一時難保就愈。煎丸二藥並行，還要一些閒言閒事不聞，庶可望好。」說畢而去。急的賈璉查是誰請了姓胡的來，一時查了出來，便打了半死。鳳姐比賈璉更急十倍，只說：「咱們命中無子，好容易有了一個，又遇見這樣没本事的大夫。」於是天地前燒香禮拜，自己通陳禱告說：「我或有病，只求尤氏妹子身體大愈，再得懷胎生一男子，我願吃長齋念佛。」賈璉衆人見了，無不稱讚。賈璉與秋桐在一處時，鳳姐又做湯做水的着人送與二姐。又罵平兒不是個有福的，「也和我一樣。我因多病了，你却無病也不見懷胎。如今二奶奶這樣，都因咱們無福，或犯了什麽，沖的他這樣。」因又叫人出去算命打卦。偏算命的回來又說：「係屬兔的陰人沖犯。」大家算將起來，只有秋桐一人屬兔，說他沖的。

秋桐近見賈璉請醫治藥，打人罵狗，爲尤二姐十分盡心，他心中早浸了一缸醋在内了。今又聽見如此說他沖了，鳳姐兒又勸他說：「你暫且别處去躲幾個月再來。」秋桐便氣的哭罵道：「理那起瞎肏的混咬舌根！我和他『井水不犯河水』，怎麽就沖了他！好個愛八哥兒，在外頭什麽人不見，偏來了就有人沖了。白眉赤臉，那裏來的孩子？他不過指着哄我們那個棉花耳朵的爺罷了。縱有孩子，也不知姓張姓王。奶奶希罕那雜種羔子，我不喜歡！老了誰不成？誰不會養！一年半載養一個，倒還是一點攙雜没有的呢！」罵的衆人又要笑，又不敢笑。可巧邢夫人過來請安，秋桐便哭告邢夫人說：「二爺奶奶要攆我回去，我没了安身之處，太太好歹開恩。」邢夫人聽說，慌的數落鳳姐兒一陣，又罵賈璉：「不知好歹的種子，憑他怎不好，是你父親給的。爲個外頭來的攆他，連老子都没了。你要攆他，你不如還你父親去倒好。」説着，賭氣去了。秋桐更又得意，越性走到他窗户根底下大哭大駡起來。尤二姐聽了，不免更添煩惱。

晚間，賈璉在秋桐房中歇了，鳳姐已睡，平兒過來瞧他，又悄悄勸他：「好生養病，不要理那畜生。」尤二姐拉他哭道：「姐姐，我從到了這裏，多虧姐姐照應。爲我，姐姐也不知受了多少閒氣。我若逃的出命來，我必答報姐姐的恩德，只怕我逃不出命來，也只好等來生罷。」平兒也不禁滴淚説道：「想來都是我坑了你。我原是一片痴心，從没瞞他的話。既聽見你在外頭，豈有不告訴他的。誰知生出這些個事來。」尤二姐忙道：「姐姐這話錯了。若姐姐便不告訴他，他豈有打聽不出來的，不過是姐姐説的在先。况且我也要一心進來，方成個體統，與姐姐何干。」二人哭了一回，平兒又囑咐了幾句，夜已深了，方去安息。

這裏尤二姐心下自思：「病已成勢，日無所養，反有所傷，料定必不能好。况胎已打下，無可懸心，何必受這些零氣，不如一死，倒還乾净。常聽見人説，生金子可以墜死，豈不比上吊自刎又乾净。」想畢，拃挣起來，打開箱子，找出一塊生金，也不知多重，恨命含淚便吞入口中，幾次狠命直脖，方咽了下去。於是趕忙將衣服首飾穿戴齊整，上炕躺下了。當下人不知，鬼不覺。到第二日早晨，丫鬟媳婦們見他不叫人，樂得且自己去梳洗。鳳姐便和秋桐都上去了。平兒看不過，説丫頭們：「你們就只配没人心的打着駡着使也罷了，一個病人，也不知可憐可憐。他雖好性兒，你們也該拿出個樣兒來，别太過逾了，墻倒衆人推。」丫鬟聽了，急推房門進來看時，却穿戴的齊齊整整，死在炕上。於是方嚇慌了，喊叫起來。平兒進來看了，不禁大哭。衆人雖素習懼怕鳳姐，然想尤二姐實在温和憐下，比鳳姐原强，如今死去，誰不傷心落淚，只不敢與鳳姐看見。

當下合宅皆知。賈璉進來，摟屍大哭不止。鳳姐也假意哭：「狠心的妹妹！你怎麽丢下我去了，辜負了我的心！」尤氏賈蓉等也來哭了一場，勸住賈璉。賈璉便回了王夫人，討了梨香院停放五日，挪到鐵檻寺去，王夫人依允。賈璉忙命人去開了梨香院的門，收拾出正房來停靈。賈璉嫌後門出靈不像，便對着梨香院的正墻上通街現開了一個大門。兩邊搭棚，安壇場做佛事。用軟榻鋪了錦緞衾褥，將二姐抬上榻去，用衾單蓋了。八個小廝和幾個媳婦圍隨，從內子墻一帶抬往梨香院來。那裏已請下天文生預備，揭起衾單一看，只見這尤二姐面色如生，比活着還美貌。賈璉又摟着大哭，只叫：「奶奶，你死的不明，都是我坑了你！」賈蓉忙上來勸：「叔叔解着些兒，我這個姨娘自己沒福。」說着，又向南指大觀園的界墻，賈璉會意，只悄悄跌脚說：「我忽略了，終久對出來，我替你報仇。」天文生回說：「奶奶卒於今日正卯時，五日出不得，或是三日，或是七日方可。明日寅時入殮大吉。」賈璉道：「三日斷乎使不得，竟是七日。因家叔家兄皆在外，小喪不敢多停，等到外頭，還放五七，做大道場纔掩靈。明年往南去下葬。」天文生應諾，寫了殃榜而去。寶玉已早過來陪哭一場。衆族中人也都來了。

賈璉忙進去，找鳳姐要銀子治辦棺椁喪禮。鳳姐見抬了出去，推有病，回：「老太太、太太說我病着，忌三房，不許我去。」因此也不出來穿孝，且往大觀園中來。繞過群山，至北界墻根下往外聽，隱隱綽綽聽了一言半語，回來又回賈母說如此這般。賈母道：「信他胡說，誰家癆病死的孩子不燒了一撒，也認真的開喪破土起來。既是二房一場，也是夫妻之分，停五七日抬出來，或一燒或亂葬地上埋了完事。」鳳姐笑道：「可是這話。我又不敢勸他。」正說着，丫鬟來請鳳姐，說：「二爺等着奶奶拿銀子呢。」鳳姐只得來了，便問他：「什麽銀子？家裏近來艱難，你還不知道？咱們的月例，一月趕不上一月，鷄兒吃了過年糧。昨兒我把兩個金項圈當了三百銀子，你還做夢呢。這裏還有二三十兩銀子，你要就拿去。」説着，命平兒拿了出來，遞與賈璉，指着賈母有話，又去了。恨的賈璉没話可説，只得開了尤氏箱櫃，去拿自己的梯己。及開了箱櫃，一滴無存，只有些折簪爛花並幾件半新不舊的綢絹衣裳，都是尤二姐素習所穿的，不禁又傷心哭了起來。自己用個包袱一齊包了，也不命小丫鬟來拿，便自己提着來燒。

平兒又是傷心，又是好笑，忙將二百兩一包的碎銀子偷了出來，到廂房拉住賈璉，悄遞與他説：「你只别作聲纔好，你要哭，外頭多少哭不得，又跑了這裏來點眼。」賈璉聽説，便説：「你説的是。」接了銀子，又將一條裙子遞與平兒，説：「這是他家常穿的，你好生替我收着，作個念心兒。」平兒只得掩了，自己收去。賈璉拿了銀子與衣服，走來命人先去買板。好的又貴，中的又不要。賈璉騎馬自去要瞧，至晚間果抬了一副好板進來，價銀五百兩賒着，連夜趕造。一面分派了人口穿孝守靈，晚來也不進去，只在這裏伴宿。正是——

戚 總評：鳳姐初念在張華領出二姐，轉念又恐仍爲外宅，轉念即欲殺張華，爲斬草除根計。一時寫來，覺滿腔都是荆棘，渾身都是爪牙，安得借鴛鴦劍手刃其首，以寒千古奸婦之膽。

看三姐夢中相叙一段，真有孝子悌弟、義士忠臣之慨，我不禁淚流一斗，濕地三尺。

〔一〕這段文字放在此處有些突兀，或是作者修訂時從別處剪裁挪移而來。賈珍此次遠行當係指第六十四回所言「等過百日後，方扶柩回籍」之事，由於與前文相隔太遠，就顯得費解，蒙本於「賈珍起身」後加「送靈」二字，聊補其不足。

李紈

第七十回　林黛玉重建桃花社　史湘雲偶填柳絮詞

戚 空將佛事圖相報，已觸飄風散艷花。一片精神傳好句，題成讖語任吁嗟！

話説賈璉自在梨香院伴宿七日夜，天天僧道不斷做佛事。賈母喚了他去，吩咐不許送往家廟中。賈璉無法，只得又和時覺説了，就在尤三姐之上點了一個穴，破土埋葬。那日送殯，只不過族中人與王信夫婦、尤氏婆媳而已。鳳姐一應不管，只憑他自去辦理。

因又年近歲逼，諸務猬集不算外，又有林之孝開了一個人名單子來，共有八個二十五歲的單身小廝應該娶妻成房，等裏面有該放的丫頭們好求指配。鳳姐看了，先來問賈母和王夫人。大家商議，雖有幾個應該發配的，奈各人皆有原故：第一個鴛鴦發誓不去。自那日之後，一向未和寶玉説話，也不盛妝濃飾。衆人見他志堅，也不好相强。第二個琥珀，又有病，這次不能了。彩雲因近日和賈環分崩，也染了無醫之症。只有鳳姐兒和李紈房中粗使的大丫鬟出去了，其餘年紀未足。令他們外頭自娶去了。

原來這一向因鳳姐病了，李紈探春料理家務不得閒暇，接着過年過節，出來許多雜事，竟將詩社擱起。如今仲春天氣，雖得了工夫，争奈寶玉因冷遁了柳湘蓮，劍刎了尤小妹，金逝了尤二姐，氣病了柳五兒，連連接接，閒愁胡恨，一重不了一重添。弄得情色若痴，語言常亂，似染怔忡之疾。慌的襲人等又不敢回賈母，只百般逗他頑笑。

這日清晨方醒，只聽外間房内咭咭呱呱笑聲不斷。襲人因笑説：「你快出去解救，晴雯和麝月兩個人按住温都里那膈肢呢。」寶玉聽了，忙披上灰鼠襖子出來一瞧，只見他三人被褥尚未叠起，大衣也未穿。那晴雯只穿葱緑院綢小襖，紅小衣紅睡鞋，披着頭髮，騎在雄奴身上。麝月是紅綾抹胸，披着一身舊衣，在那裏抓雄奴的肋肢。雄奴却仰在炕上，穿着撒花緊身兒，紅褲緑襪，兩脚亂蹬，笑的喘不過氣來。寶玉忙上前笑說：「兩個大的欺負一個小的，等我助力。」說着，也上床來膈肢晴雯。晴雯觸癢，笑的忙丢下雄奴，和寶玉對抓。雄奴趁勢又將晴雯按倒，向他肋下抓動。襲人笑說：「仔細凍着了。」看他四人裹在一處倒好笑。

忽有李紈打發碧月來說：「昨兒晚上奶奶在這裏把塊手帕子忘了，不知可在這裏？」小燕說：「有，有，有，我在地下拾了起來，不知是那一位的，纔洗了出來晾着，還未乾呢。」碧月見他四人亂滚，因笑道：「倒是這裏熱鬧，大清早起就咭咭呱呱的頑到一處。」寶玉笑道：「你們那裏人也不少，怎麽不頑？」碧月道：「我們奶奶不頑，把兩個姨娘和琴姑娘也賓住了。如今琴姑娘又跟了老太太前頭去了，更寂寞了。兩個姨娘今年過了，到明年冬天都去了，又更寂寞呢。你瞧寶姑娘那裏，出去了一個香菱，就冷清了多少，把個雲姑娘落了單。」

正説着，只見湘雲又打發了翠縷來説：「請二爺快出去瞧好詩。」寶玉聽了，忙問：「那裏的好詩？」翠縷笑道：「姑娘們都在沁芳亭上，你去了便知。」寶玉聽了，忙梳洗了出來，果見黛玉、寶釵、湘雲、寶琴、探春都在那裏，手裏拿着一篇詩看。見他來時，都笑說：「這會子還不起來，咱們的詩社散了一年，也没有人作興。如今正是初春〔一〕時節，萬物更新，正該鼓舞另立起來纔好。」湘雲笑道：「一起詩社時是秋天，就不應發達。如今恰好萬物逢春，皆主生盛。況這首桃花詩又好，就把海棠社改作桃花社。」【己】〔起時是後有名，此是先有名。〕寶玉聽着，點頭說：「很好。」且忙着要詩看。衆人都又說：「咱們此時就訪稻香老農去，大家議定好起的。」說着，一齊起來，都往稻香村來。寶玉一壁走，一壁看那紙上寫着《桃花行》一篇，曰：

桃花簾外東風軟，桃花簾内晨妝懶。
簾外桃花簾内人，人與桃花隔不遠。
東風有意揭簾櫳，花欲窺人簾不捲。
桃花簾外開仍舊，簾中人比桃花瘦。
花解憐人花也愁，隔簾消息風吹透。

風透湘簾花滿庭，庭前春色倍傷情。
閒苔院落門空掩，斜日欄杆人自憑。
憑欄人向東風泣，茜裙偷傍桃花立。
桃花桃葉亂紛紛，花綻新紅葉凝碧。
霧裏煙封一萬株，烘樓照壁紅模糊。
天機燒破鴛鴦錦，春酣欲醒移珊枕。
侍女金盆進水來，香泉影蘸胭脂冷。
胭脂鮮艷何相類，花之顔色人之淚；
若將人淚比桃花，淚自長流花自媚。
淚眼觀花淚易乾，淚乾春盡花憔悴。
憔悴花遮憔悴人，花飛人倦易黄昏。
一聲杜宇春歸盡，寂寞簾櫳空月痕！

寶玉看了並不稱讚，却滚下淚來。便知出自黛玉，因此落下淚來，又怕衆人看見，又忙自己擦了。因問：「你們怎麽得來？」寶琴笑道：「你猜是誰做的？」寶玉笑道：「自然是瀟湘子稿。」寶琴笑道：「現是我作的呢。」寶玉笑道：「我不信。這聲調口氣，迥乎不像蘅蕪之體，所以不信。」寶釵笑道：「所以你不通。難道杜工部首首只作『叢菊兩開他日淚』之句不成！一般的也有『紅綻雨肥梅』『水荇牽風翠帶長』之媚語。」寶玉笑道：「固然如此説。但我知道姐姐斷不許妹妹有此傷悼語句，妹妹雖有此才，是斷不肯作的。比不得林妹妹曾經離喪，作此哀音。」衆人聽説，都笑了。

已至稻香村中，將詩與李紈看了，自不必説稱賞不已。説起詩社，大家議定：明日乃三月初二日，就起社，便改「海棠社」爲「桃花社」，林黛玉就爲社主。明日飯後，齊集瀟湘館。因又大家擬題。黛玉便説：「大家就要桃花詩一百韻。」寶釵道：「使不得。從來桃花詩最多，縱作了必落套，比不得你這一首古風。須得再擬。」正説着，人回：「舅太太來了。姑娘出去請安。」因此大家都往前頭來見王子騰的夫人，陪着説話。吃飯畢，又陪入園中來，各處遊頑一遍。至晚飯後掌燈方去。

次日乃是探春的壽日，元春早打發了兩個小太監送了幾件玩器。合家皆有壽儀，自不必説。飯後，探春換了禮服，各處去行禮。黛玉笑向衆人道：「我這一社開的又不巧了，偏忘了這兩日是他的生日。雖不擺酒唱戲的，少不得都要陪他在老太太、太太跟前頑笑一日，如何能得閒空兒。」因此改至初五。

這日衆姊妹皆在房中侍早膳畢，便有賈政書信到了。寶玉請安，將請賈母的安稟拆開念與賈母聽，上面不過是請安的話，説六月中準進京等語。其餘家信事務之帖，自有賈璉和王夫人開讀。衆人聽説六七月回京，都喜之不盡。偏生近日王子騰之女許與保寧侯之子爲妻，擇日於五月初十日過門，鳳姐兒又忙着張羅，常三五日不在家。這日王子騰的夫人又來接鳳姐兒，一併請衆甥男甥女閒樂一日。賈母和王夫人命寶玉、探春、林黛玉、寶釵四人同鳳姐去。衆人不敢違拗，只得回房去另妝飾了起來。五人作辭，去了一日，掌燈方回。寶玉進入怡紅院，歇了半刻，襲人便乘機見景勸他收一收心，閒時把書理一理預備着。寶玉屈指算一算説：「還早呢。」襲人道：「書是第一件，字是第二件。到那時你縱有了書，你的字寫的在那裏呢？」寶玉笑道：「我時常也有寫的好些，難道都没收着？」襲人道：「何曾没收着。你昨兒不在家，我就拿出來，共總數了一數，纔有五六十篇。這三四年的工夫，難道只有這幾張字不成。依我説，從明日起，把别的心全收了起來，天天快臨幾張字補上。雖不能按日都有，也要大概看得過去。」寶玉聽了，忙的自己又親檢了一遍，實在搪塞不去，便説：「明日爲始，一天寫一百字纔好。」説話時大家安下。至次日起來梳洗了，便在窗下研墨，恭楷臨帖。賈母因不見他，只當病了，忙使人來問。寶玉方去請安，便説寫字之故，先將早起清晨的工夫儘了出來，再作别的，因此出來遲了。賈母聽了，便十分歡喜，吩咐他：「以後只管寫字念書，不用出來也使得。你去回你太太知道。」寶玉聽説，便往王夫人房中來説明。王夫人便説：「臨陣磨槍，也不中用。有這會子着急，天天寫寫念念，有多少完不了的。這一趕，又趕出病來纔罷。」寶玉回説不妨事。這裏賈母也説怕急出病來。探春寶釵等都笑説：「老太太不用急。書雖替他不得，字却替得的。我們每人每日臨一篇給他，搪塞過這一步就完了。

一則老爺到家不生氣，二則他也急不出病來。」賈母聽説，喜之不盡。

原來林黛玉聞得賈政回家，必問寶玉的功課，寶玉肯分心，恐臨期吃了虧。因此自己只裝作不耐煩，把詩社便不起，也不以外事去勾引他。探春寶釵二人每日也臨一篇楷書字與寶玉，寶玉自己每日也加工，或寫二百三百不拘。至三月下旬，便將字又集湊出許多來。這日正算，再得五十篇，也就混的過了。誰知紫鵑走來，送了一卷東西與寶玉，拆開看時，却是一色老油竹紙上臨的鍾王蠅頭小楷，字跡且與自己十分相似。喜的寶玉和紫鵑作了一個揖，又親自來道謝。史湘雲寶琴二人亦皆臨了幾篇相送。湊成雖不足功課，亦足搪塞了。寶玉放了心，於是將所應讀之書，又温理過幾遍，正是天天用功。可巧近海一帶海嘯，又遭塌了幾處生民。地方官題本奏聞，奉旨就着賈政順路查看賑濟回來。如此算去，至冬底方回。寶玉聽了，便把書字又擱過一邊，仍是照舊遊蕩。

時值暮春之際，史湘雲無聊，因見柳花飄舞，便偶成一小令，調寄《如夢令》，其詞曰：

豈是繡絨殘吐，捲起半簾香霧，纖手自拈來，空使鵑啼燕妒。且住，且住！莫使春光別去。

自己作了，心中得意，便用一條紙兒寫好，與寶釵看了，又來找黛玉。黛玉看畢，笑道：「好，也新鮮有趣。我却不能。」湘雲笑道：「咱們這幾社總没有填詞。你明日何不起社填詞，改個樣兒，豈不新鮮些？」黛玉聽了，偶然興動，便説：「這話説的極是。我如今便請他們去。」説着，一面吩咐預備了幾色果點之類，一面就打發人分頭去請衆人。這裏他二人便擬了柳絮之題，又限出幾個調來，寫了綰在壁上。

衆人來看時，以柳絮爲題，限各色小調。又都看了史湘雲的，稱賞了一回。寶玉笑道：「這詞上我們平常，少不得也要胡謅起來。」於是大家拈鬮，寶釵便拈得了《臨江仙》，寶琴拈得《西江月》，探春拈得了《南柯子》，黛玉拈得了《唐多令》，寶玉拈得了《蝶戀花》。紫鵑炷了一支夢甜香，〔己〕重建，故又寫香。大家思索起來。一時黛玉有了，寫完。接着寶琴寶釵都有了。他三人寫完，互相看時，寶釵便笑道：「我先瞧完了你們的，再看我的。」探春笑道：「噯呀，今兒這香怎麽這樣快，已剩了三分了。我纔有了半首。」因又問寶玉可有了。寶玉雖作了些，只是自己嫌不好，又都抹了，要另作，回頭看香，已將燼了。李紈笑道：「這算輸了。蕉丫頭的半首且寫出來。」探春聽説，忙寫了出來。衆人看時，（己：却是先看没作完的，總是又變一格也。）上面却只半首《南柯子》，寫道是：

空掛纖纖縷，徒垂絡絡絲，也難綰繫也難羈，一任東西南北各分離。

李紈笑道：「這也却好作，何不續上？」寶玉見香没了，情願認負，不肯勉强塞責，將筆擱下，來瞧這半首。見没完時，反倒動了興開了機，乃提筆續道是：

落去君休惜，飛來我自知。鶯愁蝶倦晚芳時，縱是[二]明春再見，隔年期！

衆人笑道：「正緊你分内的又不能，這却偏有了。縱然好，也不算得。」説着，看黛玉的《唐多令》：

粉墮百花洲，香殘燕子樓。一團團逐對成毬。飄泊亦如人命薄，空繾綣，説風流。

草木也知愁，韶華竟白頭！嘆今生誰拾誰收？嫁與東風春不管，憑爾去，忍淹留。

衆人看了，俱點頭感嘆，説：「太作悲了，好是固然好的。」因又看寶琴的是《西江月》：

漢苑零星有限，隋堤點綴無窮。三春事業付東風，明月梅花一夢。　幾處落紅庭院，誰家香雪簾櫳？江南江北一般同，偏是離人恨重！

衆人都笑説：「到底是他的聲調壯。『幾處』『誰家』兩句最妙。」寶釵笑道：「終不免過於喪敗。我想，柳絮原是一件輕薄無根無絆的東西，然依我的主意，偏要把他説好了，纔不落套。所以我謅了一首來，未必合你們的意思。」衆人笑道：「不要太謙。我們且賞鑑，自然是好的。」因看這一首，《臨江仙》道是：

白玉堂前春解舞，東風捲得均勻。

湘雲先笑道：「好一個『東風捲得均勻』！這一句就出人之上了。」又看底下道：

蜂團蝶陣亂紛紛。幾曾隨逝水，豈必委芳塵。　萬縷千絲終不改，任他隨聚隨分。

（楊）人事無常，原不必戚戚也。韶華休笑本無根，好風頻借力，送我上青雲！

衆人拍案叫絶，都説：「果然翻得好。氣力自然，是這首爲尊；纏綿悲戚，讓瀟湘妃子；情致嫵媚，却是枕霞；小薛與蕉客今日落第，要受罰的。」寶琴笑道：「我們自然受罰，但不知付白卷子的又怎麼罰？」李紈道：「不要忙，這定要重重罰他。下次爲例。」

一語未了，只聽窗外竹子上一聲響，恰似窗屜子倒了一般，衆人唬了一跳。丫鬟們出去瞧時，簾外丫鬟嚷道：「一個大蝴蝶風箏掛在竹梢上了。」衆丫鬟笑道：「好一個齊整風箏！不知是誰家放斷了繩，拿下他來。」寶玉等聽了，也都出來看時，寶玉笑道：「我認得這風箏。這是大老爺那院裏嬌紅姑娘放的，拿下來給他送過去罷。」紫鵑笑道：「難道天下没有一樣的風箏，單他有這個不成？我不管，我且拿起來。」探春道：「紫鵑也學小氣了。你們一般的也有，這會子拾人走了的，也不怕忌諱。」黛玉笑道：「可是呢，知道是誰放晦氣的，快掉出去罷。把咱們的拿出來，咱們也放晦氣。」紫鵑聽了，趕着命小丫頭們將這風箏送出與園門上值日的婆子去了，倘有人來找，好與他們去的。

這裏小丫頭們聽見放風箏，巴不得七手八脚都忙着拿出個美人風箏來。也有搬高凳去的，也有捆剪子股的，也有撥籰子的。寶釵等都立在院門前，命丫頭們在院外敞地下放去。寶琴笑道：「你這個不大好看，不如三姐姐的那一個軟翅子大鳳凰好。」寶釵笑道：「果然。」因回頭向翠墨笑道：「你把你們的拿來也放放。」翠墨笑嘻嘻的果然也取去了。寶玉又興頭起來，也打發個小丫頭子家去，説：「把昨兒賴大娘送我的那個大魚取來。」小丫頭子去了半天，空手回來，笑道：「晴姑娘昨兒放走了。」寶玉道：「我還没放一遭兒呢。」探春笑道：「横竪是給你放晦氣罷了。」寶玉道：「也罷。再把那個大螃蟹拿來罷。」丫頭去了，同了幾個人扛了一個美人並籰子來，説道：「襲姑娘説，昨兒把螃蟹給了三爺了。這一個是林大娘纔送來的，放這一個罷。」寶玉細看了一回，只見這美人做的十分精緻。心中歡喜，便命叫放起來。此時探春的也取了來，翠墨帶着幾個小丫頭子們在那邊山坡上已放了起來。寶琴也命人將自己的一個大紅蝙蝠也取來。寶釵也高興，也取了一個來，却是一連七個大雁的，都放起來。獨有寶玉的美人放不起去。寶玉説丫頭們不會放，自己放了半天，只起房高便落下來了。急的寶玉頭上出汗，衆人又笑。寶玉恨的擲在地下，指着風箏道：「若不是個美人，我一頓脚跺個稀爛。」黛玉笑道：「那是頂綫不好，拿出去另使人打了頂綫就好了。」寶玉一面使人拿去打頂綫，一面又取一個來放。大家都仰面而看，天上這幾個風箏都起在半空中去了。

一時丫鬟們又拿了許多各式各樣的送飯的來，頑了一回。紫鵑笑道：「這一回的勁大，姑娘來放罷。」黛玉聽說，用手帕墊着手，頓了一頓，果然風緊力大，接過籰子來，隨着風箏的勢將籰子一鬆，只聽一陣豁刺刺響，登時籰子綫盡。黛玉因讓衆人來放。衆人都笑道：「各人都有，你先請罷。」黛玉笑道：「這一放雖有趣，只是不忍。」李紈道：「放風箏圖的是這一樂，所以又説放晦氣，你更該多放些，把你這病根兒都帶了去就好了。」紫鵑笑道：「我們姑娘越發小氣了。那一年不放幾個子，今忽然又心疼了。姑娘不放，等我放。」説着便向雪雁手中接過一把西洋小銀剪子來，齊籰子根下寸絲不留，「咯登」一聲鉸斷，笑道：「這一去把病根兒可都帶了去了。」那風箏飄飄搖搖，只管往後退了去，一時只有鷄蛋大小，展眼只剩了一點黑星，再展眼便不見了。衆人皆仰面睃眼説：「有趣，有趣。」寶玉道：「可惜不知落在那裏去了。若落在有人煙處，被小孩子得了還好，若落在荒郊野外無人煙處，我替他寂寞。想起來把我這個放去，教他兩個作伴兒罷。」於是也用剪子剪斷，照先放去。

探春正要剪自己的鳳凰，見天上也有一個鳳凰，因道：「這也不知是誰家的。」衆人皆笑説：「且別剪你的，看他倒像要來絞的樣兒。」説着，只見那鳳凰漸逼近來，遂與這鳳凰絞在一處。衆人方要往下收綫，那一家也要收綫，正不開交，又見一個門扇大的玲瓏喜字帶響鞭，在半天如鐘鳴一般，也逼近來。衆人笑道：「這一個也來絞了。且別收，讓他三個絞在一處倒有趣呢。」説着，那喜字果然與這兩個鳳凰絞在一處。三下齊收亂頓，誰知綫都斷了，那三個風箏飄飄搖搖都去了。衆人拍手哄然一笑，説：「倒有趣，可不知那喜字是誰家的，忒促狹了些。」黛玉説：「我的風箏也放去了，我也乏了，我也要歇歇去了。」寶釵説：「且等我們放了去，大家好散。」説着，看姊妹都放去了，大家方散。黛玉回房歪着養乏。要知端的，下回便見。

[戚]總評：文與雪天聯詩篇一樣機軸，兩樣筆墨。前文以聯句起，以燈謎結，以作畫爲中間橫風吹斷，此文以填詞起，以風箏結，以寫字爲中間橫風吹斷，是一樣機軸；前文叙聯句詳，此文叙填詞略，是兩樣筆墨，前文之叙作畫略，此文叙寫字詳，是兩樣筆墨。前文叙燈

謎，叙猜燈謎，此文叙風箏，叙放風箏，是一樣機軸；前文叙七律在聯句後，此文叙古歌在填詞前，是兩樣筆墨。前文叙黛玉替寶玉寫詩，此文叙寶玉替探春續詞，是一樣機軸，前文賦詩後有一首詩，此文填詞前有一首詞，是兩樣筆墨。噫！參伍其變，錯綜其數，此固難爲粗心者道也！

〔一〕「初春」，除列本作「和春」外，餘本皆同底本。按：此處上文提到「如今仲春天氣」，下文又有「明日乃三月初二日」，夾在中間的這個「初春」顯然有誤。

〔二〕「縱是」，己、列、楊本同，蒙、戚、辰本作「總是」。按：古語「總」通「縱」，「總是」其中一個義項即爲「縱是」，本書另有幾處意爲「縱是」，諸本均作「總是」，别無異文。可見當時「總是」更流行些。現尊重底本，不予統一。另參看第五回注〔三〕。

司棋

第七十一回　嫌隙人有心生嫌隙　鴛鴦女無意遇鴛鴦

戚 叙賈母開壽誕，與寧府祭宗祠是一樣手筆，俱爲五鳳裁詔體。

話説賈政回京之後，諸事完畢，賜假一月在家歇息。因年景漸老，事重身衰，又近因在外幾年，骨肉離易，今得晏然復聚於庭室，自覺喜幸不盡。一應大小事務一概亦發付於度外，只是看書，悶了便與清客們下棋吃酒，或日間在裏面母子夫妻共叙天倫庭闈之樂。

因今歲八月初三日乃賈母八旬之慶，又因親友全來，恐筵宴排設不開，便早同賈赦及賈珍賈璉等商議，議定於七月二十八日起至八月初五日止榮寧兩處齊開筵宴，寧國府中單請官客，榮國府中單請堂客，大觀園中收拾出綴錦閣並嘉蔭堂等幾處大地方來作退居。二十八日請皇親、駙馬、王公、諸公主、郡主、王妃、國君、太君、夫人等，二十九日便是閣下、都府、督鎮及誥命等，三十日便是諸官長及誥命並遠近親友及堂客。初一日是賈赦的家宴，初二日是賈政，初三日是賈珍賈璉，初四日是賈府中合族長幼大小共湊的家宴。初五日是賴大林之孝等家下管事人等共湊一日。自七月上旬，送壽禮者便絡繹不絕。禮部奉旨：欽賜金玉如意一柄，彩緞四端，金玉環四個，帑銀五百兩。元春又命太監送出金壽星一尊，沉香拐一隻，伽南珠一串，福壽香一盒，金錠一對，銀錠四對，彩緞十二匹，玉杯四隻。餘者自親王駙馬以及大小文武官員之家凡所來往者，莫不有禮，不能勝記。堂屋内設下大桌案，鋪了紅毡，將凡所有精細之物都擺上，請賈母過目。賈母先一二日還高興過來瞧瞧，後來煩了，也不過目，只說：「叫鳳丫頭收了，改日悶了再瞧。」

至二十八日，兩府中俱懸燈結彩，屏開鸞鳳，褥設芙蓉，笙簫鼓樂之音，通衢越巷。寧府中本日只有北静王、南安郡王、永昌駙馬、樂善郡王並幾個世交公侯應襲，榮府中南安王太妃、北静王妃並幾位世交公侯誥命。賈母等皆是按品大妝迎接。大家廝見，先請入大觀園内嘉蔭堂，茶畢更衣，方出至榮慶堂上拜壽入席。大家謙遜半日，方纔入席。上面兩席是南北王妃，下面依叙，便是衆公侯誥命。左邊下手一席，陪客是錦鄉侯誥命與臨昌伯誥命，右邊下手一席，方是賈母主位。邢夫人王夫人帶領尤氏鳳姐並族中幾個媳婦，兩溜雁翅站在賈母身後侍立。林之孝賴大家的帶領衆媳婦都在竹簾外面侍候上菜上酒，周瑞家的帶領幾個丫鬟在圍屏後侍候呼唤。凡跟來的人，早又有人管待别處去了。

一時臺上參了場，臺下一色十二個未留髮的小厮侍候。須臾，一小厮捧了戲單至堦下，先遞與回事的媳婦。這媳婦接了，纔遞與林之孝家的，用一小茶盤托上，挨身入簾來遞與尤氏的侍妾佩鳳。佩鳳接了纔奉與尤氏。尤氏托着走至上席，南安太妃謙讓了一回，點了一齣吉慶戲文，然後又謙讓了一回，北静王妃也點了一齣。衆人又讓了一回，命隨便揀好的唱罷了。少時，菜已四獻，湯始一道，跟來各家的放了賞。大家便更衣復入園來，另獻好茶。

南安太妃因問寶玉，賈母笑道：「今日幾處廟裏念『保安延壽經』，他跪經去了。」又問衆小姐們，賈母笑道：「他們姊妹們病的病，弱的弱，見人靦腆，所以叫他們給我看屋子去了。有的是小戲子，傳了一班在那邊廳上陪着他姨娘家姊妹們也看戲呢。」南安太妃笑道：「既這樣，叫人請來。」賈母回頭命鳳姐兒去把史、薛、林帶來，「再只叫你三妹妹陪着來罷。」鳳姐答應了，來至賈母這邊，只見他姊妹們正吃果子看戲，寶玉也纔從廟裏跪經回來。鳳姐兒説了話。寶釵姊妹與黛玉、探春、湘雲五人來至園中，大家見了，不過請安問好讓坐等事。衆人中也有見過的，還有一兩家不曾見過的，都齊聲誇讚不絶。【戚】人非草木，見此數人，焉得不垂涎稱妙？〔一〕其中湘雲最熟，南安太妃因笑道：「你在這裏，聽我來了還不出來，還只等請去。我明兒和你叔叔算賬。」因一手拉着探春，一手拉着寶釵，問幾歲了，又連聲誇讚。因又鬆了他兩個，又拉着黛玉寶琴，也着實細看，極誇一回。又笑道：「都是好的，不知叫我誇那一個的是。」早有人將備用禮物打點出五分來：金玉戒指各五個，腕香珠五串。南安太妃笑道：「你姊妹們別笑話，留着賞丫頭們罷。」五人忙拜謝過。北静王妃也有五樣禮物，餘者不必細説。

吃了茶，園中略逛了一逛，賈母等因又讓入席。南安太妃便告辭，説身上不快，「今日若不來，實在使不得，因此恕我竟先要告别了。」賈母等聽説，也不便强留，大家又讓了一回，送至園門，坐轎而去。接着北静王妃略一坐也就告辭了。餘者也有終席的，也有不終席的。

賈母勞乏了一日，次日便不會人，一應都是邢夫人王夫人管待。有那些世家子弟拜壽的，只到廳上行禮，賈赦、賈政、賈珍等還禮管待，至寧府坐席。不在話下。

這幾日，尤氏晚間也不回那府裏去，白日間待客，晚間陪賈母頑笑，又幫着鳳姐料理出入大小器皿，以及收放賞禮事務，晚間[二]在園内李氏房中歇宿。這日晚間伏侍過賈母晚飯後，賈母因説：「你們也乏了，我也乏了，早些尋一點子吃的歇歇去。明兒還要起早鬧呢。」尤氏答應着退了出來，到鳳姐兒房裏來吃飯。鳳姐兒在樓上看着人收送禮的新圍屏，只有平兒在房裏與鳳姐兒叠衣服。尤氏因問：「你們奶奶吃了飯了没有？」平兒笑道：「吃飯豈不請奶奶去的。」尤氏笑道：「既這樣，我别處找吃的去。餓的我受不得了。」説着就走。平兒忙笑道：「奶奶請回來。這裏有點心，且點補一點兒，回來再吃飯。」尤氏笑道：「你們忙的這樣，我園裏和他姊妹們鬧去。」一面説，一面就走。平兒留不住，只得罷了。

且説尤氏一逕來至園中，只見園中正門與各處角門〔庚〕伏下文。仍未關，猶吊着各色彩燈，因回頭命小丫頭叫該班的女人。那丫鬟走入班房中，竟没一個人影，回來回了尤氏。尤氏便命傳管家的女人。這丫頭應了便出去，到二門外鹿頂内，乃是管事的女人議事取齊之所。到了這裏，只有兩個婆子分菜果呢。因問：「那一位奶奶在這裏？東府奶奶立等一位奶奶，有話吩咐。」這兩個婆子〔三〕只顧分菜果，又聽見是東府裏的奶奶，不大在心上，因就回説：「管家奶奶們纔散了。」小丫頭道：「散了，你們家裏傳他去。」婆子道：「我們只管看屋子，不管傳人。姑娘要傳人再派傳人的去。」小丫頭聽了道：「嗳呀，嗳呀，這可反了！怎麽你們不傳去？你哄那新來了的，怎麽哄起我來了！素日你們不傳誰傳去！這會子打聽了梯己信兒，或是賞了那位管家奶奶的東西，你們争着狗顛兒似的傳去的，不知誰是誰呢。璉二奶奶要傳，你們可也這麽回？」這兩個婆子一則吃了酒，二則被這丫頭揭挑着弊病，便羞激怒了，因回口道：「扯你的臊！我們的事，傳不傳不與你相干！你不用揭挑我們，你想想，你那老子娘在那邊管家爺們跟前比我們還更會溜呢。什麽『清水下雜麵，你吃我也見』的事，各家門，另家户，你有本事，排場你們那邊人去。我們這邊，你們還早些呢！」丫頭聽了，氣白了臉，因說道：「好，好，這話說的好！」一面轉身進來回話。

尤氏已早入園來，因遇見了襲人、寶琴、湘雲三人同着地藏庵的兩個姑子正說故事頑笑，尤氏因說餓了，先到怡紅院，襲人裝了幾樣葷素點心出來與尤氏吃。兩個姑子、寶琴、湘雲等都吃茶，仍說故事。那小丫頭子一逕找了來，氣狠狠的把方纔的話都說了出來。尤氏聽了，冷笑道：「這是兩個什麽人？」兩個姑子並寶琴湘雲等聽了，生怕尤氏生氣，忙勸說：「没有的事，必是這一個〔四〕聽錯了。」兩個姑子笑推這丫頭道：「你這孩子好性氣，那糊塗老嬷嬷們的話，你也不該來回纔是。咱們奶奶萬金之軀，勞乏了幾日，黄湯辣水没吃，咱們哄他歡喜一會還不得一半兒，說這些話做什麽。」襲人也忙笑拉出他去，說：「好妹子，你且出去歇歇，我打發人叫他們去。」尤氏道：「你不要叫人，你去就叫這兩個婆子來，到那邊把他們家的鳳兒叫來。」襲人笑道：「我請去。」尤氏道：「偏不要你去。」兩個姑子忙立起身來，笑道：「奶奶素日寬洪大量，今日老祖宗千秋，奶奶生氣，豈不惹人談論。」寶琴湘雲二人也都笑勸。尤氏道：「不爲老太太的千秋，我斷不依。且放着就是了。」

說話之間，襲人早又遣了一個丫頭去到園門外找人，可巧遇見周瑞家的，這小丫頭子就把這話告訴周瑞家的。周瑞家的雖不管事，因他素日仗着是王夫人的陪房，原有些體面，心性乖滑，專管各處獻勤討好，所以各處房裏的主人都喜歡他。他今日聽了這話，忙的便跑入怡紅院來，一面飛走，一面口内説：「氣壞了奶奶了，可了不得！我們家裏，如今慣的太不堪了。偏生我不在跟前，若在跟前，且打給他們幾個耳刮子，再等過了這幾日算賬。」尤氏見了他，也便笑道：「周姐姐你來，有個理你説説。這早晚門還大開着，明燈亮燭，出入的人又雜，倘有不防的事，如何使得？因此叫該班的人吹燈關門。誰知一個人芽兒也沒有。」周瑞家的道：「這還了得！前兒二奶奶還吩咐了他們，説這幾日事多人雜，一晚就關門吹燈，不是園裏人不許放進去。今兒就没了人。這事過了這幾日，必要打幾個纔好。」尤氏又説小丫頭子的話。周瑞家的道：「奶奶不要生氣，等過了事，我告訴管事的打他個臭死。只問他們，誰叫他們説這『各家門各家户』的話！我已經叫他們吹了燈，關上正門和角門子。」正亂着，只見鳳姐兒打發人來請吃飯。尤氏道：「我也不餓了，纔吃了幾個餑餑，請你奶奶自吃罷。」

一時周瑞家的得便出去，便把方纔的事回了鳳姐，又説：「這兩個婆子就是管家奶奶，時常我們和他説話，都似狠蟲一般。奶奶若不誡飭，大奶奶臉上過不去。」鳳姐道：「既這麼着，記上兩人的名字，等過了這幾日，捆了送到那府裏憑大嫂子開發，或是打幾下子，或是他開恩饒了他們，隨他去就是了，什麼大事。」周瑞家的聽了，得不的一聲兒〔五〕——素日因與這幾個人不睦——出來了，便命一個小廝到林之孝家傳鳳姐的話，立刻叫林之孝家的進來見大奶奶，一面又傳人立刻捆起這兩個婆子來，交到馬圈裏派人看守。

林之孝家的不知有什麼事，此時已經點燈，忙坐車進來，先見鳳姐。至二門上傳進話去，丫頭們出來説：「奶奶纔歇了。大奶奶在園裏，叫大娘見了大奶奶就是了。」林之孝家的只得進園來到稻香村，丫鬟們回進去，尤氏聽了反過意不去，忙唤進他來，因笑向他道：「我不過爲找人找不着因問你，你既去了，也不是什麼大事，誰又把你叫進來，倒要你白跑一遭。

不大的事，已經撒開手了。」林之孝家的也笑道：「二奶奶打發人傳我，說奶奶有話吩咐。」尤氏笑道：「這是那裏的話，只當你没去，白問你。這是誰又多事告訴了鳳丫頭，大約周姐說的。家去歇着罷，没有什麼大事。」李紈又要說原故，尤氏反攔住了。林之孝家的見如此，只得便回身出園去。可巧遇見趙姨娘，姨娘因笑道：「噯喲喲，我的嫂子！這會子還不家去歇歇，還跑些什麼？」林之孝家的便笑説何曾不家去的，如此這般進來了。又是個齊頭故事。趙姨娘原是好察聽這些事的，且素日又與管事的女人們（搬原）〔扳援〕〔六〕，互相連絡，好作首尾。方纔之事，已竟聞得八九，聽林之孝家的如此說，便恁般如此告訴了林之孝家的一遍，林之孝家的聽了，笑道：「原來是這事，也值一個屁！開恩呢，就不理論，心窄些兒，也不過打幾下子就完了。」趙姨娘道：「我的嫂子，事雖不大，可見他們太張狂了些。巴巴的傳進你來，明明戲弄你，頑算你。快歇歇去，明兒還有事呢，也不留你吃茶去。」

說畢，林之孝家的出來，到了側門前，就有方纔兩個婆子的女兒上來哭着求情。林之孝家的笑道：「你這孩子好糊塗，誰叫你娘吃酒混說了，惹出事來，連我也不知道。二奶奶打發人捆他，連我還有不是呢。我替誰討情去。」這兩個小丫頭子纔七八歲，原不識事，只管哭啼求告。纏的林之孝家的没法，因説道：「糊塗東西！你放着門路不去，却纏我來。你姐姐現給了那邊太太作陪房費大娘的兒子，你走過去告訴你姐姐，叫親家娘和太太一説，什麽完不了的事！」一語提醒了這一個，那一個還求。林之孝家的啐道：「糊塗攮的！他過去一説，自然都完了。没有個單放了他媽，又只打你媽的理。」説畢，上車去了。

這一個小丫頭果然過來告訴了他姐姐，和費婆子説了。這費婆子原是邢夫人的陪房，起先也曾興過時，只因賈母近來不大作興邢夫人，所以連這邊的人也減了威勢。凡賈政這邊有些體面的人，那邊各各皆虎視眈眈。這費婆子常倚老賣老，仗着邢夫人，常吃些酒，嘴裏胡罵亂怨的出氣。如今賈母慶壽這樣大事，乾看着人家逞才賣技辦事，呼幺喝六弄手脚，心中早已不自在，指鷄罵狗，閒言閒語的亂鬧。這邊的人也不和他較量。如今聽了周瑞家的捆了他親家，越發火上澆油，仗着酒興，指着隔斷的墻〔庚〕細緻之甚。大駡了一陣，便走上來求邢夫人，説他親家並没什麽不是，「不過和那府裏的大奶奶的小丫頭白鬭了兩句話，周瑞家的便調唆了咱家二奶奶捆到馬圈裏，等過了這兩日還要打。求太太——我那親家娘也是七八十歲的老婆子——和二奶奶説聲，饒他這一次罷。」邢夫人自爲要鴛鴦之後討了没意思，後來見賈母越發冷淡了他，鳳姐的體面反勝自己，且前日南安太妃來了，要見他姊妹，賈母又只令探春出來，迎春竟似有如無，自己心内早已怨忿不樂，只是使不出來。又值這一干小人在側，他們心内嫉妒挾怨之事不敢施展，便背地裏造言生事，調撥主人。先不過是告那邊的奴才，後來漸次告到鳳姐，「只哄着老太太喜歡了，他好就中作威作福，轄治着璉二爺，調唆二太太，把這邊的正緊太太倒不放在心上。」後來又告到王夫人，説：「老太太不喜歡太太，都是二太太和璉二奶奶調唆的。」邢夫人縱是鐵心銅膽的人，婦女家終不免生些嫌隙之心，近日因此着實惡絶鳳姐。今聽了如此一篇話，也不説長短。

至次日一早，見過賈母，衆族中人到齊，坐席開戲。賈母高興，又見今日無遠親，都是自己族中子侄輩，只便衣常妝出來，堂上受禮。當中獨設一榻，引枕靠背脚踏俱全，自己歪在榻上。榻之前後左右，皆是一色的小矮凳，寶釵、寶琴、黛玉、湘雲、迎春、探春、惜春姊妹等圍繞。因賈㻞之母也帶了女兒喜鸞，賈瓊之母也帶了女兒四姐兒，還有幾房的孫女兒，大小共有二十來個。賈母獨見喜鸞和四姐兒生得又好，説話行事與衆不同，心中喜歡，便命他兩個也過來榻前同坐。寳玉却在榻上脚下與賈母搥腿。首席便是薛姨媽，下邊兩溜皆順着房頭輩數下去。簾外兩廊都是族中男客，也依次而坐。

先是那女客一起一起行禮，後方是男客行禮。賈母歪在榻上，只命人説「免了罷」，早已都行完了。然後賴大等帶領衆家人，從儀門直跪至大廳上，磕頭禮畢，又是衆家下媳婦，然後各房的丫鬟，足鬧了兩三頓飯時。然後又抬了許多雀籠來，在當院中放了生。賈赦等焚過了天地壽星紙，方開戲飲酒。直到歇了中臺，賈母方進來歇息，命他們取便，因命鳳姐兒留下喜鸞四姐兒頑兩日再去。鳳姐兒出來便和他母親説，他兩個母親素日都承鳳姐的照顧，也巴不得一聲兒。他兩個也願意在園内頑耍，至晚便不回家了。

邢夫人直至晚間散時，當着許多人陪笑和鳳姐求情説：「我聽見昨兒晚上二奶奶生氣，打發周管家的娘子捆了兩個老婆子，可也不知犯了什麼罪。論理我不該討情，我想老太太好日子，發狠的還捨錢捨米，週貧濟老，咱們家先倒折磨起老人家來了。不看我的臉，權且看老太太，竟放了他們罷。」說畢，上車去了。鳳姐聽了這話，又當着許多人，又羞又氣，一時抓尋不着頭腦，憋得臉紫漲，回頭向賴大家的等笑道：（〔庚〕又寫笑，妙！凡鳳真怒處必曰「笑」，凌凌不錯[七]。）「這是那裏的話。昨兒因爲這裏的人得罪了那府裏的大嫂子，我怕大嫂子多心，所以儘讓他發放，並不爲得罪了我。這又是誰的耳報神這麽快。」王夫人因問爲什麽事，鳳姐兒笑將昨日的事說了。尤氏也笑道：「連我並不知道。你原也太多事了。」鳳姐兒道：「我爲你臉上過不去，所以等你開發，不過是個禮。就如我在你那裏有人得罪了我，你自然送了來儘我。憑他是什麽好奴才，到底錯不過這個禮去。這又不知誰過去没的獻勤兒，這也當作一件事情去說。」王夫人道：「你太太說的是。就是珍哥兒媳婦也不是外人，也不用這些虛禮。老太太的千秋要緊，放了他們爲是。」說着，回頭便命人去放了那兩個婆子。鳳姐由不得越想越氣越愧，不覺的灰心轉悲，滚下淚來。因賭氣回房哭泣，又不使人知覺。偏是賈母打發了琥珀來叫立等說話。琥珀見了，詫異道：「好好的，這是什麽原故？那裏立等你呢。」鳳姐聽了，忙擦乾了淚，洗面另施了脂粉，方同琥珀過來。

賈母因問道：「前兒這些人家送禮來的共有幾家有圍屏？」鳳姐兒道：「共有十六家有圍屏，十二架大的，四架小的炕屏。內中只有江南甄家〔庚：好，一提甄事。◇蓋真事欲顯，假事將盡。〕一架大屏十二扇，大紅緞子緙絲『滿床笏』，一面是泥金『百壽圖』的，是頭等的。還有粵海將軍鄔家一架玻璃的還罷了。」賈母道：「既這樣，這兩架別動，好生擱着，我要送人的。」鳳姐兒答應了。

鴛鴦忽過來向鳳姐兒面上只管瞧，引的賈母問說：「你不認得他？只管瞧什麼。」鴛鴦笑道：「怎麼他的眼腫腫的，所以我詫異，只管看。」賈母聽說，便叫進前來，也覷着眼看。鳳姐笑道：「纔覺的一陣癢癢，揉腫了些。」鴛鴦笑道：「別又是受了誰的氣了不成？」鳳姐道：「誰敢給我氣受，便受了氣，老太太好日子，我也不敢哭的。」賈母道：「正是呢。我正要吃晚飯，你在這裏打發我吃，剩下的你就和珍兒媳婦吃了。你兩個在這裏幫着兩個師傅替我揀佛豆兒，你們也積積壽，前兒你姊妹們和寶玉都揀了，如今也叫你們揀揀，别說我偏心。」説話時，先擺上一桌素的來。兩個姑子吃了，然後纔擺上葷的，賈母吃畢，抬出外間。

尤氏鳳姐兒二人正吃，賈母又叫把喜鸞四姐兒二人也叫來，跟他二人吃畢，洗了手，點上香，捧過一升豆子來。兩個姑子先念了佛偈，然後一個一個的揀在一個簸籮内，每揀一個，念一聲佛。明日煮熟了，令人在十字街結壽緣。賈母歪着聽兩個姑子又説些佛家的因果善事。

鴛鴦早已聽見琥珀説鳳姐哭之事，又和平兒前打聽得原故。晚間人散時，便回説：「二奶奶還是哭的，那邊大太太當着人給二奶奶没臉。」賈母因問爲什麼原故，鴛鴦便將原故説了。賈母道：「這纔是鳳丫頭知禮處，難道爲我的生日由着奴才們把一族中的主子都得罪了也不管罷。這是太太素日没好氣，不敢發作，所以今兒拿着這個作法子，明是當着衆人給鳳兒没臉罷了。」正説着，只見寶琴等進來，也就不説了。賈母因問：「你在那裏來？」寶琴道：「在園裏林姐姐屋裏大家説話的。」賈母忽想起一事來，忙唤一個老婆子來，吩咐他：「到園裏各處女人們跟前囑咐囑咐，留下的喜姐兒和四姐兒雖然窮，也和家裏的姑娘們是一樣，大家照看經心些。我知道咱們家的男男女女都是『一個富貴心，兩隻體面眼』，未必把他兩個放在眼裏。有人小看了他們，我聽見可不依。」婆子應了方要走時，鴛鴦道：「我説去罷。他們那裏聽他的話。」說着，便一逕往園子來。

先到稻香村中，李紈與尤氏都不在這裏。問丫鬟們，說「都在三姑娘那裏呢。」鴛鴦回身又來至曉翠堂，果見那園中人都在那裏說笑。見他來了，都笑說：「你這會子又跑來做什麼？」又讓他坐。鴛鴦笑道：「不許我也逛逛麼？」於是把方纔的話說了一遍。李紈忙起身聽了，就叫人把各處的頭兒喚了一個來。令他們傳與諸人知道，不在話下。

這裏尤氏笑道：「老太太也太想的到，實在我們〔八〕年輕力壯的人捆上十個也趕不上。」李紈道：「鳳丫頭仗着鬼聰明兒，還離脚踪兒不遠。咱們是不能的了。」鴛鴦道：「罷喲，還提鳳丫頭虎丫頭呢，他也可憐見兒的。雖然這幾年没有在老太太、太太跟前有個錯縫兒，暗裏也不知得罪了多少人。總而言之，爲人是難作的：若太老實了没有個機變，公婆又嫌太老實了，家裏人也不怕；若有些機變，未免又治一經損一經。如今咱們家裏更好，新出來的這些底下奴字號的奶奶們，一個個心滿意足，都不知要怎麼樣纔好，少有不得意，不是背地裏咬舌根，就是挑三窩四的。我怕老太太生氣，一點兒也不肯說。不然我告訴出來，大家別過太平日子。這不是我當着三姑娘説，老太太偏疼寶玉，有人背地裏怨言還罷了，算是偏心。如今老太太偏疼你，我聽着也是不好。這可笑不可笑？」探春笑道：「糊塗人多，那裏較量得許多。我説倒不如小人家人少，雖然寒素些，倒是歡天喜地，大家快樂。我們這樣人家人多，外頭看着我們不知千金萬金小姐，何等快樂，殊不知我們這裏説不出來的煩難，更利害。」

寶玉道：「誰都像三妹妹好多心。事事我常勸你，總别聽那些俗語，想那俗事，只管安富尊榮纔是。比不得我們没這清福，該應濁鬧的。」尤氏道：「誰都像你，真是一心無掛礙，只知道和姊妹們頑笑，餓了吃，睏了睡，再過幾年，不過還是這樣，一點後事也不慮。」寶玉笑道：「我能够和姊妹們過一日是一日，死了就完了。什麽後事不後事。」李紈等都笑道：「這可又是胡説。就算你是個没出息的，終老在這裏，難道他姊妹們都不出門的？」尤氏笑道：「怨不得人都説他是假長了一個胎子，究竟是個又傻又獃的。」寶玉笑道：「人事莫定，知道誰死誰活。倘或我在今日明日，今年明年死了，也算是遂心一輩子了。」衆人不等説完，便說：「可是又瘋了，別和他說話纔好。若和他說話，不是獃話就是瘋話。」喜鸞因笑道：「二哥哥，你別這樣說，等這裏姐姐們果然都出了門，橫竪老太太、太太也寂寞，我來和你作伴兒。」李紈尤氏等都笑道：「姑娘也別說獃話，難道你是不出門的？這話哄誰。」說的喜鸞低了頭。當下已是起更時分，大家各自歸房安歇，衆人都且不提。

且說鴛鴦一逕回來，剛至園門前，只見角門虛掩，猶未上栓。此時園内無人來往，只有該班的房内燈光掩映，微月半天。〔庚：是月初旬起更時也。〕鴛鴦又不曾有個作伴的，也不曾提燈籠，獨自一個，脚步又輕，所以該班的人皆不理會。偏生又要小解，因下了甬路，尋微草處，行至一湖山石後大桂樹陰下來。〔庚：是八月，隨筆點景。〕

剛轉過石後，只聽一陣衣衫響，嚇了一驚不小。定睛一看，只見是兩個人在那裏，見他來了，便想往石後樹叢藏躲。鴛鴦眼尖，趁月色見準一個穿紅裙子、梳鬅頭、高大豐壯身材的，〔庚：是月下所見之像，故不寫至容貌也。〕是迎春房裏的司棋。鴛鴦只當他和別的女孩子也在此方便，見自己來了，故意藏躲恐嚇着耍，〔庚〕此見是女兒們常事，觀書者自亦爲如此。因便笑叫道：「司棋你不快出來，嚇着我，我就喊起來當賊拿了。這麼大丫頭了，没個黑家白日的只是頑不够。」這本是鴛鴦的戲語，叫他出來。誰知他賊人膽虚，〔庚〕更奇，不知後爲何事。只當鴛鴦已看見他的首尾了，生恐叫喊起來使衆人知覺更不好，且素日鴛鴦又和自己親厚不比别人，便從樹後跑出來，一把拉住鴛鴦，便雙膝跪下，只説：「好姐姐，千萬别嚷！」〔庚〕奇甚！鴛鴦反不知因何，忙拉他起來，笑問道：「這是怎麼説？」司棋滿臉紅脹，又流下淚來。

鴛鴦再一回想，那一個人影恍惚像個小厮，心下便猜疑了八九，〔庚〕是聰敏女兒，妙！自己反羞的面紅耳赤，〔庚〕是嬌貴女兒，筆筆皆到。又怕起來。因定了一會，忙悄問：「那個是誰？」司棋復跪下道：「是我姑舅兄弟。」〔庚〕妙！鴛鴦啐了一口，道：「要死，要死。」〔庚〕如見其面，如聞其聲。司棋又回頭悄道：「你不用藏着，姐姐已看見了，快出來磕頭。」那小厮聽了，只得也從樹後爬出來，磕頭如搗蒜。鴛鴦忙要回身，司棋拉住苦求，哭道：「我們的性命，都在姐姐身上，只求姐姐超生要緊！」鴛鴦道：「你放心，我横竪不告訴一個人就是了。」一語未了，只聽角門上有人説道：「金姑娘已出去了，角門上鎖罷。」鴛鴦正被司棋拉住，不得脱身，聽見如此説，便接聲道：「我在這裏有事，且略住手，我出來了。」司棋聽了，只得鬆手讓他去了——

戚總評：叙一番燈火未息，門户未關。叙一番趙姨失體，費婆慜氣。叙一番林家托大，周家獻勤。叙一番鳳姐灰心，鴛鴦傳信。非爲本文渲染，全爲下文引逗，良工苦心，可謂慘淡經營。

司棋事從鴛鴦誤嚇得來，是善週全處。方與鴛鴦前後行景不致矛盾。一何精細如此。

〔一〕此批戚、蒙、列本均混入正文，餘本無。

〔二〕「陪賈母頑笑……晚間」二十八字原無，據諸本補。

〔三〕「分菜果呢……這兩個婆子」三十三字原缺，據蒙、戚諸本補。

〔四〕「姑子併寶琴湘雲……必是這一個」二十八字，甲辰本同缺，據楊本補，蒙、戚、列本文字略異。

〔五〕「得不的一聲兒」，諸本作「巴不得一聲兒」。按：原文不誤。《金瓶梅詞話》第十四回：「這西門慶得不的一聲兒，趔趄腳兒就往外走。」又第二十五回：「這經濟『老和尚不撞鐘，得不的一聲』，於是潑步撩衣，向前説：『等我送二位娘。』」

〔六〕「搬原」二字，各本各不相同：如蒙本「扳原」、戚本「扳厚」、楊本「搬厚」等，均費解。今校本或依戚本作「扳厚」並釋義爲「因扳關係而有交情」，也並無依據。陳熙中先生認爲係「扳援」之音訛，似更合理，現從其説。

〔七〕「凌凌」，此语有二義，一爲「寒冷的樣子」，一爲「清澈明净的樣子」，均與此處語境不合，疑原文有誤。承胡文彬先生指點：「凌凌」二字乃「棱棱」二字形誤，俗寫成「稜稜」。棱棱，威嚴貌也，符合脂批口氣及行文意思。

〔八〕「傳與諸人……實在我們」二十八字原缺，據蒙、戚、楊本補。

第七十二回　王熙鳳恃强羞說病　來旺婦倚勢霸成親

戚 此回似着意似不着意，似接續似不接續，在畫師爲濃淡相間，在墨客爲骨肉停匀，在樂工爲笙歌間作，在文壇爲養局爲别調。前後文氣，至此一歇。

且說鴛鴦出了角門，臉上猶紅，心内突突的，真是意外之事。因想這事非常，若說出來，姦盜相連，關係人命，還保不住帶累了旁人。横竪與自己無干，且藏在心内，不說與一人知道。回房覆了賈母的命，大家安息。從此凡晚間便不大往園中來。因思園中尚有這樣奇事，何況别處，因此連别處也不大輕走動了。

原來那司棋因從小兒和他姑表兄弟在一處頑笑起住時，小兒戲言，便都訂下將來不娶不嫁。近年大了，彼此又出落的品貌風流。常時司棋回家時，二人眉來眼去，舊情不忘，只不能入手。又彼此生怕父母不從，二人便設法彼此裏外買囑園内老婆子們留門看道，今日趁亂方初次入港。雖未成雙，却也海誓山盟，私傳表記，已有無限風情了。忽被鴛鴦驚散，那小廝早穿花度柳，從角門出去了。司棋一夜不曾睡着，又後悔不來。直至次日見了鴛鴦，自是臉上一紅一白，百般過不去。心内懷着鬼胎，茶飯無心，起坐恍惚。挨了兩日，竟不聽見有動靜，方略放下了心。這日晚間，忽有個婆子來悄告訴他道：「你兄弟竟逃走了，三四天没歸家。如今打發人四處找他呢。」司棋聽了，氣個倒仰，因思道：「縱是鬧了出來，也該死在一處。他自爲是男人，先就走了，可見是個没情意的。」因此又添了一層氣。次日便覺心内不快，百般支持不住，一頭睡倒，懨懨的成了大病。

鴛鴦聞知那邊無故走了一個小廝，園内司棋又病重，要往外挪，心下料定是二人懼罪之故，「生怕我説出來，方嚇到這樣。」因此自己反過意不去，指着來望候司棋，支出人去，反自己立身發誓，與司棋說：「我告訴一個人，立刻現死現報！你只管放心養病，别白遭塌了小命兒。」司棋一把拉住，哭道：「我的姐姐，咱們從小兒耳鬢廝磨，你不曾拿我當外人待，我也不敢待慢了你。如今我雖一着走錯，你若果然不告訴一個人，你就是我的親娘一樣。從此後我活一日是你給我一日，我的病好之後，把你立個長生牌位，我天天焚香禮拜，保佑你一生福壽雙全。我若死了時，變驢變狗報答你。再俗語說：『千里搭長棚，没有不散的筵席。』再過三二年，咱們都是要離這裏的。俗語又說：『浮萍尚有相逢日，人豈全無見面時。』倘或日後咱們遇見了，那時我又怎麽報你的德行。」一面說，一面哭。這一席話反把鴛鴦說的心酸，也哭起來了。因點頭道：「正是這話。我又不是管事的人，何苦我壞你的聲名，我白去獻勤。況且這事我自己也不便開口向人說。你只放心。從此養好了，可要安分守己，再不許胡行亂作了。」司棋在枕上點首不絶。

鴛鴦又安慰了他一番，方出來。因知賈璉不在家中，又因這兩日鳳姐兒聲色怠惰了些，不似往日一樣，因順路也來望候。因進入鳳姐院門，二門上的人見是他來，便立身待他進去。

鴛鴦剛至堂屋中，只見平兒從裏間出來，見了他來，忙上來悄聲笑道：「纔吃了一口飯歇了午睡，你且這屋裏略坐坐。」鴛鴦聽了，只得同平兒到東邊房裏來。小丫頭倒了茶來。鴛鴦因悄問：「你奶奶這兩日是怎麼了？我看他懶懶的。」平兒見問，因房内無人，便嘆道：「他這懶懶的也不止今日了，這有一月之前便是這樣。又兼這幾日忙亂了幾天，又受了些閒氣，從新又勾起來。這兩日比先又添了些病，所以支持不住，便露出馬脚來了。」鴛鴦忙道：「既這樣，怎麼不早請大夫來治？」平兒嘆道：「我的姐姐，你還不知道他的脾氣的。別説請大夫來吃藥。我看不過，白問了一聲身上覺怎麼樣，他就動了氣，反説我咒他病了。饒這樣，天天還是察三訪四，自己再不肯看破些且養身子。」鴛鴦道：「雖然如此，到底該請大夫來瞧瞧是什麼病，也都好放心。」平兒道：「我的姐姐，説起病來，據我看也不是什麼小症候。」鴛鴦忙道：「是什麼病呢？」平兒見問，又往前凑了一凑，向耳邊説道：「只從上月行了經之後，這一個月竟瀝瀝淅淅的没有止住。這可是大病不是？」鴛鴦聽了，忙答道：「嗳喲！依你這話，這可不成了血山崩了。」平兒忙啐了一口，又悄笑道：「你女孩兒家，這是怎麼説的，倒會咒人呢。」鴛鴦見説，不禁紅了臉，又悄笑道：「究竟我也不知什麼是崩不崩的，你倒忘了不成，先我姐姐不是害這病死了。我也不知是什麼病，因無心聽見媽和親家媽説，我還納悶，後來也是聽見媽細説原故，纔明白了一二分。」平兒笑道：「你知道我，竟也忘了。」

二人正説着，只見小丫頭進來向平兒道：「方纔朱大娘又來了。我們回了他奶奶纔歇午覺，他往太太上頭去了。」平兒聽了點頭。鴛鴦問：「那一個朱大娘？」平兒道：「就是官媒婆那朱嫂子。因有什麼孫大人家來和咱們求親，所以他這兩日天天弄個帖子來賴死賴活。」一語未了，小丫頭跑來説：「二爺進來了。」説話之間，賈璉已走至堂屋門，口内喚平兒。平兒答應着纔迎出來，賈璉已找至這間房内來。至門前，忽見鴛鴦坐在炕上，便煞住脚，笑道：「鴛鴦姐姐，今兒貴脚踏賤地。」鴛鴦只坐着，笑道：「來請爺奶奶的安，偏又不在家的不在家，睡覺的睡覺。」賈璉笑道：「姐姐一年到頭辛苦伏侍老太太，我還没看你去，那裏還敢勞動來看我們。正是巧的很，我纔要找姐姐去。因爲穿着這袍子熱，先來換了夾袍子再過去找姐姐，不想天可憐，省我走這一趟，姐姐先在這裏等我了。」一面説，一面在椅上坐下。

鴛鴦因問：「又有什麽説的？」賈璉未語先笑道：「因有一件事，我竟忘了，只怕姐姐還記得。上年老太太生日，曾有一個外路和尚來孝敬一個蠟油凍的佛手，因老太太愛，就即刻拿過來擺着了。因前日老太太生日，我看古董賬上還有這一筆，却不知此時這件東西着落何方。古董房裏的人也回過我兩次，等我問準了好註上一筆。所以我問姐姐，如今還是老太太擺着呢，還是交到誰手裏去了呢？」鴛鴦聽説，便道：「老太太擺了幾日厭煩了，就給了你們奶奶。你這會子又問我來。我連日子還記得，還是我打發了老王家的送來的。你忘了，或是問你們奶奶和平兒。」平兒正拿衣服，聽見如此説，忙出來回説：「交過來了，現在樓上放着呢。奶奶已經打發過人出去説過給了這屋裏，他們發昏，没記上，又來叨登這些没要緊的事。」賈璉聽説，笑道：「既然給了你奶奶，我怎麽不知道，你們就昧下了。」平兒道：「奶奶告訴二爺，二爺還要送人，奶奶不肯，好容易留下的。這會子自己忘了，倒説我們昧下。那是什麽好東西，什麽没有的物兒。比那强十倍的東西也没昧下一遭，這會子愛上那不值錢的！」賈璉垂頭含笑想了一想，拍手道：「我如今竟糊塗了！丢三忘四，惹人抱怨，竟大不像先了。」鴛鴦笑道：「也怨不得。事情又多，口舌又雜，你再喝上兩杯酒，那裏清楚的許多。」一面說，一面就起身要去。

賈璉忙也立身說道：「好姐姐，再坐一坐，兄弟還有事相求。」說着便駡小丫頭：「怎麽不潗好茶來！快拿乾净蓋碗，把昨兒進上的新茶潗一碗來。」説着向鴛鴦道：「這兩日因老太太的千秋，所有的幾千兩銀子都使了。幾處房租地税通在九月纔得，這會子竟接不上。明兒又要送南安府裏的禮，又要預備娘娘的重陽節禮，還有幾家紅白大禮，至少還得三二千兩銀子用，一時難去支借。俗語説，『求人不如求己』。説不得，姐姐擔個不是，暫且把老太太查不着的金銀傢伙偷着運出一箱子來，暫押千數兩銀子支騰過去。不上半年的光景，銀子來了，我就贖了交還，斷不能叫姐姐落不是。」鴛鴦聽了，笑道：「你倒會變法兒，虧你怎麽想來。」賈璉笑道：「不是我扯謊，若論除了姐姐，也還有人手裏管的起千數兩銀子的，只是他們爲人都不如你明白有膽量。我若和他們一説，反嚇住了他們。所以我『寧撞金鐘一下，不打破鼓三千』。」一語未了，忽有賈母那邊的小丫頭子忙忙走來找鴛鴦，説：「老太太找姐姐半日，我們那裏没找到，却在這裏。」鴛鴦聽説，忙的且去見賈母。

賈璉見他去了，只得回來瞧鳳姐。誰知鳳姐已醒了，聽他和鴛鴦借當，自己不便答話，只躺在榻上。聽見鴛鴦去了，賈璉進來，鳳姐因問道：「他可應準了？」賈璉笑道：「雖然未應准，却有幾分成手，須得你晚上再和他一説，就十分成了。」鳳姐笑道：「我不管這事。倘或説准了，這會子説得好聽，到有了錢的時節，你就丢在脖子後頭，誰去和你打饑荒去。倘或老太太知道了，倒把我這幾年的臉面都丢了。」賈璉笑道：「好人，你若説定了，我謝你如何？」鳳姐笑道：「你説，謝我什麽？」賈璉笑道：「你説要什麽就要什麽。」平兒一旁笑道：「奶奶倒不要謝的。昨兒正説要作一件什麽事，恰少一二百銀子使，不如借了來，奶奶拿一二百銀子，豈不兩全其美。」鳳姐笑道：「幸虧提起我來，就是這樣也罷。」賈璉笑道：「你們太也狠了。你們這會子别説一千兩的當頭，就是現銀子要三五千，只怕也難不倒。我不和你們借就罷了。這會子煩你説一句話，還要個利錢，真真了不得。」鳳姐聽了，翻身起來説：「我有三千五萬，不是賺的你的。如今裏裏外外上上下下背着我嚼説我的不少，就差你來説了，可知没家親引不出外鬼來〔一〕。我們王家可那裏來的錢，都是你們賈家賺的。别叫我噁心了。你們看着你們家，什麼石崇、鄧通！把我王家的地縫子掃一掃，就够你們過一輩子呢。説出來的話也不怕臊！現有對證：把太太和我的嫁妝細看看，比一比你們的，那一樣是配不上你們的。」賈璉笑道：「説句頑話就急了。這有什麼這樣的，要使一二百兩銀子值什麼，多的没有，這還有，先拿進來，你使了再説，如何？」鳳姐道：「我又不等着啣口墊背，忙了什麼。」賈璉道：「何苦來，不犯着這樣肝火盛。」鳳姐聽了，又自笑起來，「不是我着急，你説的話戳人的心。我因爲我想着後日是尤二姐的週年，我們好了一場，雖不能别的，到底給他上個墳燒張紙，也是姊妹一場。他雖没留下個男女，也要〔二〕『前人撒土迷了後人的眼』纔是。」一語倒把賈璉説没了話，低頭打算了半晌，方道：「難爲你想的週全，我竟忘了。既是後日纔用，若明日得了這個，你隨便使多少就是了。」

一語未了，只見旺兒媳婦走進來。鳳姐便問：「可成了没有？」旺兒媳婦道：「竟不中用。我説須得奶奶作主就成了〔三〕。」賈璉便問：「又是什麼事？」鳳姐兒見問，便説道：

「不是什麼大事。旺兒有個小子，今年十七歲了，還没得女人，因要求太太房裏的彩霞，不知太太心裏怎麼樣，就没有計較得。前日太太見彩霞大了，二則又多病多災的，因此開恩打發他出去了，給他老子娘隨便自己揀女婿去罷。因此旺兒媳婦來求我。我想他兩家也就算門當户對的，一説去自然成的，誰知他這會子來了，説不中用。」賈璉道：「這是什麼大事，比彩霞好的多着呢。」旺兒家的陪笑道：「爺雖如此説，連他家還看不起我們，别人越發看不起我們了。好容易相看準一個媳婦，我只説求爺奶奶的恩典，替作成了。奶奶又説他必肯的，我就煩了人走過去試一試，誰知白討了没趣。若論那孩子倒好，據我素日私意兒試他，他心裏没有甚説的，只是他老子娘兩個老東西太心高了些。」一語戳動了鳳姐和賈璉，鳳姐因見賈璉在此，且不作一聲，只看賈璉的光景。賈璉心中有事，那裏把這點子事放在心裏。待要不管，只是看着他是鳳姐兒的陪房，且又素日出過力的，臉上實在過不去，因説道：「什麼大事，只管咕咕唧唧的。你放心且去，我明兒作媒打發兩個有體面的人，一面説，一面帶着定禮去，就説我的主意。他十分不依，叫他來見我。」旺兒家的看着鳳姐，鳳姐便扭嘴兒。旺兒家的會意，忙爬下就給賈璉磕頭謝恩。

賈璉忙道：「你只給你姑娘磕頭。我雖如此説了這樣行，到底也得你姑娘打發個人叫他女人上來，和他好説更好些。雖然他們必依，然這事也不可霸道了。」鳳姐忙道：「連你還這樣開恩操心呢，我倒反袖手旁觀不成。旺兒家你聽見，説了這事，你也忙忙的給我完了事來。説給你男人，外頭所有的賬，一概趕今年年底下收了進來，少一個錢我也不依的。我的名聲不好，再放一年，都要生吃了我呢。」旺兒媳婦笑道：「奶奶也太膽小了。誰敢議論奶奶，若收了時，公道説，我們倒還省些事，不大得罪人。」鳳姐冷笑道：「我也是一場痴心白使了。我真個的還等錢作什麽，不過爲的是日用出的多，進的少。這屋裏有的没的，我和你姑爺一月的月錢，再連上四個丫頭的月錢，通共一二十兩銀子，還不够三五天的使用呢。若不是我千凑萬挪的，早不知道到什麽破窑裏去了。如今倒落了一個放賬破落户的名兒。〔庚〕可知放賬乃發，所謂此家兒（如）［知］恥惡之事也。〔四〕既這樣，我就收了回來。我比誰不會花錢，咱們以後就坐着花，到多早晚是多早晚。這不是樣兒：前兒老太太生日，太太急了兩個月，想不出法兒來，還是我提了一句，後樓上現有些沒要緊的大銅錫傢伙四五箱子，拿去弄了三百銀子，纔把太太遮羞禮兒搪過去了。我是你們知道的，那一個金自鳴鐘賣了五百六十兩銀子。沒有半個月，大事小事倒有十來件，白填在裏頭。今兒外頭也短住了，不知是誰的主意，搜尋上老太太了。明兒再過一年，各人搜尋到頭面衣服，可就好了！」旺兒媳婦笑道：「那一位太太奶奶的頭面衣服折變了不够過一輩子的，只是不肯罷了。」〔庚〕閑語，補出近日諸事。鳳姐道：「不是我說沒了能耐的話，要像這樣，我竟不能了。昨晚上忽然作了一個夢，說來也可笑，〔庚〕反說「可笑」，妙甚！若必以此夢爲凶兆，則思反落套，非紅樓之夢矣。夢見一個人，雖然面善，却又不知名姓，〔庚〕是以前授方相之舊，數十年後矣。找我。問他作什麽，他說娘娘打發他來要一百匹錦。我問他是那一位娘娘，他說的又不是咱們家的娘娘。我就不肯給他，他就上來奪。正奪着，就醒了。」〔庚〕妙！實家常觸景閑夢，必有之理，却是江淹才盡之兆也，可傷。旺兒家的笑道：「這是奶奶的日間操心，常應候宮裏的事。」〔庚〕淡淡抹去，妙！

一語未了，人回：「夏太府打發了一個小內監來說話。」賈璉聽了，忙皺眉道：「又是什麽話，一年他們也搬够了。」鳳姐道：「你藏起來，等我見他，若是小事罷了，若是大事，我自有話回他。」賈璉便躲入内套間去。這裏鳳姐命人帶進小太監來，讓他椅子上坐了吃茶，因問何事。那小太監便説：「夏爺爺因今兒偶見一所房子，如今竟短二百兩銀子，打發我來問舅奶奶家裏，有現成的銀子暫借一二百，過一兩日就送過來。」庚可謂「密處不容針」。鳳姐兒聽了，笑道：「什麼是送過來，有的是銀子，只管先兑了去。改日等我們短了，再借去也是一樣。」小太監道：「夏爺爺還説了，上兩回還有一千二百兩銀子没送來，等今年年底下，自然一齊都送過來。」鳳姐笑道：「你夏爺爺好小氣，這也值得提在心上。我説一句話，不怕他多心，若都這樣記清了還我們，不知還了多少了。只怕没有，若有，只管拿去。」因叫旺兒媳婦來，「出去不管那裏先支二百兩來。」旺兒媳婦會意，因笑道：「我纔因别處支不動，纔來和奶奶支的。」鳳姐道：「你們只會裏頭來要錢，叫你們外頭算去就不能了。」説着叫平兒，「把我那兩個金項圈拿出去，暫且押四百兩銀子。」平兒答應了，去〔五〕半日，果然拿了一個錦盒子來，裏面兩個錦袱包着。打開時，一個金纍絲攢珠的，那珍珠都有蓮子大小，一個點翠嵌寶石的。兩個都與宫中之物不離上下。庚是太監眼中看、心中評。一時拿去，果然拿了四百兩銀子來。鳳姐命與小太監打疊起一半，那一半命人與了旺兒媳婦，命他拿去辦八月中秋的節。庚過下伏脉。那小太監便告辭了，鳳姐命人替他拿着銀子，送出大門去了。這裏賈璉出來笑道：「這一起外祟何日是了！」鳳姐笑道：「剛説着，就來了一股子。」賈璉道：「昨兒周太監來，張口一千兩。我略應慢了些，他就不自在。將來得罪人之處不少。這會子再發個三二百萬的財就好了。」一面説，一面平兒伏侍鳳姐另洗了面、更衣，往賈母處去伺候晚飯。

這裏賈璉出來，剛至外書房，忽見林之孝走來。賈璉因問何事。林之孝説道：「方纔聽得雨村降了，却不知因何事，只怕未必真。」賈璉道：「真不真，他那官兒也未必保得長。將來有事〔六〕，怕咱們寧可踈遠着他好。」林之孝道：「何嘗不是，只是一時難以踈遠。如今東府大爺和他更好，老爺又喜歡他，時常來往，那個不知。」賈璉道：「横竪不和他謀事，也不相干。你去再打聽真了，是爲什麽。」林之孝答應了，却不動身，坐在下面椅子上，且説些閒話。因又説起家道艱難，便趁勢又説：「人口太重了。不如揀個空日回明老太太老爺，把這些出過力的老家人用不着的，開恩放幾家出去。一則他們各有營運，二則家裏一年也省些口糧月錢。再者裏頭的姑娘也太多。俗語說：『一時比不得一時。』如今說不得先時的例了，少不得大家委屈些，該使八個的使六個，該使四個的便使兩個。若各房算起來，一年也可以省得許多月米月錢。況且裏頭的女孩子們一半都太大了，也該配人的。配人成了房，豈不又孳生出人來。」賈璉道：「我也這樣想着，只是老爺纔回家來，多少大事未回，那裏議到這個上頭。前兒官媒拿了個庚帖來求親，太太還說老爺纔來家，每日歡天喜地的說骨肉完聚，忽然就提起這事，恐老爺又傷心，所以且不叫提這事。」林之孝道：「這也是正理，太太想的週到。」

賈璉道：「正是，提起這話我想起了一件事來。我們旺兒的小子要說太太房裏的彩霞。他昨兒求我，我想什麼大事，不管誰去說一聲去。這會子有誰閒着，你打發個人去說一聲，就說我的話〔七〕。」林之孝聽了，只得應着，半晌笑道：「依我說，二爺竟別管這件事。旺兒的那小兒子雖然年輕，在外頭吃酒賭錢，無所不至。雖說都是奴才們，到底是一輩子的事。彩霞那孩子這幾年我雖沒見，聽得越發出挑的好了，何苦來白遭塌一個人。」賈璉道：「他小兒子原會吃酒，不成人？」林之孝冷笑道：「豈只吃酒賭錢，在外頭無所不爲。我們看他是奶奶的人，也只見一半不見一半罷了。」賈璉道：「我竟不知道這些事。既這樣，那裏還給他老婆，且給他一頓棍，鎖起來，再問他老子娘。」林之孝笑道：「何必在這一時。那是錯也等他再生事，我們自然回爺處治。如今且恕他。」賈璉不語，一時林之孝出去。

晚間，鳳姐已命人喚了彩霞之母來説媒。那彩霞之母滿心縱不願意，見鳳姐親自和他説，何等體面，〔庚〕今時人因圖此現在體面，誤了多少女兒，此正是爲今時女兒一（笑）［哭］。便心不由意的滿口應了出去。今鳳姐問賈璉可説了沒有，賈璉因説：「我原要説的，打聽得他小兒子大不成人，故還不曾説。若果然不成人，且管教他兩日，再給他老婆不遲。」鳳姐聽説，便説：「你聽見誰説他不成人？」賈璉道：「不過是家裏的人，還有誰。」鳳姐笑道：「我們王家的人，連我還不中你們的意，何況奴才呢。我纔已竟和他母親説了，他娘已經歡天喜地應了，難道又叫進他來不要了不成？」賈璉道：「既你説了，又何必退，明兒説給他老子好生管他就是了。」這裏説話不提。

且說彩霞因前日出去，等父母擇人，心中雖是與賈環有舊，尚未作準。今日又見旺兒每每來求親，早聞得旺兒之子酗酒賭博，而且容顏醜陋，一技不知，自此心中越發懊惱。生恐旺兒仗鳳姐之勢，一時作成，終身爲患，不免心中急躁。遂至晚間悄命他妹子小霞〔庚〕霞大小，奇奇怪怪之文，更覺有趣。進二門來找趙姨娘，問個端的。

趙姨娘素日深與彩霞契合，巴不得與了賈環，方有個膀臂，不承望王夫人又放了出去。每唆賈環去討，一則賈環羞口難開，二則賈環也不大甚在意，不過是個丫頭，他去了，將來自然還有，〔庚〕這是世人之情，亦是丈夫之情。遂遷延住不說，意思便丟開。無奈趙姨娘又不捨，又見他妹子來問，是晚得空，便先求了賈政。〔庚〕這是使人想不到之文，却是大家必有之事。賈政因說道：「且忙什麽，等他們再念一二年書再放人不遲。我已經看中了兩個丫頭，一個與寶玉，一個給環兒。只是年紀還小，又怕他們誤了書，所以再等一二年。」〔庚〕妙文。又寫出賈老兒女之情。細思一部書總不寫賈老，則不成文，若不如此寫，則又非賈老。趙姨娘道：「寶玉已有了二年了，老爺還不知道？」賈政聽了忙問道：「誰給的？」趙姨娘方欲說話，只聽外面一聲響，不知何物，大家吃了一驚不小。要知端的，且聽下回分解。

戚 總評：夏雨冬風，常不解其何自來、何自去？鴛鴦與司棋相哭發誓，事已瓦釋冰消，及平地風波一起，措手不及，亦不解何自來、何自去。

〔一〕「家親」，原指已故的親人，義同「家神」。《地藏菩薩本願經·如來讚歎品第六》：「或夜夢惡鬼，乃及家親。」這裏借喻「內鬼」。俗語有「家（內）神通外鬼」之語，意即內外勾結。

〔二〕「也要」，蒙、戚本作「不要」，意思相反。究竟該「要」還是「不要」，原因在於對俗語「前人撒土迷了後人的眼」的理解分歧。按《金瓶梅詞話》第八十回：（應伯爵道：）「今日他（西門慶）沒了，莫非推不知道？洒土也眯了後人眼睛兒也。」又，清李光庭《鄉言解頤》卷一：「前人撒土眯後人眼，謂含糊了事也。」由此可見，「前人撒土迷了後人的眼」是個歇後語，「前人撒土」是引子，「迷了後人的眼」纔是本意：遮掩後人的眼睛，做做樣子給人看。因此此處應以「也要」爲是。從書中前後叙述和鳳姐話意，都看不出有「隆重」去給尤二姐上墳的意思。

〔三〕「媳婦道……就成了」十八字原缺，據諸本補。

〔四〕「可知放賬乃發，所謂此家兒如恥惡之事也。」此語讀來不很通暢，酌改「如」字爲「知」後，意思大概是：雖然放高利貸可以發財，但這是連家下童僕都知道羞恥的事情。「此家兒知恥惡」前加「所謂」二字，則此語似爲引用，或另有出處。有研究者以形訛校改「乃」「兒」二字，成爲「可知放賬事發，所謂此家鬼知恥惡之事也」。意思全變，而文句並未變得更通暢。因「放賬事發」涉及佚稿問題，不可證僞。兹不採納。

〔五〕「平兒把我……答應了去」二十七字原缺，據諸本補。

〔六〕此處從底本原文。「將來有事」，聯繫上下文，當理解爲「我們家將來有事」，諸本均作「雨村將來要出事」解，因而各補充若干字以足文義，非是。

〔七〕原作「這會子有誰閒着，我打發個人去説一聲，就説我的話」，諸本（除蒙本外）均同。蒙本作「這會子誰去呢？你閒着，就打發個人去説一聲」，語雖不佳，「打發個人去」的是「你」不是「我」，是對的。按賈璉既認爲這是小事，自不必親自派人，讓林之孝隨便打發個閒着的人去説，「就説我的話」就足够了。下文「林之孝聽了，只得應着」可證。現酌參蒙本改「我」爲「你」字。

迎春
玉

第七十三回　痴丫頭誤拾繡春囊　懦小姐不問纍金鳳

戚 賈母一席話，隱隱照起全文，便可一直叙去，接筆却置賊不論，轉出賭錢，接筆又置賭錢不論，轉出姦證，接筆又置姦證不論，轉出討情，一波未平，一波又起，勢如怒蛇出穴，蜿蜒不就捕。

話説那趙姨娘和賈政説話，忽聽外面一聲響，不知何物。忙問時，原來是外間窗屜不曾扣好，塌了屈戌了吊下來。趙姨娘駡了丫頭幾句，自己帶領丫鬟上好，方進來打發賈政安歇。不在話下。

却說怡紅院中寶玉正纔睡下，丫鬟們正欲各散安歇，忽聽有人擊院門。老婆子開了門，見是趙姨娘房內的丫鬟名喚小鵲的。問他什麽事，小鵲不答，直往房內來找寶玉。【庚】奇，從未見此婢也。只見寶玉纔睡下，晴雯等猶在床邊坐着，大家頑笑，見他來了，都問：「什麽事，這時候又跑了來作什麽？」【庚】又是補出前文矣，非只（張）[此]一回也。小鵲笑向寶玉道：「我來告訴你一個信兒。方纔我們奶奶這般如此在老爺前說了。你仔細明兒老爺問你話。」說着回身就去了。襲人命留他吃茶，因怕關門，遂一直去了。

這裏寶玉聽了，便如孫大聖聽見了緊箍咒一般，登時四肢五內一齊皆不自在起來。想來想去，别無他法，且理熟了書預備明兒盤考。口內不舛錯，便有他事，也可搪塞一半。想罷，忙披衣起來要讀書。心中又自後悔，這些日子只說不提了，偏又丢生，早知該天天好歹温習些的。如今打算打算，肚子內現可背誦的，不過「學」「庸」、二「論」，是帶註背得出的。至上本《孟子》，就有一半是夾生的，若憑空提一句，斷不能接背的，至「下孟」，就有一大半忘了。算起「五經」來，因近來作詩，常把《詩經》讀些，雖不甚精闡，還可塞責。

庚 妙！寶玉讀書原係從（問）［閨］中（湓）［濫］〔一〕而有。

別的雖不記得，素日賈政也幸未吩咐過讀的，縱不知，也還不妨。至於古文，這是那幾年所讀過的幾篇，連《左傳》《國策》《公羊》《穀梁》、漢唐等文，不過幾十篇，這幾年竟未曾温得半篇片語，雖閒時也曾遍閱，不過一時之興，隨看隨忘，未下苦工夫，如何記得。這是斷難塞責的。更有時文八股一道，因平素深惡此道，原非聖賢之製撰，焉能闡發聖賢之微奥，不過作後人餌名釣禄之階。雖賈政當日起身時選了百十篇命他讀的，不過偶因見其中或一二股内，或承起之中，有作的或精緻、或流蕩、或遊戲、或悲感，稍能動性者，偶一讀之，不過供一時之興趣，究竟何曾成篇潛心玩索。

庚 妙！寫寶玉讀書非爲功名也。

如今若温習這個，又恐明日盤詰那個；若温習那個，又恐盤駁這個。況一夜之功，亦不能全然温習，因此越添了焦燥。自己讀書不致緊要，却帶累着一房丫鬟們皆不能睡。襲人、麝月、晴雯等幾個大的自不用説，在旁剪燭斟茶，那些小的，都睏眼朦朧，前仰後合起來。晴雯因駡道：「什麽蹄子們，一個個黑日白夜挺屍挺不够，偶然一次睡遲了些，就裝出這腔調來了。再這樣，我拿針戳給你們兩下子！」

話猶未了，只聽外間「咕咚」一聲，急忙看時，原來是一個小丫頭子坐着打盹，一頭撞到壁上了，從夢中驚醒，恰正是晴雯說這話之時，他怔怔的只當是晴雯打了他一下，遂哭央說：「好姐姐，我再不敢了。」衆人都發起笑來。

寶玉忙勸道：「饒他去罷，原該叫他們都睡去纔是。你們也該替換着睡去。」襲人忙道：「小祖宗，你只顧你的罷。通共這一夜的工夫，你把心暫且用在這幾本書上，等過了這一關，由你再張羅别的去，也不算誤了什麽。」寶玉聽他說的懇切，只得又讀。讀了没有幾句，麝月又斟了一杯茶來潤舌，寶玉接茶吃了。因見麝月只穿着短襖，解了裙子，寶玉道：「夜静了，冷，到底穿一件大衣裳纔是。」麝月笑指着書道：「你暫且把我們忘了，心且略對着他些罷。」

庚 此處豈是讀書之處，又豈是伴讀之人？古今天下誤盡多少紈袴！何況又是此等時之怡紅院，此等之鬟婢，又是此等一個寶玉哉！

話猶未了，只聽金星玻璃從後房門跑進來，口内喊說：「不好了，一個人從墻上跳下來了！」衆人聽說，忙問在那裏，即喝起人來，各處尋找。晴雯因見寶玉讀書苦惱，勞費一夜神思，明日也未必妥當，心下正要替寶玉想出一個主意來脱此難，正好忽然逢此一驚，即便生計，向寶玉道：「趁這個機會快裝病，只說唬着了。」此話正中寶玉心懷，因而遂傳起上夜人等來，打着燈籠，各處搜尋，並無踪跡，都說：「小姑娘們想是睡花了眼出去，風摇的樹枝兒，錯認作人了。」晴雯便道：「别放謅屁！你們查的不嚴，怕得不是，還拿這話來支吾。纔剛並不是一個人見的，寶玉和我們出去有事，大家親見的。如今寶玉唬的顔色都變了，滿身發熱，我如今還要上房裏取安魂丸藥去。太太問起來，是要回明白的，難道依你說就罷了不成。」

衆人聽了，嚇的不敢則聲，只得又各處去找。晴雯和玻璃二人果出去要藥，故意鬧的衆人皆知寶玉嚇着了。王夫人聽了，忙命人來看視給藥，又吩咐各上夜人仔細搜查，又一面叫查二門外鄰園墻上夜的小厮們。於是園内燈籠火把，直鬧了一夜。至五更天，就傳管家男女，命仔細查一查，拷問内外上夜男女等人。

賈母聞知寶玉被嚇，細問原由。不敢再隱，只得回明。賈母道：「我必料到有此事。如今各處上夜都不小心，還是小事，只怕他們就是賊也未可知。」當下邢夫人並尤氏等都過來請安，鳳姐及李紈姊妹等皆陪侍，聽賈母如此説，都默無所答。獨探春出位笑道：「近因鳳姐姐身子不好，幾日園内的人比先放肆了許多。先前不過是大家偷着一時半刻，或夜裏坐更時，三四個人聚在一處，或擲骰或鬭牌，小小的頑意，不過爲熬睏。近來漸次放誕，竟開了賭局，甚至有頭家局主，或三十吊五十吊三百吊的大輸贏。半月前竟有争鬭相打之事。」賈母聽了，忙説：「你既知道，爲何不早回我們來？」探春道：「我因想着太太事多，且連日不自在，所以没回。只告訴了大嫂子和管事的人們，誡飭過幾次，近日好些。」賈母忙道：「你姑娘家，如何知道這裏頭的利害。你自爲要錢常事，不過怕起争端。殊不知夜間既要錢，就保不住不吃酒，既吃酒，就免不得門户任意開鎖。或買東西，尋張覓李，其中夜静人稀，趁便藏賊引盗，何等事作不出來。况且園内的姊妹們起居所伴者皆係丫頭媳婦們，賢愚混雜，賊盗事小，再有别事，倘略沾帶些，關係不小。這事豈可輕恕。」探春聽説，便默然歸坐。鳳姐雖未大愈，精神因此比常稍减，【庚】看他漸次寫來，從不作一筆安逸之筆〔二〕，况阿鳳之文哉。今見賈母如此説，便忙道：「偏生我又病了。」遂回頭命人速傳林之孝家的等總理家事四個媳婦到來，當着賈母申飭了一頓。賈母命即刻查了頭家賭家來，有人出首者賞，隱情不告者罰。

林之孝家的等見賈母動怒，誰敢徇私，忙至園内傳齊人，一一盤查。雖不免大家賴一回，終不免水落石出。查得大頭家三人，小頭家八人，聚賭者通共二十多人，都帶來見賈母，跪在院内磕響頭求饒。賈母先問大頭家名姓和錢之多少。原來這三個大頭家，一個就是林之孝家的兩姨親家，一個就是園内厨房内柳家媳婦之妹，一個就是迎春之乳母。這是三個爲首的，餘者不能多記。

賈母便命將骰子牌一併燒毁，所有的錢入官分散與衆人，將爲首者每人四十大板，攆出，總不許再入；從者每人二十大板，革去三月月錢，撥入圊厠行内。又將林之孝家的申飭了一番。林之孝家的見他的親戚又與他打嘴，自己也覺没趣。

迎春在坐，也覺没意思。黛玉、寶釵、探春等見迎春的乳母如此，也是物傷其類的意思，遂都起身笑向賈母討情説：「這個媽媽素日原不頑的，不知怎麽也偶然高興。求看二姐姐面上，饒他這次罷。」賈母道：「你們不知。大約這些奶子們，一個個仗着奶過哥兒姐兒，原比別人有些體面，他們就生事，比別人更可惡，專管調唆主子護短偏向。我都是經過的。況且要拿一個作法，恰好果然就遇見了一個。你們別管，我自有道理。」寶釵等聽説，只得罷了。

一時賈母歇晌，大家散出，都知賈母今日生氣，皆不敢各散回家，只得在此暫候。尤氏便往鳳姐處來閒話了一回，因他也不自在，只得往園内尋衆姑嫂閒談。邢夫人在王夫人處坐了一回，也就往園内散散心來。剛至園門前，只見賈母房内的小丫頭子名唤傻大姐的笑嘻嘻走來，手内拿着個花紅柳緑的東西，低頭一壁瞧着，一壁只管走，不防迎頭撞見邢夫人，抬頭看見，方纔站住。邢夫人因説：「這痴丫頭，又得了個什麽狗不識兒這麽歡喜？拿來我瞧瞧。」

原來這傻大姐年方十四五歲，是新挑上來的與賈母這邊提水桶掃院子專作粗活的一個丫頭。只因他生得體肥面闊，兩隻大脚，作粗活簡捷爽利，且心性愚頑，一無知識，行事出言，常在規矩之外。賈母因喜歡他爽利便捷，又喜他出言可以發笑，便起名爲「獃大姐」，常悶來便引他取笑一回，毫無避忌，因此又叫他作「痴丫頭」。他縱有失禮之處，見賈母喜歡他，衆人也就不去苛責。

這丫頭也得了這個力，若賈母不喚他時，便入園内來頑耍。今日正在園内掏促織，忽在山石背後得了一個五彩繡香囊，其華麗精緻，固是可愛，但上面繡的並非花鳥等物，一面却是兩個人赤條條的盤踞相抱，一面是幾個字。這痴丫頭原不認得是春意，便心下盤算：「敢是兩個妖精打架？不然必是兩口子相打。」左右猜解不來，正要拿去與賈母看，〔庚〕險極，妙極！榮府堂堂詩禮之家，且大觀官園又何等嚴肅清幽之地，金閨玉閣尚有此等穢物，天下淺閨薄幕之家寧不慎乎！雖然，但此等偏出大官世族之中者，蓋因其房室香宵、鬟婢混雜，焉保其個個守禮持節哉？此正爲大官世族而告誡。其淺閨薄幕之處，毋如主婢日夕耳鬢交磨，一止一動悉在耳目之中，又何必諄諄再四焉！[三] 是以笑嘻嘻的一壁看，一壁走，忽見了邢夫人如此説，便笑道：「太太真個説的巧，真個是狗不識呢。〔庚〕妙！寓言也，大凡知此交媾之情者，真狗畜之識耳，非肆言惡詈凡識此事者即狗矣。然則云與賈母看，則先駡賈母矣。此處邢夫人亦看，然則又駡邢夫人乎？故作者又難。 太太請瞧一瞧。」説着，便送過去。

邢夫人接來一看，嚇得連忙死緊攥住，〔庚〕妙！這一「嚇」字方是寫世家夫人之筆。雖前文明書邢夫人之爲人稍劣，然(不)[亦]在情理之中，若不用慎重之筆，則邢夫人直係一小家卑污極輕賤之人矣，豈得與榮府聯房哉？所謂此書針綫慎密處，全在無意中一字一句之間耳，看者細心方得。 忙問：「你是那裏得的？」傻大姐道：「我掏促織兒在山石上揀的。」邢夫人道：「快休告訴一人。這不是好東西，連你也要打死。皆因你素日是傻子，以後再別提起了。」這傻大姐聽了，反嚇的黄了臉，説：「再不敢了。」磕了個頭，呆呆而去。邢夫人回頭看時，都是些女孩兒，不便遞與，自己便塞在袖内，心内十分罕異，揣摩此物從何而至，且不形於聲色，且來至迎春室中。

迎春正因他乳母獲罪，自覺無趣，心中不自在，忽報母親來了，遂接入内室。奉茶畢，邢夫人因説道：「你這麽大了，你那奶媽子行此事，你也不説説他。如今別人都好好的，偏咱們的人做出這事來，什麽意思。」〔庚〕「咱們」二字便見自懷異心，從上文生離異發瀝而來，謹密之至。更有人〔甚〕於此者，君未知也，一笑。迎春低着頭弄衣帶，半晌答道：「我説他兩次，他不聽也無法。況且他是媽媽，只有他説我的，沒有我説他的。」〔庚〕妙極！直畫出一個懦弱小姐來。邢夫人道：「胡説！你不好了他原該説，如今他犯了法，你就該拿出小姐的身分來。他敢不從，你就回我去纔是。如今直等外人共知，是什麽意思。〔庚〕我敢問：「外人」爲誰？再者，只他去放頭兒，還恐怕他巧言花語的和你借貸些簪環衣履作本錢，你這心活面軟，未必不週接他些。若被他騙去，我是一個錢沒有的，看你明日怎麽過節。」迎春不語，只低頭弄衣帶。

邢夫人見他這般，因冷笑道：「總是你那好哥哥好嫂子，一對兒赫赫揚揚，璉二爺鳳奶奶，兩口子遮天蓋日，百事週到，竟通共這一個妹子，全不在意。（庚：加（在）［罪］於璉鳳，的是父母常情，極是。何必又如此說來，便見又有私意。）但凡是我身上掉下來的，又有一話説——只好憑他們罷了。（庚：如何？此皆婦女私假之意，大不可者。）況且你又不是我養的，（庚：更不好。）你雖然不是同他一娘所生，到底是同出一父，也該彼此瞻顧些，也免別人笑話。（庚：又問：「別人」爲誰？又問：彼二人雖不同母，終是同父。彼二人既同父，其父又係君之何人？吁！婦人私心，今古有之。）我想天下的事也難較定，你是大老爺跟前人養的，這裏探丫頭也是二老爺跟前人養的，出身一樣。如今你娘死了，從前看來，你兩個的娘，只有你娘比如今趙姨娘强十倍的，你該比探丫頭强纔是。怎麼反不及他一半？誰知竟不然，這可不是異事〔四〕！倒是我一生無兒無女的，一生乾净，也不能惹人笑話議論爲高。」（庚：最可恨婦人無子者引此話（是）［飾］説。）旁邊伺候的媳婦們便趁機道：「我們的姑娘老實仁德，那裏像他們三姑娘伶牙俐齒，會要姊妹們的强。他們明知姐姐這樣，他竟不顧恤一點兒。」（庚：殺殺殺！此輩專生離異。余因實受其蠱，今讀此文，直欲拔劍劈紙。又不知作者多少眼淚洒出此回也。又問不知如何「顧恤」些，又不知有何可「顧恤」之處，直令人不解。愚奴賤婢之言，酷肖之至！）邢夫人道：

「連他哥哥嫂子還如是，別人又作什麼呢。」一言未了，人回：「璉二奶奶來了。」邢夫人聽了，冷笑兩聲，命人出去說：「請他自去養病，我這裏不用他伺候。」接着又有探事的小丫頭來報說：「老太太醒了。」邢夫人方起身前邊來。迎春送至院外方回。

繡橘因說道：「如何，前兒我回姑娘，那一個攢珠纍絲金鳳竟不知那裏去了。回了姑娘，姑娘竟不問一聲兒。我說必是老奶奶拿去典了銀子放頭兒的，姑娘不信，只說司棋收着呢。問司棋，司棋雖病着，心裏却明白。我去問他，他說没有收起來，還在書架上匣內暫放着，預備八月十五日恐怕要戴呢。姑娘就該問老奶奶一聲，只是臉軟怕人惱。如今竟怕無着，明兒要都戴時，獨咱們不戴，是何意思呢。」〔庚〕這個「咱們」使得恰，是女兒喁喁私語，非前文之一例可比者。寫得出，批得出。

迎春道：「何用問，自然是他拿去暫時借一肩了。我只說他悄悄的拿了出去，不過一日半晌，仍舊悄悄的送來就完了，誰知他就〔五〕忘了。今日偏又鬧出來，問他想也無益。」

繡橘道：「何曾是忘記！他是試準了姑娘的性格，所以纔這樣。如今我有個主意：我竟走到二奶奶房裏將此事回了他，或他着人去要，或他省事拿幾吊錢來替他賠補。如何？」

〔庚〕寫女兒各有機變，個個不同。迎春忙道：「罷，罷，罷，省些事罷。寧可沒有了，又何必生事。」〔庚〕總是懦語。繡橘道：「姑娘怎麼這樣軟弱。都要省起事來，將來連姑娘還騙了去呢，我竟去的是。」説着便走。迎春便不言語，只好由他。

誰知迎春乳母子媳王住兒媳婦正因他婆婆得了罪，來求迎春去討情，聽他們正説金鳳一事，且不進去。也因素日迎春懦弱，他們都不放在心上。如今見繡橘立意去回鳳姐，估着這事脱不去的，且又有求迎春之事，只得進來，陪笑先向繡橘説：「姑娘，你別去生事。姑娘的金絲鳳，原是我們老奶奶老糊塗了，輸了幾個錢，没的撈梢，所以暫借了去。原説一日半晌就贖的，因總未撈過本兒來，就遲住了。可巧今兒又不知是誰走了風聲，弄出事來。雖然這樣，到底主子的東西，我們不敢遲誤下，終久是要贖的。如今還要求姑娘看從小兒吃奶的情常，往老太太那邊去討個情面，救出他老人家來纔好。」迎春先便説道：「好嫂子，你趁早兒打了這妄想，要等我去説情兒，等到明年也不中用的。方纔連寶姐姐林妹妹大夥兒説情，老太太還不依，何況是我一個人。我自己愧還愧不來，反去討臊去。」繡橘便説：「贖金鳳是一件事，説情是一件事，别絞在一處説。難道姑娘不去説情，你就不贖了不成？嫂子且取了金鳳來再説。」

王住兒家的聽見迎春如此拒絶他，繡橘的話又鋒利無可回答，一時臉上過不去，也明欺迎春素日好性兒，乃向繡橘發話道：「姑娘，你别太仗勢了。你滿家子算一算，誰的媽媽奶子不仗着主子哥兒多得些益，偏咱們就這樣丁是丁卯是卯的，只許你們偷偷摸摸的哄騙了去。自從邢姑娘來了，太太吩咐一個月儉省出一兩銀子來與舅太太去，這裏饒添了邢姑娘的使費，反少了一兩銀子。常時短了這個，少了那個，那不是我們供給？誰又要去？不過大家將就些罷了。算到今日，少説些也有三十兩了。我們這一向的錢，豈不白填了限呢。」繡橘不待説完，便啐了一口，道：「作什麼的白填了三十兩，我且和你算算賬，姑娘要了些什麼東西？」迎春聽見這媳婦發邢夫人之私意，庚 大書此句，誅心之筆。忙止道：「罷，罷，罷。你不能拿了金鳳來，不必牽三扯四亂嚷。我也不要那鳳了。便是太太們問時，我只説丢了，也妨礙不着你什麼的，出去歇息歇息倒好。」一面叫繡橘倒茶來。

繡橘又氣又急，因説道：「姑娘雖不怕，我們是作什麼的，把姑娘的東西丢了。他倒賴説姑娘使了他們的錢，這如今竟要准折起來。倘或太太問姑娘爲什麼使了這些錢，敢是我們就中取勢了？這還了得！」一行説，一行就哭了。司棋聽不過，只得勉强過來，幫着繡橘問着那媳婦。迎春勸止不住，自拿了一本《太上感應篇》來看。〔庚〕神妙之甚！從紙上跳出一位懦弱小姐，且書又有奇文，妙！

三人正没開交，可巧寶釵、黛玉、寶琴、探春等因恐迎春今日不自在，都約來安慰他。走至院中，聽得兩三個人較口。探春從紗窗内一看，只見迎春倚在床上看書，若有不聞之狀。〔庚〕看他寫迎春，雖稍劣，然亦大家千金之格也。探春也笑了。小丫鬟們忙打起簾子，報道：「姑娘們來了。」迎春方放下書起身。那媳婦見有人來，且又有探春在内，不勸而自止了，遂趁便要去。

探春坐下，便問：「纔剛誰在這裏説話？倒像拌嘴似的。」〔庚〕瞧他寫探春氣宇。迎春笑道：「没有説什麼，左不過是他們小題大作罷了。何必問他。」探春笑道：「我纔聽見什麼『金鳳』，又是什麼『没有錢只和我們奴才要』，誰和奴才要錢了？難道姐姐和奴才要錢了不成？難道姐姐不是和我們一樣有月錢的，一樣有用度不成？」司棋繡橘道：「姑娘説的是了。姑娘們都是一樣的，那一位姑娘的錢不是由着奶奶媽媽們使，連我們也不知道怎麽是算賬，不過要東西只説得一聲兒。如今他偏要説姑娘使過了頭兒，他賠出許多來了。究竟姑娘何曾和他要什麽了。」

探春笑道：「姐姐既没有和他要，必定是我們或者和他們要了不成！你叫他進來，我倒要問問他。」迎春笑道：「這話又可笑。你們又無沾礙，何得帶累於他。」探春笑道：「這倒不然。和〔六〕姐姐聽見也即同怨姐姐是一理。咱們是主子，自然不理論那些錢財小事，只知想起什麽要什麽，也是有的事。但不知金纍絲鳳因何又夾在裏頭？」那王住兒媳婦生恐繡橘等告出他來，遂忙進來用話掩飾。探春深知其意，因笑道：「你們所以糊塗。如今你奶奶已得了不是，趁此求求二奶奶，把方纔的錢尚未散人的拿出些來贖取了就完了。比不得没鬧出來，大家都藏着留臉面，如今既是没了臉，趁此時縱有十個罪，也只一人受罰，没有砍兩顆頭的理。你依我，竟是和二奶奶説説。在這裏大聲小氣，如何使得。」

這媳婦被探春説出真病，也無可賴了，只不敢往鳳姐處自首。探春笑道：「我不聽見便罷，既聽見，少不得替你們分解分解。」誰知探春早使個眼色與待書出去了。

這裏正説話，忽見平兒進來。寶琴拍手笑説道：「三姐姐敢是有驅神召將的符術？」黛玉笑道：「這倒不是道家玄術，倒是用兵最精的，所謂『守如處女，脱如狡兔』，出其不備之妙策也。」二人取笑。寶釵便使眼色與二人，令其不可，遂以别話岔開。探春見平兒來了，遂問：「你奶奶可好些了？真是病糊塗了，事事都不在心上，叫我們受這樣的委曲。」平兒忙道：「姑娘怎麽委曲？誰敢給姑娘氣受，姑娘快吩咐我。」

當時住兒媳婦兒方慌了手脚，遂上來趕着平兒叫：「姑娘坐下，讓我説原故請聽。」平兒正色道：「姑娘這裏説話，也有你我混插口的禮！你但凡知禮，只該在外頭伺候。不叫你，進不來的地方，幾時有外頭的媳婦子們無故到姑娘們房裏來的？」繡橘道：「你不知我們這屋裏是没禮的，誰愛來就來。」平兒道：「都是你們的不是。姑娘好性兒，你們就該打出去，然後再回太太去纔是。」王住兒媳婦見平兒出了言，紅了臉方退出去。

探春接着道：「我且告訴你，若是别人得罪了我，倒還罷了。如今那住兒媳婦和他婆婆仗着是媽媽，又瞅着二姐姐好性兒，如此這般私自拿了首飾去賭錢，而且還揑造假賬妙算，威逼着還要去討情，和這兩個丫頭在卧房裏大嚷大叫，二姐姐竟不能轄治，所以我看不過，纔請你來問一聲：還是他原是天外的人，不知道理？還是誰主使他如此，先把二姐姐制伏，然後就要治我和四姑娘了？」平兒忙陪笑道：「姑娘怎麽今日説這話出來？我們奶奶如何當得起！」

探春冷笑道〔七〕：「俗語説的，『物傷其類』，『齒竭唇亡』，我自然有些驚心。」平兒道：「若論此事，還不是大事，極好處置。但他現是姑娘的奶嫂，據姑娘怎麽樣爲是？」當下迎春只和寶釵閲《感應篇》故事，究竟連探春之語亦不曾聞得，忽見平兒如此説，乃笑道：「問我，我也没什麽法子。他們的不是，自作自受，我也不能討情，我也不去苛責就是了。至於私自拿去的東西，送來我收下，不送來我也不要了。太太們要問，我可以隱瞞遮飾過去，是他的造化，若瞞不住，我也没法，没有個爲他們反欺枉太太們的理，少不得直説。你們若説我好性兒，没個决斷，竟有好主意可以八面週全，不使太太們生氣，任憑你們處治，我總不知道。」

衆人聽了，都好笑起來。黛玉笑道：「真是『虎狼屯於階陛，尚談因果』。若使二姐姐是個男人，這一家上下若許人，又如何裁治他們。」迎春笑道：「正是。多少男人尚如此，何況我哉？」一語未了，只見又有一人進來。正不知道是那個，且聽下回分解。

戚 總評：一篇姦盜淫邪文字，反以四子書五經、《公羊》《穀梁》、秦漢諸作起，以《太上感應篇》結，彼何心哉！他深見「書中自有黄金屋」「書中有女美如玉」等語誤盡天下蒼生，而大奸大盜皆從此出。故特作此一起結，爲五陰濁世頂門一聲棒喝也。眼空似箕，筆大如椽，何得以尋行數墨繩之。

探春處處出頭，人謂其能，吾謂其苦；迎春處處藏舌，人謂其怯，吾謂其超。探春運符咒，固足役鬼驅神；迎春説因果，更可降狼伏虎。

〔一〕「問中淊」，意義不明。俞平伯先生謂「問，疑閨字。」而「淊」則字書不收，已無法判斷因何而致訛了。今姑以形訛校爲「濫」字。按：「濫」古有「沉浸」之義（現在某些地方方言，例如閩南、潮州還有此用法），「閨中濫」，即「沉浸於閨閣中」也。此意符合批者在第二十二回評價寳玉所作長批「源泉味甘」條，可參看。

〔二〕原誤作「不作一年易安之筆」，參第七回批「不作一筆逸安之板矣」、第十三回批「全無安逸之筆」、第十七回批「誓不作一筆逸安苟且之筆」而校改。

〔三〕此批原文作「險極妙極榮富堂堂詩禮之家且大觀官園又何等嚴肅清幽之地金閨玉閣尚有此等穢妙天下淺閒浦募之家寧不慎乎雖然但此等偏出大官世族之中者蓋因其房竇香宵鬟婢混殺鳥保其個個守禮特即哉此正爲大官世族而告誡其淺閒浦募之處毋如主婢日夕耳鬢交磨一止一動悉在耳目之中又何必諄諄再四焉」，錯字甚多，經過俞平伯、朱一玄、陳慶浩、鄭紅楓諸先生輯評本的接力校訂，大部分問題已經解決。惟「房室香宵」尚費解，聯繫上下文意，如指大官世族之家房舍多、人口雜，管理不到位，似可校爲「房室幽深」，因「幽」「香」形近，「深」則與「淺閨」之「淺」相對。一説「房室香宵」指房事，雖與上下文意不甚吻合，亦勉强可通。

〔四〕「怎麼反不及他一半」「誰知竟不然，這可不是異事」，此兩句意思重複，而且叠加在一起，造成語氣不連貫。這也許是在傳抄過程把母本中的初稿和改稿一併抄録的結果。除甲辰本删去後句外，餘本均同底本。

〔五〕「他悄悄的……誰知他就」二十八字原缺，據蒙、戚本補，餘本文字略異。

〔六〕「和」字，楊本作「我和姐姐一樣，姐姐的事和我的也是一般，他説姐姐就是説我。我那邊的人有怨我的，」（蒙、戚、列、辰諸本大同小異），語意似更明白，但稍嫌囉嗦。按：庚本原文中探春説的是「我們」「咱們」即姐妹們，而諸本多出這幾句則只有「我」，語氣稍有不同，當是後補，而非庚本脱漏。

〔七〕「姑娘怎麼……探春冷笑道」二十五字原缺，據楊本補，餘本文字略異。

第七十四回　惑奸讒抄檢大觀園　矢孤介杜絶寧國府

戚 司棋一事，在七十一回叙明，暗用山石伏綫，七十三回用繡春囊在山石一逗便住，至此回可直叙去，又用無數曲折漸漸逼來，及至司棋，忽然頓住，結到入畫。文氣如黄河出崑崙，横流數萬里，九曲至龍門，又有孟門、吕梁峽束，不得入海。是何等奇險怪特文字，令我拜服！

話説平兒聽迎春説了正自好笑，忽見寶玉也來了。原來管厨房柳家媳婦之妹，也因放頭開賭得了不是。這園中有素與柳家不睦的，庚 前文已卯之伏綫。[一] 便又告出柳家來，説他和他妹子是夥計，雖然他妹子出名，其實賺了錢兩個人平分。因此鳳姐要治柳家之罪。那柳家的因得此信，便慌了手脚，因思素與怡紅院人最爲深厚，故走來悄悄地央求晴雯、金星玻璃等人。金星玻璃告訴了寶玉。寶玉因思内中迎春之乳母也現有此罪，不若來約同迎春討情，比自己獨去單爲柳家説情又更妥當，故此前來。忽見許多人在此，見他來時，都問：「你的病可好了？跑來作什麼？」寶玉不便説出討情一事，只説：「來看二姐姐。」當下衆人也不在意，且説些閒話。平兒便出去辦纍絲金鳳一事。那王住兒媳婦緊跟在後，口内百般央求，只説：「姑娘好歹口内超生，我横竪去贖了來。」平兒笑道：「你遲也贖，早也贖，既有今日，何必當初。你的意思得過去就過去了。既是這樣，我也不好意思告人，趁早去贖了來交與我送去，我一字不提。」王住兒媳婦聽説，方放下心來，就拜謝，又説：「姑娘自去貴幹，我趕晚拿了來，先回了姑娘，再送去，如何？」平兒道：「趕晚不來，可别怨我。」説畢，二人方分路各自散了。

平兒到房，鳳姐問他：「三姑娘叫你作什麼？」平兒笑道：「三姑娘怕奶奶生氣，叫我勸着奶奶些，問奶奶這兩天可吃些什麽。」鳳姐笑道：「倒是他還記掛着我。剛纔又出來了一件事：有人來告柳二媳婦和他妹子通同開局，凡妹子所爲，都是他作主。我想，你素日肯勸我『多一事不如省一事』，就可閒一時心，自己保養保養也是好的。我因聽不進去，果然應了些，先把太太得罪了，而且自己反賺了一場病。如今我也看破了，隨他們鬧去罷，横竪還有許多人呢。我白操一會子心，倒惹的萬人咒駡。我且養病要緊，便是好了，我也作個好好先生，得樂且樂，得笑且笑，一概是非都憑他們去罷。庚歷來世人到此作此想，但悔不及矣。可傷可嘆。所以我只答應着知道了，白不在我心上。」平兒笑道：「奶奶果然如此，便是我們的造化。」

一語未了，只見賈璉進來，拍手嘆氣道：「好好的又生事。前兒我和鴛鴦借當，那邊太太怎麽知道了。纔剛太太叫過我去，叫我不管那裏先遷挪二百銀子，做八月十五日節間使用。我回没處遷挪。太太就説：『你没有錢就有地方遷挪，我白和你商量，你就搪塞我，你就説没地方。前兒一千銀子的當是那裏的？連老太太的東西你都有神通弄出來，這會子二百銀子，你就這樣。幸虧我没和别人説去。』我想太太分明不短，何苦來要尋事奈何人。」鳳姐兒道：

「那日並没一個外人，誰走了這個消息？」平兒聽了，也細想那日有誰在此，想了半日，笑道：「是了。那日説話時没一個外人，但晚上送東西來的時節，老太太那邊傻大姐的娘也可巧來送漿洗衣服。他在下房裏坐了一會子，見一大箱子東西，自然要問，必是小丫頭們不知道，説了出來，也未可知。」〔庚〕奇奇怪怪，從何處轉至素日(成)[來]，真如常山之蛇。因此便喚了幾個小丫頭來問，那日誰告訴獃大姐的娘。衆小丫頭慌了，都跪下賭咒發誓，説：「自來也不敢多説一句話。有人凡問什麽，都答應不知道。這事如何敢多説。」鳳姐詳情説：「他們必不敢，倒别委屈了他們。如今且把這事靠後，且把太太打發了去要緊。寧可咱們短些，又别討没意思。」因叫平兒：「把我的金項圈拿來，且去暫押二百銀子來送去完事。」賈璉道：「越性多押二百，咱們也要使呢。」鳳姐道：「很不必，我没處使錢。這一去還不知指那一項贖呢。」平兒拿去，吩咐一個人喚了旺兒媳婦來領去，不一時拿了銀子來。賈璉親自送去，不在話下。

這裏鳳姐和平兒猜疑，終是誰人走的風聲，竟擬不出人來。鳳姐兒又道：「知道這事還是小事，怕的是小人趁便又造非言，生出别的事來。當緊那邊正和鴛鴦結下仇了，如今聽得他私自借給璉二爺東西，那起小人眼饞肚飽，連沒縫兒的鷄蛋還要下蛆呢，如今有了這個因由，恐怕又造出些沒天理的話來也定不得。在你璉二爺還無妨，只是鴛鴦正緊女兒，帶累了他受屈，豈不是咱們的過失。」平兒笑道：「這也無妨。鴛鴦借東西看的是奶奶，並不爲的是二爺。一則鴛鴦雖應名是他私情，其實他是回過老太太的。老太太因怕孫男弟女多，這個也借，那個也要，到跟前撒個嬌兒，和誰要去，因此只裝不知道。〔庚〕奇文神文！豈世人（余相）〔意想〕得出者？前文云「一箱子」，若是私拿出，賈母其睡夢中之人矣。蓋此等事作者曾經，批者曾經，實係一寫往事，非特造出，故弄新筆，究竟不記不神也。◇鴛鴦借物一回於此便結了。縱鬧了出來，究竟那也無礙。」鳳姐兒道：「理固如此。只是你我是知道的，那不知道的，焉得不生疑呢。」

一語未了，人報：「太太來了。」鳳姐聽了詫異，不知爲何事親來，與平兒等忙迎出來。只見王夫人氣色更變，〔庚〕奇。只帶一個貼己的小丫頭走來，一語不發，走至裏間坐下。鳳姐忙奉茶，因陪笑問道：「太太今日高興，到這裏逛逛。」王夫人喝命：「平兒出去！」平兒見了這般，着慌不知怎麽樣了，忙應了一聲，帶着衆小丫頭一齊出去，在房門外站住，越性將房門掩了，自己坐在臺磯上，所有的人，一個不許進去。鳳姐也着了慌，不知有何等事。只見王夫人含着淚，從袖内擲出一個香袋子來，説：「你瞧。」鳳姐忙拾起一看，見是十錦春意香袋，也嚇了一跳，忙問：「太太從那裏得來？」王夫人見問，越發淚如雨下，顫聲説道：「我從那裏得來！我天天坐在井裏，拿你當個細心人，所以我纔偷個空兒。誰知你也和我一樣。這樣的東西大天白日明擺在園裏山石上，被老太太的丫頭拾着，不虧你婆婆遇見，早已送到老太太跟前去了。我且問你，這個東西如何遺在那裏來？」庚奇問。鳳姐聽得，也更了顔色，忙問：「太太怎知是我的？」庚問的是。王夫人又哭又嘆説道：「你反問我！你想，一家子除了你們小夫小妻，餘者老婆子們，要這個何用？再女孩子們是從那裏得來？自然是那璉兒不長進下流種子那裏弄來。你們又和氣，當作一件頑意兒，年輕人兒女閨房私意是有的，你還和我賴！幸而園内上下人還不解事，尚未揀得。倘或丫頭們揀着，你姊妹看見，這還了得。不然有那小丫頭們揀着，出去説是園内揀着的，外人知道，這性命臉面要也不要？」

鳳姐聽説，又急又愧，登時紫漲了面皮，便依炕沿雙膝跪下，也含淚訴道：「太太説的固然有理，我也不敢辯我並無這樣的東西。但其中還要求太太細詳其理：那香袋是外頭僱工仿着内工繡的，帶這穗子一概是市賣貨。我便年輕不尊重些，也不要這勞什子，自然都是好的，此其一。二者這東西也不是常帶着的，我縱有，也只好在家裏，焉肯帶在身上各處去？况且又在園裏去，個個姊妹我們都肯拉拉扯扯，倘或露出來，不但在姊妹前，就是奴才看見，我有什麼意思？我雖年輕不尊重，亦不能糊塗至此。三則論主子内我是年輕媳婦，算起奴才來，比我更年輕的又不止一個人了。况且他們也常進園，晚間各人家去，焉知不是他們身上的？四則除我常在園裏之外，還有那邊太太常帶過幾個小姨娘來，如嫣紅翠雲等人，皆係年輕侍妾，他們更該有這個了。還有那邊珍大嫂子，他不算甚老外，他也常帶過佩鳳等人來，焉知又不是他們的？五則園内丫頭太多，保的住個個都是正緊的不成？也有年紀大些的知道了人事，或者一時半刻人查問不到偷着出去，或借着因由同二門上小幺兒們打牙犯嘴，外頭得了來的，也未可知。如今不但我没此事，就連平兒我也可以下保的。太太請細想。」

王夫人聽了這一席話大近情理，因嘆道：「你起來。我也知道你是大家小姐出身，焉得輕薄至此，不過我氣急了，拿了話激你。但如今却怎麼處？你婆婆纔打發人封了這個給我瞧，説是前日從傻大姐手裏得的，把我氣了個死。」鳳姐道：「太太快別生氣。若被衆人覺察了，保不定老太太不知道。且平心静氣暗暗訪察，纔得確實，縱然訪不着，外人也不能知道。這叫作『胳膊折在袖内』。如今惟有趁着賭錢的因由革了許多的人這空兒，把周瑞媳婦旺兒媳婦等四五個貼近不能走話的人安插在園裏，以查賭爲由。再如今他們的丫頭也太多了，保不住人大心大，生事作耗，等鬧出事來，反悔之不及。如今若無故裁革，不但姑娘們委屈煩惱，就連太太和我也過不去。不如趁此機會，以後凡年紀大些的，或有些咬牙難纏的，拿個錯兒攆出去配了人。一則保得住没有別的事，二則也可省些用度。太太想我這話如何？」王夫人嘆道：「你説的何嘗不是，但從公細想，你這幾個姊妹也甚可憐了。（庚）猶云「可憐」，妙文！在別人視之，今古無比矣；若在榮府論，實不能比先矣。也不用遠比，只説如今你林妹妹的母親，未出閣時，是何等的嬌生慣養，是何等的金尊玉貴，那纔像個千金小姐的體統。如今這幾個姊妹，不過比人家的丫頭略强些罷了。（庚）所謂「觀於海者難爲水」，俗子謂王夫人不知足，是不可矣；又謂作太過，真蟪蛄、學鳩之見也。[二] 通共每人只有兩三個丫頭像個人樣，餘者縱有四五個小丫頭子，竟是廟裏的小鬼。如今還要裁革了去，不但於我心不忍，只怕老太太未必就依。

雖然艱難，難不至此。我雖没受過大榮華富貴，比你們是强的。如今我寧可省些，别委曲了他們。以後要省儉先從我來倒使得。如今且叫人傳了周瑞家的等人進來，就吩咐他們快快暗地訪拿這事要緊。」鳳姐聽了，即喚平兒進來吩咐出去。

一時，周瑞家的與吴興家的、鄭華家的、來旺家的、來喜家的現在五家陪房進來，餘者皆在南方各有執事。【庚】又伏一筆。王夫人正嫌人少不能勘察，忽見邢夫人的陪房王善保家的走來，方纔正是他送香囊來的。王夫人向來看視邢夫人之得力心腹人等原無二意，【庚】大書。看下人猶如此，可知待邢夫人矣。今見他來打聽此事，十分關切，【庚】小人外是内非，（委）［悉］皆如此。便向他說：「你去回了太太，也進園内照管照管，不比别人又强些。」

這王善保家正因素日進園去那些丫鬟們不大趨奉他，他心裏大不自在，要尋他們的故事又尋不着，恰好生出這事來，以爲得了把柄。又聽王夫人委託，正撞在心坎上，說：「這個容易。不是奴才多話，論理這事該早嚴緊的。太太也不大往園裏去，這些女孩子們一個個倒像受了封誥似的，他們就成了千金小姐了。鬧下天來，誰敢哼一聲兒。不然，就調唆姑娘們，說欺負了姑娘們了，誰還耽得起。」王夫人道：「這也有的常情，跟姑娘的丫頭原比别的嬌貴些。你們該勸他們。連主子們的姑娘不教導尚且不堪，何況他們。」王善保家的道：「別的都還罷了。太太不知道，一個寶玉屋裏的晴雯，那丫頭仗着他生的模樣兒比別人標緻些，又生了一張巧嘴，天天打扮的像個西施的樣子，在人跟前能說慣道，掐尖要强。一句話不投機，他就立起兩個騷眼睛來罵人，妖妖趫趫，大不成個體統。」庚活畫出晴雯來。可知已前知晴雯必應遭妒者，可憐可傷，竟死矣。

王夫人聽了這話，猛然觸動往事，便問鳳姐道：「上次我們跟了老太太進園逛去，有一個水蛇腰，庚妙妙，好腰！削肩膀，庚妙妙，好肩！◇俗云：「水蛇腰則遊曲小也。」又云：「美人無肩。」又曰：「肩若削成。」〔三〕皆是美之形也。凡寫美人偏用俗筆反筆，與他書不同也。眉眼又有些像你林妹妹的，庚更好，形容盡矣。正在那裏罵小丫頭。我的心裏很看不上那狂樣子，因同老太太走，我不曾說得。後來要問是誰，又偏忘了。今日對了坎兒，這丫頭想必就是他了。」鳳姐道：「若論這些丫頭們，共總比起來，都没晴雯生得好。論舉止言語，他原有些輕薄。方纔太太說的倒很像他，我也忘了那日的事，不敢亂說。」王善保家的便道：「不用這樣，此刻不難叫了他來太太瞧瞧。」王夫人道：「寶玉房裏常見我的只有襲人麝月，這兩個笨笨的倒好。若有這個，他自不敢來見我的。我一生最嫌這樣人，况且又出來這個事。好好的寶玉，倘或叫這蹄子勾引壞了，那還了得。」因叫自己的丫頭來，吩咐他：「到園裏去，只說我說有話問他們，留下襲人麝月伏侍寶玉不必來，有一個晴雯最伶俐，叫他即刻快來。你不許和他說什麽。」

小丫頭子答應了，走入怡紅院，正值晴雯身上不自在，睡中覺纔起來，正發悶，聽如此說，只得隨了他來。素日這些丫鬟皆知王夫人最嫌趫妝艷飾語薄言輕者，故晴雯不敢出頭。今因連日不自在，〔庚〕（音）〔摹〕神之至！〔四〕所謂「魂早離舍」矣，將死之兆也。◇若俗筆必云十分妝飾，今云不自在，想無掛心之態，更不入王夫人之眼也。並沒十分妝飾，自爲無礙。〔庚〕好！可知天生美人原不在妝飾，使人一見不覺心驚目駭。可恨世之塗脂抹粉，真同鬼魅而不見覺。及到了鳳姐房中，王夫人一見他釵軃鬢鬆，衫垂帶褪，有春睡捧心之遺風，而且形容面貌恰是上月的那人，不覺勾起方纔的火來。

王夫人原是天真爛漫之人，喜怒出於心臆，不比那些飾詞掩意之人，今既真怒攻心，又勾起往事，便冷笑道：「好個美人！真像個病西施了。你天天作這輕狂樣兒給誰看？你幹的事，打量我不知道呢！我且放着你，自然明兒揭你的皮！寶玉今日可好些？」晴雯一聽如此說，心內大異，便知有人暗算了他。雖然着惱，只不敢作聲。他本是個聰明過頂的人，〔庚〕深罪聰明，到底不錯一筆。見問寶玉可好些，他便不肯以實話對，只說：「我不大到寶玉房裏去，又不常和寶玉在一處，好歹我不能知，這只問襲人麝月兩個。」王夫人道：「這就該打嘴！你難道是死人，要你們作什麽！」晴雯道：「我原是跟老太太的人。因老太太説園裏空大人少，寶玉害怕，所以撥了我去外間屋裏上夜，不過填屋子。我原回過我笨，不能伏侍。老太太罵了我，説：『又不叫你管他的事，要伶俐的作什麽。』我聽了這話纔去的。不過十天半個月之内，寶玉悶了大家頑一會子就散了。至於寶玉飲食起坐，上一層有老奶奶老媽媽們，下一層又有襲人、麝月、秋紋幾個人。我閒着還要作老太太屋裏的針綫，所以寶玉的事竟不曾留心。太太既怪，從此後我留心就是了。」王夫人信以爲實了，忙説：「阿彌陀佛！你不近寶玉是我的造化，竟不勞你費心。既是老太太給寶玉的，我明兒回了老太太，再攆你。」因向王善保家的道：「你們進去，好生防他幾日，不許他在寶玉房裏睡覺。等我回過老太太，再處治他。」喝聲：「去！站在這裏，我看不上這浪樣兒！誰許你這樣花紅柳緑的妝扮！」晴雯只得出來，這氣非同小可，一出門便拿手帕子握着臉，一頭走，一頭哭，直哭到園門内去。

這裏王夫人向鳳姐等自怨道：「這幾年我越發精神短了，照顧不到。這樣妖精似的東西竟没看見。只怕這樣的還有，明日倒得查查。」鳳姐見王夫人盛怒之際，又因王善保家的是邢夫人的耳目，常調唆着邢夫人生事，縱有千百樣言詞，此刻也不敢説，只低頭答應着。王善保家的道：「太太請養息身體要緊，這些小事只交與奴才。如今要查這個主兒也極容易，等到晚上園門關了的時節，内外不通風，我們竟給他們個猛不防，帶着人到各處丫頭們房裏搜尋。想來誰有這個，斷不單只有這個，自然還有别的東西。那時翻出别的來，自然這個也是他的。」王夫人道：「這話倒是。若不如此，斷不能清的清白的白。」因問鳳姐如何。鳳姐只得答應説：「太太説的是，就行罷了。」王夫人道：「這主意很是，不然一年也查不出來。」於是大家商議已定。

至晚飯後，待賈母安寢了，寶釵等入園時，王善保家的便請了鳳姐一併入園，喝命將角門皆上鎖，便從上夜的婆子處抄檢起，不過抄檢出些多餘攢下蠟燭燈油等物。㊉畢真。王善保家的道：「這也是贓，不許動，等明兒回過太太再動。」於是先就到怡紅院中，喝命關門。當下寶玉正因晴雯不自在，忽見這一干人來，不知爲何直撲了丫頭們的房門去，因迎出鳳姐來，問是何故。鳳姐道：「丢了一件要緊的東西，因大家混賴，恐怕有丫頭們偷了，所以大家都查一查去疑。」一面説，一面坐下吃茶。王善保家的等搜了一回，又細問這幾個箱子是誰的，都叫本人來親自打開。襲人因見晴雯這樣，知道必有異事，又見這番抄檢，只得自己先出來打開了箱子並匣子，任其搜檢一番，不過是平常動用之物。隨放下又搜别人的，挨次都一一搜過。到了晴雯的箱子，因問：「是誰的，怎不開了讓搜？」襲人等方欲代晴雯開時，只見晴雯挽着頭髮闖進來，「豁」一聲將箱子掀開，兩手捉着，底子朝天往地下盡情一倒，將所有之物盡都倒出。王善保家的也覺没趣〔五〕，看了一看，也無甚私弊之物。回了鳳姐，要往别處去。鳳姐兒道：「你們可細細的查，若這一番查不出來，難回話的。」衆人都道：「都細翻看了，没什麼差錯東西。雖有幾樣男人物件，都是小孩子的東西，想是寶玉的舊物件，没甚關係的。」鳳姐聽了，笑道：「既如此咱們就走，再瞧别處去。」

説着，一逕出來，因向王善保家的道：「我有一句話，不知是不是。要抄檢只抄檢咱們家的人，薛大姑娘屋裏，斷乎檢抄不得的。」王善保家的笑道：「這個自然。豈有抄起親戚家來。」鳳姐點頭道：「我也這樣説呢。」庚寫阿鳳心灰意懶，且避禍從時，迥又是一個人矣。一頭説，一頭到了瀟湘館内。黛玉已睡了，忽報這些人來，也不知爲甚事。纔要起來，只見鳳姐已走進來，忙按住他不許起來，只説：「睡罷，我們就走。」這邊且説些閒話。那個王善保家的帶了衆人到丫鬟房中，也一一開箱倒籠抄檢了一番。因從紫鵑房中抄出兩副寶玉常换下來的寄名符兒，一副束帶上的披帶，兩個荷包並扇套，套內有扇子。打開看時皆是寶玉往年往日手內曾拿過的。王善保家的自爲得了意，遂忙請鳳姐過來驗視，又說：「這些東西從那裏來的？」鳳姐笑道：「寶玉和他們從小兒在一處混了幾年，這自然是寶玉的舊東西。這也不算什麽罕事，撂下再往別處去是正緊。」紫鵑笑道：「直到如今，我們兩下裏的東西也算不清。要問這一個，連我也忘了是那年月日有的了。」王善保家的聽鳳姐如此說，也只得罷了。〔庚〕一處一樣。

又到探春院內，誰知早有人報與探春了。〔庚〕不板。探春也就猜着必有原故，所以引出這等醜態來，〔庚〕實註一筆。遂命衆丫鬟秉燭開門而待。一時，衆人來了。探春故問何事。鳳姐笑道：「因丢了一件東西，連日訪察不出人來，恐怕旁人賴這些女孩子們，所以越性大家搜一搜，使人去疑，倒是洗净他們的好法子。」探春冷笑道：「我們的丫頭自然都是些賊，我就是頭一個窩主。既如此，先來搜我的箱櫃，他們所有偷了來的都交給我藏着呢。」說着便命丫頭們把箱櫃一齊打開，將鏡奩、妝盒、衾袱、衣包若大若小之物一齊打開，請鳳姐去抄閲。鳳姐陪笑道：「我不過是奉太太的命來，妹妹别錯怪我。何必生氣。」因命丫鬟們快快關上。

平兒豐兒等忙着替待書等關的關，收的收。探春道：「我的東西倒許你們搜閲，要想搜我的丫頭，這却不能。我原比衆人歹毒，凡丫頭所有的東西我都知道，都在我這裏間收着，一針一綫他們也没的收藏，要搜所以只來搜我。你們不依，只管去回太太，只説我違背了太太，該怎麽處治，我去自領。你們别忙，自然連你們抄的日子有呢！你們今日早起不曾議論甄家，自己家裏好好的抄家，果然今日真抄了。〔庚〕奇極！此日甄家事。咱們也漸漸的來了。可知這樣大族人家，若從外頭殺來，一時是殺不死的，這是古人曾説的『百足之蟲，死而不僵』，必須先從家裏自殺自滅起來，纔能一敗塗地！」説着，不覺流下淚來。

鳳姐只看着衆媳婦們。周瑞家的便道：「既是女孩子的東西全在這裏，奶奶且請到别處去罷，也讓姑娘好安寢。」鳳姐便起身告辭。探春道：「可細細的搜明白了？若明日再來，我就不依了。」鳳姐笑道：「既然丫頭們的東西都在這裏，就不必搜了。」探春冷笑道：「你果然倒乖。連我的包袱都打開了，還説没翻。明日敢説我護着丫頭們，不許你們翻了。你趁早説明，若還要翻，不妨再翻一遍。」鳳姐知道探春素日與衆不同的，只得陪笑道：「我已經連你的東西都搜查明白了。」探春又問衆人：「你們也都搜明白了不曾？」周瑞家的等都陪笑説：「都翻明白了。」

那王善保家的本是個心内没成算的人，素日雖聞探春的名，那是爲衆人没眼力没膽量罷了，那裏一個姑娘家就這樣起來，况且又是庶出，他敢怎麽。他自恃是邢夫人陪房，連王夫人尚另眼相看，何况别個。今見探春如此，他只當是探春認真單惱鳳姐，與他們無干。他便要趁勢作臉獻好，因越衆向前拉起探春的衣襟，故意一掀，嘻嘻笑道：「連姑娘身上我都翻了，果然没有什麽。」鳳姐見他這樣，忙説：「媽媽走罷，别瘋瘋顛顛的。」一語未了，只聽「拍」的一聲，王家的臉上早着了探春一掌。探春登時大怒，指着王家的問道：「你是什麽東西，敢來拉扯我的衣裳！我不過看着太太的面上，你又有年紀，叫你一聲媽媽，你就狗仗人勢，天天作耗，專管生事。如今越性了不得了。你打量我是同你們姑娘那樣好性兒，由着你們欺負他，就錯了主意！你搜檢東西我不惱，你不該拿我取笑。」説着，便親自解衣卸裙，拉着鳳姐兒細細的翻。又説：「省得叫奴才來翻我身上。」鳳姐平兒等忙與探春束裙整袂，口内喝着王善保家的説：「媽媽吃兩口酒就瘋瘋顛顛起來。前兒把太太也衝撞了。快出去，不要提起了。」又勸探春休得生氣。探春冷笑道：「我但凡有氣性，早一頭碰死了！不然豈許奴才來我身上翻賊贜了。明兒一早，我先回過老太太、太太，然後過去給大娘陪禮，該怎麽，我就領。」

那王善保家的討了個没意思，在窗外只説：「罷了，罷了，這也是頭一遭挨打。我明兒回了太太，仍回老娘家去罷。這個老命還要他做什麽！」探春喝命丫鬟道：「你們聽他説的這話！還等我和他對嘴去不成？」待書等聽説，便出去説道：「你果然回老娘家去，倒是我們的造化了。只怕捨不得去。」鳳姐笑道：「好丫頭，真是有其主必有其僕。」探春冷笑道：「我們作賊的人，嘴裏都有三言兩語的。這還算笨的，背地裏就只不會調唆主子。」平兒忙也陪笑解勸，一面又拉了待書進來。周瑞家的等人勸了一番。鳳姐直待伏侍探春睡下，方帶着人往對過暖香塢來。

彼時李紈猶病在床上，他與惜春是緊鄰，又與探春相近，故順路先到這兩處。因李紈纔吃了藥睡着，不好驚動，只到丫鬟們房中一一的搜了一遍，也没有什麽東西，遂到惜春房中來。因惜春年少，尚未識事，嚇的不知當有什麽事，故鳳姐也少不得安慰他。誰知竟在入畫箱中尋出一大包金銀錁子來，約共三四十個，〔庚〕奇。爲察姦情，反得賊贓。又有一副玉帶板子並一包男人的靴襪等物。入畫也黄了臉。因問是那裏來的，入畫只得跪下哭訴真情，説：「這是珍大爺賞我哥哥的。【庚】妙極是極。蓋入畫本係寧府之人也。因我們老子娘都在南方，如今只跟着叔叔過日子。我叔叔嬸子只要吃酒賭錢，我哥哥怕交給他們又花了，所以每常得了，悄悄的煩了老媽媽帶進來叫我收着的。」

惜春膽小，見了這個也害怕，說：「我竟不知道。這還了得！二嫂子，你要打他，好歹帶他出去打罷，我聽不慣的。」鳳姐笑道：「這話若果真呢，也倒可恕，只是不該私自傳送進來。這個可以傳遞，什麼不可以傳遞。這倒是傳遞人的不是了。若這話不真，倘是偷來的，你可就別想活了。」入畫跪着哭道：「我不敢扯謊。奶奶只管明日問我們奶奶和大爺去，若說不是賞的，就拿我和我哥哥一同打死無怨。」鳳姐道：「這個自然要問的，只是真賞的也有不是。誰許你私自傳送東西的！你且說是誰作接應，我便饒你。下次萬萬不可。」惜春道：「嫂子別饒他這次方可。這裏人多，若不拿一個人作法，那些大的聽見了，又不知怎樣呢。嫂子若饒他，我也不依。」【庚】這是自己反不依的。各得自然之理，各有自然之妙。鳳姐道：「素日我看他還好。誰沒一個錯，只這一次。二次犯下，二罪俱罰。但不知傳遞是誰。」惜春道：「若說傳遞，再無別個，必是後門上的張媽。他常肯和這些丫頭們鬼鬼祟祟的，這些丫頭們也都肯照顧他。」鳳姐聽說，便命人記下，將東西且交給周瑞家的暫拿着，等明日對明再議。於是别了惜春，方往迎春房内來。

迎春已經睡着了，丫鬟們也纔要睡，衆人叩門半日纔開。鳳姐吩咐：「不必驚動小姐。」遂往丫鬟們房裏來。因司棋是王善保的外孫女兒，〔庚〕玄妙奇詭，出人意外。鳳姐倒要看看王家的可藏私不藏，遂留神看他搜檢。先從别人箱子搜起，皆無别物。及到了司棋箱子中搜了一回，王善保家的説：「也没有什麽東西。」纔要蓋箱時，周瑞家的道：「且住，這是什麽？」説着，便伸手掣出一雙男子的錦帶襪並一雙緞鞋來。〔庚〕險極！又有一個小包袱，打開看時，裏面有一個同心如意並一個字帖兒。一總遞與鳳姐。鳳姐因當家理事，每每看開帖並賬目，也頗識得幾個字了。便看那帖子是大紅雙喜箋帖，〔庚〕紙就好。余爲司棋心動。上面寫道：

上月你來家後，父母已覺察你我之意。但姑娘未出閣，尚不能完你我之心願。若園内可以相見，你可託張媽給一信息。若得在園内一見，倒比來家得説話。千萬，千萬。再所賜香袋二個，今已查收外，特寄香珠一串，略表我心。千萬收好。表弟潘又安拜具。〔庚〕名字便妙。

鳳姐看罷，不怒而反樂。〔庚〕惡毒之至。别人並不識字。王家的素日並不知道他姑表姊弟有這一節風流故事，見了這鞋襪，心内已是有些毛病，又見有一紅帖，鳳姐又看着笑，他便説道：「必是他們胡寫的賬目，不成個字，所以奶奶見笑。」鳳姐笑道：「正是這個賬竟算不過來。你是司棋的老娘，他的表弟也該姓王，怎麽又姓潘呢？」王善保家的見問的奇怪，只得勉强告道：「司棋的姑媽給了潘家，所以他姑表兄弟姓潘。上次逃走了的潘又安就是他表弟。」鳳姐笑道：「這就是了。」因説：「我念給你聽聽。」説着從頭念了一遍，大家都唬了一跳。這王家的一心只要拿人的錯兒，不想反拿住了他外孫女兒，又氣又臊。周瑞家的四人又都問着他：「你老可聽見了？明明白白，再没的話説了。如今據你老人家，該怎麽樣？」這王家的只恨没地縫兒鑽進去。鳳姐只瞅着他嘻嘻的笑，【庚】惡毒之至。向周瑞家的笑道：「這倒也好。不用你們作老娘的操一點兒心，他鴉雀不聞的給你們弄個好女婿來，大家倒省心。」【庚】刻毒之至！◇按鳳姐雖係刻毒，然亦不應在下人前爲不（尋）［尊］。◇此等人前不得不如是也。周瑞家的也笑着凑趣兒。王家的氣無處泄，便自己回手打着自己的臉，駡道：「老不死的娼婦，怎麽造下孽了！説嘴打嘴，現世現報在人眼裏。」衆人見這般，倶笑個不住，又半勸半調的。鳳姐見司棋低頭不語，也並無畏懼慚愧之意，倒覺可異。料此時夜深，且不必盤問，只怕他夜間自愧去尋拙志，遂喚兩個婆子監守起他來。帶了人，拿了贜證回來，且自安歇，等待明日料理。誰知到夜裏又連起來幾次，下面淋血不止。

至次日，便覺身體十分軟弱，起來發暈，遂掌不住。請太醫來，診脉畢，遂立藥案云：「看得少奶奶係心氣不足，虛火乘脾，皆由憂勞所傷，以致嗜卧好眠，胃虛土弱，不思飲食。今聊用升陽養榮之劑。」寫畢，遂開了幾樣藥名，不過是人参、當歸、黄芪等類之劑。一時退去，有老嬷嬷們拿了方子回過王夫人，不免又添一番愁悶。遂將司棋等事暫且未理。

可巧這日尤氏來看鳳姐，坐了一回，到園中去又看過李紈。纔要望候衆姊妹們去，忽見惜春遣人來請，尤氏遂到了他房中來。惜春便將昨晚之事細細告訴與尤氏，又命將入畫的東西一概要來與尤氏過目。尤氏道：「實是你哥哥賞他哥哥的，只不該私自傳送，如今官鹽竟成了私鹽了。」因駡入畫，「糊塗脂油蒙了心的。」惜春道：「你們管教不嚴，反駡丫頭。這些姊妹，獨我的丫頭這樣没臉，我如何去見人。昨兒我立逼着鳳姐姐帶了他去，他只不肯。我想，他原是那邊的人，鳳姐姐不帶他去，也原有理。我今日正要送過去，嫂子來的恰好，快帶了他去。或打，或殺，或賣，我一概不管。」入畫聽説，又跪下哭求，説：「再不敢了。只求姑娘看從小兒的情常，好歹生死在一處罷。」尤氏和奶娘等人也都十分分解，説「他不過一時糊塗了，下次再不敢的。他從小兒伏侍你一場，到底留着他爲是。」

誰知惜春雖然年幼，却天生地一種百折不回的廉介孤獨僻性，任人怎説，他只以爲丢了他的體面，咬定牙斷乎不肯。更又説的好：「不但不要入畫，如今我也大了，連我也不便往你們那邊去了。況且近日我每每風聞得有人背地裏議論什麽，多少不堪的閒話，我若再去，連我也編派上了。」尤氏道：「誰議論什麽？又有什麽可議論的！姑娘是誰，我們是誰。姑娘既聽見人議論我們，就該問着他纔是。」惜春冷笑道：「你這話問着我倒好。我一個姑娘家，只有躲是非的，我反去尋是非，成個什麽人了！還有一句話，我不怕你惱：好歹自有公論，又何必去問人。古人説得好，『善惡生死，父子不能有所勖助』，何况你我二人之間。我只知道保得住我就够了，不管你們。從此以後，你們有事别累我。」尤氏聽了，又氣又好笑，因向地下衆人道：「怪道人人都説這四丫頭年輕糊塗，我只不信。你們聽纔一篇話，無原無故，又不知好歹，又没個輕重。雖然是小孩子的話，却又能寒人的心。」衆嬷嬷笑道：「姑娘年輕，奶奶自然要吃些虧的。」惜春冷笑道：「我雖年輕，這話却不年輕。你們不看書不識幾個字，所以都是些獃子，看着明白人，倒說我年輕糊塗。」尤氏道：「你是狀元、榜眼、探花，古今第一個才子。我們是糊塗人，不如你明白，何如？」惜春道：「狀元、榜眼〔六〕難道就没有糊塗的不成？可知他們更有不能了悟的。」尤氏笑道：「你倒好。纔是才子，這會子又作大和尚了，又講起了悟來了。」惜春道：「我不了悟，我也捨不得入畫了。」尤氏道：「可知你是個心冷口冷、心狠意狠的人。」惜春道：「古人曾也說的，『不作狠心人，難得自了漢』。我清清白白的一個人，爲什麼教你們帶累壞了我！」

尤氏心内原有病，怕說這些話。聽說有人議論，已是心中羞惱激射，只是在惜春分上不好發作，忍耐了大半日。今見惜春又說這句，因按捺不住，因問惜春道：「怎麽〔七〕就帶累了你了？你的丫頭的不是，無故說我，我倒忍了這半日，你倒越發得了意，只管說這些話。你是千金萬金的小姐，我們以後就不親近，仔細帶累了小姐的美名。」即刻就叫人「將入畫帶了過去！」說着，便賭氣起身去了。惜春道：「若果然不來，倒也省了口舌是非，大家倒還清净。」尤氏也不答話，一逕往前邊去了。不知後事如何——

[戚]總評：諸院皆宴息，獨探春秉燭以待，大有隄防，的是幹才，須另置一席款待。鳳姐喜事，忽作打破虛空之語；惜春年幼，偏有老成練達之操。世態何常，知人其難！

〔一〕「卯」，此處是「插下、豎立」的意思。今人曾對「已卯」二字提出種種校改意見，不必。

〔二〕「螻蛄、學鳩」原誤「塿姑鳩覺」，俞平伯先生校爲「螻蛄、鳩鷽」。按：「螻蛄、學鳩」典出《莊子・逍遥遊》，「學」本作「鷽」或「鸒」。清郭慶藩《莊子集釋》：「作學者，蓋鷽假借字。鳩爲五鳩之總名，鷽、鳩當是兩物。」依此說則「鷽鳩」寫作「鳩鷽」也未嘗不可。但「學鳩」還有其他解釋，爲通俗起見，仍據今本《莊子》改爲「學鳩」。

〔三〕「肩若削成」：原文僅「前或」二字，因其形近「削成」，應係「肩若削成」的脱漏加形訛。「肩若削成」是「削肩膀」的出典，第三回描寫探春「削肩細腰」，即有批：「《洛神賦》中云『肩若削成』是也。」

〔四〕原文「音神」二字不通。書中它處批語有「摹神之至」一語，用在此處也甚貼，酌改。一謂「音神」為「神奇」之訛，亦通。

〔五〕按：此處程本比諸脂本多了以下一段文字：

便紫漲了臉，說道：「姑娘你別生氣。我們並非私自就來的，原是奉太太的命來搜察。你們叫翻呢，我們就翻一翻，不叫翻，我們還許回太太去呢！那用急的這個樣子。」晴雯聽了這話，越發火上澆油，便指着他的臉說道：「你說你是太太打發來的，我還是老太太打發來的呢！太太那邊的人我也都見過，就只没看見你這麼個有頭有臉大管事的奶奶。」鳳姐見晴雯說話鋒利尖酸，心中甚喜，却礙着邢夫人的臉，忙喝住晴雯。那王善保家的又羞又氣，剛要還言，鳳姐道：「媽媽，你也不必合他們一般見識，你且細細搜你的。咱們還到各處走走呢！再遲了走了風，我可擔不起。」王善保家的只得咬咬牙，且忍了這口氣，細細的……

一般來説，程本對脂本所作删改，及個别補綴缺文，均乏善可陳。此處多出的二百餘字與前後文比較連貫，描寫也還生動，所以有人認爲當另有所據，或者就是曹雪芹原有文字。其實，這段文字雖然讀來很解氣，但對表現晴雯的性格未免過火。看前文晴雯和王夫人的應對，她並非一味蠻幹、不知分寸之人。

〔六〕「古今第一……狀元榜眼」二十七字原缺，據蒙、戚本補，餘本文字略異。

〔七〕「了大半日……怎麼」二十四字原缺，據蒙府本補，餘本文字略異。

佩鳳

第七十五回　開夜宴異兆發悲音　賞中秋新詞得佳讖

庚 乾隆二十一年五月初七日對清。◇缺中秋詩，俟雪芹。

□□□　開夜宴　發悲音

□□□　賞中秋　得佳讖

戚 賈珍居長，不能承先啓後，丕振家風，兄弟問柳尋花，父子呼幺喝六，賈氏宗風，其墜地矣。安得不發先靈一嘆！

話說尤氏從惜春處賭氣出來，正欲往王夫人處去。跟從的老嬤嬤們因悄悄的回道：「奶奶且別往上房去。纔有甄家的幾個人來，還有些東西，不知是作什麼機密事。奶奶這一去恐不便。」尤氏聽了道：「昨日聽見你爺說，看邸報甄家犯了罪，現今抄沒家私，調取進京治罪。怎麼又有人來？」老嬤嬤道：「正是呢。纔來了幾個女人，氣色不成氣色，慌慌張張的，想必有什麼瞞人的事情也是有的。」

尤氏聽了，便不往前去，仍往李氏這邊來了。[庚]前只有探春一語，過至此回又用尤氏略爲陪點，且輕輕淡染出甄家事故，此畫家（來）［謂］「落墨之法」也。〔一〕恰好太醫纔診了脉去。李紈近日也略覺精爽了些，擁衾欹〔二〕枕，坐在床上，正欲一二人來說些閒話。因見尤氏進來不似往日和藹可親，只呆呆的坐着。李紈因問道：「你過來了這半日，可在別屋裏吃些東西沒有？只怕餓了。」命素雲瞧有什麼新鮮點心揀了來。尤氏忙止道：「不必，不必。你這一向病着，那裏有什麼新鮮東西。况且我也不餓。」李紈道：「昨日他姨娘家送來的好茶麵子，倒是對碗來你喝罷。」說畢，便吩咐人去對茶。尤氏出神無語。跟來的丫頭媳婦們因問：「奶奶今日中晌尚未洗臉，這會子趁便可净一净好？」尤氏點頭。李紈忙命素雲來取自己的妝奩。素雲一面取來，一面將自己的胭粉拿來，笑道：「我們奶奶就少這個。奶奶不嫌髒，這是我的，能着用些。」李紈道：「我雖没有，你就該往姑娘們那裏取去。怎麽公然拿出你的來。幸而是他，若是别人，豈不惱呢。」尤氏笑道：「這又何妨。自來我凡過來，誰的没使過，今日忽然又嫌髒了？」一面說，一面盤膝坐在炕沿上。銀蝶上來忙代爲卸去腕鐲戒指，又將一大袱手巾蓋在下截，將衣裳護嚴。小丫鬟炒荳兒捧了一大盆温水走至尤氏跟前，只彎腰捧着。銀蝶笑道：「説一個個没機變的，說一個葫蘆就是一個瓢。奶奶不過待咱們寬些，在家裏不管怎樣罷了，你就得了意，不管在家出外，當着親戚也只隨着便了。」尤氏道：「你隨他去罷，横竪洗了就完事了。」炒荳兒忙趕着跪下。尤氏笑道：「你們家下大小的人只會講外面假禮假體面，究竟作出來的事都够使的了。」〔庚〕按尤氏犯七出之條，不過只是「過於從夫」四字，此世間婦人之常情耳。其心術慈厚寬順，竟可出於阿鳳之上，特用此明犯七出之人從公一論，可知賈宅中暗犯七出之人亦不少。似明犯者反可宥恕，其飾己非而揚人惡者，陰昧僻譎之流，實不能容於世者也。◇此爲打草驚蛇法，實寫邢夫人也。李紈聽如此説，便知他已知道昨夜的事，因笑道：「你這話有因，誰作事究竟够使了？」尤氏道：「你倒問我！你敢是病着死過去了！」

一語未了，只見人報：「寶姑娘來了。」忙說快請時，寶釵已走進來。尤氏忙擦臉起身讓坐，因問：「怎麽一個人忽然走來，别的姊妹都怎麽不見？」寶釵道：「正是我也没有見他們。只因今日我們奶奶身上不自在，家裏兩個女人也都因時症未起炕，别的靠不得，我今兒要出去伴着老人家夜裏作伴兒。要去回老太太、太太，我想又不是什麽大事，且不用提，等好了我横竪進來的，所以來告訴大嫂子一聲。」李紈聽説，只看着尤氏笑。尤氏也只看着李紈笑。一時尤氏盥沐已畢，大家吃麵茶。李紈因笑道：「既這樣，且打發人去請姨娘的安，問是何病。我也病着，不能親自來的。好妹妹，你去只管去，我自打發人去到你那裏去看屋子。你好歹住一兩天還進來，别叫我落不是。」寶釵笑道：「落什麽不是呢，這也是通共常情，你又不曾賣放了賊。依我的主意，也不必添人過去，竟把雲丫頭請了來，你和他住一兩日，豈不省事。」尤氏道：「可是史大妹妹往那裏去了？」寶釵道：「我纔打發他們找你們探丫頭去了，叫他同到這裏來，我也明白告訴他。」

正説着，果然報：「雲姑娘和三姑娘來了。」大家讓坐已畢，寶釵便説要出去一事，探春道：「很好。不但姨媽好了還來的，就便好了不來也使得。」尤氏笑道：「這話奇怪，怎麽攆起親戚來了？」探春冷笑道：「正是呢，有叫人攆的，不如我先攆。親戚們好，也不在必要死住着纔好。咱們倒是一家子親骨肉呢，一個個不像烏眼鷄，恨不得你吃了我，我吃了你！」尤氏忙笑道：「我今兒是那裏來的晦氣，偏都碰着你姊妹們的氣頭兒上了。」探春道：「誰叫你趕熱竈來了！」因問：「誰又得罪了你呢？」因又尋思道：「惜丫頭不犯囉唣你，却是誰呢？」尤氏只含糊答應。探春知他畏事不肯多言，因笑道：「你別裝老實了。除了朝廷治罪，没有砍頭的，你不必畏頭畏尾。實告訴你罷，我昨日把王善保家那老婆子打了，我還頂着個罪呢。不過背地裏説我些閒話，難道他還打我一頓不成！」寶釵忙問因何又打他，探春悉把昨夜怎的抄檢，怎的打他，一一説了出來。尤氏見探春已經説了出來，便把惜春方纔之事也説了出來。探春道：「這是他的僻性，孤介太過，我們再傲不過他的。」又告訴他們説：「今日一早不見動静，打聽鳳辣子又病了。我就打發我媽媽出去打聽王善保家的是怎樣。回來告訴我説，王善保家的挨了一頓打，大太太嗔着他多事。」尤氏李紈道：「這倒也是正理。」探春冷笑道：「這種掩飾誰不會作，且再瞧就是了。」尤氏李紈皆默無所答。一時估着前頭用飯，湘雲和寶釵回房打點衣衫，不在話下。

尤氏等遂辭了李紈，往賈母這邊來。賈母歪在榻上，王夫人説甄家因何獲罪，如今抄没了家産，回京治罪等語。賈母聽了正不自在，恰好見他姊妹來了，因問從那裏來的？可知鳳姐妯娌兩個的病今日怎樣？尤氏等忙回道：「今日都好些。」賈母點頭嘆道：「咱們别管人家的事，且商量咱們八月十五日賞月是正緊。」〔庚〕賈母已看破狐悲兔死，故不改（已）〔色〕，聊（未）〔爲〕自遣耳。王夫人笑道：「都已預備下了。不知老太太揀那裏好，只是園裏空，夜晚風冷。」賈母笑道：「多穿兩件衣服何妨，那裏正是賞月的地方，豈可倒不去的。」

説話之間，早有媳婦丫鬟們抬過飯桌來，王夫人尤氏等忙上來放箸捧飯。賈母見自己的幾色菜已擺完，另有兩大捧盒内捧了幾色菜來，便知是各房另外孝敬的舊規矩。賈母因問：「都是些什麼？上幾次我就吩咐，如今可以把這些蠲了罷，你們還不聽。如今比不得在先輻輳的時光了。」鴛鴦忙道：「我説過幾次，都不聽，也只罷了。」王夫人笑道：「不過都是家常東西。今日我吃齋没有别的。那些麵筋豆腐老太太又不大甚愛吃，只揀了一樣椒油蒓齏醬來。」賈母笑道：「這樣正好，正想這個吃。」鴛鴦聽説，便將碟子挪在跟前。寶琴一一的讓了，方歸坐。賈母便命探春來同吃。探春也都讓過了，便和寶琴對面坐下。待書忙去取了碗來。鴛鴦又指那幾樣菜道：「這兩樣看不出是什麽東西來，大老爺送來的。這一碗是鷄髓笋，是外頭老爺送上來的。」一面説，一面就只將這碗笋送至桌上。賈母略嚐了兩點，便命：「將那兩樣着人送回去，就説我吃了。以後不必天天送，我想吃自然來要。」媳婦們答應着，仍送過去，不在話下。

賈母因問：「有稀飯吃些罷了。」尤氏早捧過一碗來，説是紅稻米粥。賈母接來吃了半碗，便吩咐：「將這粥送給鳳哥兒吃去，」又指着，「這一碗笋和這一盤風腌果子狸給顰兒寶玉兩個吃去，那一碗肉給蘭小子吃去。」又向尤氏道：「我吃了，你就來吃了罷。」尤氏答應，待賈母漱口洗手畢，賈母便下地和王夫人説閒話行食。尤氏告坐。探春寶琴二人也起來了，笑道：「失陪，失陪。」尤氏笑道：「剩我一個人，大排桌的吃不慣。」賈母笑道：「鴛鴦琥珀來趁勢也吃些，又作了陪客。」尤氏笑道：「好，好，好，我正要説呢。」賈母笑道：「看着多多的人吃飯，最有趣的。」又指銀蝶道：「這孩子也好，也來同你主子一塊來吃，等你們離了我，再立規矩去。」尤氏道：「快過來，不必裝假。」賈母負手看着取樂。因見伺候添飯的人手內捧着一碗下人的米飯，尤氏吃的仍是白粳米飯，賈母問道：「你怎麼昏了，盛這個飯來給你奶奶。」那人道：「老太太的飯吃完了。今日添了一位姑娘，所以短了些。」鴛鴦道：「如今都是可着頭做帽子了，要一點兒富餘也不能的。」王夫人忙回道：「這一二年旱澇不定，田上的米都不能按數交的。這幾樣細米更艱難了，所以都可着吃的多少關去，生恐一時短了，買的不順口。」賈母笑道：「這正是『巧媳婦做不出没米的粥』來。」衆人都笑起來。鴛鴦道：「既這樣，你就去把三姑娘的飯拿來添也是一樣，就這樣笨。」尤氏笑道：「我這個就够了，也不用取去。」鴛鴦道：「你够了，我不會吃的。」地下的媳婦們聽説，方忙着取去了。庚總伏下文。一時王夫人也去用飯。

這裏尤氏直陪賈母説話取笑。到起更的時候，賈母説：「黑了，過去罷。」尤氏方告辭出來。走至大門前上了車，銀蝶坐在車沿上。衆媳婦放下簾子來，便帶着小丫頭們先直走過那邊大門口等着去了。因二府之門相隔没有一箭之路，每日家常來往不必定要週備，況天黑夜晚之間回來的遭數更多，所以老嬤嬤帶着小丫頭，只幾步便走了過來。兩邊大門上的人都到東西街口，早把行人斷住。尤氏大車上也不用牲口，只用七八個小厮挽環拽輪，輕輕的便推拽過這邊堦磯上來。於是衆小厮退過獅子以外，衆嬤嬤打起簾子，銀蝶先下來，然後攙下尤氏來。大小七八個燈籠照的十分真切。尤氏因見兩邊獅子下放着四五輛大車，便知係來赴賭之人所乘，遂向銀蝶衆人道：「你看，坐車的是這樣，騎馬的還不知有幾個呢。馬自然在圈裏拴着，咱們看不見。也不知道他娘老子掙下多少錢與他們，這麽開心兒。」一面説，一面已到了廳上。賈蓉之妻帶領家下媳婦丫頭們，也都秉燭接了出來。尤氏笑道：「成日家我要偷着瞧瞧他們，也没得便。今兒倒巧，就順便打他們窗户跟前走過去。」衆媳婦答應着，提燈引路，又有一個先去悄悄的知會伏侍的小厮們不要失驚打怪。於是尤氏一行人悄悄的來至窗下，只聽裏面稱三讚四，要笑之音雖多，（庚）妙！先畫贏家。又兼有恨五罵六，忿怨之聲亦不少。（庚）妙！又畫輸家。

原來賈珍近因居喪，每不得遊玩曠朗，又不得觀優聞樂作遣。無聊之極，便生了個破悶之法。日間以習射爲由，請了各世家弟兄及諸富貴親友來較射。因説：「白白的只管亂射，終無裨益，不但不能長進，而且壞了式樣，必須立個罰約，賭個利物，大家纔有勉力之心。」因此在天香樓下箭道内立了鵠子，皆約定每日早飯後來射鵠子。賈珍不肯出名，便命賈蓉作局家。這些來的皆係世襲公子，人人家道豐富，且都在少年，正是鬬鷄走狗，問柳評花的一干遊俠紈袴。因此大家議定，每日輪流作晚飯之主——每日來射，不便獨擾賈蓉一人之意。於是天天宰猪割羊，屠鵝戮鴨，好似臨潼鬬寶一般，都要賣弄自己家的好厨役好烹炮。不到半月工夫，賈赦賈政聽見這般，不知就裏，反説這纔是正理，文既誤矣，武事當亦該習，況在武蔭之屬。兩處遂也命賈環、賈琮、寶玉、賈蘭等四人於飯後過來，跟着賈珍習射一回，方許回去。

賈珍志不在此，再過一二日便漸次以歇臂養力爲由，晚間或抹抹骨牌，賭個酒東而已，至後漸次至錢。如今三四月的光景，竟一日一日賭勝於射了，公然鬬葉擲骰，放頭開局，夜賭起來。家下人借此各有些進益，巴不得的如此，所以竟成了勢了。外人皆不知一字。近日邢夫人之胞弟邢德全也酷好如此，故也在其中。又有薛蟠，頭一個慣喜送錢與人的，見此豈不快樂。邢德全雖係邢夫人之胞弟，却居心行事大不相同。這個邢德全只知吃酒賭錢，眠花宿柳爲樂，手中濫漫使錢，待人無二心，好酒者喜之，不飲者則不去親近，無論上下主僕皆出自一意，並無貴賤之分，因此都喚他「傻大舅」。薛蟠是早已出名的獃大爺。今日二人皆湊在一處，都愛「搶新快」爽利，便又會了兩家，在外間炕上「搶新快」。別的又有幾家在當地下大桌上打公番。裏間又一起斯文些的，抹骨牌打天九。此間伏侍的小厮都是十五歲以下的孩子，若成丁的男子到不了這裏，故尤氏方潛至窗外偷看。其中有兩個十六七歲孌童以備奉酒的，都打扮的粉妝玉琢。

今日薛蟠又輸了一張，正没好氣，幸而擲第二張完了，算來除翻過來倒反贏了，心中只是興頭起來。賈珍道：「且打住，吃了東西再來。」因問那兩處怎樣。裏頭打天九的，也作了賬等吃飯。打公番的未清，且不肯吃。於是各不能顧，先擺下一大桌，賈珍陪着吃，命賈蓉落後陪那一起。薛蟠興頭了，便摟着一個孌童吃酒，又命將酒去敬邢傻舅。傻舅輸家，没心緒，吃了兩碗，便有些醉意，嗔着兩個孌童只趕着贏家不理輸家了，因罵道：「你們這起兔子，就是這樣專洑上水。天天在一處，誰的恩你們不沾，只不過我這一會子輸了幾兩銀子，你們就三六九等了。難道從此以後再没有求着我們的事了！」衆人見他帶酒，忙説：「很是，很是。果然他們風俗不好。」因喝命：「快敬酒賠罪。」兩個孌童都是演就的局套，忙都跪下奉酒，説：「我們這行人，師父教的不論遠近厚薄，只看一時有錢有勢就親敬，便是活佛神仙，一時没了錢勢了，也不許去理他。況且我們又年輕，又居這個行次，求舅太爺體恕些我們就過去了。」〔庚〕調侃，罵死世人。不是罵。說着，便舉着酒俯膝跪下。邢大舅心内雖軟了，只還故作怒意不理。衆人又勸道：「這孩子是實情話。老舅是久慣憐香惜玉的，如何今日反這樣起來？若不吃這酒，他兩個怎樣起來。」邢大舅已掌不住了，便説道：「若不是衆位説，我再不理。」説着，方接過來一氣喝乾了。又斟一碗來。

〔庚〕此一段孌童語句太真，反不得其爲錢爲勢之神，當改以委曲認罪語方妥。〔三〕

這邢大舅便酒勾往事，醉露真情起來，乃拍案對賈珍嘆道：「怨不的他們視錢如命。多少世宦大家出身的，若提起『錢勢』二字，連骨肉都不認了。老賢甥，昨日我和你那邊的令伯母賭氣，你可知道否？」賈珍道：「不曾聽見。」邢大舅嘆道：「就爲錢這件混賬東西。利害，利害！」賈珍深知他與邢夫人不睦，每遭邢夫人棄惡，扳出怨言，因勸道：「老舅，你也太散漫些。若只管花去，有多少給老舅花的。」邢大舅道：「老賢甥，你不知我邢家底裏。我母親去世時我尚小，世事不知。他姊妹三個人，只有你令伯母年長出閣，一分家私都是他把持帶來。如今二家姐雖也出閣，他家也甚艱窘，三家姐尚在家裏，一應用度都是這裏陪房王善保家的掌管。我便來要錢，也非要的是你賈府的，我邢家家私也就够我花了。無奈竟不得到手，所以有冤無處訴。」庚「衆惡之，必察也。」今邢夫人一人，賈母先惡之，恐賈母心偏，亦可解之。若賈璉阿鳳之怨，恐兒女之私，亦可解之。若探春之怒，[恐]女子不識大而知小，亦可解之。今又忽用乃弟一怨，吾不知將又何如矣。賈珍見他酒後叨叨，恐人聽見不雅，連忙用話解勸。

外面尤氏聽得十分真切，乃悄向銀蝶笑道：「你聽見了？這是北院裏大太太的兄弟抱怨他呢。可憐他親兄弟還是這樣説，這就怨不得這些人了。」因還要聽時，正值打公番者也歇住了，要吃酒。因有一個問道：「方纔是誰得罪了老舅，我們竟不曾聽明白，且告訴我們評評理。」邢德全見問，便把兩個孌童不理輸的只趕贏的話説了一遍。這一個年少的紈袴道：「這樣説，原可惱的，怨不得舅太爺生氣。我且問你兩個：舅太爺雖然輸了，輸的不過是銀子錢，並没有輸丟了鷄巴，怎就不理他了？」説着，衆人大笑起來，連邢德全也噴了一地飯。尤氏在外面悄悄的啐了一口，罵道：「你聽聽，這一起子没廉恥的小挨刀的，纔丟了腦袋骨子，就胡唚嚼毛了。再肏攮下黄湯去，還不知唚出些什麼來呢。」一面説，一面便進去卸妝安歇。至四更時，賈珍方散，往佩鳳房裏去了。

次日起來，就有人回西瓜月餅都全了，只待分派送人。賈珍吩咐佩鳳道：「你請你奶奶看着送罷，我還有别的事呢。」佩鳳答應去了，回了尤氏，尤氏只得一一分派遣人送去。一時佩鳳又來説：「爺問奶奶，今兒出門不出？説咱們是孝家，明兒十五過不得節，今兒晚上倒好，可以大家應個景兒，吃些瓜餅酒。」尤氏道：「我倒不願出門呢。那邊珠大奶奶又病了，鳳丫頭又睡倒了，我再不過去，越發没個人了。况且又不得閒，應什麼景兒。」佩鳳道：「爺説了，今兒已辭了衆人，直等十六纔來呢，好歹定要請奶奶吃酒的。」尤氏笑道：「請我，我没的還席。」佩鳳笑着去了，一時又來笑道：「爺説，連晚飯也請奶奶吃，好歹早些回來，叫我跟了奶奶去呢。」尤氏道：「這樣，早飯吃什麽？快些吃了，我好走。」佩鳳道：「爺説早飯在外頭吃，請奶奶自己吃罷。」尤氏問道：「今日外頭有誰？」佩鳳道：「聽見説外頭有兩個南京新來的，倒不知是誰。」説話之間，賈蓉之妻也梳妝了來見過。少時擺上飯來，尤氏在上，賈蓉之妻在下相陪，婆媳二人吃畢飯。尤氏便换了衣服，仍過榮府來，至晚方回去。

果然賈珍煮了一口猪，燒了一腔羊，餘者桌菜及果品之類，不可勝記，就在會芳園叢緑堂中，屏開孔雀，褥設芙蓉，帶領妻子姬妾，先飯後酒，開懷賞月作樂。將一更時分，真是風清月朗，上下如銀。賈珍因要行令，尤氏便叫佩鳳等四個人也都入席，下面一溜坐下，猜枚劃拳，飲了一回。賈珍有了幾分酒，亦發高興，便命取了一竿紫竹簫來，命佩鳳吹簫，文（化）［鴛］唱曲，喉清嗓嫩，真令人魄醉魂飛。唱罷復又行令。那天將有三更時分，賈珍酒已八分。大家正添衣飲茶，换盞更酌之際，忽聽那邊墻下有人長嘆之聲。大家明明聽見，都悚然疑畏起來。庚余亦悚然疑畏。賈珍忙厲聲叱咤，問：「誰在那裏？」連問幾聲，没有人答應。尤氏道：「必是墻外邊家裏人也未可知。」賈珍道：「胡說。這墻四面皆無下人的房子，況且那邊又緊靠着祠堂，【庚】奇絶神想，余更爲之悚懼矣。焉得有人。」一語未了，只聽得一陣風聲，竟過墻去了。恍惚聞得祠堂内槅扇開闔之聲。只覺得風氣森森，比先更覺凉颯起來，月色慘淡，也不似先明朗。衆人都覺毛髮倒竪。賈珍酒已醒了一半，只比別人撑持得住些，心下也十分疑畏，便大没興頭起來。勉强又坐了一會子，就歸房安歇去了。次日一早起來，乃是十五日，帶領衆子侄開祠堂行朔望之禮，細察祠内，都仍是照舊好好的，並無怪異之跡。賈珍自爲醉後自怪，也不提此事。禮畢，仍閉上門，看着鎖禁起來。【庚】未寫榮府慶中秋，却先寫寧府開夜宴，未寫榮府數盡，先寫寧府異兆。蓋寧乃家宅，凡有關於吉凶者，故必先示之。且列祖祠「在」此，豈無得而警乎？凡人先人雖遠，然氣運相關，必有之理也。非寧府之祖獨有感應也。

賈珍夫妻至晚飯後方過榮府來。只見賈赦賈政都在賈母房内坐着説閒話，與賈母取笑。賈璉、寶玉、賈環、賈蘭皆在地下侍立。賈珍來了，都一一見過。説了兩句話後，賈母命坐，賈珍方在近門小杌子上告了坐，警身側坐。賈母笑問道：「這兩日你寶兄弟的箭如何了？」

賈珍忙起身笑道：「大長進了，不但樣式好，而且弓也長了一個力氣。」賈母道：「這也够了，且別貪力，仔細努傷。」賈珍忙答應幾個「是」。賈母又道：「你昨日送來的月餅好，西瓜看着好，打開却也罷了。」賈珍笑道：「月餅是新來的一個專做點心的厨子，我試了試果然好，纔敢做了孝敬。西瓜往年都還可以，不知今年怎麽就不好了。」賈政道：「大約今年雨水太勤之故。」賈母笑道：「此時月已上了，咱們且去上香。」説着，便起身扶着寶玉的肩，帶領衆人齊往園中來。

當下園之正門俱已大開，吊着羊角大燈。嘉蔭堂前月臺上，焚着斗香，秉着風燭，陳獻着瓜餅及各色果品。邢夫人等一干女客皆在裏面久候。真是月明燈彩，人氣香煙，晶艷氤氲，不可形狀。地下鋪着拜毯錦褥。賈母盥手上香拜畢，於是大家皆拜過。賈母便説：「賞月在山上最好。」因命在那山脊上的大廳上去。衆人聽説，就忙着在那裏去鋪設。賈母且在嘉蔭堂中吃茶少歇，説些閒話。一時，人回：「都齊備了。」賈母方扶着人上山來。王夫人等因説：「恐石上苔滑，還是坐竹椅上去。」賈母道：「天天有人打掃，况且極平穩的寬路，何必不踈散踈散筋骨。」於是賈赦賈政等在前導引，又是兩個老婆子秉着兩把羊角手罩，鴛鴦、琥珀、尤氏等貼身攙扶，邢夫人等在後圍隨，從下逶迤而上，不過百餘步，至山之峰脊上，便是這座敞廳。因在山之高脊，故名曰凸碧山莊。於廳前平臺上列下桌椅，又用一架大圍屏隔作兩間。凡桌椅形式皆是圓的，特取團圓之意。上面居中賈母坐下，左垂首賈赦、賈珍、賈璉、賈蓉，右垂首賈政、寶玉、賈環、賈蘭，團團圍坐。只坐了半壁，下面還有半壁餘空。賈母笑道：「常日倒還不覺人少，今日看來，還是咱們的人也甚少，算不得甚麼。庚未飲先感人丁，總是將散之兆。想當年過的日子，到今夜男女三四十個，何等熱鬧。今日就這樣，太少了。待要再叫幾個來，他們都是有父母的，家裏去應景，不好來的。如今叫女孩們來坐那邊罷。」於是令人向圍屏後邢夫人等席上將迎春、探春、惜春三個請出來。賈璉寶玉等一齊出坐，先儘他姊妹坐了，然後在下方依次坐定。

賈母便命折一枝桂花來，命一媳婦在屏後擊鼓傳花。若花到誰手中，飲酒一杯，罰說笑話一個。庚不犯前幾次飲酒。於是先從賈母起，次賈赦，一一接過。鼓聲兩轉，恰恰在賈政手中住了，

庚 奇妙！偏在政老手中，竟能使政老一謔，真大文章矣。只得飲了酒。衆姊妹弟兄皆你悄悄的扯我一下，我暗暗的又捏你一把，都含笑倒要聽是何笑話。庚 余也要細聽。賈政見賈母喜悅，只得承歡。方欲說時，賈母又笑道：「若說的不笑了，還要罰。」賈政笑道：「只得一個，說來不笑，也只好受罰了。」因笑道：「一家子一個人最怕老婆的。」纔說了一句，大家都笑了。因從不曾見賈政說過笑話，所以纔笑。庚 是極，摹神之至。賈母笑道：「這必是好的。」賈政笑道：「若好，老太太多吃一杯。」賈母笑道：「自然。」賈政又說道：「這個怕老婆的人從不敢多走一步。偏是那日是八月十五，到街上買東西，便遇見了幾個朋友，死活拉到家裏去吃酒。不想吃醉了，便在朋友家睡着了，第二日纔醒，後悔不及，只得來家賠罪。他老婆正洗脚，說：『既是這樣，你替我舔舔就饒你。』這男人只得給他舔，未免噁心要吐。他老婆便惱了，要打，說：『你這樣輕狂！』唬得他男人忙跪下求說：『並不是奶奶的脚髒。只因昨晚吃多了黃酒，又吃了幾塊月餅餡子，所以今日有些作酸呢。』」說的賈母與衆人都笑了。庚 這方是賈政之謔，亦善謔矣。賈政忙斟了一杯，送與賈母。賈母笑道：「既這樣，快叫人取燒酒來，別叫你們受累。」衆人又都笑起來。

於是又擊鼓，便從賈政傳起，可巧傳至寶玉鼓止。寶玉因賈政在坐，自是踧踖不安，花偏又在他手內，因想：「說笑話倘或不發笑，又說没口才，連一笑話不能說，何况别的，這有不是。若說好了，又說正經的不會，只慣油嘴貧舌，更有不是。不如不說的好。」〔庚〕實寫舊日往事。乃起身辭道：「我不能說笑話，求再限别的罷了。」賈政道：「既這樣，限一個『秋』字，就即景作一首詩。若好，便賞你；若不好，明日仔細。」賈母忙道：「好好的行令，如何又要作詩？」賈政道：「他能的。」賈母聽說，「既這樣就作。」命人取了紙筆來，賈政道：「只不許用那些冰玉晶銀彩光明素等樣堆砌字眼，要另出己見，試試你這幾年的情思。」寶玉聽了，碰在心坎上，遂立想了四句，向紙上寫了，呈與賈政看，道是：……賈政看了，點頭不語。賈母見這般，知無甚大不好，便問：「怎麽樣？」賈政因欲賈母喜悦，便說：「難爲他。只是不肯念書，到底詞句不雅。」賈母道：「這就罷了。他能多大，定要他做才子不成！這就該獎勵他，以後越發上心了。」賈政道：「正是。」因回頭命個老嬤嬤出去吩咐書房内的小廝，「把我海南帶來的扇子取兩把給他。」寶玉忙拜謝，仍復歸座行令。當下賈蘭見獎勵寶玉，他便出席也做一首，遞與賈政看時，寫道是……賈政看了喜不自勝，遂並講與賈母聽時，賈母也十分歡喜，也忙令賈政賞他。於是大家歸坐，復行起令來。

這次在賈赦手内住了，只得吃了酒，説笑話。因説道：「一家子一個兒子最孝順。偏生母親病了，各處求醫不得，便請了一個針灸的婆子來。婆子原不知道脉理，只説是心火，如今用針灸之法，針灸針灸就好了。這兒子慌了，便問：『心見鐵即死，如何針得？』婆子道：『不用針心，只針肋條就是了。』兒子道：『肋條離心甚遠，怎麽就好？』婆子道：『不妨事。你不知天下父母心偏的多呢。』」衆人聽説，都笑起來。賈母也只得吃半杯酒，半日笑道：「我也得這個婆子針一針就好了。」賈赦聽説，便知自己出言冒撞，賈母疑心，忙起身笑與賈母把盞，以别言解釋。賈母亦不好再提，且行起令來。

不料這次花却在賈環手裏。賈環近日讀書稍進，其脾味中不好務正也與寶玉一樣，故每常也好看些詩詞，專好奇詭仙鬼一格。今見寶玉作詩受獎，他便技癢，只當着賈政不敢造次。如今可巧花在手中，便也索紙筆來立揮一絶與賈政。庚偏（立）［寫］賈政戲謔，已是異文，而賈環作詩實奇中又奇之奇文也，總在人意料之外。竟有人曰：「賈環如何又有好詩，似前言不搭後文矣。」蓋不可向說問。賈環亦榮公（子）［之］正脉，雖少年頑劣，見今古小兒之常情耳。讀書豈無長進之理哉？況賈政之教是弟子，自已大覺踈忽矣。若是賈環連一平仄也不知，豈榮府是尋常膏粱不知詩書之家哉？然後知寶玉之一種情思，正非有益之聰明，不得謂比諸人皆妙者也。賈政看了，亦覺罕異，只是詞句終帶着不樂讀書之意，遂不悅道：「可見是弟兄了。發言吐氣總屬邪派，將來都是不由規矩準繩，一起下流貨。妙在古人中有『二難』，你兩個也可以稱『二難』了。只是你兩個的『難』字，却是作難以教訓之『難』字講纔好。哥哥是公然以温飛卿自居，如今兄弟又自爲曹唐再世了。」說的賈赦等都笑了。賈赦乃要詩瞧了一遍，連聲讚好，道：「這詩據我看甚是有氣骨。想來咱們這樣人家，原不比那起寒酸，定要『雪窗螢火』，一日蟾宫折桂，方得揚眉吐氣。咱們的子弟都原該讀些書，不過比別人略明白些，可以做得官時就跑不了一個官的。何必多費了工夫，反弄出書獃子來。所以我愛他這詩，竟不失咱們侯門的氣概。」因回頭吩咐人去取了自己的許多玩物來賞賜與他。因又拍着賈環的頭，笑道：「以後就這麽做去，方是咱們的口氣，將來這世襲的前程定跑不了你襲呢。」賈政聽說，忙勸說：「不過他胡謅如此，那裏就論到後事了。」說着便斟上酒，又行了一回令。〔庚〕便又輕輕抹去也。賈母便說：「你們去罷。自然外頭還有相公們候着，也不可輕忽了他們。况且二更多了，你們散了，再讓我們姑娘們多樂一回，好歇着了。」賈赦等聽了，方止了令，又大家公進了一杯酒，方帶着子侄們出去了。要知端詳，再聽下回。

戚 總評：下回有一篇極清雅文字，下幅有半篇極整齊文字，故先叙搶快摸牌，沉湎酒色爲反振，有駿馬下坡、鷙鳥將翔之勢。

看聚賭一段，宛然「宵小群居終日圖」，看賞月一段，又宛然「望族序齒燕毛録」，説火則熱，而説冰則寒，文心故無所不可。

〔一〕「謂」，原作「來」，疑在傳抄過程中，「謂」音訛爲「未」，「未」又再形訛爲「來」。南唐畫家徐熙所作花木禽鳥，「没骨漬染，輕淡野逸」，人稱「落墨法」。

〔二〕「欹」，原作「歌」，諸本則作「倚」，紅友雲濤認爲「歌」乃「欹」之形訛，是。按：「欹」可能形訛爲「歌」，或被改爲「倚」，而「倚」則不致被誤爲「歌」。另，「欹」雖可通「倚」，但古詩文中與「枕」搭配多用「欹」字，如唐鄭谷詩「欹枕高眠日午春」，宋蘇軾詞「欹枕江南煙雨」，明高濂《玉簪記》曲詞「欹枕愁聽四壁蛩」，等等。

〔三〕此眉批與底本原抄字跡不同，當爲後人所批。但也有人認爲是原批，且「似是作者之長輩的語氣」。姑存之。

第七十六回　凸碧堂品笛感淒清　凹晶館聯詩悲寂寞

戚 此回着筆最難，不叙中秋夜宴則漏，叙夜宴又與上元相犯；不叙諸人酬和則俗，叙酬和又與起社相犯。諸人在賈政前吟詩，諸人各自爲一席，又非禮。既叙夜宴再叙酬和，不漏不俗，更不相犯。雲行月移，水流花放，別有機括，深宜玩索。

話説賈赦賈政帶領賈珍等散去不提。且説賈母這裏命將圍屏撤去，兩席併而爲一。衆媳婦另行擦桌整果，更杯洗箸，陳設一番。賈母等都添了衣，盥漱吃茶，方又入坐，團團圍繞。賈母看時，寶釵姊妹二人不在坐内，知他們家去圓月去了，且李紈鳳姐二人又病着，少了四個人，便覺冷清了好些。【庚】不想這次中秋反寫得十分悽楚。賈母因笑道：「往年你老爺們不在家，咱們越性請過姨太太來，大家賞月，却十分鬧熱。忽一時想起你老爺來，又不免想到母子、夫妻、兒女不能一處，也都没興。及至今年你老爺來了，正該大家團圓取樂，又不便請他們娘兒們來説説笑笑。況且他們今年又添了兩口人，也難丢了他們跑到這裏來。偏又把鳳丫頭病了，有他一人來説説笑笑，還抵得十個人的空兒。可見天下事總難十全。」説畢，不覺長嘆一聲，遂命拿大杯來斟熱酒。王夫人笑道：「今日得母子團圓，自比往年有趣。往年娘兒們雖多，終不似今年自己骨肉齊全的好。」賈母笑道：「正是爲此，所以纔高興拿大杯來吃酒。你們也换大杯纔是。」邢夫人等只得换上大杯來。因夜深體乏，且不能勝酒，未免都有些倦意，無奈賈母興猶未闌，只得陪飲。

賈母又命將罽氈鋪於堦上，命將月餅、西瓜、果品等類都叫搬下去，令丫頭媳婦們也都團團圍坐賞月。賈母因見月至中天，比先越發精彩可愛，因説：「如此好月，不可不聞笛。」因命人將十番上女孩子傳來。賈母道：「音樂多了，反失雅致，只用吹笛的遠遠的吹起來就够了。」説畢，剛纔去吹時，只見跟邢夫人的媳婦走來向邢夫人前説了兩句話。賈母便問：「説什麽事？」那媳婦便回説：「方纔大老爺出去，被石頭絆了一下，崴了腿。」賈母聽説，忙命兩個婆子快看去，又命邢夫人快去。邢夫人遂告辭起身。賈母便又説：「珍哥媳婦也趁着便就家去罷，我也就睡了。」尤氏笑道：「我今日不回去了，定要和老祖宗吃一夜。」賈母笑道：「使不得，使不得。你們小夫妻家，今夜不要團圓團圓，如何爲我耽擱了。」尤氏紅了臉，笑道：「老祖宗説的我們太不堪了。我們雖然年輕，已經是十來年的夫妻，也奔四十歲的人了。況且孝服未滿，陪着老太太頑一夜還罷了，豈有自去團圓的理。」賈母聽説，笑道：「這話很是，我倒也忘了孝未滿。可憐你公公已是二年多了，（庚：不是算賈敬，却是算赦死期也。）可是我倒忘了，該罰我一大杯。既這樣，你就越性别送，陪着我罷了。你叫蓉兒媳婦送去，就順便回去罷。」尤氏説了。蓉妻答應着，送出邢夫人，一同至大門，各自上車回去。不在話下。

這裏賈母仍帶衆人賞了一回桂花，又入席換暖酒來。正説着閒話，猛不防只聽那壁廂桂花樹下，嗚嗚咽咽，悠悠揚揚，吹出笛聲來。趁着這明月清風，天空地净，真令人煩心頓解，萬慮齊除，都肅然危坐，默默相賞。聽約兩盞茶時，方纔止住，大家稱讚不已。於是遂又斟上暖酒來。賈母笑道：「果然可聽麽？」衆人笑道：「實在可聽。我們也想不到這樣，須得老太太帶領着，我們也得開些心胸。」賈母道：「這還不大好，須得揀那曲譜越慢的吹來越好。」説着，便將自己吃的一個内造瓜仁油松穰月餅，又命斟一大杯熱酒，送給譜笛之人，慢慢的吃了再細細的吹一套來。媳婦們答應了，方送去，只見方纔瞧賈赦的兩個婆子回來了，説：「右脚面上白腫了些，如今調服了藥，疼的好些了，也不甚大關係。」賈母點頭嘆道：「我也太操心。打緊説我偏心，我反這樣。」因就將方纔賈赦的笑話説與王夫人尤氏等聽。王夫人等因笑勸道：「這原是酒後大家説笑，不留心也是有的，豈有敢説老太太之理。老太太自當解釋纔是。」只見鴛鴦拿了軟巾兜與大斗篷來，説：「夜深了，恐露水下來，風吹了頭，須要添了這個。坐坐也該歇了。」賈母道：「偏今兒高興，你又來催。難道我醉了不成，偏到天亮！」因命再斟酒來。一面戴上兜巾，披了斗篷，大家陪着又飲，説些笑話。只聽桂花陰裏，嗚嗚咽咽，裊裊悠悠，又發出一縷笛音來，果真比先越發凄凉。大家都寂然而坐。夜静月明，且笛聲悲怨，賈母年老帶酒之人，聽此聲音，不免有觸於心，禁不住墮下淚〔一〕來。衆人此時都不禁淒涼寂歷之意，半日，方知賈母傷感，纔忙轉身陪笑，發語解釋。庚「轉身」妙！畫出對月聽笛如痴如獃、不覺尊長在上之形景來。又命暖酒，且住了笛。

尤氏笑道：「我也就學一個笑話，說與老太太解解悶。」賈母勉强笑道：「這樣更好，快說來我聽。」尤氏乃說道：「一家子養了四個兒子：大兒子只一個眼睛，二兒子只一個耳朵，三兒子只一個鼻子眼，四兒子倒都齊全，偏又是個啞叭。」正說到這裏，只見賈母已朦朧雙眼，似有睡去之態。庚總寫出淒涼無興景況來。尤氏方住了，忙和王夫人輕輕的請醒。賈母睜眼笑道：「我不睏，白閉閉眼養神。你們只管說，我聽着呢。」庚活畫。王夫人等笑道：「夜已四更了，風露也大，請老太太安歇罷。明日再賞十六，也不辜負這月色。」賈母道：「那裏就四更了？」王夫人笑道：「實已四更，他們姊妹們熬不過，都去睡了。」賈母聽說，細看了一看，果然都散了，只有探春在此。賈母笑道：「也罷。你們也熬不慣，况且弱的弱，病的病，去了倒省心。只是三丫頭可憐見的，尚還等着。你也去罷，我們散了。」說着，便起身，吃了一口清茶，便有預備下的竹椅小轎，便圍着斗篷坐上，兩個婆子搭起，衆人圍隨出園去了。不在話下。

這裏衆媳婦收拾杯盤碗盞時，却少了個細茶杯，各處尋覓不見，又問衆人：「必是誰失手打了。撂在那裏，告訴我拿了磁瓦去交收是證見，不然又説偷起來。」衆人都説：「没有打了，只怕跟姑娘的人打了，也未可知。你細想想，或問問他們去。」一語提醒了這管傢伙的媳婦，因笑道：「是了，那一會記得是翠縷拿着的。我去問他。」説着便去找時，剛下了甬道，就遇見了紫鵑和翠縷來了。[庚]妙！又書一個。翠縷便問道：「老太太散了，可知我們姑娘那去了？」[庚]更妙！這媳婦道：「我來問那一個茶鍾往那裏去了，你們倒問我要姑娘。」翠縷笑道：「我因倒茶給姑娘吃的，展眼回頭，就連姑娘也没了。」那媳婦道：「太太纔説都睡覺去了。你不知那裏頑去了，還不知道呢。」翠縷向紫鵑道：「斷乎没有悄悄的睡去之理，只怕在那裏走了一走。如今見老太太散了，趕過前邊送去，也未可知。我們且往前邊找找去。有了姑娘，自然你的茶鍾也有了。你明日一早再找，有什麽忙的。」媳婦笑道：「有了下落就不必忙了，明兒就和你要罷。」説畢回去，仍查收傢伙。這裏紫鵑和翠縷便往賈母處來。不在話下。

原來黛玉和湘雲二人並未去睡覺。只因黛玉見賈府中許多人賞月，賈母猶嘆人少，不似當年熱鬧，又提寶釵姊妹家去母女弟兄自去賞月等語，不覺對景感懷，自去俯欄垂淚。寶玉近因晴雯病勢甚重，諸務無心，〔庚〕帶一筆，妙！更覺謹密不漏。王夫人再四遣他去睡，他也便去了。探春又因近日家事着惱，無暇遊玩。雖有迎春惜春二人，偏又素日不大甚合。所以只剩了湘雲一人寬慰他，因說：「你是個明白人，何必作此形像自苦。我也和你一樣，我就不似你這樣心窄。何況你又多病，還不自己保養。可恨寶姐姐，姊妹天天説親道熱，早已説今年中秋要大家一處賞月，必要起社，大家聯句，到今日便棄了咱們，自己賞月去了。社也散了，詩也不作了。倒是他們父子叔侄縱橫起來。你可知宋太祖説的好：『臥榻之側，豈許他人酣睡。』他們不作，咱們兩個竟聯起句來，明日羞他們一羞。」

黛玉見他這般勸慰，不肯負他的豪興，因笑道：「你看這裏這等人聲嘈雜，有何詩興。」湘雲笑道：「這山上賞月雖好，終不及近水賞月更妙。你知道這山坡底下就是池沿，山坳裏近水一個所在就是凹晶館。可知當日蓋這園子時就有學問。這山之高處，就叫凸碧；山之低窪近水處，就叫作凹晶。這『凸』『凹』二字，歷來用的人最少。如今直用作軒舘之名，更覺新鮮，不落窠臼。可知這兩處一上一下，一明一暗，一高一矮，一山一水，竟是特因玩月而設此處。有愛那山高月小的，便往這裏來；有愛那皓月清波的，便往那裏去。只是這兩個字俗念作『窪』『拱』二音，便説俗了，不大見用，只陸放翁用了一個『凹』字，説『古硯微凹聚墨多』，還有人批他俗，豈不可笑。」林黛玉道：「也不只放翁纔用，古人中用者太多。如江淹《青苔賦》，東方朔《神異經》，以至《畫記》上云張僧繇畫一乘寺的故事，不可勝舉。只是今人不知，誤作俗字用了。實和你説罷，這兩個字還是我擬的呢。因那年試寶玉，因他擬了幾處，也有存的，也有删改的，也有尚未擬的。這是後來我們大家把這没有名色的也都擬出來了，註了出處，寫了這房屋的坐落，一併帶進去與大姐姐瞧了。他又帶出來，命給舅舅瞧過。誰知舅舅倒喜歡起來，又説：『早知這樣，那日該就叫他姊妹一併擬了，豈不有趣。』所以凡我擬的，一字不改都用了。如今就往凹晶舘去看看。」

説着，二人便同下了山坡。只一轉彎，就是池沿，沿上一帶竹欄相接，直通着那邊藕香樹的路徑。〔庚：點明，妙！不然此園竟有多大地畝了。〕因這幾間就在此山懷抱之中，乃凸碧山莊之退居，因窪而近水，故顏其額曰「凹晶溪館」。因此處房宇不多，且又矮小，故只有兩個老婆子上夜。今日打聽得凸碧山莊的人應差，與他們無干，這兩個老婆子關了月餅果品並犒賞的酒食來，二人吃得既醉且飽，早已息燈睡了。〔庚：妙極！此書有進一步寫法。如王夫人云「他姊妹可憐，那裏像當日林姑媽那樣」，又如賈母云「如今人少，那裏有當日人多」等數語，此謂進一步法也。有退一步法，如寶釵之對邢岫煙云「此一時也，彼一時也，如今比不得先的話了，只好隨實守分」，又如鳳姐之對平兒云「如今我也看明白了，我如今也要作好好先生罷」等類，此謂退一步法也。今又方收拾過賈母高樂，却又寫出二婆子高樂，此「退」一步之實事也。如前文海棠詩四首已足，忽又用湘雲獨成二律反壓卷，此又進一步實事也。所謂「法法皆全，絲絲不爽」也。〕

黛玉湘雲見息了燈，湘雲笑道：「倒是他們睡了好。咱們就在這捲棚底下賞這水月如何？」二人遂在兩個湘妃竹墩上坐下。只見天上一輪皓月，池中一輪水月，上下争輝，如置身於晶宮鮫室之內。微風一過，粼粼然池面皺碧鋪紋，真令人神清氣净。湘雲笑道：「怎得這會子坐上船吃酒倒好。這要是我家裏這樣，我就立刻坐船了。」黛玉笑道：「正是古人常說的好，『事若求全何所樂』。據我說，這也罷了，偏要坐船起來。」湘雲笑道：「得隴望蜀，人之常情。可知那些老人家說的不錯。說貧窮之家自爲富貴之家事事趁心，告訴他說竟不能遂心，他們不肯信的；必得親歷其境，他方知覺了。就如咱們兩個，雖父母不在，然却也忝在富貴之鄉，只你我竟有許多不遂心的事。」黛玉笑道：「不但你我不能趁心，就連老太太、太太以至寶玉探丫頭等人，無論事大事小，有理無理，其不能各遂其心者，同一理也，何況你我旅居客寄之人哉！」庚以（立）［理］未［有］不怡然得享自然之樂者矣。書中若干女子從主及婢，未（有）必各有所覺、各有所試、各有所長者，皆未如寶（寶）［玉］無可關切籌劃，可嘆。〔二〕湘雲聽説，恐怕黛玉又傷感起來，忙道：「休説這些閒話，咱們且聯詩。」

正説間，只聽笛韻悠揚起來。黛玉笑道：「今日老太太、太太高興了，這笛子吹的有趣，倒是助咱們的興趣了。」庚妙！正是吹笛之時。勿認作又一處之笛也。咱兩個都愛五言，就還是五言排律罷。」湘雲道：「限何韻？」黛玉笑道：「咱們數這個欄杆的直棍，這頭到那頭爲止。他是第幾根就用第幾韻。若十六根，便是『一先』起。這可新鮮？」湘雲笑道：「這倒别致。」於是二人起身，便從頭數至盡頭，止得十三根。湘雲道：「偏又是『十三元』了。這韻少，作排律只怕牽强不能压韻呢。少不得你先起一句罷了。」黛玉笑道：「倒要試試咱們誰强誰弱，只是没有紙筆記。」湘雲道：「不妨，明兒再寫。只怕這一點聰明還有。」黛玉道：「我先起一句現成的俗語罷。」因念道：

三五中秋夕，

湘雲想了一想，道：

清遊擬上元。撒天箕斗燦，

林黛玉笑道：

匝地管絃繁。幾處狂飛盞，

湘雲笑道：「這一句『幾處狂飛盞』有些意思。這倒要對的好呢。」想了一想，笑道：

誰家不啓軒。輕寒風剪剪，

黛玉道：「對的比我的却好。只是底下這句又說熟話了，就該加勁說了去纔是。」湘雲道：「詩多韻險，也要鋪陳些纔是。縱有好的，且留在後頭。」黛玉笑道：「到後頭没有好的，我看你羞不羞。」因聯道：

良夜景暄暄。争餅嘲黄髮，

湘雲笑道：「這句不好，是你杜撰，用俗事來難我了。」黛玉笑道：「我説你不曾見過書呢。『吃餅』是舊典，唐書唐志你看了來再説。」湘雲笑道：「這也難不倒我，我也有了。」因聯道：

分瓜笑緑媛。香新榮玉桂，

黛玉笑道：「『分瓜』可是實實的你杜撰了。」湘雲笑道：「明日咱們對查了出來大家看看，這會子别躭誤工夫。」黛玉笑道：「雖如此，下句也不好，不犯着又用『玉桂』『金蘭』等字樣來塞責。」因聯道：

色健茂金萱。蠟燭輝瓊宴，

湘雲笑道：「『金萱』二字便宜了你，省了多少力。這樣現成的韻被你得了，只是不犯着替他們頌聖去。况且下句你也是塞責了。」黛玉笑道：「你不説『玉桂』，我難道强對個『金萱』麽？再也要鋪陳些富麗，方纔是即景之實事。」湘雲只得又聯道：

觥籌亂綺園。分曹尊一令，

黛玉笑道：「下句好，只是難對些。」因想了一想，聯道：

射覆聽三宣。骰彩紅成點，

湘雲笑道：「『三宣』有趣，竟化俗成雅了。只是下句又說上骰子。」少不得聯道：

傳花鼓濫喧。晴光摇院宇，

黛玉笑道：「對的却好。下句又溜了，只管拿些風月來塞責。」湘雲道：「究竟没說到月上，也要點綴點綴，方不落題。」黛玉道：「且姑存之，明日再斟酌。」因聯道：

素彩接乾坤。賞罰無賓主，

湘雲道：「又說他們作什麽，不如說咱們。」只得聯道：

吟詩序仲昆。構思時倚檻，

黛玉道：「這可以入上你我了。」因聯道：

擬景或依門。酒盡情猶在，

湘雲說道：「是時候了。」乃聯道：

更殘樂已諼。漸聞語笑寂，

黛玉說道：「這時候可知一步難似一步了。」因聯道：

空剩雪霜痕。堦露團朝菌，

湘雲笑道：「這一句怎麽押韻，讓我想想。」因起身負手，想了一想，笑道：「够了，幸而想出一個字來，幾乎敗了。」因聯道：

庭煙斂夕棔。秋湍瀉石髓，

黛玉聽了，不禁也起身叫妙，說：「這促狹鬼，果然留下好的。這會子纔說『棔』字，虧你想得出。」湘雲道：「幸而昨日看《歷朝文選》見了這個字，我不知是何樹，因要查一查。寶姐姐說不用查，這就是如今俗叫作明開夜合的。我信不及，到底查了一查，果然不錯。看來寶姐姐知道的竟多。」黛玉笑道：「『棔』字用在此時更恰，也還罷了。只是『秋湍』一句虧你好想。只這一句，別的都要抹倒。我少不得打起精神來對一句，只是再不能似這一句了。」因想了一想，道：

風葉聚雲根。寶婺情孤潔，

湘雲道：「這對的也還好。只是下一句你也溜了，幸而是景中情，不單用『寶婺』來塞責。」因聯道：

銀蟾氣吐吞。藥經靈兔搗，

黛玉不語點頭，半日隨念道：

人向廣寒奔。犯斗邀牛女，

湘雲也望月點首，聯道：

乘槎待帝孫。虛盈輪莫定，

黛玉笑道：「又用比興了。」因聯道：

晦朔魄空存。壺漏聲將涸，

湘雲方欲聯時，黛玉指池中黑影與湘雲看道：「你看那河裏怎麽像個人在黑影裏去了，敢是個鬼罷？」湘雲笑道：「可是又見鬼了。我是不怕鬼的，等我打他一下。」因彎腰拾了一塊小石片向那池中打去，只聽打得水響，一個大圓圈將月影蕩散復聚者幾次。庚 寫得出。試思若非親歷其境者如何摹寫得如此。只聽那黑影裏嘎然一聲，却飛起一個大白鶴來，庚 寫得出。直往藕香榭去了。黛玉笑道：「原來是他，猛然想不到，反嚇了一跳。」湘雲笑道：「這個鶴有趣，倒助了我了。」因聯道：

窗燈焰已昏。寒塘渡鶴影，

林黛玉聽了，又叫好，又跺足，説：「了不得，這鶴真是助他的了！這一句更比『秋湍』不同，叫我對什麽纔好？『影』字只有一個『魂』字可對，况且『寒塘渡鶴』何等自然，何等現成，何等有景且又新鮮，我竟要擱筆了。」湘雲笑道：「大家細想就有了，不然就放着明日再聯也可。」黛玉只看天，不理他，半日，猛然笑道：「你不必説嘴，我也有了，你聽聽。」因對道：

冷月葬花魂〔三〕。

湘雲拍手讚道：「果然好極！非此不能對。好個『葬花魂』！」因又嘆道：「詩固新奇，只是太頽喪了些。你現病着，不該作此過於清奇詭譎之語。」黛玉笑道：「不如此，如何壓倒你。下句竟還未得，只爲用工在這一句了。」

一語未了，只見欄外山石後轉出一個人來，笑道：「好詩，好詩，果然太悲凉了。不必再往下聯，若底下只這樣去，反不顯這兩句了，倒覺得堆砌牽强。」二人不防，倒唬了一跳。細看時，不是别人，却是妙玉。二人皆詫異，庚原可詫異，余亦詫異。因問：「你如何到了這裏？」妙玉笑道：「我聽見你們大家賞月，又吹的好笛，我也出來玩賞這清池皓月。順脚走到這裏，忽聽見你兩個聯詩，更覺清雅異常，故此聽住了。只是方纔我聽見這一首中，有幾句雖好，只是過於頽敗悽楚。此亦關人之氣數而有，所以我出來止住。如今老太太都已早散了，滿園的人想俱已睡熟了，你兩個的丫頭還不知在那裏找你們呢。你們也不怕冷了？快同我來，到我那裏去吃杯茶，只怕就天亮了。」黛玉笑道：「誰知道就這個時候了。」

三人遂一同來至櫳翠庵中。只見龕焰猶青，爐香未燼。幾個老嬷嬷也都睡了，只有小丫鬟在蒲團上垂頭打盹。妙玉喚他起來，現去烹茶。忽聽叩門之聲，小丫鬟忙去開門看時，却是紫鵑翠縷與幾個老嬷嬷來找他姊妹兩個。進來見他們正吃茶，因都笑道：「要我們好找，一個園裏走遍了，連姨太太那裏都找到了。纔到了那山坡底下小亭裏找時，可巧那裏上夜的正睡醒了。我們問他們，他們說，方纔亭外頭棚下兩個人説話，後來又添了一個，聽見説大家往庵裏去。我們就知是這裏了。」妙玉忙命小丫鬟引他們到那邊去坐着歇息吃茶。自取了筆硯紙墨出來，將方纔的詩命他二人念着，遂從頭寫出來。黛玉見他今日十分高興，便笑道：「從來没見你這樣高興〔四〕，我也不敢唐突請教。這還可以見教否？若不堪時，便就燒了；若或可政，即請改正改正。」妙玉笑道：「也不敢妄加評讚。只是這纔有了二十二韻。我意思想着你二位警句已出，再若續時，恐後力不加。我竟要續貂，又恐有玷。」黛玉從没見妙玉作過詩，今見他高興如此，忙説：「果然如此，我們的雖不好，亦可以帶好了。」妙玉道：「如今收結，到底還該歸到本來面目上去。若只管丢了真情真事且去搜奇撿怪，一則失了咱們的閨閣面目，二則也與題目無涉了。」二人皆道極是。妙玉遂提筆一揮而就，遞與他二人道：「休要見笑。依我必須如此，方翻轉過來，雖前頭有悽楚之句，亦無甚礙了。」二人接了看時，只見他續道：

香篆鎖金鼎，脂冰膩玉盆。
簫增嫠婦泣，衾倩侍兒温。
空帳懸文鳳，閒屏掩彩鴛。
露濃苔更滑，霜重竹難捫。
猶步縈紆沼，還登寂歷原。
石奇神鬼搏，木怪虎狼蹲。
贔屭朝光透，罘罳曉露屯。
振林千樹鳥，啼谷一聲猿。
歧熟焉忘徑，泉知不問源。
鐘鳴櫳翠寺，鷄唱稻香村。
有興悲何繼，無愁意豈煩。

芳情只自遣，雅趣向誰言。

徹旦休云倦，烹茶更細論。

後書：右中秋夜大觀園即景聯句三十五韻。

黛玉湘雲二人皆讚賞不已，説：「可見我們天天是捨近而求遠。現有這樣詩仙在此，却天天去紙上談兵。」妙玉笑道：「明日再潤色。此時想也快天亮了，到底要歇息歇息纔是。」林史二人聽説，便起身告辭，帶領丫鬟出來。妙玉送至門外，看他們去遠，方掩門進來。不在話下。

這裏翠縷向湘雲道：「大奶奶那裏還有人等着咱們睡去呢。如今還是那裏去好？」湘雲笑道：「你順路告訴他們，叫他們睡罷。我這一去未免驚動病人，不如鬧林姑娘半夜去罷。」説着，大家走至瀟湘館中，有一半人已睡去。二人進去，方纔卸妝寬衣，盥漱已畢，方上床安歇。紫鵑放下綃帳，移燈掩門出去。誰知湘雲有擇席之病，雖在枕上，只白睡不着。黛玉又是個心血不足常常失眠的，今日又錯過睏頭，自然也是睡不着。二人在枕上翻來覆去。黛玉因問道：「怎麽你還没睡着？」湘雲微笑道：「我有擇席的病，况且走了睏，只好躺躺罷。

你怎麼也睡不着？」黛玉嘆道：〔庚〕一「笑」一「嘆」，只二字便寫出平日之形景。「我這睡不着也並非今日，大約一年之中，通共也只好睡十夜滿足的。」湘雲道：「都是你病的原故，所以……」不知下文什麼——

〔戚〕總評：詩詞清遠閒曠，自是慧業才人，何須贅評？須看他衆人聯句填詞時，各人性情，各人意見，叙來恰肖其人；二人聯詩時，一番譏評，一番嘆賞，叙來更得其神。再看漏永吟殘，忽開一洞天福地，字字出人意表。

只一品笛，疑有疑無，若近若遠，有無限逸致。

〔一〕「且笛聲……禁不住」三十字原缺，「墮下淚」原誤「隨下相」，據諸本補改（甲辰本同缺）。

〔二〕此批非常費解。現暫以音訛校「立」爲「理」（本書第五十回有「以理」二字連用例），並把一「有」字提前，意思勉强可通。是否得當，俟再推敲。

〔三〕「冷月葬花魂」，原作「冷月葬死魂」，「死」被另筆點改爲「詩」。列藏、甲辰本作「冷月葬詩魂」。戚序、蒙府、楊本均作「冷月葬花魂」。「死」或以爲係「花」形訛，或以爲是「詩」音訛。「花魂」「詩魂」各有出典，仔細品味，「花魂」藝術上稍勝，今從之。

〔四〕此後戚、蒙、列本多「若不見你這樣高興，」一句（楊本也有但又抹去）。按：有此句語意上更完足，但口語則未必會這樣說。

芳官

第七十七回　俏丫鬟抱屈夭風流　美優伶斬情歸水月

戚 司棋一事，前文着實寫來，此却隨筆收去；晴雯一事，前文不過帶叙，此却竭力發揮。前文借晴雯一襯，文不寂寞；此文借司棋一引，文愈曲折。

話說王夫人見中秋已過，鳳姐病已比先減了，雖未大愈，可以出入行走得了，仍命大夫每日診脉服藥，又開了丸藥方子來配調經養榮丸。因用上等人參二兩，王夫人命人取時，翻尋了半日，只向小匣内尋了幾枝簪挺粗細的。王夫人看了嫌不好，命再找去，又找了一大包鬚末出來。王夫人焦躁道：「用不着偏有，但用着了，再找不着。成日家我説叫你們查一查，都歸攏在一處。你們白不聽，就隨手混撂。你們不知他的好處，用起來得多少換買來還不中使呢。」彩雲道：「想是没了，就只有這個。上次那邊的太太來尋了些去，太太都給過去了。」王夫人道：「没有的話，你再細找找。」彩雲只得又去找，拿了幾包藥材來説：「我們不認得這個，請太太自看。除這個再没有了。」王夫人打開看時，也都忘了，不知都是什麽藥，並没有一枝人參。因一面遣人去問鳳姐有無，鳳姐來説：「也只有些參膏。蘆鬚雖有幾枝，也不是上好的，每日還要煎藥裏用呢。」王夫人聽了，只得向邢夫人那裏問去。邢夫人説：「因上次没了，纔往這裏來尋，早已用完了。」王夫人没法，只得親身過來請問賈母。賈母忙命鴛鴦取出當日所餘的來，竟還有一大包，皆有手指頭粗細的，遂稱二兩與王夫人。王夫人出來交與周瑞家的拿去，令小斯送與醫生家去，又命將那幾包不能辨得的藥也帶了去，命醫生認了，各包記號了來。庚此等皆家常細事，豈是揣摩得出者。

一時，周瑞家的又拿了進來説：「這幾包都各包好記上名字了。但這一包人參固然是上好的，如今就連三十换也不能得這樣的了，但年代太陳了。這東西比别的不同，憑是怎樣好的，只過一百年後，便自己就成了灰了。如今這個雖未成灰，然已成了朽糟爛木，也無性力的了。請太太收了這個，倒不拘粗細，好歹再換些新的倒好。」王夫人聽了，低頭不語，半日纔說：「這可没法了，只好去買二兩來罷。」也無心看那些，只命：「都收了罷。」因向周瑞家的説：「你就去説給外頭人們，揀好的换二兩來。倘一時老太太問，你們只説用的是老太太的，不必多説。」周瑞家的方纔要去時，寶釵因在坐，乃笑道：「姨娘且住。如今外頭賣的人參都没好的。雖有一枝全的，他們也必截做兩三段，鑲嵌上蘆泡鬚枝，摻勾了好賣，看不得粗細。我們舖子裏常和參行交易，如今我去和媽説了，叫哥哥去託個夥計過去和參行商議説明，叫他把未作的原枝好參兑二兩來。不妨咱們多使幾兩銀子，也得了好的。」王夫人笑道：「倒是你明白。就難爲你親自走一趟更好。」於是寶釵去了，半日回來説：「已遣人去，趕晚就有回信的。明日一早去配也不遲。」王夫人自是喜悦，因説道：「『賣油的娘子水梳頭』，自來家裏有好的，不知給了人多少。這會子輪到自己用，反倒各處求人去了。」説畢長嘆。寶釵笑道：「這東西雖然值錢，究竟不過是藥，原該濟衆散人纔是。咱們比不得那没見世面的人家，得了這個，就珍藏密斂的。」庚調侃語。王夫人點頭道：「這話極是。」

一時寶釵去後，因見無别人在室，遂喚周瑞家的來，問前日園中搜檢的事情可得個下落。周瑞家的是已和鳳姐等人商議停妥，一字不隱，遂回明王夫人。王夫人聽了，雖驚且怒，却又作難，因思司棋係迎春之人，皆係那邊的人，只得令人去回邢夫人。周瑞家的回道：「前日那邊太太嗔着王善保家的多事，打了幾個嘴巴子，如今他也裝病在家，不肯出頭了。况且又是他外孫女兒，自己打了嘴，他只好裝個忘了，日久平服了再説。如今我們過去回時，恐怕又多心，倒像似咱們多事似的。不如直把司棋帶過去，一併連贜證與那邊太太瞧了，不過打一頓配了人，再指個丫頭來，豈不省事。如今白告訴去，那邊太太再推三阻四的，又説『既這樣你太太就該料理，又來説什麽』，豈不反耽擱了。倘那丫頭瞅空尋了死，反不好了。如今看了兩三天，人都有個偷懶的，倘一時不到，豈不倒弄出事來。」王夫人想了一想，説：「這也倒是。快辦了這一件，再辦咱們家的那些妖精。」

周瑞家的聽説，會齊了那幾個媳婦，先到迎春房裏，回迎春道：「太太們説了，司棋大了，連日他娘求了太太，太太已賞了他娘配人，今日叫他出去，另挑好的與姑娘使。」説着，便命司棋打點走路。迎春聽了，含淚似有不捨之意，因前夜已聞得别的丫鬟悄悄的説了原故，雖數年之情難捨，但事關風化，亦無可如何了。那司棋也曾求了迎春，實指望迎春能死保赦下的，只是迎春語言遲慢，耳軟心活，是不能作主的。司棋見了這般，知不能免，因哭道：「姑娘好狠心！哄了我這兩日，如今怎麽連一句話也没有？」周瑞家的等説道：「你還要姑娘留你不成？便留下，你也難見園裏的人了。依我們的好話，快快收了這樣子，倒是人不知鬼不覺的去罷，大家體面些。」迎春含淚道：「我知道你幹了什麽大不是，我還十分説情留下，豈不連我也完了。你瞧入畫也是幾年的人，怎麽説去就去了。自然不止你兩個，想這園裏凡大的都要去呢。依我説，將來終有一散，不如你各人去罷。」周瑞家的道：「所以到底是姑娘明白。明兒還有打發的人呢，你放心罷。」司棋無法，只得含淚與迎春磕頭，和衆姊妹告别，又向迎春耳根説：「好歹打聽我要受罪，替我説個情兒，就是主僕一場！」迎春亦含淚答應：「放心。」

於是周瑞家的人等帶了司棋出了院門，又命兩個婆子將司棋所有的東西都與他拿着。走了没幾步，後頭只見繡橘趕來，一面也擦着淚，一面遞與司棋一個絹包説：「這是姑娘給你的。主僕一場，如今一旦分離，這個與你作個想念罷。」司棋接了，不覺更哭起來了，又和繡橘哭了一回。周瑞家的不耐煩，只管催促，二人只得散了。司棋因又哭告道：「嬸子大娘們，好歹略徇個情兒，如今且歇一歇，讓我到相好的姊妹跟前辭一辭，也是我們這幾年好了一場。」周瑞家的等皆各有事務，作這些事便是不得已了，况且又深恨他們素日大樣，如今那裏有工夫聽他的話，因冷笑道：「我勸你走罷，别拉拉扯扯的了。我們還有正緊事呢。誰是你一個衣包裏爬出來的，辭他們作什麽，他們看你的笑聲還看不了呢。你不過是挨一會是一會罷了，難道就算了不成！依我快走罷。」一面説，一面總不住脚，直帶着往後角門出去了。司棋無奈，又不敢再説，只得跟了出來。

可巧正值寶玉從外而入，一見帶了司棋出去，又見後面抱着些東西，料着此去再不能來了。因聞得上夜之事，又兼晴雯之病亦因那日加重，細問晴雯，又不説是爲何。上日又見入畫已去，今又見司棋亦走，不覺如喪魂魄一般，因忙攔住問道：「那裏去？」周瑞家的等皆知寶玉素日行爲，又恐嘮叨誤事，因笑道：「不干你事，快念書去罷。」寶玉笑道：「好姐姐們，且站一站，我有道理。」周瑞家的便道：「太太不許少捱一刻，又有什麼道理。我們只知遵太太的話，管不得許多。」司棋見了寶玉，因拉住哭道：「他們做不得主，你好歹求求太太去。」寶玉不禁也傷心，含淚説道：「我不知你作了什麼大事，晴雯也病了，如今你又去。都要去了，這却怎麼的好。」【庚】寶玉之語全作囫圇意，最是極無味之語，偏是極濃極有情之語也。只合如此寫方是寶玉，稍有真切則不是寶玉了。周瑞家的發躁向司棋道：「你如今不是副小姐了，若不聽話，我就打得你。別想着往日有姑娘護着，任你們作耗。越説着，還不好好走。如今和小爺們拉拉扯扯，成個什麼體統！」那幾個媳婦不由分説，拉着司棋便出去了。

寶玉又恐他們去告舌，恨的只瞪着他們，看已去遠，方指着恨道：「奇怪，奇怪，怎麼這些人只一嫁了漢子，染了男人的氣味，就這樣混賬起來，比男人更可殺了！」守園門的婆子聽了，也不禁好笑起來，因問道：「這樣説，凡女兒個個是好的了，女人個個是壞的了？」

寶玉點頭道：「不錯，不錯！」婆子們笑道：「還有一句話我們糊塗不解，倒要請問請問。」方欲説時，只見幾個老婆子走來，忙説道：「你們小心，傳齊了伺候着。此刻太太親自來園裏，在那裏查人呢。只怕還查到這裏來呢。又吩咐快叫怡紅院的晴雯姑娘的哥嫂來，在這裏等着領出他妹妹去。」因笑道：「阿彌陀佛！今日天睜了眼，把這一個禍害妖精退送了，大家清净些。」寶玉一聞得王夫人進來清查，便料定晴雯也保不住了，早飛也似的趕了去，所以這後來趁願之語竟未得聽見。

寶玉及到了怡紅院，只見一群人在那裏，王夫人在屋裏坐着，一臉怒色，見寶玉也不理。晴雯四五日水米不曾沾牙，懨懨弱息，如今現從炕上拉了下來，蓬頭垢面，兩個女人纔架起來去了。王夫人吩咐，只許把他貼身衣服撂出去，餘者好衣服留下給好丫頭們穿。又命把這裏所有的丫頭們都叫來一一過目。

原來王夫人自那日着惱之後，王善保家的就趁勢告倒了晴雯。本處有人和園中不睦的，也就隨機趁便下了些話。王夫人皆記在心中。因節間有事，故忍了兩日，今日特來親自閲人。

一則爲晴雯猶可，二則因竟有人指寶玉爲由，説他大了，已解人事，都由屋裏的丫頭們不長進教習壞了。因這事更比晴雯一人較甚，庚暗伏一段。「更比」，覺煙迷霧罩之中更有無限溪山矣。乃從襲人起以至於極小作粗活的小丫頭們，個個親自看了一遍。因問：「誰是和寶玉一日的生日？」本人不敢答應，老嬤嬤指道：「這一個蕙香，又叫作四兒的，是同寶玉一日生日的。」王夫人細看了一看，雖比不上晴雯一半，却有幾分水秀。視其行止，聰明皆露在外面，且也打扮的不同。王夫人冷笑道：「這也是個不怕臊的。他背地裏説的，同日生日就是夫妻。這可是你説的？打量我隔的遠，都不知道呢。可知道我身子雖不大來，我的心耳神意時時都在這裏。難道我通共一個寶玉，就白放心憑你們勾引壞了不成！」這個四兒見王夫人説着他素日和寶玉的私語，不禁紅了臉，低頭垂淚。王夫人即命也快把他家的人叫來，領出去配人。又問：「誰是耶律雄奴？」老嬤嬤們便將芳官指出。王夫人道：「唱戲的女孩子，自然是狐狸精了！上次放你們，你們又懶待出去，可就該安分守己纔是。你就成精鼓搗起來，調唆着寶玉無所不爲。」芳官哭辯道：「並不敢調唆什麼。」王夫人笑道：「你還强嘴。我且問你，前年我們往皇陵上去，是誰調唆寶玉要柳家的丫頭五兒了？幸而那丫頭短命死了，不然進來了，你們又連夥聚黨遭害這園子呢。你連你乾娘都欺倒了，豈止别人！」因喝命：「喚他乾娘來領去，就賞他外頭自尋個女婿去吧。把他的東西一概給他。」又吩咐上年凡有姑娘們分的唱戲的女孩子們，一概不許留在園裏，都令其各人乾娘帶出，自行聘嫁。一語傳出，這些乾娘皆感恩趁願不盡，都約齊與王夫人磕頭領去。

王夫人又滿屋裏搜檢寶玉之物。凡略有眼生之物，一併命收的收，捲的捲，着人拿到自己房内去了。因説：「這纔乾净，省得旁人口舌。」因又吩咐襲人麝月等人：「你們小心！往後再有一點分外之事，我一概不饒。」因叫人查看了，今年不宜遷挪，暫且挨過今年，明年一併給我仍舊搬出去心净。」庚 一段神奇鬼訝之文不知從何想來，王夫人從來未理家務，豈不一木偶哉？且前文隱隱約約已有無限口舌，浸潤之譖原非一日矣。若無此一番更變，不獨終無散場之局，且亦大不近乎情理。況此亦皆余舊日目睹親聞，作者身歷之現成文字，非捏造而成者，故迥不與小説之離合悲歡窠臼相對。想遭零落之大族兒子見此，雖事各有殊，然其情理似亦有默契於心者焉。此一段不獨批此，直從抄檢大觀園及賈母對月興盡生悲皆可附者也。説畢，茶也不吃，遂帶領衆人又往别處去閱人。暫且説不到後文。

如今且説寶玉只當王夫人不過來搜檢搜檢，無甚大事，誰知竟這樣雷嗔電怒的來了。所責之事皆係平日之語，一字不爽，料必不能挽回的。雖心下恨不能一死，但王夫人盛怒之際，自不敢多言一句，多動一步，一直跟送王夫人到沁芳亭。王夫人命：「回去好生念念那書，仔細明兒問你。纔已發下恨了。」寶玉聽如此說，方回來，一路打算：「誰這樣犯舌？況這裏事也無人知道，如何就都説着了。」一面想，一面進來，只見襲人在那裏垂淚。且去了第一等的人，豈不傷心，便倒在床上也哭起來。襲人知他心内別的還猶可，獨有晴雯是第一件大事，乃推他勸道：「哭也不中用了。你起來我告訴你，晴雯已經好了，他這一家去，倒心净養幾天。你果然捨不得他，等太太氣消了，你再求老太太，慢慢的叫進來也不難。不過太太偶然信了人的誹言，一時氣頭上如此罷了。」寶玉哭道：「我究竟不知晴雯犯了何等滔天大罪！」〔庚〕余亦不知。蓋此等冤實非晴雯一人也。襲人道：「太太只嫌他生的太好了，未免輕佻些。在太太是深知這樣美人似的人必不安静，所以恨嫌他，像我們這粗粗笨笨的倒好。」寶玉道：「這也罷了。咱們私自頑話怎麽也知道了？又没外人走風的，這可奇怪。」襲人道：「你有甚忌諱的，一時高興了，你就不管有人無人了。我也曾使過眼色，也曾遞過暗號，倒被那別人已知道了，你反不覺。」

寶玉道：「怎麽人人的不是太太都知道，單不挑出你和麝月秋紋來？」襲人聽了這話，心内一動，低頭半日，無可回答，因便笑道：「正是呢。若論我們也有頑笑不留心的孟浪去處，怎麽太太竟忘了？想是還有别的事，等完了再發放我們，也未可知。」寶玉笑道：「你是頭一個出了名的至善至賢之人，他兩個又是你陶冶教育的，焉得還有孟浪該罰之處！只是芳官尚小，過於伶俐些，未免倚强壓倒了人，惹人厭。四兒是我誤了他，還是那年我和你拌嘴的那日起，叫上來作些細活，未免奪佔了地位，故有今日。只是晴雯也是和你一様，從小兒在老太太屋裏過來的，雖然他生得比人强，也没甚妨礙去處。就是他的性情爽利，口角鋒芒些，究竟也不曾得罪你們。想是他過於生得好了，反被這好所誤。」説畢，復又哭起來。

襲人細揣此話，好似寶玉有疑他之意，竟不好再勸，因嘆道：「天知道罷了。此時也查不出人來了，白哭一會子也無益。倒是養着精神，等老太太喜歡時，回明白了再要來是正理。」寶玉冷笑道：「你不必虚寬我的心。等到太太平服了再瞧勢頭去要時，知他的病等得等不得。他自幼上來嬌生慣養，何嘗受過一日委屈。連我知道他的性格，還時常衝撞了他。他這一下去，就如同一盆纔抽出嫩箭來的蘭花送到猪窩裏去一般。況又是一身重病，裏頭一肚子的悶氣。他又没有親爺熱娘，只有一個醉泥鰍姑舅哥哥。他這一去，一時也不慣的，那裏還等得幾日。知道還能見他一面兩面不能了！」説着又越發傷心起來。襲人笑道：「可是你『只許州官放火，不許百姓點燈』。我們偶然説一句略妨礙些的話，就説是不利之談，你如今好好的咒他，是該的了！他便比別人嬌些，也不至這樣起來。」寶玉道：「不是我妄口咒他，今年春天已有兆頭的。」襲人忙問何兆。寶玉道：「這堦下好好的一株海棠花，竟無故死了半邊，我就知有異事，果然應在他身上。」襲人聽了，又笑起來，因説道：「我待不説，又掌不住，你太也婆婆媽媽的了。這樣的話，豈是你讀書的男人説的。草木怎又關係起人來？若不婆婆媽媽的，真也成了個獃子了。〔一〕」

寶玉嘆道：「你們那裏知道，不但草木，凡天下之物，皆是有情有理的，也和人一樣，得了知己，便極有靈驗的。若用大題目比，就有孔子廟前之檜，墳前之蓍，諸葛祠前之柏，岳武穆墳前之松。這都是堂堂正大隨人之正氣，千古不磨之物。世亂則萎，世治則榮，幾千百年了，枯而復生者幾次。這豈不是兆應？小題目比，就有楊太真沉香亭之木芍藥，端正樓之相思樹，王昭君塚上之草，豈不也有靈驗。所以這海棠亦應其人欲亡，故先就死了半邊。」襲人聽了這篇痴話，又可笑，又可嘆，因笑道：「真真的這話越發説上我的氣來了。那晴雯是個什麽東西，就費這樣心思，比出這些正緊人來！還有一説，他縱好，也滅不過我的次序去。便是這海棠，也該先來比我，也還輪不到他。想是我要死了。」寶玉聽説，忙握他的嘴，勸道：「這是何苦！一個未清，你又這樣起來。罷了，再別提這事，别弄的去了三個，又饒上一個。」襲人聽説，心下暗喜道：「若不如此，你也不能了局。」寶玉乃道：「從此休提起，全當他們三個死了，不過如此。况且死了的也曾有過，也没見我怎麽樣，此一理也。

庚 寶玉至終一着全作如是想，所以始於情終於悟者。既能終於悟而止，則情不得濫漫而涉於淫佚之事矣。一人前事，一人了法，皆非「棄竹而復憫笋」之意。

如今且説現在的，倒是把他的東西，作瞞上不瞞下，悄悄的打發人送出去與了他。再或有咱們常時積攢下的錢，拿幾吊出去給他養病，也是你姊妹好了一場。」襲人聽了，笑道：「你太把我們看的又小器又没人心了。這話還等你説，我纔已將他素日所有的衣裳以至各什各物總打點下了，都放在那裏。如今白日裏人多眼雜，又恐生事，且等到晚上，悄悄的叫宋媽給他拿出去。我還有攢下的幾吊錢也給他罷。」寶玉聽了，感謝不盡。襲人笑道：「我原是久已出了名的賢人，連這一點子好名兒還不會買來不成！」寶玉聽他方纔的話，忙陪笑撫慰一時。晚間果密遣宋媽送去。

寶玉將一切人穩住，便獨自得便出了後角門，央一個老婆子帶他到晴雯家去瞧瞧。先是這婆子百般不肯，只說怕人知道，「回了太太，我還吃飯不吃飯！」無奈寶玉死活央告，又許他些錢，那婆子方帶了他來。這晴雯當日係賴大家用銀子買的，那時晴雯纔得十歲，尚未留頭。因常跟賴嬤嬤進來，賈母見他生得伶俐標緻，十分喜愛。故此賴嬤嬤就孝敬了賈母使喚，後來所以到了寶玉房裏。這晴雯進來時，也不記得家鄉父母。只知有個姑舅哥哥，專能庖宰，也淪落在外，故又求了賴家的收買進來吃工食。賴家的見晴雯雖到賈母跟前，千伶百俐，嘴尖性大，却倒還不忘舊，〔庚〕只此一句便是晴雯正傳。可知晴雯爲聰明風流所害也。一篇爲晴雯寫傳，是哭晴雯也。非哭晴雯，乃哭風流也。故又將他姑舅哥哥收買進來，把家裏一個女孩子配了他。成了房後，誰知他姑舅哥哥一朝身安泰，就忘却當年流落時，任意吃死酒，家小也不顧。偏又娶了個多情美色之妻，見他不顧身命，不知風月，一味死吃酒，便不免有蒹葭倚玉之嘆，紅顔寂寞之悲。又見他器量寬宏，[庚]趣極！「器量寬宏」如此用，真掃地矣。並無嫉衾妒枕之意，這媳婦遂恣情縱慾，滿宅内便延攬英雄，收納材俊，上上下下竟有一半是他考試過的。若問他夫妻姓甚名誰，便是上回賈璉所接見的多渾蟲燈姑娘兒的便是了。[庚]奇奇怪怪，左盤右旋，千絲萬綫，皆自一體也。目今晴雯只有這一門親戚，所以出來就在他家。

此時多渾蟲外頭去了，那燈姑娘吃了飯去串門子，只剩下晴雯一人，在外間房内爬着。[庚]總哭晴雯。寶玉命那婆子在院門瞭哨，他獨自掀起草簾[庚]「草簾」。進來，一眼就看見晴雯睡在蘆蓆土炕上，[庚]「蘆蓆土炕」。幸而衾褥還是舊日鋪的。心内不知自己怎麽纔好，因上來含淚伸手輕輕拉他，悄喚兩聲。當下晴雯又因着了風，又受了他哥嫂的歹話，病上加病，嗽了一日，纔朦朧睡了。忽聞有人喚他，强展星眸，一見是寶玉，又驚又喜，又悲又痛，忙一把死攥住他的手。哽咽了半日，方説出半句話來：「我只當不得見你了。」接着便嗽個不住。寶玉也只有哽咽之分。

晴雯道：「阿彌陀佛，你來的好，且把那茶倒半碗我喝。渴了這半日，叫半個人也叫不着。」寶玉聽說，忙拭淚問：「茶在那裏？」晴雯道：「那爐臺上就是。」寶玉看時，雖有個黑沙吊子，却不像個茶壺。只得桌上去拿了一個碗，也甚大甚粗，不像個茶碗，未到手內，先就聞得油膻之氣。〔庚〕不獨爲晴雯一哭，且爲寶玉一哭亦可。寶玉只得拿了來，先拿些水洗了兩次，復又用水汕過，方提起沙壺斟了半碗。看時，絳紅的，也太不成茶。晴雯扶枕道：「快給我喝一口罷！這就是茶了。那裏比得咱們的茶！」寶玉聽說，先自己嘗了一嘗，並無清香，且無茶味，只一味苦澀，略有茶意而已。嘗畢，方遞與晴雯。只見晴雯如得了甘露一般，一氣都灌下去了。寶玉心下暗道：「往常那樣好茶，他尚有不如意之處；今日這樣。看來，可知古人說的『飽飫烹宰，飢饜糟糠』，又道是『飯飽弄粥』，可見都不錯了。」〔庚〕妙！通篇寶玉最惡書者，每因女子之所歷始信其可，此謂觸類旁通之妙訣矣。一面想，一面流淚問道：「你有什麼說的，趁着沒人告訴我。」晴雯嗚咽道：「有什麼可說的！不過挨一刻是一刻，挨一日是一日。我已知橫豎不過三五日的光景，就好回去了。只是一件，我死也不甘心的：我雖生的比別人略好些，並沒有私情密意勾引你怎樣，如何一口死咬定了我是個狐狸精！我太不服。今日既已擔了虚名，而且臨死，不是我説一句後悔的話，早知如此，我當日也另有個道理。不料痴心傻意，只説大家横竪是在一處。不想平空裏生出這一節話來，有冤無處訴。」説畢又哭。

寶玉拉着他的手，只覺瘦如枯柴，腕上猶戴着四個銀鐲，因泣道：「且卸下這個來，等好了再戴上罷。」因與他卸下來，塞在枕下。又説：「可惜這兩個指甲，好容易長了二寸長，這一病好了，又損好些。」晴雯拭淚，就伸手取了剪刀，將左手上兩根葱管一般的指甲齊根鉸下；又伸手向被内將貼身穿着的一件舊紅綾襖脱下，並指甲都與寶玉道：「這個你收了，以後就如見我一般。快把你的襖兒脱下來我穿。我將來在棺材内獨自躺着，也就像還在怡紅院的一樣了。論理不該如此，只是擔了虚名，我可也是無可如何了。」寶玉聽説，忙寬衣换上，藏了指甲。晴雯又哭道：「回去他們看見了要問，不必撒謊，就説是我的。既擔了虚名，越性如此，也不過這樣了。」〔列〕晴雯此舉勝襲人多矣，真一字一哭也，又何必魚水相得而後爲情哉？

一語未了，只見他嫂子笑嘻嘻掀簾進來，道：「好呀，你兩個的話，我已都聽見了。」又向寶玉道：「你一個作主子的，跑到下人房裏作什麼？看我年輕又俊，敢是來調戲我麼？」寶玉聽説，唬的忙陪笑央道：「好姐姐，快别大聲。他伏侍我一場，我私自來瞧瞧他。」燈姑娘便一手拉了寶玉進裏間來，笑道：「你不叫嚷也容易，只是依我一件事。」説着，便坐在炕沿上，却緊緊的將寶玉摟入懷中。寶玉如何見過這個，心内早突突的跳起來了，急的滿面紅漲，又羞又怕，只説：「好姐姐，别鬧。」〔庚〕如聞如見，「别鬧」二字活跳。燈姑娘乜斜醉眼，笑道：「呸！成日家聽見你風月場中慣作工夫的，怎麼今日就反訕起來。」寶玉紅了臉，笑道：「姐姐放手，有話咱們好説。外頭有老媽媽，聽見什麼意思。」燈姑娘笑道：「我早進來了，却叫婆子去園門等着呢。我等什麼似的，今兒等着了你。雖然聞名，不如見面，空長了一個好模樣兒，竟是没藥性的炮仗，只好裝幌子罷了，倒比我還發訕怕羞。可知人的嘴一概聽不得的。就比如方纔我們姑娘下來，我也料定你們素日偷鷄盜狗的。我進來一會在窗下細聽，屋内只你二人，若有偷鷄盜狗的事，豈有不談及於此，誰知你兩個竟還是各不相擾。可知天下委屈事也不少。如今我反後悔錯怪了你們。既然如此，你但放心。以後你只管來，我也不囉唕你。」

寶玉聽説，纔放下心來，方起身整衣央道：「好姐姐，你千萬照看他兩天。我如今去了。」説畢出來，又告訴晴雯。二人自是依依不捨，也少不得一别。晴雯知寶玉難行，遂用被蒙頭，總不理他，寶玉方出來。意欲到芳官、四兒處去，無奈天黑，出來了半日，恐裏面人找他不見，又恐生事，遂且進園來了，明日再作計較。因乃至後角門，小厮正抱鋪蓋，裏邊嬷嬷們正查人，若再遲一步也就關了。

寶玉進入園中，且喜無人知道。到了自己房内，告訴襲人只説在薛姨媽家去的，也就罷了。一時鋪床，襲人不得不問今日怎麽睡。寶玉道：「不管怎麽睡罷了。」原來這一二年間襲人因王夫人看重了他了，越發自要尊重。凡背人之處，或夜晚之間，總不與寶玉狎昵，較先幼時反倒踈遠了。况雖無大事辦理，然一應針綫並寶玉及諸小丫頭們凡出入銀錢衣履什物等事，也甚煩瑣；且有吐血舊症雖愈，然每因勞碌風寒所感，即嗽中帶血，故邇來夜間總不與寶玉同房。寶玉夜間常醒，又極膽小，每醒必唤人。因晴雯睡卧警醒，且舉動輕便，故夜晚一應茶水起坐呼唤之任皆悉委他一人，所以寶玉外床只是他睡。今他去了，襲人只得要問，因思此任比日間緊要之意。寶玉既答不管怎樣，襲人只得還依舊年之例，遂仍將自己鋪蓋搬來設於床外。

寶玉發了一晚上獃。庚一句足矣。及催他睡下，襲人等也都睡後，聽着寶玉在枕上長吁短嘆，覆去翻來，直至三更以後。方漸漸的安頓了，略有齁聲。襲人方放心，也就朦朧睡着。没半盞茶時，只聽寶玉叫「晴雯」。襲人忙睁開眼連聲答應，問作什麽。寶玉因要吃茶。襲人忙下去向盆内蘸過手，從暖壺内倒了半盞茶來吃過。寶玉乃笑道：庚「笑」字好極，有文章，蓋恐冷落襲人也。「我近來叫慣了他，却忘了是你。」襲人笑道：「他一乍來時你也曾睡夢中直叫我，半年後纔改了。我知道這晴雯人雖去了，這兩個字只怕是不能去的。」説着，大家又卧下。寶玉又翻轉了一個更次，至五更方睡去時，只見晴雯從外頭走來，仍是往日形景，進來笑向寶玉道：「你們好生過罷，我從此就别過了。」説畢，翻身便走。寶玉忙叫時，又將襲人叫醒。襲人還只當他慣了口亂叫，却見寶玉哭了，説道：「晴雯死了。」襲人笑道：「這是那裏的話！你就知道胡鬧，被人聽着什麽意思。」寶玉那裏肯聽，恨不得一時亮了就遣人去問信。

及至天亮時，就有王夫人房裏小丫頭立等叫開前角門傳王夫人的話：「即時叫起寶玉，快洗臉，換了衣裳快來，因今兒有人請老爺尋秋賞桂花，老爺因喜歡他前兒作得詩好，故此要帶他們去。這都是太太的話，一句别錯了。你們快飛跑告訴他去，立逼他快來，老爺在上屋裏還等他吃麵茶呢。環哥兒已來了。快跑，快跑。再着一個人去叫蘭哥兒，也要這等說。」裏面的婆子聽一句，應一句，一面扣扭子，一面開門。一面早有兩三個人一行扣衣，一行分頭去了。

襲人聽得叩院門，便知有事，忙一面命人問時，自己已起來了。聽得這話，促人來舀了面湯，催寶玉起來盥漱。他自去取衣。因思跟賈政出門，便不肯拿出十分出色的新鮮衣履來，只拿那二等成色的來。寶玉此時亦無法，只得忙忙的前來。果然賈政在那裏吃茶，十分喜悦。寶玉忙行了省晨之禮。賈環賈蘭二人也都見過寶玉。賈政命坐吃茶，向環蘭二人道：「寶玉讀書不如你兩個，論題聯和詩這種聰明，你們皆不及他。今日此去，未免强你們做詩，寶玉須聽便助他們兩個。」王夫人等自來不曾聽見這等考語，真是意外之喜。

一時候他父子二人等去了，方欲過賈母這邊來時，就有芳官等三個的乾娘走來，回說：「芳官自前日蒙太太的恩典賞了出去，他就瘋了似的，茶也不吃，飯也不用，勾引上藕官、蕊官，三個人尋死覓活，只要剪了頭髮做尼姑去。我只當是小孩子家一時出去不慣也是有的，不過隔兩日就好了。誰知越鬧越凶，打罵着也不怕。實在没法，所以來求太太，或是就依他們做尼姑去，或教導他們一頓，賞給别人作女兒去罷，我們也没這福。」王夫人聽了道：「胡說！那裏由得他們起來，佛門也是輕易人進去的！每人打一頓給他們，看還鬧不鬧了！」

當下因八月十五日各廟内上供去，皆有各廟内的尼姑來送供尖之例，王夫人曾於十五日就留下水月庵的智通與地藏庵的圓信住兩日，至今日未回，聽得此信，巴不得又拐兩個女孩子去作活使喚，因都向王夫人道：「咱們府上到底是善人家。因太太好善，所以感應得這些小姑娘們皆如此。雖說佛門輕易難入，也要知道佛法平等。我佛立願，原是一切衆生無論鷄犬皆要度他，無奈迷人不醒。若果有善根能醒悟，即可以超脱輪迴。所以經上現有虎狼蛇蟲得道者就不少。如今這兩三個姑娘既然無父無母，家鄉又遠，他們既經了這富貴，又想從小兒命苦入了這風流行次，將來知道終身怎麽樣，所以苦海回頭，出家修修來世，也是他們的高意。太太倒不要限了善念。」

王夫人原是個好善的，先聽彼等之語不肯聽其自由者，因思芳官等不過皆係小兒女一時不遂之談〔二〕，恐將來熬不得清净，反致獲罪。今聽這兩個拐子的話大近情理；且近日家中多故，又有邢夫人遣人來知會，明日接迎春家去住兩日，以備人家相看；且又有官媒婆來求説探春等事，心緒正煩，那裏着意在這些小事上。既聽此言，便笑答道：「你兩個既這等説，你們就帶了作徒弟去如何？」兩個姑子聽了，念一聲佛道：「善哉！善哉！若如此，可是你老人家陰德不小。」説畢，便稽首拜謝。王夫人道：「既這樣，你們問他們去。若果真心，即上來當着我拜了師父去罷。」

這三個女人聽了出去，果然將他三人帶來。王夫人問之再三，他三人已是立定主意，遂與兩個姑子叩了頭，又拜辭了王夫人。王夫人見他們意皆决斷，知不可强了，反倒傷心可憐，忙命人取了些東西來賫賞了他們，又送了兩個姑子些禮物。從此芳官跟了水月庵的智通，蕊官、藕官二人跟了地藏庵的圓信，各自出家去了。再聽下回分解。

戚總評：看晴雯與寶玉永絶一段，的是消魂文字；看寶玉幾番猷論，真是至誠種子；看寶玉給晴雯斟茶，又真是猷公子。前文叙襲人奔喪時，寶玉夜來吃茶，先呼襲人，此又夜來吃茶，先呼晴雯。字字龍跳天門，虎卧鳳闕；語語嬰兒戀母，稚鳥尋巢。

〔一〕按：此句各本均爲正文，紅友婁員外提出疑是批語混入，近是。

〔二〕原作「一時不遂之但」，另筆點去「之」字，旁添「心故有此意」。諸本均作「不遂之談」，「但」或係「談」的音訛。唯「不遂之談」略顯生硬，是否的當，有待推敲。而底本旁改文字顯非原文，暫從諸本改。

賈蘭
072
玉

第七十八回　老學士閒徵姽嫿詞　痴公子杜撰芙蓉誄

戚 文有賓主，不可誤。此文以《芙蓉誄》爲主，以《姽嫿詞》爲賓，以寶玉古歌爲主，以賈環賈蘭詩絶爲賓。文有賓中賓，不可誤。以清客作序爲賓，以寶玉出遊作詩爲賓中賓。由虚入實，可歌可咏。

話説兩個尼姑領了芳官等去後，王夫人便往賈母處來省晨，見賈母喜歡，便趁便回道：「寶玉屋裏有個晴雯，那個丫頭也大了，而且一年之間，病不離身；我常見他比别人分外淘氣，也懶；前日又病倒了十幾天，叫大夫瞧，説是女兒癆，所以我就趕着叫他下去了。若養好了也不用叫他進來，就賞他家配人去也罷了。再那幾個學戲的女孩子，我也作主放出去了。一則他們都會戲，口裏没輕没重，只會混說，女孩兒們聽了如何使得？二則他們既唱了會子戲，白放了他們，也是應該的。况丫頭們也太多，若說不够使，再挑上幾個來也是一樣。」賈母聽了，點頭道：「這倒是正理，我也正想着如此呢。但晴雯那丫頭我看他甚好，怎麽就這樣起來。我的意思，這些丫頭的模樣、爽利、言談、針綫多不及他，將來只他還可以給寶玉使唤得。誰知變了。」

王夫人笑道：「老太太挑中的人原不錯。只怕他命裏没造化，所以得了這個病。俗語又說：『女大十八變。』况且有本事的人，未免就有些調歪。老太太還有什麽不曾經驗過的。三年前我也就留心這件事。先只取中了他，我便留心。冷眼看去，他色色雖比人强，只是不大沉重。若說沉重知大禮，莫若襲人第一。雖說賢妻美妾，然也要性情和順、舉止沉重的更好些。就是襲人模樣雖比晴雯略次一等，然放在房裏，也算得一二等的了。况且行事大方，心地老實，這幾年來，從未逢着寶玉淘氣。凡寶玉十分胡鬧的事，他只有死勸的。因此品擇了二年，一點不錯了，我就悄悄的把他丫頭的月分錢止住，我的月分銀子裏批出二兩銀子來給他。不過使他自己知道，越發小心效好之意。且不明説者，一則寶玉年紀尚小，老爺知道了又恐説耽誤了書；二則寶玉再自爲已是跟前的人不敢勸他説他，反倒縱性起來。所以直到今日纔回明老太太。」

賈母聽了，笑道：「原來這樣，如此更好了。襲人本來從小兒不言不語，我只説他是没嘴的葫蘆。既是你深知，豈有大錯誤的。而且你這不明説與寶玉的主意更好。且大家别提這事，只是心裏知道罷了。我深知寶玉將來也是個不聽妻妾勸的。我也解不過來，也從未見過這樣的孩子。别的淘氣都是應該的，只他這種和丫頭們好却是難懂。我爲此也耽心，每每的冷眼查看他。只和丫頭們鬧，必是人大心大，知道男女的事了，所以愛親近他們。既細細查試，究竟不是爲此。豈不奇怪。想必原是個丫頭錯投了胎不成。」説着，大家笑了。王夫人又回今日賈政如何誇奬，又如何帶他們逛去，賈母聽了，更加喜悦。

一時，只見迎春妝扮了前來告辭過去。鳳姐也來省晨，伺候過早飯，又説笑了一回。賈母歇晌後，王夫人便喚了鳳姐，問他丸藥可曾配來。鳳姐兒道：「還不曾呢，如今還是吃湯藥。太太只管放心，我已大好了。」【庚】總是勉强。王夫人見他精神復初，也就信了。【庚】只用此一句，便入後文。因告訴攆逐晴雯等事，又說：「怎麼寶丫頭私自回家睡了，你們都不知道？我前兒順路都查了一查。誰知蘭小子這一個新進來的奶子也十分的妖喬，我也不喜歡他。我也說與你嫂子了，好不好叫他各自去罷。況且蘭小子也大了，用不着奶子了。我因問你大嫂子：『寶丫頭出去難道你也不知道不成？』他說是告訴了他的，不過住兩三日，等你姨媽好了就進來。姨媽究竟没甚大病，不過還是咳嗽腰疼，年年是如此的。他這去必有原故，敢是有人得罪了他不成？那孩子心重，親戚們住一場，别得罪了人，反不好了。」

鳳姐笑道：「誰可好好的得罪着他？況且他天天在園裏，左不過是他們姊妹那一群人。」王夫人道：「别是寶玉有嘴無心，傻子似的從没個忌諱，高興了信嘴胡說也是有的。」鳳姐笑道：「這可是太太過於操心了。若說他出去幹正緊事、說正緊話去，却像個傻子；若只叫進來，在這些姊妹跟前，以至於大小的丫頭們跟前，他最有儘讓，又恐怕得罪了人，那是再不得有人惱他的。我想薛妹妹此去，想必爲着前時搜檢衆丫頭的東西的原故。他自然爲信不及園裏的人纔搜檢，他又是親戚，現也有丫頭老婆在内，我們又不好去搜檢，恐我們疑他，所以多了這個心，自己迴避了。也是應該避嫌疑的。」

王夫人聽了這話不錯，自己遂低頭想了一想，便命人請了寶釵來分晰前日的事以解他疑心，又仍命他進來照舊居住。寶釵陪笑道：「我原要早出去的，只是姨娘有許多的大事，所以不便來説。可巧前日媽又不好了，家裏兩個靠得的女人也病着，我所以趁便出去了。姨娘今日既已知道了，我正好明講出情理來，就從今日辭了好搬東西的。」

王夫人鳳姐都笑着：「你太固執了。正經再搬進來爲是，休爲没要緊的事反踈遠了親戚。」寶釵笑道：「這話説的太不解了，並没爲什麽事我出去。我爲的是媽近來神思比先大減，而且夜間晚上没有得靠的人，通共只我一個。二則如今我哥哥眼看要娶嫂子，多少針綫活計並家裏一切動用的器皿，尚有未齊備的，我也須得幫着媽去料理料理。姨媽和鳳姐姐都知道我們家的事，不是我撒謊。三則自我在園裏，東南上小角門子就常開着，原是爲我走的，保不住出入的人就圖省路也從那裏走，又没人盤查，設若從那裏生出一件事來，豈不兩礙臉面。而且我進園裏來住，原不是什麽大事，因前幾年年紀皆小，且家裏没事，有在外頭的，不如進來姊妹相共，或作針綫，或頑笑，皆比在外頭悶坐着好，如今彼此都大了，也彼此皆有事。况姨娘這邊歷年皆遇不遂心的事故，那園子也太大，一時照顧不到，皆有關係，惟有少幾個人，就可以少操些心。所以今日不但我致意辭去之外，還要勸姨娘如今該減些的就減些，也不爲失了大家的體統。據我看，園裏這一項費用也竟可以免的，説不得當日的話。姨娘深知我家的，難道我們當日也是這樣冷落不成。」鳳姐聽了這篇話，便向王夫人笑道：「這話竟是，不必强了。」王夫人點頭道：「我也無可回答，只好隨你便罷了。」

話説之間，只見寶玉等已回來，因説他父親還未散，「恐天黑了，所以先叫我們回來了。」王夫人忙問：「今日可有丢了醜？」寶玉笑道：「不但不丢醜，倒拐了許多東西來。」接着，就有老婆子們從二門上小厮手内接了東西來。王夫人一看時，只見扇子三把，扇墜三個，筆墨共六匣，香珠三串，玉絛環三個。寶玉説道：「這是梅翰林送的，那是楊侍郎送的，這是李員外送的，每人一分。」説着，又向懷中取出一個旃檀香小護身佛來，説：「這是慶國公單給我的。」王夫人又問在席何人，作何詩詞等語畢，只將寶玉一分令人拿着，同寶玉、蘭、環前來見過賈母。賈母看了，喜歡不盡，不免又問些話。無奈寶玉一心記着晴雯，答應完了話時，便説騎馬顛了，骨頭疼。賈母便説：「快回房去換了衣服，疎散疎散就好了，不許睡倒。」寶玉聽了，便忙入園來。

當下麝月秋紋已帶了兩個丫頭來等候，見寶玉辭了賈母出來，秋紋便將筆墨拿起來，一同隨寶玉進園來。寶玉滿口裏説「好熱」，一壁走，一壁便摘冠解帶，將外面的大衣服都脱下來麝月拿着，庚看他用智之處。只穿着一件松花綾子夾襖，襖内露出血點般大紅褲子來。秋紋見這條紅褲是晴雯手内針綫，因嘆道：「這條褲子以後收了罷，真是物件在人去了。」麝月忙也笑道：「這是晴雯的針綫。」又嘆道：「真真物在人亡了！」秋紋將麝月拉了一把，笑道：「這褲子配着松花色襖兒、石青靴子，越顯出這靛青的頭，雪白的臉來了。」寶玉在前只裝聽不見，又走了兩步，便止步道：「我要走一走，這怎麼好？」麝月道：「大白日裏，還怕什麽？還怕丢了你不成！」因命兩個小丫頭跟着，「我們送了這些東西去再來。」寶玉道：「好姐姐，等一等我再去。」麝月道：「我們去了就來。兩個人手裏都有東西，倒像擺執事的，一個捧着文房四寶，一個捧着冠袍帶履，成個什麽樣子。」寶玉聽見，正中心懷，便讓他兩個去了。

他便帶了兩個小丫頭到一石後，也不怎麽樣，只問他二人道：「自我去了，你襲人姐姐打發人瞧晴雯姐姐去了不曾？」這一個答道：「打發宋媽媽瞧去了。」寶玉道：「回來説什麽？」小丫頭道：「回來説晴雯姐姐直着脖子叫了一夜，今日早起就閉了眼、住了口，世事不知，也出不得一聲兒，只有倒氣的分兒了。」寶玉忙道：「一夜叫的是誰？」小丫頭子説：「一夜叫的是娘。」寶玉拭淚道：「還叫誰？」小丫頭子道：「没有聽見叫别人了。」寶玉道：「你糊塗，想必没有聽真。」

旁邊那一個小丫頭最伶俐，聽寶玉如此説，便上來説：「真個他糊塗。」又向寶玉道：「不但我聽得真切，我還親自偷着看去的。」寶玉聽説，忙問：「你怎麽又親自看去？」小丫頭道：「我因想晴雯姐姐素日與別人不同，待我們極好。如今他雖受了委屈出去，我們不能別的法子救他，只親去瞧瞧，也不枉素日疼我們一場。就是人知道了回了太太，打我們一頓，也是願受的。所以我拚着挨一頓打，偷着下去瞧了一瞧。誰知他平生爲人聰明，至死不變。他因想着那起俗人不可說話，所以只閉眼養神，見我去了便睜開眼，拉我的手問：『寶玉那去了？』我告訴他實情。他嘆了一口氣說：『不能見了。』我就說：『姐姐何不等一等他回來見一面，豈不兩完心願？』他就笑道：『你們還不知道。我不是死，如今天上少了一位花神，玉皇敕命我去司主。我如今在未正二刻到任司花，寶玉須待未正三刻纔到家，只少得一刻的工夫，不能見面。世上凡該死之人閻王勾取了過去，是差些小鬼來捉人魂魄。若要遲延一時半刻，不過燒些紙錢澆些漿飯，那鬼只顧搶錢去了，該死的人就可多待些個工夫。［庚］好，奇之至！又從來皆說「閻王註定三更死，誰能留人至五更」之語，今忽借此小女兒一篇無稽之談，反成無人敢翻之案。且又寓意調侃，罵盡世態。豈非「［奇］之至」文章耶？寄語觀者：至此（一）［不］浮一大白者，以後不必看書也。我這如今是有天上的神仙來召請，豈可捱得時刻！』我聽了這話，竟不大信，及進來到房裏留神看時辰錶時，果然是未正二刻他咽了氣，正三刻上就有人來叫我們，說你來了。這時候倒都對合。」

寶玉忙道：「你不識字看書，所以不知道。這原是有的，不但花有一個神，一樣花有一位神之外還有總花神。但他不知是作總花神去了，還是單管一樣花的神？」這丫頭聽了，一時謅不出來。恰好這是八月時節，園中池上芙蓉正開。這丫頭便見景生情，忙答道：「我也曾問他是管什麼花的神，告訴我們日後也好供養的。他說：『天機不可泄漏。你既這樣虔誠，我只告訴你，你只可告訴寶玉一人。除他之外若泄了天機，五雷就來轟頂的。』他就告訴我說，他就是專管這芙蓉花的。」寶玉聽了這話，不但不爲怪，亦且去悲而生喜，乃指芙蓉笑道：「此花也須得這樣一個人去司掌。我就料定他那樣的人必有一番事業做的。雖然超出苦海，從此不能相見，也免不得傷感思念。」因又想：「雖然臨終未見，如今且去靈前一拜，也算盡這五六年的情常。」

想畢忙至房中，又另穿戴了，只說去看黛玉，遂一人出園來，往前次之處去，意爲停柩在內。誰知他哥嫂見他一咽氣便回了進去，希圖早些得幾兩發送例銀。王夫人聞知，便命賞了十兩燒埋銀子。又命：「即刻送到外頭焚化了罷。女兒癆死的，斷不可留！」他哥嫂聽了這話，一面得銀，一面就僱了人來入殮，抬往城外化人場上去了。剩的衣履簪環，約有三四百金之數，他兄嫂自收了爲後日之計。二人將門鎖上，一同送殯去未回。寶玉走來撲了個空。

〔庚〕收拾晴雯，（故）〔固〕爲紅顔一哭，然亦大令人不堪。◇上云王夫人怕女兒癆不祥，今則忽從寶玉心中道其苦。◇又非模擬出，是己悒鬱其詞，其母子之心中體貼眷愛之情，曲委已盡。

寶玉自立了半天，別無法兒，只得復身進入園中。待回至房中，甚覺無味，因乃順路來找黛玉。偏黛玉不在房中，問其何往，丫鬟們回說：「往寶姑娘那裏去了。」寶玉又至蘅蕪苑中，只見寂静無人，房内搬的空空落落的，不覺吃一大驚。忽見個老婆子走來，寶玉忙問這是什麼原故。老婆子道：「寶姑娘出去了。這裏交我們看着，還没有搬清楚。我們幫着送了些東西去，這也就完了。你老人家請出去罷，讓我們掃掃灰塵。也好，從此你老人家省跑這一處的腿子了。」寶玉聽了，怔了半天，因看着那院中的香藤異蔓，仍是翠翠青青，忽比昨日好似改作凄凉了一般，更又添了傷感。默默出來，又見門外的一條翠樾埭上也半日無人來往，不似當日各處房中丫鬟不約而來者絡繹不絶。又俯身看那埭下之水，仍是溶溶脉脉的流將過去。心下因想：「天地間竟有這樣無情的事！」悲感一番，忽又想到去了司棋、入畫、芳官等五個；死了晴雯；今又去了寶釵等一處；迎春雖尚未去，然連日也不見回來。且接連有媒人來求親，大約園中之人不久都要散的了。縱生煩惱，也無濟於事。不如還是找黛玉去相伴一日，回來還是和襲人廝混，只這兩三個人，只怕還是同死同歸的。想畢，仍往瀟湘舘來，偏黛玉尚未回來。寶玉想亦當出去候送纔是，無奈不忍悲感，還是不去的是，遂又垂頭喪氣的回來。

正在不知所以之際，忽見王夫人的丫頭進來找他說：「老爺回來了，找你呢，又得了好題目來了。快走，快走。」寶玉聽了，只得跟了出來。到王夫人房中，他父親已出去了。王夫人命人送寶玉至書房中。

彼時賈政正與衆幕友們談論尋秋之勝，又說：「快散時忽然談及一事，最是千古佳談，『風流雋逸，忠義慷慨』八字皆備，倒是個好題目，大家要作一首輓詞。」衆幕賓聽了，都忙請教係何等妙事。

賈政乃道：「當日曾有一位王，封曰恒王，出鎮青州。這恒王最喜女色，且公餘好武，因選了許多美女，日習武事。每公餘輒開宴連日，令衆美女習戰鬬攻拔之事。其姬中有姓林行四者，姿色既冠，且武藝更精，皆呼爲林四娘。恒王最得意，遂超拔林四娘統轄諸姬，又呼爲『姽嫿將軍』。」衆清客都稱：「妙極神奇。竟以『姽嫿』下加『將軍』二字，反更覺嫵媚風流，真絶世奇文也。想這恒王也是千古第一風流人物了。」賈政笑道：「這話自然是如此，但更有可奇可嘆之事。」衆清客都愕然驚問道：「不知底下有何奇事？」賈政道：「誰知次年便有『黄巾』『赤眉』一干流賊餘黨復又烏合，搶掠山左一帶。庚妙！「赤眉」「黄巾」兩時之事，今合而爲一，蓋云不過是此等衆類，非特歷歷指明某赤某黄。若云不合兩用便獃矣。此書全是如此，爲混人也。恒王意爲犬羊之惡，不足大舉，因輕騎前剿。不意賊衆頗有詭譎智術，兩戰不勝，恒王遂爲衆賊所戮。於是青州城内文武官員，各各皆謂：『王尚不勝，你我何爲！』遂將有獻城之舉。林四娘得聞凶報，遂集聚衆女將，發令説道：『你我皆向蒙王恩，戴天履地，不能報其萬一。今王既殞身國事，我意亦當殞身於王。爾等有願隨者，即時同我前往；有不願者，亦早各散。』衆女將聽他這樣，都一齊説願意。於是林四娘帶領衆人連夜出城，直殺至賊營裏頭。衆賊不防，也被斬戮了幾員首賊。然後大家見是不過幾個女人，料不能濟事，遂回戈倒兵，奮力一陣，把林四娘等一個不曾留下，倒作成了這林四娘的一片忠義之志。後來報至中都，自天子以至百官，無不驚駭道奇。其後朝中自然又有人去剿滅，天兵一到，化爲烏有，不必深論。只就林四娘一節，衆位聽了，可羨不可羨呢？」衆幕友都嘆道：「實在可羨可奇，實是個妙題，原該大家輓一輓纔是。」説着，早有人取了筆硯，按賈政口中之言稍加改易了幾個字，便成了一篇短序，遞與賈政看了。賈政道：「不過如此。他們那裏已有原序。昨日因又奉恩旨，着察核前代以來應加褒獎而遺落未經請奏各項人等，無論僧尼乞丐與女婦人等，有一事可嘉，即行彙送履歷至禮部備請恩獎。所以他這原序也送往禮部去了。大家聽見這新聞，所以都要作一首《姽嫿詞》，以志其忠義。」衆人聽了，都又笑道：「這原該如此。只是更可羨者，本朝皆係千古未有之曠典隆恩，實歷代所不及處，可謂『聖朝無闕事』，唐朝人預先竟説了，竟應在本朝。如今年代方不虚此一句。」賈政點頭道：「正是。」

說話間，賈環叔侄亦到。賈政命他們看了題目。他兩個雖能詩，較腹中之虛實雖也去寶玉不遠，但第一件他兩個終是別路，若論舉業一道，似高過寶玉，若論雜學，則遠不能及；第二件他二人才思滯鈍，不及寶玉空靈娟逸，每作詩亦如八股之法，未免拘板庸澀。那寶玉雖不算是個讀書人，然虧他天性聰敏，且素喜好些雜書，他自爲古人中也有杜撰的，也有誤失之處，拘較不得許多；若只管怕前怕後起來，縱堆砌成一篇，也覺得甚無趣味。因心裏懷着這個念頭，每見一題，不拘難易，他便毫無費力之處，就如世上的流嘴滑舌之人，無風作有，信着伶口俐舌，長篇大論，胡扳亂扯，敷演出一篇話來。雖無稽考，却都說得四座春風。雖有正言厲語之人，亦不得壓倒這一種風流去。

近日賈政年邁，名利大灰，然起初天性也是個詩酒放誕之人，因在子侄輩中，少不得規以正路。近見寶玉雖不讀書，竟頗能解此，細評起來，也還不算十分玷辱了祖宗。就思及祖宗們，各各亦皆如此，雖有深精舉業的，也不曾發跡過一個，看來此亦賈門之數。況母親溺愛，遂也不强以舉業逼他了。所以近日是這等待他。又要環蘭二人舉業之餘，怎得亦同寶玉纔好，所以每欲作詩，必將三人一齊喚來對作。庚妙！世事皆不可無足饜，只有「讀書」二字是萬不可足饜的。父母之心可不甚哉！近之父母只怕兒子不能名利，豈不可嘆乎？

閒言少述。且說賈政又命他三人各弔一首，誰先成者賞，佳者額外加賞。賈環賈蘭二人近日當着多人皆作過幾首了，膽量愈壯，今看了題，遂自去思索。一時，賈蘭先有了。賈環生恐落後也就有了。二人皆已録出，寶玉尚出神。庚妙，偏寫出鈍態來。賈政與衆人且看他二人的二首。

賈蘭的是一首七言絶，寫道是：

姽嫿將軍林四娘，玉爲肌骨鐵爲腸，

捐軀自報恒王後，此日青州土亦香。

衆幕賓看了，便皆大讚：「小哥兒十三歲的人就如此，可知家學淵源，真不誣矣。」賈政笑道：「稚子口角，也還難爲他。」

又看賈環的，是首五言律，寫道是：

紅粉不知愁，將軍意未休。

掩啼離繡幕，抱恨出青州。

自謂酬王德，詎能復寇仇。

誰題忠義墓，千古獨風流。

衆人道：「更佳。倒是大幾歲年紀，立意又自不同。」賈政道：「還不甚大錯，終不懇切。」衆人道：「這就罷了。三爺纔大不多兩歲，在未冠之時如此，用了工夫，再過幾年，怕不是大阮小阮了。」賈政笑道：「過獎了。只是不肯讀書過失。」

因又問寶玉怎樣。衆人道：「二爺細心鏤刻，定又是風流悲感，不同此等的了。」寶玉笑道：「這個題目似不稱近體，須得古體，或歌或行，長篇一首，方能懇切。」衆人聽了，都立身點頭拍手道：「我說他立意不同！每一題到手，必先度其體格宜與不宜，這便是老手妙法。就如裁衣一般，未下剪時，須度其身量。這題目名曰《姽嫿詞》，且既有了序，此必是長篇歌行方合體的。或擬白樂天《長恨歌》[一]，或擬咏古詞，半叙半咏，流利飄逸，始能盡妙。」

賈政聽說，也合了主意，遂自提筆向紙上要寫，又向寶玉笑道：「如此，你念我寫。若不好了，我捶你那肉。誰許你先大言不慚了！」寶玉只得念了一句，道是：

恒王好武兼好色，

賈政寫了看時，搖頭道：「粗鄙。」一幕賓道：「要這樣方古，究竟不粗。且看他底下的。」賈政道：「姑存之。」寶玉又道：

遂教美女習騎射。

穠歌艷舞不成歡，列陣挽戈爲自得。

賈政寫出，衆人都道：「只這第三句便古樸老健，極妙。這四句平叙出，也最得體。」賈政道：「休謬加獎譽，且看轉的如何。」寶玉念道：

眼前不見塵沙起，將軍俏影紅燈裏。

衆人聽了這兩句，便都叫：「妙！好個『不見塵沙起』！又承了一句『俏影紅燈裏』，用字用句，皆入神化了。」寶玉道：

叱咤時聞口舌香，霜矛雪劍嬌難舉。

衆人聽了，便拍手笑道：「亦發畫出來了。當日敢是寶公也在座，見其嬌且聞其香否？不然，何體貼至此。」寶玉笑道：「閨閣習武，任其勇悍，怎似男人。庚賈老在座，故不便出「濁物」二字，妙甚細甚！不待問而可知嬌怯之形的了。」賈政道：「還不快續，這又有你説嘴的了。」

寶玉只得又想了一想，念道：

丁香結子芙蓉絛，

衆人都道：「轉『絛』，蕭韻，更妙，這纔流利飄蕩。而且這一句也綺靡秀媚的妙。」賈政寫了，看道：「這一句不好。已寫過『口舌香』『嬌難舉』，何必又如此。這是力量不加，故又用這些堆砌貨來搪塞。」寶玉笑道：「長歌也須得要些詞藻點綴點綴，不然便覺蕭索。」賈政道：「你只顧用這些，但這一句底下如何能轉至武事？若再多説兩句，豈不蛇足了。」寶玉道：「如此，底下一句轉煞住，想亦可矣。」賈政冷笑道：「你有多大本領？上頭説了一句大開門的散話，如今又要一句連轉帶煞，豈不心有餘而力不足些。」寶玉聽了，垂頭想了一想，説了一句道：

不繫明珠繫寶刀。

忙問：「這一句可還使得？」衆人拍案叫絶。賈政寫了，看着笑道：「且放着，再續。」寶玉道：「若使得，我便要一氣下去了。若使不得，越性塗了，我再想别的意思出來，再另措詞。」賈政聽了，便喝道：「多話！不好了再作，便作十篇百篇，還怕辛苦了不成！」寶玉聽説，只得想了一會，便念道：

戰罷夜闌心力怯，脂痕粉漬污鮫鮹。

賈政道：「又一段。底下怎樣？」寶玉道：

明年流寇走山東，强吞虎豹勢如蜂。

衆人道：「好個『走』字！便見得高低了。且通句轉的也不板。」

寶玉又念道：

王率天兵思剿滅，一戰再戰不成功。

腥風吹折隴頭麥，日照旌旗虎帳空。

青山寂寂水澌澌，正是恒王戰死時。
雨淋白骨血染草，月冷黃沙鬼守屍。

衆人都道：「妙極，妙極！佈置、叙事、詞藻，無不盡美。且看如何至四娘，必另有妙轉奇句。」寶玉又念道：

紛紛將士只保身，青州眼見皆灰塵，
不期忠義明閨閣，憤起恒王得意人。

衆人都道：「鋪叙得委婉。」賈政道：「太多了，底下只怕累贅呢。」寶玉乃又念道：

恒王得意數誰行，就死將軍林四娘〔二〕，
號令秦姬驅趙女，艷李穠桃臨戰場。
繡鞍有淚春愁重，鐵甲無聲夜氣凉。
勝負自然難預定，誓盟生死報前王。
賊勢猖獗不可敵，柳折花殘實可傷，

魂依城郭家鄉近，馬踐胭脂骨髓香。
星馳時報入京師，誰家兒女不傷悲！
天子驚慌恨失守，此時文武皆垂首。
何事文武立朝綱，不及閨中林四娘！
我爲四娘長太息，歌成餘意尚徬徨。

念畢，衆人都大讚不止，又都從頭看了一遍。賈政笑道：「雖然説了幾句，到底不大懇切。」因説：「去罷。」三人如得了赦的一般，一齊出來，各自回房。

衆人皆無別話，不過至晚安歇而已。獨有寶玉一心悽楚，回至園中，猛然見池上芙蓉，想起小丫鬟説晴雯作了芙蓉之神，不覺又喜歡起來，乃看着芙蓉嗟嘆了一會。忽又想起死後並未到靈前一祭，如今何不在芙蓉前一祭，豈不盡了禮，比俗人去靈前祭弔又更覺別致。想畢，便欲行禮。忽又止住道：「雖如此，亦不可太草率，也須得衣冠整齊，奠儀週備，方爲誠敬。」想了一想，「如今若學那世俗之奠禮，斷然不可；竟也還別開生面，另立排場，風流奇異，於世無涉，方不負我二人之爲人。況且古人有云：『潢污行潦，蘋蘩蘊藻之賤，可以羞王公，薦鬼神。』原不在物之貴賤，全在心之誠敬而已。此其一也。二則誄文輓詞也須另出己見，自放手眼，亦不可蹈襲前人的套頭，填寫幾字搪塞耳目之文，亦必須洒淚泣血，一字一咽，一句一啼，寧使文不足悲有餘，萬不可尚文藻而反失悲戚。況且古人多有微詞，非自我今作俑也。奈今人全惑於功名二字，尚古之風一洗皆盡，恐不合時宜，於功名有礙之故。我又不希罕那功名，不爲世人觀閱稱讚，何必不遠師楚人之《大言》《招魂》《離騷》《九辯》《枯樹》《問難》《秋水》《大人先生傳》等法，或雜參單句，或偶成短聯，或用實典，或設譬寓，隨意所之，信筆而去，喜則以文爲戲，悲則以言志痛，辭達意盡爲止，何必若世俗之拘拘於方寸之間哉。」

寶玉本是個不讀書之人，再心中有了這篇歪意，怎得有好詩文作出來。他自己却任意纂著，並不爲人知慕，所以大肆妄誕，竟杜撰成一篇長文，用晴雯素日所喜之冰鮫縠一幅楷字寫成，名曰《芙蓉女兒誄》，前序後歌。又備了四樣晴雯所喜之物，於是夜月下，命那小丫頭捧至芙蓉花前。先行禮畢，將那誄文即掛於芙蓉枝上，乃泣涕念曰：【庚】諸君閱至此，只當一笑話看去，便可醒倦。〔三〕

維

太平不易之元，【庚】年便奇。蓉桂競芳之月，【庚】是八月。無可奈何之日，【庚】日更奇。細思日何難於直說某某，今偏用如此說，則可知矣。怡紅院濁玉，【庚】自謙的更奇。蓋常以「濁」字評天下之男子，竟自謂，所謂「以責人之心責己」矣。謹以群花之蕊，【庚】奇香。冰鮫之縠，【庚】奇帛。沁芳之泉，【庚】奇奠。楓露之茗：【庚】奇茗。四者雖微，聊以達誠申信，乃致祭於白帝宮中撫司秋艷芙蓉女兒【庚】奇稱。之前曰：

竊思女兒自臨濁世，【庚】世不濁，因物所混而濁也，前後便有照應。◇「女兒」稱妙！蓋思普天下之稱斷不能有如此二字之清潔者。亦是寶玉之真心。迄今凡十有六載。【庚】方十六歲而夭，亦傷矣。其先之鄉籍姓氏，湮淪而莫能考者久矣。【庚】忽又有此文。不可（後）[考何]來，亦可傷矣。而玉得於衾枕櫛沐之間，棲息宴遊之夕，親昵狎褻，相與共處者，僅五年八月有奇。【庚】相共不足六載，一旦夭別，豈不可傷！

噫！女兒曩生之昔，其爲質則金玉不足喻其貴，其爲性則冰雪不足喻其潔，其爲神則星日不足喻其精，其爲貌則花月不足喻其色。姊妹悉慕媖嫻，嫗媪咸仰惠德。

孰料鳩鴆惡其高，鷹鷙翻遭罦罬；〔庚〕《離騷》：「鷙鳥之不群兮。」又：「吾令鴆爲媒兮，鴆告余以不好。雄鳩之鳴逝兮，余惡其輕佻。」註：鷙特立不群，故不群，故不于。鴆羽毒殺人。鳩多聲，有如人之多言不實。罦罬，音孚拙，翻畢網。《詩經》：「雉離於罦。」《爾雅》：「罬謂之罦。」薋葹妒其臭，茝蘭竟被芟鉏！〔庚〕《離騷》：薋、葹皆惡草，以辨邪佞。茝蘭芳草，以別君子。花原自怯，豈奈狂飆；柳本多愁，何禁驟雨。偶遭蠱蠆之讒，遂抱膏肓之疚。故爾櫻脣紅褪，韻吐呻吟；杏臉香枯，色陳顑頷。〔庚〕《離騷》：「長顑頷亦何傷。」面黃色。諑謠謑詬，出自屏幃；荊棘蓬榛，蔓延戶牖。豈招尤則替，實攘詬而終。〔庚〕《離騷》：「朝誶夕替。」廢也。「忍尤而攘詬。」詬同攘，取也。既忳幽沉於不盡，復含罔屈於無窮。高標見嫉，閨幃恨比長沙；〔庚〕汲黯輩嫉賈誼之才，謫貶長沙。直烈遭危，巾幗慘於羽野。〔庚〕鯀剛直自命，舜殛於羽山。《離騷》曰：「鯀婞直以亡身兮，終然殀乎羽之野。」

自蓄辛酸，誰憐夭折！仙雲既散，芳趾難尋。洲迷聚窟，何來却死之香？海失靈槎，不獲回生之藥。眉黛煙青，昨猶我畫；指環玉冷，今倩誰温？鼎爐之剩藥猶存，襟淚之餘痕尚漬。鏡分鸞別，愁開麝月之奩；梳化龍飛，哀折檀雲之齒。委金鈿於草莽，拾〔四〕翠匐於塵埃。樓空鳷鵲，徒懸七夕之針；帶斷鴛鴦，誰續五絲之縷？况乃金天屬節，白帝司時，孤衾有夢，空室無人。桐堦月暗，芳魂與倩影同銷；蓉帳香殘，嬌喘共細言皆絶。連天衰草，豈獨蒹葭；匝地悲聲，無非蟋蟀。露苔晚砌，穿簾不度寒砧；雨荔秋垣，隔院希聞怨笛。芳名未泯，檐前鸚鵡猶呼；艷質將亡，檻外海棠預老。庚恰極！捉迷屏後，蓮瓣無聲；庚元微之詩：「小樓深迷藏。」鬭草庭前，蘭芽枉待。拋殘繡綫，銀箋彩縷誰裁？折斷冰絲，金斗御香未熨。

昨承嚴命，既趨車而遠陟芳園；今犯慈威，復拄杖而近抛孤匶。庚柩本字。及聞槥棺被燹，慚違共穴之盟；石椁成災，愧迨同灰之誚。庚唐詩云：「光開石棺，木可爲棺。」晋楊公回詩云：「生爲並身楊，死作同棺灰。」爾乃西風古寺，淹滯青磷；落日荒丘，零星白骨。楸榆颯颯，蓬艾蕭蕭。隔霧壙以啼猿，繞煙塍而泣鬼。自爲紅綃帳裏，公子情深；始信黄土壟中，女兒命薄！汝南淚血，斑斑洒向西風；梓澤餘衷，默默訴憑冷月。

嗚呼！固鬼蜮之爲災，豈神靈而亦妒。箝詖奴之口，罰〔五〕豈從寬；剖悍婦之心，忿猶未釋！庚《莊子》：「箝楊墨之口。」《孟子》謂：「詖辭知其所蔽。」在君之塵緣雖淺，然玉之鄙意豈終。因蓄惓惓之思，不禁諄諄之問。始知上帝垂旌，花宫待詔，生儕蘭蕙，死轄芙蓉。聽小婢之言，似涉無稽；以濁玉之思，則深爲有據。

何也？昔葉法善攝魂以撰碑，李長吉被詔而爲記，事雖殊，其理則一也。故相物以配才，苟非其人，惡乃濫乎？始信上帝委託權衡，可謂至洽至協，庶不負其所秉賦也。因希其不昧之靈，或陟降於兹；特不揣鄙俗之詞，有污慧聽。乃歌而招之曰：

天何如是之蒼蒼兮，乘玉虬以遊乎穹窿耶？庚《楚辭》：「駟玉虬以乘鷖兮。」

地何如是之茫茫兮，駕瑶象以降乎泉壤耶？庚《楚辭》：「雜瑶象以爲車。」

望傘蓋之陸離兮，抑箕尾之光耶？

列羽葆而爲前導兮，衛危虚於旁耶？

驅豐隆以爲比從兮，望舒月以離耶？庚危、虚二星爲衛護星。豐隆，雷師。望舒，月御也。

聽車軌而伊軋兮，御鸞鷖以征耶？

聞馥郁而薆然兮，紉蘅杜以爲纕耶？

炫裙裾之爍爍兮，鏤明月以爲璫耶？

籍葳蕤而成壇畤兮，檠蓮焰以燭蘭膏耶？

文瓟匏以爲觶斝兮，漉醽醁以浮桂醑耶？

瞻雲氣而凝盼兮，彷彿有所覘耶？

俯窈窕而屬耳兮，恍惚有所聞耶？

期汗漫而無夭閼兮，忍捐棄余於塵埃耶？〔庚〕《逍遥遊》：夭閼，止也。

倩風廉之爲余驅車兮，冀聯轡而攜歸耶？

余中心爲之慨然兮，〔庚〕《莊子·至樂篇》：「我獨何能無慨然？」徒噭噭而何爲耶？〔庚〕《莊子》：「噭噭然隨而哭之。」

君偃然而長寢兮，豈天運之變於斯耶？〔庚〕《莊子》「偃然寢於巨室」，謂人死也。◇又「變而有氣，氣變而有形，形變而有生，今又變而之死，是相與爲春秋冬夏四時行也。」◇《天道篇》：「其死也物化。」

既窀穸且安穩兮，反其真而復奚化耶？〔庚〕窀音肫。《左傳》「窀穸之事」，墓穴幽堂也。左貴嬪《楊后誄》：「早即窀穸。」《莊子·大宗師》：「而已反其真。」註：以死爲真。

余猶桎梏而懸附兮，靈格余以嗟來耶？〔庚〕《莊子·大宗師》：桎梏之名。◇「彼以生爲懸疣附贅，以死爲决疣潰癰。」◇「嗟來桑户乎！嗟來桑户乎！」註：桑户，人名。孟子反、琴張二人，招其魂而語之也。◇「方將不化，惡知已化哉！」言人死猶如化去。《法華經》云：「法華道師多殊方便，於險道中化一城，疲極之衆，入城皆生已度想，安穩想。」

來兮止兮，君其來耶！

若夫鴻濛而居，寂静以處，雖臨於兹，余亦莫睹。搴煙蘿而爲步幛，列槍蒲而森行伍。警柳眼之貪眠，釋蓮心之味苦。素女約於桂巖，宓妃迎於蘭渚。弄玉吹笙，寒簧擊敔。徵嵩嶽之妃，啓驪山之姥。龜呈洛浦之靈，獸作咸池之舞。潜赤水兮龍吟，集珠林兮鳳翥。爰格爰誠，匪簠匪筥。發軔乎霞城，返旌乎玄圃。既顯微而若通，復氤氳而倏阻。離合兮煙雲，空濛兮霧雨。塵霾斂兮星高，溪山麗兮月午。何心意之忡忡，若寤寐之栩栩。余乃欷歔悵望，泣涕彷徨。人語兮寂歷，天籟兮篔簹。鳥驚散而飛，魚唼喋以響。志哀兮是禱，成禮兮期祥。

嗚呼哀哉！尚饗！

讀畢，遂焚帛奠茗，猶依依不捨。小鬟催至再四，方纔回身。忽聽山石之後有一人笑道：「且請留步。」二人聽了，不免一驚。那小鬟回頭一看，却是個人影從芙蓉花中走出來，他便大叫：「不好，有鬼。晴雯真來顯魂了！」唬得寶玉也忙看時——且聽下回分解。

戚總評：前文入一院，必叙一番養竹種花，爲諸婆争利渲染。此文入一院，必叙一番樹枯香老，爲親眷凋零悽楚。字字實境，字字奇情，令我把玩不釋。

《姽嫿詞》一段，與前後文似斷似連，如羅浮二山，煙雨爲連合，時有精氣來往。

〔一〕甲辰本此處多「或擬温八叉《擊甌歌》，或擬李長吉《會稽歌》，」兩句。

〔二〕「就死」二字，被另筆點改爲「就是」，諸抄本即作「就是」，程本則作「姽嫿」。按：「就」有「去、赴」之義，「就死」就是「赴死」，古書中常用。又，俗語云「慷慨殺身易，從容就死難」（見《型世言》第一回，亦見《兒女英雄傳》第十九回，首句略異），這裏的「就死」即含有「從容就死」的意思。他本所改，文字雖可通，但意思平淡。

〔三〕「諸君閲至此，只當一笑話看去，便可醒倦。」十六字，各本皆無，應是批語誤入正文。

〔四〕「拾」，甲辰本作「捨」，似更貼合文意。

〔五〕「口罰」原作「吕討」，據蒙戚諸本改。按：季稚躍《讀紅隨考録》認爲，「吕」字是抄手誤將「口」字與「罸（罰）」字的「罒」字頭的行草體併在一起造成的，是。

第七十九回　薛文龍悔娶河東獅　賈迎春誤嫁中山狼

戚 静含天地自寬，動蕩吉凶難定。一啄一飲係生成，何必夢中説醒。

話説寶玉祭完了晴雯，只聽花影中有人聲，倒唬了一跳。及走出來細看，不是别人，却是林黛玉，滿面含笑，口内説道：「好新奇的祭文！可與曹娥碑並傳的了。」寶玉聽了，不覺紅了臉，笑答道：「我想着世上這些祭文都蹈於熟濫了，所以改個新樣，原不過是我一時的頑意，誰知又被你聽見了。有什麽大使不得的，何不改削改削。」

黛玉道：「原稿在那裏？倒要細細一讀。長篇大論，不知説的是什麽，只聽見中間兩句，什麽『紅綃帳裏，公子多情；黄土壟中，女兒薄命。』這一聯意思却好，只是『紅綃帳裏』未免熟濫些。放着現成真事，爲什麽不用？」寶玉忙問：「什麽現成的真事？」黛玉笑道：「咱們如今都係霞影紗糊的窗槅，何不説『茜紗窗下，公子多情』呢？」寶玉聽了，不禁跌足笑道：「好極，是極！到底是你想的出，説的出。可知天下古今現成的好景妙事盡多，只是愚人蠢子説不出想不出罷了。但只一件：雖然這一改新妙之極，但你居此則可，在我實不敢當。」説着，又接連説了一二百句「不敢」。

黛玉笑道：「何妨。我的窗即可爲你之窗，何必分晰得如此生疎。古人異姓陌路，尚然同肥馬，衣輕裘，敝之而無憾，何况咱們。」寶玉笑道：「論交之道，不在肥馬輕裘，即黄金白璧，亦不當錙銖較量。倒是這唐突閨閣，萬萬使不得的。如今我越性將『公子』『女兒』改去，竟算是你誄他的倒妙。况且素日你又待他甚厚，故今寧可棄此一篇大文，萬不可棄此『茜紗』新句。竟莫若改作『茜紗窗下，小姐多情；黄土壟中，丫鬟薄命。』如此一改，雖於我無涉，我也是愜懷的。」黛玉笑道：「他又不是我的丫頭，何用作此語。况且小姐丫鬟亦不典雅，等我的紫鵑死了，我再如此說，還不算遲。」【庚】明是爲與阿顰作讖，却先偏說紫鵑，總用此狡猾之法。寶玉聽了，忙笑道：「這是何苦又咒他。」【庚】又畫出寶玉來，究竟不知是咒誰，使人一笑一嘆。黛玉笑道：「是你要咒的，並不是我說的。」寶玉道：「我又有了，這一改可妥當了。莫若說：『茜紗窗下，我本無緣；【庚】雙關句，意妥極。黃土壟中，卿何薄命。』」【庚】如此我亦謂妥極。但試問當面用「爾」「我」字樣，究竟不知是爲誰之讖，一笑一嘆。◇一篇誄文總因此二句而有，又當知雖誄晴雯而又實誄黛玉也。奇幻至此！若云必因晴雯誄，則獃之至矣。

黛玉聽了，忡然變色，【庚】慧心人可爲一哭。觀此句便知誄文實不爲晴雯而作也。心中雖有無限的狐疑亂擬，【庚】用此事更妙，蓋又欲瞞觀者。外面却不肯露出，反連忙含笑點頭稱妙，說：「果然改的好。再不必亂改了，快去幹正經事罷。纔剛太太打發人叫你明兒一早快過大舅母那邊去。你二姐姐已有人家求準了，想是明兒那家人來拜允，所以叫你們過去呢。」寶玉拍手道：「何必如此忙？我身上也不大好，明兒還未必能去呢。」黛玉道：「又來了，我勸你把脾氣改改罷。一年大二年小……」一面說話，一面咳嗽起來。【庚】總爲後文伏綫。阿顰之（問）〔文〕可見不是一筆兩筆所寫。寶玉忙道：「這裏風冷，咱們只顧獃站在這裏，快回去罷。」黛玉道：「我也家去歇息了，明兒再見罷。」說着，便自取路去了。

寶玉只得悶悶的轉步，又忽想起來黛玉無人隨伴，忙命小丫頭子跟了送回去。自己到了怡紅院中，果有王夫人打發老嬷嬷來，吩咐他明日一早過賈赦那邊去，與方纔黛玉之言相對。

原來賈赦已將迎春許與孫家了。這孫家乃是大同府人氏，（庚：設云「大概相同」也，若必云真大同府則獃。）祖上係軍官出身，乃當日寧榮府中之門生，算來亦係世交。如今孫家只有一人在京，現襲指揮之職，此人名喚孫紹祖，生得相貌魁梧，體格健壯，弓馬嫻熟，應酬權變，（庚：畫出一個俗物來。）年紀未滿三十，且又家資饒富，（庚：此句斷不可少。）現在兵部候缺題陞。因未有室，賈赦見是世交子侄，且人品家當都相稱合，遂青目擇爲東床嬌婿。亦曾回明賈母。

賈母心中却不十分稱意，想來攔阻亦恐不聽，兒女之事自有天意前因，況且他是親父主張，何必出頭多事，爲此只説「知道了」三字，餘不多及。賈政又深惡孫家，雖是世交，當年不過是彼祖希慕榮寧之勢，有不能了結之事纔拜在門下的，並非詩禮名族之裔，因此倒勸諫過兩次，無奈賈赦不聽，也只得罷了。

寶玉却從未會過這孫紹祖一面的，次日只得過去聊以塞責。只聽見説娶親的日子甚急，不過今年就要過門的，又見邢夫人等回了賈母將迎春接出大觀園去等事，越發掃去了興頭，每日痴痴呆呆的，不知作何消遣。又聽得説陪四個丫頭過去，更又跌足自嘆道：「從今後這世上又少了五個清潔人了。」因此天天到紫菱洲一帶地方徘徊瞻顧，見其軒窗寂寞，屏帳翛然，不過有幾個該班上夜的老嫗。〔庚〕先爲「對（竟）〔景〕悼顰兒」作引。再看那岸上的蓼花葦葉，池內的翠荇香菱，也都覺摇摇落落，似有追憶故人之態，迥非素常逞妍鬭色之可比。既領略得如此寥落悽慘之景，是以情不自禁，乃信口吟成一歌曰：〔庚〕此回題上半截是「悔娶河東獅」，今却偏逢「中山狼」，倒裝上下情孽，細膩寫來，可見迎春是書中正傳，阿獃夫妻是副，賓主次序嚴肅之至。其婚娶俗禮一概不及，只用寶玉一人過去，正是書中之大旨。

池塘一夜秋風冷，吹散芰荷紅玉影。
蓼花菱葉不勝愁，重露繁霜壓纖梗。〔一〕
不聞永晝敲棋聲，燕泥點點污棋枰。
古人惜别憐朋友，况我今當手足情！

寶玉方纔吟罷，忽聞背後有人笑道：「你又發什麽獃呢？」寶玉回頭忙看是誰，原來是香菱。寶玉便轉身笑問道：「我的姐姐，你這會子跑到這裏來做什麽？許多日子也不進來逛逛。」香菱拍手笑嘻嘻的説道：「我何曾不來。如今你哥哥回來了，那裏比先時自由自在的了。纔剛我們奶奶使人找你鳳姐姐的，竟没找着，説往園子裏來了。我聽見了這信，我就討了這件差進來找他。遇見他的丫頭，説在稻香村呢。如今我往稻香村去，誰知又遇見了你。我且問你，襲人姐姐這幾日可好？怎麽忽然把個晴雯姐姐也没了，到底是什麽病？二姑娘搬出去的好快，你瞧瞧這地方好空落落的。」

寶玉應之不迭，又讓他同到怡紅院去吃茶。[庚]斷不可少。香菱道：「此刻竟不能，等找着璉二奶奶，説完了正經事再來。」寶玉道：「什麽正緊事這麽忙？」香菱道：「爲你哥哥娶嫂子的事，所以要緊。」[庚]出題，却閒閒引出。寶玉道：「正是。説的到底是那一家的？只聽見吵嚷了這半年，今兒又説張家的好，明兒又要李家的，後兒又議論王家的。這些人家的女兒他也不知道造了什麽罪了，叫人家好端端議論。」香菱道：「這如今定了，可以不用搬扯别家了。」寶玉忙問：「定了誰家的？」香菱道：「因你哥哥上次出門貿易時，在順路到了個親戚家去。這門親原是老親，且又和我們是同在户部掛名行商，也是數一數二的大門户。前日説起來，你們兩府都也知道的。合長安城中，上至王侯，下至買賣人，都稱他家是『桂花夏家』。」〔庚〕夏日何得有桂？又桂花時節焉得又有雪？三事原係風馬牛，今若强湊合，故終不相符。來此敗運之事，大都如此，當局者自不解耳。寶玉笑問道：〔庚〕聽得「桂花」（回）〔名〕號原覺新雅，故不由一笑，余亦欲笑問。「如何又稱爲『桂花夏家』？」香菱道：「他家本姓夏，非常的富貴。其餘田地不用說，單有幾十頃地獨種桂花，凡這長安城裏城外桂花局俱是他家的，連宮裏一應陳設盆景亦是他家貢奉，因此纔有這個渾號。如今太爺也没了，只有老奶奶帶着一個親生的姑娘過活，也並没有哥兒兄弟，可惜他竟一門盡絕了後。」

寶玉忙道：「咱們也别管他絕後不絕後，只是這姑娘可好？你們大爺怎麼就中意了？」〔庚〕補出阿獃素日難得中意來。香菱笑道：「一則是天緣，二則是『情人眼裏出西施』。當年又是通家來往，從小兒都一處厮混過。叙起親是姑舅兄妹，又没嫌疑。雖離開了這幾年，前兒一到他家，夏奶奶又是没兒子的，一見了你哥哥出落的這樣，又是哭，又是笑，竟比見了兒子的還勝。又令他兄妹相見，誰知這姑娘出落得花朵似的了，在家裏也讀書寫字，所以你哥哥當時就一心看準了。連當舖裏老朝奉夥計們一群人糟擾了人家三四日，他們還留多住幾日，好容易苦辭纔放回家。你哥哥一進門，就咕咕唧唧求我們奶奶去求親。我們奶奶原也是見過這姑娘的，且又門當户對，也就依了。和這裏姨太太、鳳姑娘商議了，打發人去一説就成了。只是娶的日子太急，所以我們忙亂的很。【庚】阿獃求婦一段文字却從香菱口中補明，省却許多閒文累筆。我也巴不得早些過來，又添一個作詩的人了。」【庚】妙極！香菱口聲，斷不可少。看他下「作（死）」「詩」」語，知其心中略無忌諱疑慮等意，直是渾然天真之「人」，余爲一哭。寶玉冷笑道：【庚】忽曰「冷笑道」，二字便有文章。「雖如此説，但只我倒替你耽心慮後呢。」【庚】又爲香菱之讖，偏是此等事體等到。香菱聽了，不覺紅了臉，正色道：「這是什麽話！素日咱們都是廝抬廝敬的，今日忽然提起這些事來，是什麽意思！怪不得人人都説你是個親近不得的人。」一面説，一面轉身走了。

寶玉見他這樣，便悵然如有所失，獃獃的站了半天，思前想後，不覺滴下淚來，只得没精打彩，還入怡紅院來。一夜不曾安穩，睡夢之中猶唤晴雯，或魘魔驚怖，種種不寧。次日便懶進飲食，身體作熱。此皆近日抄檢大觀園、逐司棋、别迎春、悲晴雯等羞辱驚恐悲悽之所致，兼以風寒外感，故釀成一疾，卧床不起。賈母聽得如此，天天親來看視。王夫人心中自悔不合因晴雯過於逼責了他。心中雖如此，臉上却不露出。只吩咐衆奶娘等好生伏侍看守，一日兩次帶進醫生來診脉下藥。一月之後，方纔漸漸的痊愈。賈母命好生保養，過百日方許動葷腥油麵等物，方可出門行走。這一百日內，連院門前皆不許到，只在房中頑笑。四五十日後，就把他拘約的火星亂迸，那裏忍耐得住。雖百般設法，無奈賈母王夫人執意不從，也只得罷了。因此和那些丫鬟們無所不至，恣意耍笑作戲。又聽得薛蟠擺酒唱戲，熱鬧非常，已娶親入門，聞得這夏家小姐十分俊俏，也略通文翰，寶玉恨不得就過去一見纔好。再過些時，又聞得迎春出了閣。寶玉思及當時姊妹們一處，耳鬢厮磨，從今一别，縱得相逢，也必不似先前那等親密了。眼前又不能去一望，真令人悽惶迫切之至。少不得潛心忍耐，暫同這些丫鬟們厮鬧釋悶，幸免賈政責備逼迫讀書之難。這百日內，只不曾拆毁了怡紅院，和這些丫頭們無法無天，凡世上所無之事，都頑耍出來。如今且不消細説。

且説香菱自那日搶白了寶玉之後，心中自爲寶玉有意唐突他：「怨不得我們寶姑娘不敢親近，可見我不如寶姑娘遠矣；怨不得林姑娘時常和他角口氣的痛哭，自然唐突他也是有的了。從此倒要遠避他纔好。」因此，以後連大觀園也不輕易進來。日日忙亂着，薛蟠娶過親，自爲得了護身符，自己身上分去責任，到底比這樣安寧些；二則又聞得是個有才有貌的佳人，自然是典雅和平的。因此，他心中盼過門的日子比薛蟠還急十倍。好容易盼得一日娶過了門，他便十分殷勤小心伏侍。

原來這夏家〔二〕小姐今年方十七歲，生得亦頗有姿色，亦頗識得幾個字。若論心中的丘壑經緯，頗步熙鳳之後塵。只吃虧了一件，從小時父親去世的早，又無同胞弟兄，寡母獨守此女，嬌養溺愛，不啻珍寶，凡女兒一舉一動，彼母皆百依百隨，因此未免嬌養太過，竟釀成個盜跖的性氣。愛自己尊若菩薩，窺他人穢如糞土；外具花柳之姿，内秉風雷之性。在家中時常就和丫鬟們使性弄氣，輕罵重打的。今日出了閣，自爲要作當家的奶奶，比不得作女兒時靦腆温柔，須要拿出這威風來，纔鈐壓得住人；况且見薛蟠氣質剛硬，舉止驕奢，若不趁熱竈一氣炮製熟爛，將來必不能自竪旗幟矣；又見有香菱這等一個才貌俱全的愛妾在室，越發添了「宋太祖滅南唐」之意，「卧榻之側豈容他人酣睡」之心。因他家多桂花，他小名就唤做金桂。他在家時不許人口中帶出金桂二字來，凡有不留心誤道一字者，他便定要苦打重罰纔罷。他因想桂花二字是禁止不住的，須另換一名，因想桂花曾有廣寒嫦娥之説，便將桂花改爲嫦娥花，又寓自己身分如此。

薛蟠本是個憐新棄舊的人，且是有酒膽無飯力的，如今得了這樣一個妻子，正在新鮮興頭上，凡事未免儘讓他些。那夏金桂見了這般形景，便也試着一步緊似一步。一月之中，二人氣概還都相平；至兩月之後，便覺薛蟠的氣概漸次低矮了下去。一日薛蟠酒後，不知要行何事，先與金桂商議，金桂執意不從。薛蟠忍不住便發了幾句話，賭氣自行了，這金桂便氣的哭如醉人一般，茶湯不進，裝起病來。請醫療治，醫生又説：「氣血相逆，當進寬胸順氣之劑。」

薛姨媽恨的駡了薛蟠一頓，説：「如今娶了親，眼前抱兒子了，還是這樣胡鬧。人家鳳凰蛋似的，好容易養了一個女兒，比花朵兒還輕巧，原看的你是個人物，纔給你作老婆。你不説收了心安分守己，一心一計和和氣氣的過日子，還是這樣胡鬧，㖡嗓了黄湯，折磨人家。

這會子花錢吃藥白遭心。」一席話説的薛蟠後悔不迭，反來安慰金桂。金桂見婆婆如此説丈夫，越發得了意，便裝出些張致來，總不理薛蟠。薛蟠没了主意，惟自怨而已〔三〕，好容易十天半月之後，纔漸漸的哄轉過金桂的心來，自此便加一倍小心，不免氣概又矮了半截下來。

那金桂見丈夫旗纛漸倒，婆婆良善，也就漸漸的持戈試馬起來。先時不過挾制薛蟠，後來倚嬌作媚，將及薛姨媽，又將至薛寶釵。寶釵久察其不軌之心，每隨機應變，暗以言語彈壓其志。金桂知其不可犯，每欲尋隙，又無隙可乘，只得曲意附就。一日金桂無事，因和香菱閒談，問香菱家鄉父母。香菱皆答忘記，金桂便不悦，説有意欺瞞了他。因問他「香菱」二字是誰起的名字，香菱便答：「姑娘起的。」金桂冷笑道：「人人都説姑娘通，只這一個名字就不通。」香菱忙笑道：「嗳喲，奶奶不知道，我們姑娘的學問連我們姨老爺時常還誇呢。」

欲明後事，且見下回。

戚 總評：作誄後，黛玉飄然而至，增一番感慨，及説至迎春事，遂飄然而去。作詞後，香菱飄然而至，增一番感慨，及説至薛蟠事，遂飄然而去。一點一逗，爲下文引綫。且二段俱以「正經事」三字作眼，而正經裏更有大不正經者在，文家固無一㪍字死句。

從起名上設色，別有可玩。

〔一〕此句底本重抄上面第二句又括去，並註「此句遺失」。據諸本補。

〔二〕「易盼得……原來這夏家」二十四字原缺，據甲辰本補，他本略異。

〔三〕原作「惟是然而已」，蒙戚本作「惟自怨恨」，甲辰本作「惟有自軟而已」，楊本作「惟是怨而已」，據列本改。按：原文如點作「惟『是』『然』而已」，亦可通。

香菱

第八十回　薛文龍悔娶河東獅　賈迎春誤嫁中山狼（續）〔一〕

【戚】叙桂花妒用實筆，叙孫家惡用虚筆；叙寶玉卧病是省筆，叙寶玉燒香是停筆。

話説金桂聽了，將脖項一扭，嘴唇一撇，【庚】畫出一個悍婦來。鼻孔裏哧哧兩聲，【庚】真真追魂攝魄之筆。拍着掌冷笑道：「菱角花誰聞見香來着？若説菱角香了，正緊那些香花放在那裏？可是不通之極！」香菱道：「不獨菱角花，就連荷葉蓮蓬，都是有一股清香的。但他那原不是花香可比，若静日静夜或清早半夜細領略了去，那一股香比是花兒都好聞呢。就連菱角、鷄頭、葦葉、蘆根得了風露，那一股清香，就令人心神爽快的。」【庚】説的出便是慧心人，何况菱卿哉？金桂道：「依你説，那蘭花桂花倒香的不好了？」庚又陪一個蘭花，一則是自高聲價，二則是誘人犯法。香菱説到熱鬧頭上，忘了忌諱，便接口道：「蘭花桂花的香，又非別花之香可比。」一句未完，金桂的丫鬟名喚寶蟾者，忙指着香菱的臉兒説道：「要死，要死！你怎麼真叫起姑娘的名字來！」香菱猛省了，反不好意思，忙陪笑賠罪説：「一時説順了嘴，奶奶別計較。」金桂笑道：「這有什麼，你也太小心了。但只是我想這個『香』字到底不妥，意思要換一個字，不知你服不服？」香菱忙笑道：「奶奶説那裏話，此刻連我一身一體俱屬奶奶，何得換一名字反問我服不服，叫我如何當得起。奶奶説那一個字好，就用那一個。」金桂笑道：「你雖説的是，只怕姑娘多心，説：『我起的名字，反不如你？你能來了幾日，就駁我的回了。』」香菱笑道：「奶奶有所不知，當日買了我來時，原是老奶奶使喚的，故此姑娘起得名字。後來我自伏侍了爺，就與姑娘無涉了。如今又有了奶奶，亦發不與姑娘相干。況且姑娘又是極明白的人，如何惱得這些呢。」金桂道：「既這樣説，『香』字竟不如『秋』字妥當。菱角菱花皆盛於秋，豈不比『香』字有來歷些。」香菱道：「就依奶奶這樣罷了。」自此後遂改了秋字，寶釵亦不在意。

只因薛蟠天性是「得隴望蜀」的，如今得娶了金桂，又見金桂的丫鬟寶蟾有三分姿色，舉止輕浮可愛，便時常要茶要水的故意撩逗他。寶蟾雖亦解事，只是怕着金桂，不敢造次，且看金桂的眼色。金桂亦頗覺察其意，想着：「正要擺佈香菱，無處尋隙，如今他既看上了寶蟾，如今且捨出寶蟾去與他，他一定就和香菱踈遠了，我且乘他踈遠之時，便擺佈了香菱。那時寶蟾原是我的人，也就好處了。」打定了主意，伺機而發。

這日薛蟠晚間微醺，又命寶蟾倒茶來吃。薛蟠接碗時，故意捏他的手。寶蟾又喬裝躲閃，連忙縮手。兩下失誤，「豁啷」一聲，茶碗落地，潑了一身一地的茶。薛蟠不好意思，佯說寶蟾不好生拿着。寶蟾說：「姑爺不好生接。」金桂冷笑道：「兩個人的腔調兒都够使了。別打量誰是傻子。」薛蟠低頭微笑不語，寶蟾紅了臉出去。一時安歇之時，金桂便故意的攆薛蟠別處去睡，「省得你饞癆餓眼。」薛蟠只是笑。金桂道：「要作什麼和我說，別偷偷摸摸的不中用。」薛蟠聽了，仗着酒蓋臉，便趁勢跪在被上拉着金桂笑道：「好姐姐，你若要把寶蟾賞了我，你要怎樣就怎樣。你要人腦子也弄來給你。」金桂笑道：「這話好不通。你愛誰，說明了，就收在房裏，省得别人看着不雅。我可要什麽呢。」薛蟠得了這話，喜的稱謝不盡，是夜曲盡丈夫之道，庚「曲盡丈夫之道」，奇聞奇語。奉承金桂。次日也不出門，只在家中厮奈，越發放大了膽。

至午後，金桂故意出去，讓個空兒與他二人。薛蟠便拉拉扯扯的起來。寶蟾心裏也知八九，也就半推半就，正要入港。誰知金桂是有心等候的，料必在難分之際，便叫丫頭小捨兒過來。原來這小丫頭也是金桂從小兒在家使唤的，因他自幼父母雙亡，無人看管，便大家叫他作小捨兒，專作些粗笨的生活。庚鋪叙小捨兒首尾，忙中又點「薄命」二字，與痴丫頭遥遥作對。金桂如今有意獨唤他來吩咐道：「你去告訴秋菱，到我屋裏將手帕取來，不必説我説的。」庚金桂壞極！所以獨使小捨爲此。小捨兒聽了，一逕尋着香菱説：「菱姑娘，奶奶的手帕子忘記在屋裏了。你去取來送上去豈不好？」香菱正因金桂近日每每的折挫他，不知何意，百般竭力挽回不暇。庚總爲痴心人一哭。聽了這話，忙往房裏來取。不防正遇見他二人推就之際，一頭撞了進去，自己倒羞的耳面飛紅，忙轉身迴避不迭。那薛蟠自爲是過了明路的，除了金桂，無人可怕，所以連門也不掩，今見香菱撞來，故也略有些慚愧，還不十分在意。無奈寶蟾素日最是説嘴要强的，今遇見了香菱，便恨無地縫兒可入，忙推開薛蟠，一逕跑了，口內還恨怨不迭，説他强姦力逼等語。薛蟠好容易圈哄的要上手，却被香菱打散，不免一腔興頭變作了一腔惡怒，都在香菱身上，不容分説，趕出來啐了兩口，罵道：「死娼婦，你這會子作什麼來撞屍遊魂！」香菱料事不好，三步兩步早已跑了。薛蟠再來找寶蟾，已無踪跡了，於是恨的只罵香菱。

至晚飯後，已吃得醺醺然，洗澡時不防水略熱了些，燙了脚，便説香菱有意害他，赤條精光趕着香菱踢打了兩下。香菱雖未受過這氣苦，既到此時，也説不得了，只好自悲自怨，各自走開。

彼時金桂已暗和寶蟾説明，今夜令薛蟠和寶蟾在香菱房中去成親，命香菱過來陪自己先睡。先是香菱不肯，金桂説他嫌髒了，再必是圖安逸，怕夜裏勞動伏侍，又罵説：「你那没見世面的主子，見一個，愛一個，把我的人霸佔了去，又不叫你來。到底是什麼主意，想必是逼我死罷了。」薛蟠聽了這話，又怕鬧黄了寶蟾之事，忙又趕來罵香菱：「不識抬舉！再不去便要打了！」香菱無奈，只得抱了鋪蓋來。金桂命他在地下鋪睡。香菱無奈，只得依命。

剛睡下，便叫倒茶，一時又叫捶腿，如是一夜七八次，總不使其安逸穩卧片時。那薛蟠得了寶蟾，如獲珍寶，一概都置之不顧。恨的金桂暗暗的發恨道：「且叫你樂這幾天，等我慢慢的擺佈了來，那時可別怨我！」一面隱忍，一面設計擺佈香菱。

半月光景，忽又裝起病來，只説心疼難忍，四肢不能轉動。〔庚〕半月工夫，諸計安矣。請醫療治不效，衆人都説是香菱氣的。鬧了兩日，忽又從金桂的枕頭内抖出紙人來，上面寫着金桂的年庚八字，有五根針釘在心窩並四肢骨節等處。於是衆人反亂起來，當作新聞，先報與薛姨媽。薛姨媽先忙手忙脚的，薛蟠自然更亂起來，立刻要拷打衆人。金桂笑道：「何必冤枉衆人，大約是寶蟾的鎮魘法兒。」〔庚〕惡極！壞極！薛蟠道：「他這些時並没多空兒在你房裏，何苦賴好人。」〔庚〕正要老兄此句。金桂冷笑道：「除了他還有誰，莫不是我自己不成！雖有別人，誰可敢進我的房呢。」薛蟠道：「香菱如今是天天跟着你，他自然知道，先拷問他就知道了。」金桂冷笑道：「拷問誰，誰肯認？依我説竟裝個不知道，大家丢開手罷了。横竪治死我也没什麽要緊，樂得再娶好的。若據良心上説，左不過你三個多嫌我一個。」説着，一面痛哭起來。

薛蟠更被這一席話激怒，順手抓起一根門閂來，庚與前要打死寶玉遥遥一對。一逕搶步找着香菱，不容分説便劈頭劈面打起來，一口咬定是香菱所施。香菱叫屈，薛姨媽跑來禁喝説：「不問明白，你就打起人來了。這丫頭伏侍了你這幾年，那一點不週到，不盡心？他豈肯如今作這没良心的事！你且問個清渾皂白，再動粗鹵。」金桂聽見他婆婆如此説着，怕薛蟠耳軟心活，便亦發嚎啕大哭起來，一面又哭喊説：「這半個多月把我的寶蟾霸佔了去，不容他進我的房，唯有秋菱跟着我睡。我要拷問寶蟾〔二〕，你又護到頭裏。你這會子又賭氣打他去。治死我，再揀富貴的標緻的娶來就是了，何苦作出這些把戲來！」薛蟠聽了這些話，越發着了急。薛姨媽聽見金桂句句挾制着兒子，百般惡賴的樣子，十分可恨。無奈兒子偏不硬氣，已是被他挾制軟慣了。如今又勾搭上丫頭，被他説霸佔了去，他自己反要占温柔讓夫之禮。這魘魔法究竟不知誰作的，實是俗語説的「清官難斷家務事」，此事正是公婆難斷床幃事了。因此無法，只得賭氣喝罵薛蟠説：「不争氣的孽障！騷狗也比你體面些！誰知你三不知的把陪房丫頭也摸索上了，叫老婆説嘴霸佔了丫頭，什麼臉出去見人！也不知誰使的法子，也不問青紅皂白，好歹就打人。我知道你是個得新棄舊的東西，白辜負了我當日的心。他既不好，你也不許打，我立即叫人牙子來賣了他，你就心净了。」說着，命香菱「收拾了東西跟我來」，一面叫人：「去，快叫個人牙子來，多少賣幾兩銀子，拔去肉中刺，眼中釘，大家過太平日子。」

薛蟠見母親動了氣，早也低下頭了。金桂聽了這話，便隔着窗子往外哭道：「你老人家只管賣人，不必說着一個扯着一個的。我們狠是那吃醋拈酸容不下人的不成，怎麽『拔出肉中刺，眼中釘』？是誰的釘，誰的刺？但凡多嫌着他，也不肯把我的丫頭也收在房裏了。」薛姨媽聽說，氣的身戰氣咽道：「這是誰家的規矩？婆婆這裏說話，媳婦隔着窗子拌嘴。虧你是舊家人家的女兒！滿嘴裏大呼小喊，說的是些什麽！」薛蟠急的跺脚說：「罷喲，罷喲！看人聽見笑話。」金桂意謂一不作，二不休，越發發潑喊起來了，說：「我不怕人笑話！你的小老婆治我害我，我倒怕人笑話了！再不然，留下他，就賣了我。誰還不知道你薛家有錢，行動拿錢墊人，又有好親戚挾制着別人。你不趁早施爲，還等什麽？嫌我不好，誰叫你們瞎了眼，三求四告的跑了我們家作什麽去了！這會子人也來了，金的銀的也賠了，略有個眼睛鼻子的也霸佔去了，該擠發我了！」一面哭喊，一面滚揉，自己拍打。薛蟠急的説又不好，勸又不好，打又不好，央告又不好，只是出入咳聲嘆氣，抱怨説運氣不好。〔庚〕果然不差。當下薛姨媽早被薛寶釵勸進去了，只命人來賣香菱。寶釵笑道：「咱們家從來只知買人，並不知賣人之説。媽可是氣的糊塗了，倘或叫人聽見，豈不笑話。哥哥嫂子嫌他不好，留下我使喚，我正也没人使呢。」薛姨媽道：「留着他還是淘氣，不如打發了他倒乾净。」寶釵笑道：「他跟着我也是一樣，横竪不叫他到前頭去。從此斷絶了他那裏，也如賣了一般。」香菱早已跑到薛姨媽跟前痛哭哀求，只不願出去，情願跟着姑娘，薛姨媽也只得罷了。

自此以後，香菱果跟隨寶釵去了，把前面路徑竟一心斷絶。雖然如此，終不免對月傷悲，挑燈自嘆。本來怯弱，雖在薛蟠房中幾年，皆由血分中有病，是以並無胎孕。今復加以氣怒傷感，内外折挫不堪，竟釀成乾血之症，日漸羸瘦作燒，飲食懶進，請醫診視服藥亦不效驗。那時金桂又吵鬧了數次，氣的薛姨媽母女惟暗自垂淚，怨命而已。薛蟠雖曾仗着酒膽挺撞過兩三次，持棍欲打，那金桂便遞與他身子隨意叫打；這裏持刀欲殺時，便伸與他脖項。薛蟠也實不能下手，只得亂鬧了一陣罷了。如今習慣成自然，反使金桂越發長了威風，薛蟠越發軟了氣骨。雖是香菱猶在，却亦如不在的一般，雖不能十分暢快，就不覺的礙眼了，且姑置不究。

如今又漸次尋趁寶蟾。寶蟾却不比香菱的情性，最是個烈火乾柴，既和薛蟠情投意合，便把金桂忘在腦後。〔列〕妙！所謂天理還報不爽。近見金桂又作踐他，他便不肯服低容讓半點。先是一衝一撞的拌嘴，後來金桂氣急了，甚至於駡，再至於打。他雖不敢還言還手，便大撒潑性，拾頭打滚，尋死覓活，晝則刀剪，夜則繩索，無所不鬧。薛蟠此時一身難以兩顧，惟徘徊觀望於二者之間，十分鬧的無法，便出門躲在外廂。金桂不發作性氣，有時歡喜，便糾聚人來鬭紙牌、擲骰子作樂。又生平最喜啃骨頭，每日務要〔三〕殺鷄鴨，將肉賞人吃，只單以油炸焦骨頭下酒。吃的不奈煩或動了氣，便肆行海駡，説：「有别的忘八粉頭樂的，我爲什麼不樂！」薛家母女總不去理他。薛蟠亦無别法，惟日夜悔恨不該娶這攪家星罷了，都是一時没了主意。〔庚〕補足本題。於是寧榮二宅之人，上上下下，無有不知，無有不嘆者。

此時寶玉已過了百日，出門行走。亦曾過來見過金桂，「舉止形容也不怪厲，一般是鮮花嫩柳，與衆姊妹不差上下的人，焉得這等樣情性，可爲奇之至極」。庚 別書中形容妒婦，必曰「黄髮黧面」，豈不可笑？因此心下納悶。這日與王夫人請安去，又正遇見迎春奶娘來家請安，説起孫紹祖甚屬不端，「姑娘惟有背地裏淌眼抹淚的，只要接了來家散誕兩日。」王夫人因説：「我正要這兩日接他去，只因七事八事的都不遂心，庚 草蛇灰綫，後文方不見突然。所以就忘了。前兒寶玉去了，回來也曾説過的。庚 補明。明日是個好日子，就接去。」正説着，賈母打發人來找寶玉，説：「明兒一早往天齊廟還願。」寶玉如今巴不得各處去逛逛，聽見如此，喜的一夜不曾合眼，盼明不明的。

次日一早，梳洗穿戴已畢，隨了兩三個老嬤嬤坐車出西城門外天齊廟來燒香還願。這廟裏已是昨日預備停妥的。寶玉天生性怯，不敢近猙獰神鬼之像。這天齊廟本係前朝所修，極其宏壯。如今年深歲久，又極其荒凉。裏面泥胎塑像皆極其兇惡，是以忙忙的焚過紙馬錢糧，便退至道院歇息。一時吃過飯，衆嬤嬤和李貴等人圍隨寶玉到處散誕頑耍了一回。寶玉睏倦，復回至静室安歇。衆嬤嬤生恐他睡着了，便請當家的老王道士來陪他説話兒。這老王道士專意在江湖上賣藥，弄些海上方治人射利，這廟外現掛着招牌，丸散膏丹，色色俱備，亦長在寧榮兩宅走動熟慣，都與他起了個渾號，喚他作「王一貼」，言他的膏藥靈驗，只一貼百病皆除之意。當下王一貼進來，寶玉正歪在炕上想睡，李貴等正說「哥兒別睡着了」，廝混着。看見王一貼進來〔四〕，都笑道：「來的好，來的好。王師父，你極會說古記的，說一個與我們小爺聽聽。」王一貼笑道：「正是呢。哥兒別睡，仔細肚裏麵筋作怪。」說着，滿屋裏人都笑了。

庚 王一貼又與張道士遙遙一對，特犯不犯。

寶玉也笑着起身整衣。王一貼喝命徒弟們快泡好釅茶來。茗煙道：「我們爺不吃你的茶，連這屋裏坐着還嫌膏藥氣息呢。」王一貼笑道：「沒當家花花的，膏藥從不拿進這屋裏來的。知道哥兒今日必來，頭三五天就拿香熏了又熏的。」寶玉道：「可是呢，天天只聽見你的膏藥好，到底治什麼病？」王一貼道：「哥兒若問我的膏藥，說來話長，其中細理，一言難盡。共藥一百二十味，君臣相濟，賓主得宜，温涼兼用，貴賤殊方。內則調元補氣，開胃口，養榮衛，寧神安志，去寒去暑，化食化痰；外則和血脉，舒筋絡，出死肌，生新肉，去風散毒。

其效如神，貼過的便知。」寶玉道：「我不信一張膏藥就治這些病。我且問你，倒有一種病可也貼的好麼？」王一貼道：「百病千災，無不立效。若不見效，哥兒只管揪着鬍子打我這老臉，拆我這廟何如？只說出病源來。」寶玉笑道：「你猜，若你猜的着，便貼的好了。」王一貼聽了，尋思一會，笑道：「這倒難猜，只怕膏藥有些不靈了。」寶玉命李貴等：「你們且出去散散。這屋裏人多，越發蒸臭了。」李貴等聽說，且都出去自便，只留下茗煙一人。這茗煙手内點着一枝夢甜香，【庚】與前文一照。寶玉命他坐在身旁，却倚在他身上。王一貼心有所動，【庚】四字好。萬端生於心，心邪則意在於財。〔五〕便笑嘻嘻走近前來，悄悄的説道：「我可猜着了。想是哥兒如今有了房中的事情，要滋助的藥，可是不是？」話猶未完，茗煙先喝道：「該死，打嘴！」寶玉猶未解，【庚】「未解」妙！若解則不成文矣。忙問：「他說什麼？」茗煙道：「信他胡說。」唬的王一貼不敢再問，只說：「哥兒明說了罷。」

寶玉道：「我問你，可有貼女人的妒病方子没有？」【列】千古奇文奇語，仍歸結至上半回正文，細密如此。王一貼聽說，拍手笑道：「這可罷了。不但說没有方子〔六〕，就是聽也没有聽見過。」寶玉笑道：「這樣還算不得什麼。」王一貼又忙道：「這貼妒的膏藥倒没經過，倒有一種湯藥或者可醫，只是慢些兒，不能立竿見影的效驗。」寶玉道：「什麼湯藥，怎麼吃法？」王一貼道：「這叫做『療妒湯』：用極好的秋梨一個，二錢冰糖，一錢陳皮，水三碗，梨熟爲度，每日清早吃這麼一個梨，吃來吃去就好了。」寶玉道：「這也不值什麼，只怕未必見效。」王一貼道：「一劑不效吃十劑，今日不效明日再吃，今年不效吃到明年。横豎這三味藥都是潤肺開胃不傷人的，甜絲絲的，又止咳嗽，又好吃。吃過一百歲，人横豎是要死的，死了還妒什麼！那時就見效了。」〔庚〕此科諢一收，方爲奇趣之至。說着，寶玉茗煙都大笑不止，罵「油嘴的牛頭」。王一貼笑道：「不過是閒着解午盹罷了，有什麼關係。説笑了你們就值錢。實告你們説，連膏藥也是假的。我有真藥，我還吃了作神仙呢。有真的，跑到這裏來混？」〔庚〕寓意深遠，在此數語。正説着，吉時已到，請寶玉出去焚化錢糧散福。功課完畢，方進城回家。

那時，迎春已來家好半日，孫家的婆娘媳婦等人已待過晚飯，打發回家去了。迎春方哭哭啼啼的在王夫人房中訴委曲，説孫紹祖「一味好色，好賭酗酒，家中所有的媳婦丫頭將及淫遍。略勸過兩三次，便罵我是『醋汁子老婆擰出來的』。〔庚〕奇文奇罵。爲迎春一哭，又爲榮府一哭。◇恨薛蟠何等剛霸，偏不能以此語及金桂，使人忿忿。此書中全是不平，又全是意外之料[七]。又說老爺曾收着他五千銀子，不該使了他的。如今他來要了兩三次不得，他便指着我的臉說道：『你別和我充夫人娘子，你老子使了我五千銀子，把你准折賣給我的。好不好，打一頓攆在下房裏睡去。當日有你爺爺在時，希圖上我們的富貴，趕着相與的。論理我和你父親是一輩，如今强壓我的頭，賣了一輩。又不該作了這門親，倒没的叫人看着趕勢利似的。』」〔庚〕不通，可笑。遁辭如聞。一行說，一行哭的嗚嗚咽咽，連王夫人並衆姊妹無不落淚。王夫人只得用言語解勸說：「已是遇見了這不曉事的人，可怎麼樣呢。想當日你叔叔也曾勸過大老爺，不叫作這門親的。大老爺執意不聽，一心情願，到底作不好了。我的兒，這也是你的命。」迎春哭道：「我不信！我的命就這麼不好了麼？從小兒没了娘，幸而過嬸子這邊過了幾年心净日子，如今偏又是這麼個結果！」

王夫人一面解勸，一面問他隨意要在那裏安歇。迎春道：「乍乍的離了姊妹們，只是眠思夢想。二則還記掛着我的屋子，還得在園裏舊房子裏住得三五天，死也甘心了。不知下次還可能得住不得住了呢！」王夫人忙勸道：「快休亂説。不過年輕的夫妻們，閒牙鬬齒，亦是萬萬人之常事，何必説這喪話。」仍命人忙忙的收拾紫菱洲房屋，命姊妹們陪伴着解釋，又吩咐寶玉：「不許在老太太跟前走漏一些風聲，倘或老太太知道了這些事，都是你説的。」寶玉唯唯的聽命。迎春是夕仍在舊舘安歇。衆姊妹等更加親熱異常。

一連住了三日，纔往邢夫人那邊去。先辭過賈母及王夫人，然後與衆姊妹分別，更皆悲傷不捨。還是王夫人薛姨媽等安慰勸釋，方止住了過那邊去。〔庚〕凡迎春之文皆從寶玉眼中寫出。前「悔娶河東獅」是實寫，「誤嫁中山狼」出迎春口中可爲虚寫，以虚虚實實變幻體格，各盡其法。又在邢夫人處住了兩日，就有孫紹祖的人來接去。迎春雖不願去，無奈懼孫紹祖之惡，只得勉强忍情作辭去了。邢夫人本不在意，也不問其夫妻和睦，家務煩難，只面情塞責而已。終不知端的，且聽下回分解。

〔戚〕總評：此文一爲擇婿者説法，一爲擇妻者説法。擇婿者必以得人物軒昂、家道豐厚、蔭襲公子爲快，擇妻者必以得容貌艷麗、妝奩富厚、子女盈門爲快，殊不知「以貌取人，失之子羽」。試看桂花夏家、指揮孫家，何等可羡可樂。卒至迎春含悲，薛蟠貽恨，可慨也夫！

〔一〕按：列藏本第七十九回包含了諸本第七十九和第八十回的全部内容，應爲原稿面貌。底本雖已分回但第八十回缺回目，因第七十九回回目已概括了兩回内容，本回不採用後人所擬的回目。

〔二〕「霸佔了去……拷問寶蟾」二十五字原缺，據甲辰本補，他本略異。

〔三〕「糾聚人來……每日務要」二十四字原缺，據戚本補，他本略異。

〔四〕「寶玉正歪在炕上……王一貼進來」三十字原缺，據蒙府本補，他本略異。

〔五〕此批原作：「四字好。萬生端於心，心邪則意射，則在於邪。」顯然有誤。列本也有批，作：「四字好。萬端生於心，心邪則意在於財。」也不甚通。疑底本之早本因抄錯「射」字而塗去「則意射」三字重寫，後之抄者又誤把删文一併抄録。參酌删改如上。

〔六〕「没有……不但説没有方子」二十二字原缺，據戚本補，他本略異。

〔七〕「意外之料」，列本批語同。自俞平伯先生校改爲「意料之外」，今人多從之。按：本書中雖有使用「意料之外」這一詞組，但不能因此認爲「意外之料」爲錯。試觀其近義詞「意外之想」，在書中就和「意想之外」並用，且前者出現次數還要多些。

附録一　《紅樓夢》各抄本收藏者序跋

劉銓福跋

李伯盂郎中言：翁叔平殿撰有原本而無脂批，與此文不同。《紅樓夢》紛紛效顰者，無一可取。惟《痴人説夢》一種，及二知道人《紅樓夢説夢》一種，尚可翫。惜不得與佟四哥三弦子一彈唱耳！

此本是《石頭記》真本。批者事皆目擊，故得其詳也。

癸亥春日，白雲吟客筆

脂硯與雪芹同時人，目擊種種事，故批筆不從臆度。原文與刊本有不同處，尚留真面。惜止存八卷，海内收藏家處有副本，願抄補全之，則妙矣。

五月廿七日閲，又記

《紅樓夢》非但爲小説别開生面，直是另一種筆墨。昔人文字有翻新法，學梵夾書；今則寫西法輪齒，仿《考工記》。如《紅樓夢》實出四大奇書之外，李贄、金聖歎皆未曾見也。

戊辰秋記

（原載《脂硯齋甲戌抄閲再評石頭記》卷末）

戚蓼生序

吾聞絳樹兩歌，一聲在喉，一聲在鼻；黄華二牘，左腕能楷，右腕能草。神乎技也，吾未之見也。今則兩歌而不分乎喉鼻，二牘而無區乎左右，一聲也而兩歌，一手也而二牘，此萬萬所不能有之事，不可得之奇，而竟得之《石頭記》一書。嘻！異矣。夫敷華掞藻、立意遣詞無一落前人窠臼，此固有目共賞，姑不具論；第觀其蘊於心而抒於手也，注彼而寫此，目送而手揮，似譎而正，似則而淫，如春秋之有微詞、史家之多曲筆。試一一讀而繹之：寫閨房則極其雍肅也，而艷冶已滿紙矣；狀閥閲則極其豐整也，而式微已盈睫矣；寫寶玉之淫而痴也，而多情善悟，不減歷下琅琊；寫黛玉之妒而尖也，而篤愛深憐，不啻桑娥石女。他如摹繪玉釵金屋，刻畫薌澤羅襦，靡靡焉幾令讀者心蕩神怡矣，而欲求其一字一句之粗鄙猥褻，不可得也。蓋聲止一聲，手只一手，而淫佚貞静，悲戚歡愉，不啻雙管之齊下也。噫！異矣。其殆稗官野史中之盲左、腐遷乎？然吾謂作者有兩意，讀者當具一心。譬之繪事，石有三面，佳處不過一峰；路看兩蹊，幽處不逾一樹。必得是意，以讀是書，乃能得作者微旨。如捉水月，只挹清輝；如雨天花，但聞香氣，庶得此書絃外音乎？乃或者以未窺全豹爲恨，不知盛衰本是迴環，萬緣無非幻泡，作者慧眼婆心，正不必再作轉語，而萬千領悟，便具無數慈航矣。彼沾沾焉刻楮葉以求之者，其與開卷而寤者幾希！

德清戚蓼生曉堂氏

（原載《戚蓼生序本石頭記》卷首）

舒元煒序

登高能賦，大都肖物爲工；窮力追新，只是陳言務去。惜乎《紅樓夢》之觀止於八十回也。全册未窺，悵神龍之無尾；闕疑不少，隱斑豹之全身。然而以此始，以此終，知人尚論者，固當顛末之悉備；若夫觀其文，觀其竅，閒情偶適者，復何爛斷之爲嫌。矧乃篇篇魚貫，幅幅蟬聯。漫云用十而得五，業已有二於三分。從此合豐城之劍，完美無難；豈其探赤水之珠，虛無莫叩。爰夫譜華冑之興衰，列名媛之動止，匠心獨運，信手拈來，情□乎文，言立有體，風光居然細膩，波瀾但欠老成，則是書之大略也。董園子偕弟澹遊，方隨計吏之暇，憩紹衣之堂。維時溽暑蒸，時雨霈。苔衣封壁，兼□□問字之賓；蠹簡生春，搜篋得卧遊之具。跡其錦心繡口，聯篇則柳絮團空；洎乎譎波詭雲，四座亦冠纓索絶。處處淳于炙輠，行行安石碎金。□□斷香零粉，忽尋聲而獲爨下之桐；雖多玄□□□，□□□□□□□□。筠圃主人瞿然謂客曰：「客亦知升沉顯晦之緣，離合悲歡之故，有如是書也夫？吾悟矣，二子其爲我贊成之可矣。」於是摇毫擲簡，口誦手批。就現在之五十三篇，特加讐校；借鄰家之二十七卷，合付鈔胥。核全函於斯部，數尚缺夫秦關；返故物於君家，璧已完乎趙舍。君先與當廉使並録者，此八十卷也。觀其天室永絲蘿之締，宗功肅霜露之晨，乘朱輪者奚止十人，餌金貂者儼然七葉。庭前舞彩，膝下含怡。大母則宜仙宜佛，郎君乃如醉如痴。御潘岳之板輿，閒園暇日；承華歆之家法，密室朝儀。劉氏三姝，謝家群從。雅有荀香之癖，時移徐淑之書。林下風清，山中雪滿。珠合於浦，星聚於堂。絳蠟筵前，分曹射覆；青綾帳裏，索笑聯吟。王茂宏之犢車，頗傳悠謬；鄭康成之家婢，綽有風華。耳目爲之一新，富貴斯能不朽。至其指事類情，即物呈巧，皎皎靈臺，空空妙伎。熔金刻木，則曼衍魚龍；範水模山，則觸地丘壑。儼昌黎之記畫，雜曼倩之答賓。善戲謔兮，姑謀樂也。代白丁兮入地，褫墨吏兮燃犀。歡娛席上，幻出清净道場；脂粉行中，參以風流裙屐。放屠刀而成佛，血濺夭桃；借冷眼以觀時，風寒落葉。凡茲種種，吾欲云云，足以破悶懷，足以供清玩。主人曰：「自我失之，復自我得之。是書成而升沉顯晦之必有緣，離合悲歡之必有故，吾滋悟矣。鹿鹿塵寰，茫茫大地。色空幻境，作者增好了之悲；哀樂中年，我亦墮酸辛之淚。昔曾聚於物之好，今仍得於力之强。然而黃壚回首，邈若山河痛當廉使也；燕市題襟，兩分新舊。辨酸鹹於味外，公等洵是妙人；感物理之無常，我亦曾經滄海。羊叔子峴首之嗟，於斯爲盛；蓋次公仰屋之嘆，良不偶然。斗筲可飲千鍾，且與醉花前之酒；黃粱熟於俄頃，姑樂遊壺內之天。」客曰善。於是乎序。

乾隆五十四年歲次屠維作噩且月上浣虎林董園氏舒元煒序並書於金臺客舍

（原載舒序本《紅樓夢》卷首）

夢覺主人序

辭傳閨秀而涉於幻者，故是書以夢名也。夫夢曰紅樓，乃巨家大室兒女之情，事有真不真耳。紅樓富女，詩證香山；悟幻莊周，夢歸蝴蝶。作是書者藉以命名，爲之《紅樓夢》焉。嘗思上古之書，有三墳、五典、八索、九丘，其次有《春秋》《尚書》、志乘、檮杌，其事則聖賢齊治，世道興衰，述者逼真直筆，讀者有益身心。至於才子之書，釋老之言，以及演義傳奇，外篇野史，其事則竊古假名，人情好惡，編者託詞譏諷，觀者徒娛耳目。今夫《紅樓夢》之書，立意以賈氏爲主，甄姓爲賓，明矣真少而假多也。假多即幻，幻即是夢。書之奚究其真假，惟取乎事之近理，詞無妄誕。説夢豈無荒誕，乃幻中有情，情中有幻是也。賈寶玉之頑石異生，應知琢磨成器，無乃溺於閨閣，幸耳《關雎》之風尚在；林黛玉之仙草臨胎，逆料良緣會合，豈意摧殘蘭蕙，惜乎《摽梅》之嘆猶存。似而不似，恍然若夢，斯情幻之變互矣。天地鍾靈之氣，實鍾於女子，咏絮丸熊、工容兼美者，不一而足，貞淑薛姝爲最，鬟婢裊裊，秀穎如此，列隊紅妝，釵成十二，猶有寶玉之痴情，未免風月浮泛，此則不然；天地乾道爲剛，本秉於男子，簪纓華冑、垂紳執笏者，代不乏人，方正賈老居尊，子侄躋躋，英年如此，世代朱衣，恩隆九五，不難功業華褒，此則亦不然。是則書之似真而又幻乎？此作者之闢舊套開生面之謂也。至於日用事物之間，婚喪喜慶之類，儼然大家體統，事有重出，詞無再犯，其吟咏詩詞，自屬清新不落小説故套；言語動作之間，飲食起居之事，竟是庭闈形表，語謂因人，詞多徹性，其詼諧戲謔，筆端生活未墜村編俗俚。此作者工於叙事，善寫性骨也。夫木槿大局，轉瞬興亡，警世醒而益醒；太虛演曲，預定榮枯，乃是夢中説夢。説夢者誰？或言彼，或云此。既云夢者，宜乎虛無縹緲中出是書也，書之傳述未終，餘帙杳不可得；既云夢者，宜乎留其有餘不盡，猶人之夢方覺，兀坐追思，置懷抱於永永也。

甲辰歲菊月中浣夢覺主人識

（原載甲辰本《紅樓夢》卷首）

附録二　存世脂評系統《紅樓夢》版本簡介

《紅樓夢》的版本，可分爲兩個系統：一是僅流傳八十回的脂評抄本系統；一是不知何人續寫了後四十回，經程偉元、高鶚整理補綴的一百二十回印本系統。脂評系統的本子，現存十個版本，其祖本都是曹雪芹生前傳抄出來的，所以在不同程度上保存了原著的本來面貌；程高系統的本子，包括程甲本和程乙本（分别於乾隆五十六年［一七九一］、乾隆五十七年［一七九二］活字刊行），以及由其衍生翻刻的大量子孫本，它們前八十回依據的也是脂評系統的本子，但已經過了整理者較多的改動，程乙本改動尤甚。下面簡略介紹現存脂評系統的十個版本，對程高系統印本不予涉及。

甲戌本

題「脂硯齋重評石頭記」。因卷一第八頁下半頁有「至脂硯齋甲戌抄閱再評，仍用石頭記」一十五字，指明所據底本年代，故名甲戌本。甲戌年，是乾隆十九年（一七五四）。存十六回。即一至八回、十三至十六回、二十五至二十八回。第四回回末缺下半頁，第十三回上半頁缺左下角。四回一册，共四册。每半頁十二行，行十八字。

甲戌本是現存各抄本中最珍貴的一種，最接近曹雪芹原稿的本來面貌。因其每頁版心下部都有脂硯齋的署名，故有人猜測其祖本可能是脂硯齋的編輯本。有些地方虛以待補，如若干回的回前僅有「詩曰」二字而無詩。底本無拼凑現象，正文抄寫認真，很少修改。

此本第一回有畸笏叟丁亥春的行側硃批，墨抄總評也有作於丁亥者，説明抄録時間在乾隆三十二年丁亥（一七六七）之後。

第一回第一頁第一行頂格題「脂硯齋重評石頭記」，第二行「凡例」二字，第三行起凡例五則，末題詩一首。其中第一至四則及題詩，共四百一十四字，爲此本獨有。第五則「此書開卷第一回也，作者自云……」，後來本子僅存此段作爲引言，與正文混同，遂成了正文開始。凡例之後的七律題詩，尾聯「字字看來皆是血，十年辛苦不尋常」，膾炙人口，爲論紅著作所常引用。

第一回第四頁下第一行「丰神迥别」句下至第五頁上末行「大展幻術，將」句之間，較他本多出一段文字，恰好兩頁，四百餘字。又第五回，賈寶玉夢遊太虚幻境，與警幻之妹兼美成親的一段情節，與各本也不同。

此本有眉批、側批、雙行批、回前回後批多種，其中部分批語當係從另本移録。所存各回脂批遠多於其他脂本，尤有一些重要批語爲他本所無。如第一回「滿紙荒唐言」詩眉批「能解者方有辛酸之淚哭成此書壬午除夕書未成芹爲淚盡而逝余嘗哭芹淚亦待盡每意覓青埂峰再問石兄奈不遇癩頭和尚何悵悵」，此批是持曹雪芹卒於壬午年（一七六三）論者的首要依據。

甲戌本原爲清朝大興劉位坦得之於京中打鼓擔中，傳其子劉銓福。内有劉銓福在同治二年（一八六三）、同治七年（一八六八）所作的跋，極有見地。另有劉銓福的友人綿州孫桐生（署「左綿痴道人」）批語三十餘條。之後流傳不詳，一九二七年夏此本出現於上海，爲剛剛歸國的胡適重價購得，是爲首次發現的傳抄殘本。一九六二年胡適去世後，此本被寄藏於美國康乃爾大學圖書館，現已被上海博物館購藏。

一九六一年五月，胡適將此本交臺北「中央」印製廠影印出版，硃墨兩色套印，附胡適的「影印乾隆甲戌脂硯齋重評石頭記緣起」及跋。次年六月中華書局上海編輯所據該版翻印，大陸發行。後上海人民出版社、上海古籍出版社等又多次重版。

己卯本

題「脂硯齋重評石頭記」。第二册總目書名下註云「脂硯齋凡四閲評過」，第三册總目書名下復註云「己卯冬月定本」，故名己卯本。己卯年，是乾隆廿四年（一七五九）。存四十回。即一至二十回、三十一至四十回、六十一至七十回（内第六十四、六十七兩回原缺，係後人武裕庵據程高系統本抄配）。其中第一册總目缺，第一回開始缺三頁半，十回末缺一頁半，七十回末缺一又四分之一頁。十回一册，共四册，每半頁十行，行二十五或三十字不等。另有殘卷一册，存三個整回又兩個半回。即第五十五後半回、五十六至五十八回及五十九回前半回。

此本與庚辰本有共同的祖本，兩本有大量共同的特點。如第十七、十八回尚未分開，共用一個回目，第十九回無回目，第六十四及六十七回原缺，均與庚辰本同。此本訛奪字較少，文字有多於庚辰本的地方，語意較庚辰本確切。尤其以前五回文字差異較大。

此本無複雜的眉批側批，面貌乾净。批語絶大多數在正文内雙行書寫，計七百一十七條，除多一條單字批外，與庚辰本全同。第十一回之前無夾批，僅有十二處墨筆側批，其中第六回的兩條同於甲戌本，第十回的十條則爲别本所無。

此本中夾有六張箋條，補此書批註不足。第一張爲第一回正文「昌明隆盛之邦」批註「伏長安大都」；第二張爲第四回「護官符小註」；第三張爲第五回題詩一首；第四張爲第六回題詩一首；第五張爲第二回前指示將總批低兩格抄；第六張爲第十九回一條批註，連所屬正文，另紙記在回前。

己卯本正文避國諱「玄」和「禛」，避兩代怡親王胤祥和弘曉的名諱「祥」和「曉」。有人據此判定爲清代怡親王弘曉府中的原鈔本，也有人認爲是怡府本的過録本。弘曉之父怡親王胤祥爲康熙第十三子，曹家與之關係非淺，故所據底本可能就出自曹家。此本約於二十世紀二十年代末三十年代初爲名藏書家董康所得，後歸其友陶洙所有，陶洙用紅藍兩色筆在上面過録甲戌、庚辰本上的批語及異文，遂使該本面目全非。現藏國家圖書館。殘卷於一九五九年冬出現在北京琉璃廠中國書店，由中國歷史博物館購藏。一九八〇年五月，上海古籍出版社影印出版，清除陶洙所加文字，試圖恢復原貌，但也産生不少修版錯誤。二〇〇三年十月，北京圖書館出版社出版仿真影印本，則保留陶洙校改後現貌。

庚辰本

題「脂硯齋重評石頭記」，各册卷首標明「脂硯齋凡四閲評過」。第五至八册封面書名下註云「庚辰秋月定本」或「庚辰秋定本」，故名庚辰本。庚辰年，是乾隆廿五年（一七六〇）。原書一函八册，每册十回，其中第七册註明原缺第六十四及六十七回兩回，實存七十八回。另第六十八回脱去六百餘字，估計原失去一頁。每半頁十行，行三十字。

此本底本年代相當早，面貌最爲完整，保存曹雪芹原文及脂硯齋批語最多，脂批中署年月名號的幾乎都存在於此本。

此本第二十二回末惜春謎後缺文，並記曰：「此後破失，俟再補。」另頁寫明「暫記寶釵製謎云：朝罷誰携兩袖香……」「此回未成而芹逝矣。嘆嘆！丁亥夏，畸笏叟」等文字。第七十五回缺中秋詩，回前單頁記曰：「乾隆二十一年五月初七日對清。缺中秋詩，俟雪芹。」第十九回「小書房名」下空五字，「想那裏自然」下空大半行。這些殘缺可用以鑑定他本後人補綴之處。

此本有眉批、側批、雙行夾批及回前回後批多種。批語之多爲各本之最，總計兩千餘條，包括了己卯本雙行夾批的全部（除一條單字批外）。其中有一批非常重要的批語，如第二十回硃筆眉批「茜雪至『獄神廟』方呈正文。襲人正文目曰：『花襲人有始有終。』余只見有一次謄清時，與『獄神廟慰寶玉』等五六稿，被借閲者迷失，嘆嘆！丁亥夏，畸笏叟」。

此本第十一回之前，除偶將回前總評與正文抄在一處外，都無批語，爲白文本。硃筆批語則集中於第十二回到第二十八回。

此本抄手不止一人，其文化水平與認真態度都很低。全書訛文脱字，觸目皆是。最後一册質量尤差，幾難卒讀。

庚辰本原出北城旗人家中，徐星署一九三三年初以八銀幣購於北京東城隆福寺地攤。現藏北京大學圖書館。一九五五年，北京文學古籍刊行社硃墨兩色套版影印出版，是首次影印行世的早期脂本，所缺二回據己卯本補入。一九七四年人民文學出版社重印，換用蒙府本文字補入。

以上三個本子均以《脂硯齋重評石頭記》爲書名，絶大多數研究者認爲，它們是最正宗的曹雪芹稿本的流傳本，相對於其它抄本，其變形最少，故亦是早期抄本中研究的重點。

戚本

戚本爲乾隆年間德清戚蓼生收藏並序，因而得名。題「石頭記」。包含戚滬本、有正大字本、有正小字本、戚寧本。

戚滬本又稱戚張本。係桐城張開模（一八四九—一九〇八）原藏，書中有張氏藏書印章六處四方。原爲八十回，分裝二十册。每半頁九行，行二十字。上海有正書局老闆狄葆賢得到此本後，即據以照相石印。

此本採用白色連史紙抄寫，字體爲乾嘉時流行的館閣體，楷法謹嚴，字體工整，錯訛字極少，是脂本系統中面貌頗爲精良的流傳本。

六十四、六十七兩回，十九、八十兩回回目，二十二回末等缺文都已補齊，十七、十八兩回已分開。此本除第七十八回「芙蓉誄」後缺回末收尾一小段外，無其他殘缺。如正文文字比之程高本所改，大都同於脂本原文；比之其他脂本，又有個别細碎異文。第十七與十八回分回之處不同於今本。

此本前四十回有夾批，全書（除第六十七回外）有回前、回後批。批語經過整理，部分甲、庚本出現過的眉批和側批已被改成雙行夾批或回前回後批，並删去原署的年月名號。回前回後批大部分爲獨有，但疑非脂批，而是稍後的署號爲「立松軒」者所批。

原本曾傳聞已於一九二一年毁於火。一九七五年冬，上海古籍書店整理舊庫，意外發現迷失多年的該本前四十回半部。現藏於上海圖書館。二〇一四年三月，國家圖書館出版社首次影印出版。

有正書局據戚滬本照相石印的本子，題《國初抄本原本紅樓夢》，印行過三次。「大字本」於一九一一至一九一二年石印。一九二〇年用「大字本」剪貼縮印爲「小字本」，並於一九二七年再版。「大字本」四回一册，共二十册。「小字本」爲十二册，每半頁十五行，行三十字。「大字本」付印前對底本作過整理，有改動失真之處，如删去了原收藏者的印章，貼改過個別字跡（據有關專家查驗，前四十回貼改二十處，三十二字）。文字、行款等版式基本同底本而略有縮小，版框界欄經過描修，較爲粗黑。「小字本」經過重新剪貼拼版，原貌全失。此本眉批前四十回爲狄葆賢所加，「小字本」後四十回中也有眉批，則爲狄葆賢徵求他人所加。這些後加的批語均無甚價值。

有正本的印行，突破了延續一百二十年的程高本壟斷局面，首次將一個接近於曹雪芹原文的《紅樓夢》呈現在讀者面前，在版本史上具有一定意義，但在當時並未産生較大影響。一九七三年十二月，人民文學出版社據「有正大字本」影印出版。「有正小字本」目前則僅臺灣地區有影印版。

戚寧本又稱南圖本、澤存本。存八十回全。四回一册，共二十册，十回一卷，共八卷。每半頁九行，行二十字，無格欄。行款格式與戚滬本全同，文字則與戚滬本僅有極少的差異。

有人認爲此本爲戚滬本的過録本，有人則認爲此本是與戚滬本有共同母本的早期抄本。由於戚滬本已殘，而據以影印的有正本有貼改，戚寧本可以參校以恢復戚滬本原貌，所以仍然有其一定的價值。

戚寧本有謂在一九三〇年前後曾屬崑山于氏，後歸僞内務部長陳群「澤存書庫」。日本投降後，陳群畏罪自殺，其藏書移交國立中央圖書館，即今南京圖書館，收藏至今。此本長期未影印，直至二〇一〇年後，纔分别由國家圖書館出版社和人民文學出版社影印出版。

蒙府本

又稱王府本。該本是清蒙古阿拉善親王塔旺布里甲拉（俗稱「塔王」，一八七一—一九三一）晚清時期購於北京琉璃廠書肆。原存七十四回（缺第五十七至六十二回），題「石頭記」，用中縫上端印有「石頭記」三字的專印朱絲欄雙邊粉紙抄寫，每版十八行，行二十字。塔王得書後，組織人員依據程甲本抄補，配成一百二十回全本，並重新裝訂爲三十二册。

此本第一回首行無書名題記。其原抄文字大體同戚本，版式也相近，爲同源之本。例如前十回兩本有異的地方僅十三處，且均係抄寫時的筆誤或漏字所造成。惟第六十七回文字與戚本不同，顯係從不同來源獲得而分別補上的。

此本批語有雙行夾批、側批和回前回後批三種形式，均爲墨批。雙行夾批和回前回後批大多同戚本，僅多出一條。側批除小部分與甲戌、庚辰本重出外，另有約六百三十條爲此本獨出，一般認爲是後來的整理、收藏者所加。

一九六〇年，此本由塔王之子「達王」達理札雅的夫人金允誠（清鍾郡王載濤之女）捐贈予北京圖書館，被該館收藏至今。一九八七年書目文獻出版社按原規格影印出版。

列藏本

又稱俄藏本。題「石頭記」。因藏於原蘇聯東方學研究所列寧格勒分所，故名。存七十八回，缺第五、第六兩回。第五十回未完止於黛玉謎，缺半頁。第七十五回末至「要知端的」下脱半頁。共三十五册。每半頁八行，行十六、二十、二十四字不等。此本另有一些回（第十回的回首，第六十三、六十四、七十二回回末）題作「紅樓夢」，説明當時兩名已通用。

第十七與十八回共用一個回目，但兩回文字已經分開，中有「再聽下回分解」一句。第二十二回缺文，止於惜春謎。第七十九回包括了他本的第七十九和八十回，渾然一體，當更忠實原稿面貌。

此本有六十四及六十七兩回。其中六十四回回目之後，正文之前有一首五言題詩，爲别本所無，回末有一聯對句，是早期鈔本的形象；推究題詩的内容，此回應是曹雪芹手筆。六十七回文字近於甲辰、戚本一系，與程本迴異。

此本共計批語三百餘條。其中雙行夾批八十八條（第十九回佔了四十二條），幾乎全同庚辰本。眉批一百一十一條，側批八十三條，與其他脂本完全不同，疑多爲後人所批。

此本第十六、六十三、七十五回另有若干特殊批語是接着正文寫的，只在起訖處加方括號，並於開頭右側空行小字寫有「註」字。當是過録時誤將批語抄作正文，後校對時發現，加以標明。

列藏本爲道光十二年（一八三二）由隨舊俄宗教使團來華的大學生Л·庫爾梁德采夫所得。一九六二年蘇聯漢學家Б·Л·里弗京（李福清）於蘇聯亞洲人民研究所列寧格勒分所發現，一九六四年撰文介紹，始爲人所知。現藏俄羅斯聖彼得堡東方學研究所。

一九八六年四月，中國藝術研究院紅樓夢研究所會同蘇聯科學院東方學研究所列寧格勒分所編定，由中華書局影印出版。

甲辰本

又稱夢覺本、夢序本。題「紅樓夢」。因卷首有甲辰歲夢覺主人序，故名。甲辰年，是乾隆四十九年（一七八四）。存八十回，全。分裝八函，函五册，共四十册。二回一册。每半頁九行，正文行二十一字，序文行十八字。版框高二十點三厘米，寬十二點五厘米。工楷精抄，内容完整，僅缺末頁。

此本第十九回回前總評謂：「原本評註過多，未免旁雜，反擾正文。今删去，以俟後之觀者凝思入妙，愈顯作者之靈機耳。」故此本中脂批被大量删棄。僅存雙行墨筆夾批，計二百三十餘條。絶大多數在前四十回，第一回尤多，達八十八條。

此本是脂評本向程高本過渡的橋梁。正文經大量删改，出現大批異文，爲程高本所沿襲。第十七與十八回已經分開，分法同於今本。第二十二回已補全，與各本皆不同。

甲辰本一九五三年發現於山西，現藏國家圖書館。一九八九年十月，由書目文獻出版社影印出版。

舒序本

因卷首有舒元煒序得名。又因舒序作於乾隆五十四年己酉（一七八九），亦稱己酉本。題「紅樓夢」。原本八十回，存第一至四十回正文及第八十回回目。每半頁八行，行二十四字。

此本是目前唯一有材料可據的乾隆原抄本，正文屬脂本系統，無批語。據序文介紹，「筠圃主人」原藏本僅存五十三回，經重新校訂，並借得鄰家藏本的二十七回，補配而成。現存四十回即爲拼凑本，紙張字跡均有不同。

與各本相比，多處回目及正文有異文。如第一回太虚幻境牌坊對聯作「色色空空地，真真假假天」，到第五回仍作「假作真時真亦假，無爲有處有還無」。第九回結尾與各本不同，似爲早期抄本原貌。第十三回異文特多，第十六回結尾、第十七回分回皆與各本不同，則應係經過後人整理。

舒序本原爲吴曉鈴收藏，現歸首都圖書館。一九八七年六月中華書局列入「古本小説叢刊」第一輯影印出版。二〇〇七年七月上海古籍出版社出版綫裝影印本。

楊本

又稱夢稿本、楊藏本、全抄本。因係楊繼振原藏，故名。存百二十回，全。十回一册。共十二册。每半頁十四行，行三十餘字至六十字不等，在現存各本中開本最大，字體最小。楊氏誤以此本爲高鶚整理《紅樓夢》的稿本，乃題曰「蘭墅太史手定紅樓夢稿」，此説已被否定。

此本原有嚴重殘缺，經過配補和塗改。前八十回中，第二十二、第五十三回係據程乙本抄配，第四十一至五十回，及各册首尾佚去的十餘頁係楊繼振收藏後，據程甲本抄配。其餘原鈔部分，從十九回起被參照程本大量塗改。後四十回中有二十一回據程乙本，另十九回原文比較簡約，亦以程高本校改。另卷首總目前三頁係社科院文學研究所收藏後據各回回目抄補。這些配補文字不屬於楊本過録時原貌，應予區别對待。

此本前八十回中的原鈔部分，屬於脂本系統，但來源不一。從異文對勘情況看，前七回與己卯本相近（如關於王熙鳳眉目的描寫，此本與己卯本爲「一雙丹鳳眼，兩彎柳葉眉」，無「三角」「掉稍」數字），其餘六十一回的情況較爲複雜，其中有部分回或與列藏本同源，另有部分内容則與戚蒙系本子較接近。

此本原爲楊繼振光緒己丑年（一八八九）收藏。一九五九年春北京文苑齋收得此書，後歸中國社會科學院文學研究所。一九六三年一月中華書局上海編輯所影印出版（題《乾隆抄本百二十回紅樓夢稿》），一九八四年六月上海古籍出版社重印。

鄭藏本

題「紅樓夢」。原鄭振鐸藏，故名。僅殘存第二十三與二十四回兩回，凡三十一頁，裝訂爲一册。每半頁八行，行二十四字。版框高二十一點四厘米，寬十二點七厘米。

此本無批語，正文屬脂本系統，與列藏本關係密切。人名有特異處，如賈薔作賈義、秋紋作秋雯等。兩回的結尾均與各本異。二十三回末自「只聽墻内」至「細嚼『如花美眷似水流年』八個字的滋味」二百餘字脱去，與回目失去關合。二十四回末無小紅家世情況介紹一段，夢見賈芸描寫也大爲簡略。

鄭藏本原爲鄭振鐸珍藏，現藏於國家圖書館分館。一九九一年二月由書目文獻出版社影印出版。

附記：近年，有關《石頭記（紅樓夢）》抄本續有發現。包括：（一）北京師範大學圖書館一九五七年購藏之《石頭記》抄本，二〇〇〇年被重新「發現」；（二）二〇〇六年，上海某拍賣公司拍出一部殘存第一至十回的《紅樓夢》抄本（稱爲「眉盦本」或「卞藏本」）；（三）二〇一二年在天津發現一部保存第一到第十三回全文及第十四回開頭的《石頭記》鈔本（稱爲「庚寅本」）。經紅學界確認，第（一）種，係近人陶洙據北大本《脂硯齋重評石頭記》（庚辰本）的整理轉抄本。第（二）（三）種有人認爲也屬於脂本，具體情況目前讀書界尚在研究。以上三書目前均有影印出版。

隨着時間的推移，以上一些本子的收藏單位可能會有所改變，一些本子可能已經或即將出版新的影印本。這些變化對各該本的主要特徵没有太大影響，故本文不擬一一跟踪修改。

附録三　毛國瑶抄録靖藏本批語一百五十條

所謂靖藏本，因原爲揚州靖應鵾所藏而得名。此書一九五九年夏由毛國瑶發現，一九六四年尚在，後迷失不知下落。據介紹原書題「石頭記」。存七十八回。缺第二十八與二十九回，第三十回殘失三頁。

書發現時，毛國瑶曾將書中批語與戚本進行比較，摘録戚本所無的批語一百五十條，過録在横行練習簿上。後來將它發表於南京師範學院《文教資料簡報》一九七四年八、九月號（總第二十一、二十二合刊）。

此本中獨有一些極重要的批語。如第十三回命作者删去「秦可卿淫喪天香樓」「遺簪、更衣諸文」的人是畸笏叟；如第二十二回畸笏叟所加的批語：「前批知者聊聊，不數年，芹溪、脂硯、杏齋諸子皆相繼别去。今丁亥，只餘朽物一枚，寧不痛殺！」都極有研究資料價值。此外，批語中還提供了許多先前不知道的八十回後的佚稿情節。

由於靖本只有毛國瑶一人親見過，近年有不少研究者懷疑此本並不存在。詳細情況可參閱裴世安老先生編輯的《靖本資料》（自印本，二〇〇五年）。

第一回

一、作者自己形容（「生得骨格不凡，丰神迥異」句墨筆眉批）

二、補天濟時勿認真作常言（女媧煉石補天一段側批）

三、佛法亦須賞還況世人之債乎遊戲筆墨（「待劫終之日復還本質」句側批）

四、賴債者來看此句（同三側批）

五、果有奇貴自己亦不知若以奇貴而居即無真奇貴（「不知賜了弟子那幾段奇處」句墨眉）

六、事則實事然亦得叙有曲折有隱現有帶架有逆間有正辟空谷以至草蛇灰綫傳聲一擊兩鳴明修棧道暗度陳倉兩山霧雨雲龍對峙托月烘雲背面傅粉萬染千皴諸奇秘法亦復不少予亦逐回搜剔刹破明白以待高明批示開卷一篇立意真打破歷來小說窠臼閱其筆則是莊子離騷之亞（「按跡尋踪」句墨眉）

七、這是畫家煙雲模糊處不被蒙敝方是巨眼（「並題一絶云」一段墨眉）

八、無是兒女之情始有夫人之分（「也就丢過不在心上」句側批）

九、走罷二字如見如聞非過來人若個能行（「士隱便說一聲走罷」句墨眉）

第二回

一〇、向只見集古集唐句未見集俗語者（「偶因一着錯便爲人上人」墨眉）

一一、是智者方能通誰爲智者一嘆（「智通寺」三字墨眉）

一二、雨村聿意還是俗眼只識得雙玉等未覺之先却不曉既證之後（遇龍鍾老僧一段硃眉）

第三回

一三、君子可欺以其方也雨村當王莽謙恭下士之時即政老亦爲所惑作者指東説西（「且賈政最喜讀書之人」句墨眉）

一四、阿鳳三魂已被作者勾走了後文方得活跳紙上（「我來遲了不曾迎接遠客」句墨眉）

一五、文字不反不見正文似此應從國策得（「不知是怎生個憊懶人物懵懂頑童」墨眉）

一六、寶玉知己全用體貼工夫（「倘或摔壞了那玉豈不是因我之過」側批）

第四回

一七、四家皆爲下半部伏根（「這四家皆連絡有親……」句側批）

一八、批書親見一篇薄命賦特出英蓮（叙英蓮遭遇一段墨眉）

一九、無名之症即是病之名而反曰無像極（「已得無名之病」句側批）

二〇、廟了結文字伏下伏又千里綫胡盧字樣起胡盧字樣結蓋一部書皆係胡提之意也知乎（充發門子一段墨眉）

國瑤按：第一册封面下黏一長方形字條，長五寸，寬約三寸半，左下方撕缺，可見「冂白亖丑彐録」字樣，墨筆書寫，内容如下：

紫雪溟濛楝花老蛙鳴廳事多青草盧江太守訪故人潯江並駕能傾倒兩家門第皆列戟中年領郡稍遲早文采風流政有餘相逢甚欲抒懷抱於時亦有不速客合坐清炎鬬炎熵豈無炙鯉與寒鶡不乏蒸梨兼蝓芫瀹棗二簋用享古則然賔酬主醉今誠少億首宿衛明光宮楞伽山人貌狡好馬曹狗監共嘲難而今觸痛傷懷抱交情獨剩張公子晚識施君通紵紅縞多聞直諒復奚疑此樂不殊魚在藻始覺詩書是坦途未妨車軲當行潦家家争唱飲水詞納蘭小字幾曾知布袍廓落任安在說向名場爾許時

第五回

二一、寡母孤兒畢有真（「不如你各自住着好任意施爲」側批，此條應在第四回，誤抄

在此）

二二、此句定評想世人目中各有所取也按黛玉寶釵二人一如姣花一如纖柳各極其妙者皆性分甘苦不同世人之故耳（「人多謂黛玉所不及」句下小字夾批）

二三、八字爲二玉一生文字之綱（「求全之毀」句墨眉）

二四、恰極補裘回中與此合看（「壽夭多因毀謗生多情公子空牽念」句墨眉）

二五、絳芝軒諸事由此而生（硃眉）多大膽量敢作此文（墨眉）（「吾所愛汝者乃天下古今第一淫人也」句批）

二六、寶玉心性只是體貼二字故爲意淫（「惟心會而不可口傳」句側批）

第六回

二七、寶襲亦大家常事耳已令領意淫之訓（回前批）

二八、借劉嫗寫阿鳳正傳非泛文可知且優二進三進巧姐歸着（回前批）

二九、一段雲雨之事完一回提綱文字（寶玉襲人一段側批）

三〇、能兩畝薄田度日方説的出（「守多大碗兒吃多大碗的飯」句墨眉）

三一、罵死世人可嘆可悲（「我又没有收税的親戚」一段墨眉）

三二、要緊人雖未見有名想亦在副册内者也（「先找着鳳姐一個心腹通房大丫頭名唤平兒」句下小字夾批）

三三、觀警幻情榜方知余言不謬（同上句硃眉）

三四、雖平常而至奇稗官中未見（「手内拿着小銅火筯兒」句墨眉）

三五、五笑寫鳳姐活躍紙上（與劉姥姥對話墨眉）

三六、何如當知前批不謬（同上句墨眉）

三七、窮親戚來是好意思余又自石頭記中見了嘆嘆數語令我欲哭（「瞧瞧我們是他的好意思」句墨眉）

三八、也是石頭記見了嘆嘆（「怎好教你空手回去呢」句墨眉）

三九、如見如聞此種話頭作者從何想來應是心花欲開之侯（鳳姐與劉姥姥對話一節墨眉）

四〇、引阿鳳正文借劉嫗入初聚金玉爲寫送宫花真變幻難測讀此等文字非細究再三再四不計數不能領會嘆嘆（回後批，墨筆）

第七回

四一、他小説中一筆作兩三筆者一事啓兩事者均曾見之豈有似送花一回間三帶四贊花簇錦

之文哉（回前批）

四二、作出鯨卿隨筆却閒閒先妯娌一聚帶出一絲不見造（秦氏鳳姐説話一段墨眉）

四三、焦大之醉伏可卿死作者秉刀斧之筆一字一淚一淚化一血珠惟批書者知之（焦大醉罵一節墨眉）

第八回

四四、本意正傳是實囊時苦惱嘆嘆（「再或可巧遇見他父親」句硃眉）

四五、沾光善騙人無星戥皆隨事生情調侃世人余亦受過此騙閲此一笑三十年前作此語之人觀其形已皓首駝腰矣使彼亦細聽此語彼則潸然泣下余亦爲之敗興（「多早晚賞我們幾張貼貼」句墨眉）

四六、十六字乃寶卿正傳參看前寫黛玉傳各不相犯令人左右難其於毫末（「罕言寡語」四句墨眉）

四七、試問此一托比在青埂下啼嘯聲何如（「寶釵托於掌上」句硃眉）

四八、余代答云遂心如意（同上句墨眉）

四九、伏下文又夾入寶釵不是虚圖對的工（「好知運敗金無彩」句墨眉）

五〇、前回中總用灰綫草蛇細細寫法至此方寫出是大關節處奇之至（寶釵看玉一段墨眉）

五一、可知余前批不謬（墨眉）

五二、別人者襲晴之輩也（墨眉）

五三、作者撫今之事尚記今金魁星乎思昔腸斷心催（墨眉）

第九回

五四、此豈是寶玉所樂爲者然不入家塾則何能有後回試才結社文字作者從不作安逸苟且文字於此可見（入家塾一段墨眉）

五五、此以俗眼讀石頭記也作者之意又豈是俗人所能知余謂石頭記不得與俗人讀（上批隔一行墨眉）

五六、安分守己也不是寶玉了（「寶玉終是不能安分守己的人」墨眉）

五七、前有幻境遇可卿今又出學中小兒淫浪之態後文更放筆寫賈瑞正照看書人細心體貼方許你看（墨眉）

五八、聲口如聞（「好囚攮的們，這不都動了手了麼」句墨眉）

第十回

五九、這個理怕不能評（「叫他評評這個理」句側批）

六〇、吾爲趨炎附勢仰人鼻息者一嘆（「早嚇的都丢在爪窪國去了」句墨眉）

六一、不知心中作何想（墨眉）

第十一回無批

第十二回

六二、千萬勿作正面看爲幸畸笏老人（賈瑞與鳳姐對話一節墨眉）

六三、可爲偷情者一戒（「一夜幾乎不曾凍死」句墨眉）

六四、教訓最嚴奈其心何一嘆（「那代儒素日教訓最嚴」句墨眉）

六五、處處點出父母痴心子孫不肖此書純係自愧而成（墨眉）

六六、調戲尚有故乎（「説你無故調戲他」句墨眉）

六七、此節可入西厢内記十大快批評中畸笏（鳳姐潑糞一段墨眉）

第十三回

六八、此回可卿夢阿鳳作者大有深意惜已爲末世奈何奈何賈珍奢淫豈能逆父哉特因敬老不管然後恣意足爲世家之戒秦可卿淫喪天香樓作者用史筆也老朽因有魂託鳳姐賈家後事二件豈是安富尊榮坐享人能想得到者其言其意令人悲切感服姑赦之因命芹溪删去遺簪更衣諸文是以此回只十頁删去天香樓一節少去四五頁也一步行來錯回頭已百年請觀風月鑑多少泣黄泉（回前長批）

六九、九個字寫盡天香樓事是不寫之寫常村（「無不納悶都有些疑心」句下小字夾批）

七〇、可從此批通回將可卿如何死故隱去是余大發慈悲也嘆嘆壬午季春畸笏叟（同上句硃眉）

七一、删却是未删之文（商議料理喪事及賈珍痛哭一段硃批）

七二、何必定用西字讀之令人酸筆（設壇於西帆樓上一段硃眉）

七三、是亦未删之文（瑞珠觸柱一段硃眉）

七四、刺心之筆（賈珍蹲身跪下道乏硃眉）

七五、讀五件事未完余不禁失聲大哭卅年前作書人在何處耶（「因想頭一件……」一段硃眉）

七六、舊族後輩受此五病者頗多余家更甚卅年間事見知於卅年後令余悲痛血淚盈面（同上墨眉）

第十四回

七七、用彩明因自身識字不多且彩明係未冠之童故也（命彩明釘造簿册一節墨眉）

七八、數字道盡聲勢壬午春畸笏（「浩浩蕩蕩」句墨眉）

七九、忙中閒筆□□玉兄作者良苦壬午春畸笏（「那一位是啣寶而誕者」句墨眉。二字蛀去）

八〇、牛丑清水柳乃卯也彪折虎字寅也陳即辰翼大爲蛇寓巳字馬午也魁即鬼鬼金羊寓未字侯申也曉鳴鷄也寓酉字豕即石亥字寓焉守業犬也所謂十二支寓焉（回後批，墨筆）

第十五回

八一、傷心筆（「面若春花，目似點漆」句硃眉）

八二、又寫秦鍾智能事尼庵之事如此壬午季春畸笏（秦、智二人偷情一段墨眉）

第十八回

八三、孫策以天下爲三分衆才一旅項籍用江東之子弟人惟八千遂乃分裂山河宰割天下豈有百萬義師一朝卷申芟夷斬伐如草木焉江淮無涯岸之阻亭壁無藩籬之固頭會箕斂者合從締交鋤耰棘矜者因利乘便將非江表王氣終於三百年乎是知泝吞六合不免軹道之災混一車書無救平陽之禍嗚呼山嶽崩頹既履危亡之運春秋迭代不免去故之悲天意人事可以悽滄傷心者矣　大族之敗必不致如此之速特以子孫不肖招接匪類不知創業之艱難當知瞬息榮華暫時歡樂無異於烈火烹油鮮花着錦豈得久乎戊子孟夏讀虞子山文集因將數語係此後世子孫其毋慢忽之（書眉墨筆書寫，誤字均未改）

八四、妙玉世外人也筆筆帶寫故妙極妥極畸笏（墨眉）

八五、前須十二釵總未的確皆是慢終也至來回警幻榜始知情正副又副乃三四副芳諱壬午季春（墨眉）

第十九至第二十一回無批

第二十二回

八六、將薛林作甄玉賈玉看則不失書執筆本旨矣丁亥夏畸笏叟（墨眉）

八七、鳳姐點戲脂硯執筆事今知者聊聊矣不怨夫（硃眉）前批知者聊聊不數年芹溪脂硯杏齋諸子皆相繼别去今丁亥夏只剩朽物一枚寧不痛殺（前批稍後墨筆）

八八、此回未補成而芹逝矣嘆嘆丁亥夏畸叟（墨眉）

第二十三回

八九、多大力量寫此一句余亦駭警況寶玉手回思十二三時亦會有是想時不再至不禁淚下（賈政呼唤寶玉一段墨眉）

九〇、批至此幾令人失聲（想起賈珠一段墨眉）

九一、丁亥春日偶識一浙省客余意甚合真神品白描美人物所緣彼無暇宦緣奈不能留都下久且來幾南行矣至今耳火又余帳然之至阿鑾墨緣之難恨與一結若此書嘆嘆丁亥□奇笏叟（墨眉。一字被蛀去，畸字殘半）

第二十四回

九二、醉金剛一回文字伏芸哥仗義探庵余卅年來得遇金剛之樣人不少不及金剛者亦復不少惜不便一一註明耳壬午孟夏（回首批）

九三、孝子可敬後來榮府事敗必有一番作爲（「賈芸恐他母親生氣」墨眉）

九四、果然（墨眉，與上批相接，隔數字）

第二十五至第二十七回無批

二十八回二十九兩回書缺

第三十回（後半少三頁）

九五、無限文字痴情畫薔可知前緣有定强求人力非（回前批，恐有缺字）

第三十一至第三十六回無批

第三十七回

九六、觀湘雲作海棠詩如見其嬌憨之態是乃實有非作其事者杜撰也（墨眉）

第三十八至第四十回三回無批

第四十一回

九七、尚記丁巳春日謝園送茶乎展眼二十年矣丁丑仲春畸笏（妙玉泡茶一段墨眉）

九八、妙玉偏辟處此所謂過潔世同嫌也他日瓜州渡口勸懲不哀哉屈從紅顔固能不枯骨□□（妙玉不收成窑杯一節墨眉。缺字前二字看不清，似是「各示」兩字，第三字爲蟲蛀去）

九九、玉兄獨至豈真無吃茶作書人又弄狡猾只瞞不過老杇然不知落筆時作作者如何想丁亥夏（墨眉）

一〇〇、黛是解事人（「黛玉知他怪癖」一段墨眉）

一〇一、忽使平兒在絳芸軒中梳妝寶玉亦想（硃眉。用墨筆塗去，字尚可見）

第四十二回

一〇二、應了這話固好批書人焉能不心傷獄廟相逢之日始知遇難成祥逢凶化吉實伏綫於千里哀哉傷哉此後文字不忍卒讀辛卯冬日（「遇難成祥，逢凶化吉」句墨眉）

一〇三、也算二字太謙（「也算是個讀書人家」句墨眉）

一〇四、男人分内究是何事（「究竟也不是男人分内之事」句墨眉）

一〇五、讀書明理治民輔國者能有幾人（墨眉）

第四十三回

一〇六、此語不假伏下後文短命尤氏亦可謂能於事矣惜乎不能勤夫治家惜哉痛哉（「我看你主子這麽細緻」一段墨眉）

一〇七、人各有當方是至情（墨眉）

一〇八、批書人已忘了作者竟未忘忽寫此事真忙中愈忙也（「正經社日可别忘了」一段墨眉）

一〇九、這方是作者真意（茗煙祝告一段墨眉）

一一〇、此處若使寶玉一祝則成何文字若不祝直成一暗如何散場看此回真欲將寶玉作一□

□□□□□之女兒看□□□□乖覺可人之環也（墨眉。十字蛀去，後四字中只有一「火」旁尚存）

第四十四至第四十六回三回無批

第四十七回

一一一、提此人使我墮淚近回不提自謂不表矣乃於柳湘蓮及所謂物以分群也（柳湘蓮問話墨眉）

一一二、奇談此亦是□獃（墨眉。蛀一字）

一一三、獃子聲口如聞（墨眉）

一一四、紈褲子弟齊來看此（薛蟠挨打墨眉）

一一五、至情小妹回方出湘蓮文字真真神化之筆（墨眉）

第四十八回

一一六、湘菱爲人根基不下迎探容貌不讓鳳秦端雅不讓龍平惜幼年羅禍命薄運乖至爲側室雖會讀書而不得與林湘等並馳於海棠之社然此人豈能不入園惟無可入之隙耳欵兄遠行必使方可試思兄如何可遠行名利不可正事不可因借情二字生一事方妥（香菱入園一節墨眉）〔一〕

一一七、此批甚當（前批稍後墨眉）

〔一〕按：庚本此回有夾批：「細想香菱之爲人也，根基不讓迎探，容貌不讓鳳秦，端雅不讓紈釵，風流不讓湘黛，賢惠不讓襲平，所惜者青年罹禍，命運乖蹇，足爲側室，且雖曾讀書，不能與林湘輩並馳於海棠之社耳。然此一人豈可不入園哉……」俞平伯一九五四年初版《脂硯齋紅樓夢輯評》漏去「不讓紈釵，風流不讓湘黛，賢惠」十二字（一九六〇年增訂本已改正），而靖批此處出現同樣錯誤，有研究者認爲此即靖批係依據俞輯進行僞造的「鐵證」。

第四十九回

一一八、一部書起是夢中寳玉情是夢中賈瑞淫又是夢中可卿家計長又是夢中今作詩也是夢中是故紅樓夢也今余亦在夢中特爲批評夢中之人此特作此一大夢也（香菱夢中作詩交與黛玉一段墨眉）

一一九、四字道盡不犯寳琴（「年輕心熱本性聰明」一段墨眉）

第五十回

一二〇、一定要按次序却又不按次序似脱落而不脱落文章枝路如此（拈次序一段墨眉）

一二一、的是湘雲寫海棠是一樣筆墨如今聯句又是一樣寫法（墨眉）

第五十一、五十二回無批

第五十三回

一二二、祭宗祠開夜宴一番鋪叙隱後回無限文字亘古浩蕩宏恩無所母孀兄先無依變故屢遭不逢辰心催人令斷腸積德子孫到於今旺族都中吾首門堪悲英立業雄輩遺脉孰知祖父恩（回前長批。在「祖父恩」之後稍隔數字尚有「知回首」三字。查「積德」以下是七絶，有正石印本在五十四前，較此通順）

一二三、前註不亦南北互用此文之謬（「那是鳳姑娘的鬼」墨眉）

一二四、招匪類賭錢養紅小婆子即是敗家的根本（賈珍對賈芹説話一段眉批）

第五十四回

一二五、文章滿去贓腹作余謂多（墨眉。有錯漏字。在「那男子文章滿腹却去作賊」一段上）

第五十五至第六十二回八回無批

第六十三回

一二六、原爲放心終是放心而來妙而去（墨眉）

一二七、有天下是之亦有趣甚玩余亦之玩極妙此語編有也非親問（側批，在「只和我們鬧，知道的説是頑」句旁）

第六十四回

一二八、玉兄此想周到的是在可女兒工夫上身左右於此時難其亦不故證其後先以惱況無夫嗔處（寶黛説話一段側批）

第六十五回

一二九、今用大翻大解湜貫身頂法語是湖全（在尤三姐説話一段側批）

一三〇、用如是語先一今口障（同上墨眉）

第六十六回

一三一、一攀兩鳥好樹之文浤將茗煙已今等馬出謂（「這些混話倒像是寶玉那邊的了」句側批）

一三二、極奇極趣之文金瓶肖把亡八臉打緑已奇些剩忘八不更奇（「我不做這剩王八」句墨眉）

第六十七回

一三三、四撒手乃已悟是雖眷戀却破此迷關是必何削髮埂峰時緣了證情仍出士不隱夢而前引即秋三中姐（回前批）

一三四、寶卿不以爲怪雖慰此言以其母不然亦知何爲□□□□寶卿心機余已此又是□□（寶釵勸慰薛姨媽句側批。前四字不清，後兩字蛀去）

一三五、似糊塗却不糊塗若非有風緣根基有之人豈能有此□□□姣姣册之副者也（墨眉。三字漶漫不清）

一三六、豈是犬兄也有情之人（「向西北大哭一場」墨眉）

第六十八至第七十七回無批

第七十八回

一三七、古來皆說閻王註定三更死誰敢留人至五更今忽以小女兒一番無稽之談及成無人敢翻之案且寓調侃世人之意罵盡世態真非絶妙之文可語觀者浮一白後不必看書了（墨眉）

一三八、十六而夭傷哉（墨眉）

一三九、共處不五載一日一夭别可傷可嘆（墨眉）

一四〇、長顣額亦何傷黄面色（墨眉）

一四一、朝淬夕替發也思尤而垢同洽攘即取也（墨眉）

一四二、及暗輩嫉賈玉之才兹謫泛長沙（墨眉）

一四三、鮌真以亡身兮終然夭乎羽野（墨眉）

第七十九回

一四四、觀此知雖誺晴雯實乃誺黛玉也試觀證前緣回黛玉逝後諸文便知（寶黛談話一段墨眉）

一四五、先爲對景悼顰兒作引（墨眉）

一四六、妙極菱卿聲口斬不可少看作他此言可知其心中等意略無忌諱疑直是渾然天真余爲一哭（墨眉）

第八十回

一四七、是乃不及全兒昨聞煦堂語更難揣此意然則余亦幸有雨意期然合而不□同（在「菱角誰聞見香來着」一段，墨眉）

一四八、曲盡丈夫之道奇聞奇語（墨眉）

一四九、開生面立新場是不止紅樓夢一回惟此回更生新讀去非阿顰無是佳吟非石兄斷無是情聆賞難爲了作者且愧殺也古今小説故留數語以慰之余不見落花玉何由至浬香家如何寫葬花吟不至石頭記埋香無閒字閒文□正如此丁亥夏畸笏叟（回後批）

一五〇、玉兄生性之一天真顰又之知己外無一玉兄人思阻葬花吟之客確是寶玉之化身余幸

甚幾昨作□爲針之人幸甚西暗於襲人腰亦係伏之文累又忘情之引□□是（上批稍隔）

錄自《紅樓夢版本論叢》（南京師範學院中文系資料室編，一九七六年五月印）

按：本文初刊於南京師範學院《文教資料簡報》（一九七四年八、九月號合刊），重載於《紅樓夢研究集刊》第十二輯（上海古籍出版社，一九八五年十月出版）。文字小有出入。

校讀札記

《紅樓夢脂評匯校本》係以甲戌本、己卯本、庚辰本等早期脂本爲底本，彙集了戚序本、蒙府本等其他脂批本的部分脂批，並參考、吸收若干新校標點排印本的校點成果整理而成。本書正文以甲戌本及庚辰本爲底本，以其他各脂本參校。第六十四、六十七回缺文據列藏本補。在校讀整理過程中，偶有所得，援筆記下若干條札記，現附録於書末，以就正於各方朋友。

甲戌本凡例

《甲戌本凡例》，其他各本均無，且均從「此開卷第一回也」處作爲正文開始。此凡例的真僞在紅學界雖有争議，但其非曹雪芹親作，却得到公認。

值得注意的是，紅學界曾爲本書諸異名先後、哪個是曹雪芹原定名而争執。從本書凡例看，首先説「紅樓夢旨義」，不説「石頭記（或其他名）旨義」。接下去解釋書名極多，也是第一個提到《紅樓夢》，且説此名「是總其全部之名也」。看來，此書初稿時是題名極多，但最後甲戌年定稿時作者已經定名《紅樓夢》。而「脂硯齋重評石頭記」這個名字則是脂硯選用的。第一回「至脂硯齋甲戌抄閱再評，仍用《石頭記》」一句可證。所以本書題名《紅樓夢脂評匯校本》，不作《脂硯齋重評石頭記》。

關於書名優劣的問題，我覺得比較次要。《石頭記》顯得低調，不顯山不露水的，更耐人尋味。但因此也給不瞭解本書梗概的讀者産生困擾。而《紅樓夢》一名，可以引起豐富的想像，更容易讓讀者産生一讀的興趣。這也是時至今天，《紅樓夢》作爲書名在出版物中佔絶對優勢的原因。

「次年」還是「後來」

第二回「冷子興演説榮國府」説到：

第二胎生了一位小姐，生在大年初一，這就奇了；不想次年又生一位公子，説來更奇：一落胎胞，嘴裏便啣下一塊五彩晶瑩的玉來，上面還有許多字跡，就取名叫作寶玉。

「次年」，各本均同，只有戚本、舒本改爲「後來」。從後文可以看出，元春比寶玉顯然遠不止大一歲。如下文第十八回：

……當日這賈妃未入宮時，自幼亦係賈母教養。後來添了寶玉，賈妃乃長姊，寶玉爲弱弟，賈妃之心上念母年將邁，始得此弟，是以憐愛寶玉，與諸弟待之不同。且同隨賈母，刻未暫離。那寶玉未入學堂之先，三四歲時，已得賈妃手引口傳，教授了幾本書、數千字在腹内了。其名分雖係姊弟，其情狀有如母子。

但是，原著本來就存在寶玉年齡忽大忽小問題，是作者未最後修改完稿的結果（張愛玲《紅樓夢魘》分析甚詳，可參看）。所以，個别的改動並不能徹底解決寶玉的年齡問題。另外，也可以理解爲，這是作者爲表現冷子興的信口開河而故意寫錯的，如此，就更不應該隨便改動了。因此，這裏我們仍然保留「次年」，不從後改的「後來」。

除了寶玉，書中其他人物如黛玉、寶釵、賈蘭等也存在年齡前後不一的情況。有的本子鑑於第九回上學的賈蘭明顯大於第十八回極幼的賈蘭，把前者改名賈藍，變成另一人物，同樣是不可取的。

黛玉身體大愈

第三回「金陵城起復賈雨村　榮國府收養林黛玉」有句話：

「那女學生黛玉，身體大愈，原不忍棄父而往……」（甲戌本）

「大愈」，己卯、庚辰、楊藏、舒序及列藏本作「又愈」（列藏本係「既」字塗改爲「又」字），戚本、蒙本作「方愈」，甲辰本及程本則乾脆删去「黛玉身體大愈」數字。

大概因爲前文叙述林黛玉生病，那麽此時病「方愈」看起來更順理成章吧，現在所見通行各新校本均依戚本、蒙本作「方愈」。其實，仔細推敲，就會發現選用「方愈」大有問題。「那女學生黛玉身體方愈，原不忍棄父而往……」給人的感覺就是，黛玉的不願前往有兩層顧慮，首先是出於病剛好經不起遠行，其次纔是不忍離開父親。這就大大削弱了作者筆下的林黛玉的孝心了。蒙府本側批：「此一段是不肯使黛玉作棄父樂爲遠遊者。以此可見作者之心寶愛黛玉如己。」甚是。由此看來，「方愈」當是出於戚本一系底本抄手的妄改，不應採用。

那麽，「大愈」和「又愈」又孰是呢？

由於「大」和「又」字形相近，存在抄誤的可能性較大。有人就認爲「大」是「又」的形訛，少數服從多數，原文應作「又愈」，正是作者要暗示黛玉自來身體孱弱，又病又愈是經常的事；而就她的體質，説「大愈」（完全康復）是不真實的。

我的看法是：「又愈」的説法並不很通順，在書中其他地方也没有出現；而「大愈」一詞却多次出現，是作者的習用詞彙。更重要的是前文如海對雨村説他「岳母念及小女無人依傍教育，前已遣了男女船隻來接，因小女未曾大痊，故未及行。」「大痊」「大愈」意思一樣，前後觀照。原先病未「大痊」，故未及行，現在「大愈」了，總得行了，却「不忍棄父」，還是不願意行。這就突出表現了黛玉的父女深情。可見以「大愈」爲是。

至於「大愈」的「大」字，在這裏只是表程度，「大愈」也就是「好多了」的意思，並不違背事實。後文第五十八回：

「寶玉……瞧黛玉亦發瘦的可憐，問起來，比往日已算大愈了。黛玉見他也比先大瘦了，想起往日之事，不免流下淚來……」

這裏「大愈」「大瘦」正是「好多了」「瘦多了」的意思。

綜上所述，此處異文應校爲「大愈」。

從這個例子中我們可以看出，通過正文互校，是可以解決一些疑難問題的。下面再舉一個例子。

第六十五回有句俗語「清水下雜麵，你吃我看見」，有一些新校本把「見」字劃歸下句，作「清水下雜麵，你吃我看」，這樣斷句似乎意思更明白些，但總覺得不如另一種標點來得順口。一時難以取捨。後來我們發現第七十一回這句俗語再次出現，作「清水下雜麵，你吃我也見」，問題就迎刃而解了。

塗毒？屠毒？

一位熱心網友發郵件告訴我：本書第一回「我師何太痴耶！若云無朝代可考，今我師竟假借漢唐等年紀添綴，又有何難？但我想，歷來野史，皆蹈一轍，莫如我這不借此套者，反倒新奇别致，不過只取其事體情理罷了，又何必拘拘於朝代年紀哉！再者，市井俗人喜看理治之書者甚少，愛適趣閒文者特多。歷來野史，或訕謗君相，或貶人妻女，姦淫兇惡，不可勝數。更有一種風月筆墨，其淫穢污臭，塗毒筆墨，壞人子弟，又不可勝數。……」一段中「塗毒筆墨」的「塗」字寫錯了，應爲「屠」。

經查，「塗毒筆墨」，甲戌本、楊本均同，而戚本、蒙本作「屠毒筆墨」，其他各本無此句。另外，此詞在後文還出現了幾次，各本除個别作「荼毒」外，都作「塗毒」，再没有一處作「屠毒」。

那麽，「塗毒」「荼毒」「屠毒」孰是呢？目前收詞最多的《漢語大詞典》（漢語大詞典出版社一九九五年十一月版）同時收有「塗毒」「荼毒」「屠毒」三個詞條，釋義接近，都有「毒害」的意思。

而在古代文獻中，尤其是白話文學中，「塗毒」一詞使用也很普遍。如：魏徵《爲李密檄滎陽守郇王慶文》：「自猜狂嗣位，多歷歲年，剥削黔黎，塗毒天下。」無名氏《續英烈傳》第二十三回：「若能燒絶其糧，則此番塗毒，可謂真塗毒矣。」周清原《西湖二集》第十五卷：「我若興兵，畢竟要塗毒生靈。」陳忱《水滸後傳》第三十二回：「可憐萬民塗毒，敢怨而不敢言。」等等。

由此看來，無論從版本依據，或是從文字意義，採用「塗毒」一詞都是恰當的。劉世德校本、鄭慶山校本、周汝昌會真本等均如是。俞平伯、蔡義江校本作「荼毒」，當是出於按現代漢語規範化的校訂原則。

上面這位網友認爲「塗」字應爲「屠」，我估計不是查了戚本或蒙本後的結論，而是依據紅研所校本而言。

查紅研所校本（一九九六年十二月修訂二版）正文第五頁第十行此句正作「屠毒筆墨」，而且有一條校記：

校記三（一九八二年初版爲校記二）：「更有一種」至「又不可勝數」二十六字，（庚辰本）原無。甲戌、蒙府、戚序、楊藏、甲辰本均存，文字小異。從甲戌、楊藏本補。

上面已經説過，甲戌、楊藏本均作「塗毒」，不作「屠毒」。紅研所本除了正文逕改作「屠毒」，校記説明似也不準確。（順便一説，同一詞彙在書中還出現三次，庚辰本和多數抄本均爲「塗毒」，紅研所本既不依底本，也不統一爲「屠毒」，另校爲「荼毒」，不知出於什麼考慮。）

舉出上面的例子，是要説明，由於各脂本都是傳抄本，文字没有定型，包括作者原稿的用字習慣，以及傳抄過程中抄手由於文化水平、認真程度等因素，造成現存抄本中，文字書寫很不規範，存在大量異體字、通假字、俗别字，而且經常存在同一字、詞在不同抄本寫法不一致，在同一抄本不同段落也不一致的情況。這種情況爲語言文字的研究者提供了豐富的素材，而對普通讀者則是嚴重的閲讀障礙。作爲現代整理本，必然要對其中一些文字進行統一和規範化。如何盡最大程度保留原書特色，同時又使文本規範可讀，是整理者需要認真把握的問題。對此，筆者的原則是：保留原貌不會産生歧義的，儘量保留原貌。例如：「潗」不改爲「沏」，「磁」不改爲「瓷」，「掌不住」不改爲「撑不住」等。保留原貌可能造成混亂的，適當校改。例如：各抄本原用「淌」「倘」等字來表示「趟」和「躺」的意思，保留原文易致混亂，需要進行區分校改；「笑」和「咲」、「逛」和「𢓱」「俇」「曠」「曠」、「姥姥」和「老老」「嫽嫽」等，也必要統一。同時，對個别在書中只出現一次、字庫所缺的極生僻字詞，也酌改爲通用字詞。

關於第九回的結尾

脂評各抄本中，現存有第九回的有八種。而該回的結尾部分各本甚不相同，出現了五種異文。具體情况如下：

己、庚、楊、蒙四本：

此時，賈瑞也生恐鬧大了，自己也不乾净，只得委曲着來央告秦鍾，又央告寶玉。先是他二人不肯。後來寶玉説：「不回去也罷了，只叫金榮賠不是便罷。」金榮先是不肯，後來禁不得賈瑞也來逼他去賠不是，李貴等只得好勸金榮，説：「原是你起的端，你不這樣，怎得了局？」金榮强不過，只得與秦鍾作了揖。寶玉還不依，偏定要磕頭。

（此段其他各本也大致相同）

賈瑞只要暫息此事，又悄悄的勸金榮説：「俗語説得好：『殺人不過頭點地。』你既惹出事來，少不得下點氣兒，磕個頭就完事了。」金榮無奈，只得進前來與寶玉磕頭。且聽下回分解。

戚本基本相同，只有最後金榮是「與秦鍾磕頭」。

列本：

賈瑞只要暫息此事，又悄悄的勸金榮磕頭。金榮無奈何。俗語云：在他門下過，怎敢不低頭。

甲辰本：

賈瑞只要暫息此事，又悄悄的勸金榮説：「俗語云，忍得一時忿，終身無惱悶。」

舒本：

賈瑞只要暫息此事，又悄悄的勸金榮説：「俗語説的『光棍不吃眼前虧』。咱們如今少不得委曲着陪個不是，然後再尋主意報仇。不然，弄出事來，道是你起端，也不得乾净。」金榮聽了有理，方忍氣含愧的來與秦鍾磕了一個頭，方罷了。賈瑞遂立意要去調撥薛蟠來報仇，與金榮計議已定，一時散學，各自回家。不知他怎麼去調撥薛蟠，且看下回分解。

因爲下一回開頭是這樣：

話説金榮因人多勢衆，又兼賈瑞勒令，賠了不是，給秦鍾磕了頭，寶玉方纔不吵鬧了。……

所以前面五種文字中，前後文銜接的比較好的自屬戚本。目前的新校本大都採用戚本的文字。舒本的文字比較特別，它跟第十回開頭銜接不起來，因爲後面再没有提到賈瑞是怎樣去調撥薛蟠來報仇的。但是，到了第三十四回，爲了誤會寶玉挨打是薛蟠挑撥的，寶釵曾聯想到，她哥「當日爲一個秦鍾還鬧的天翻地覆」。書中並没有其他地方有薛蟠和秦鍾同時登場的，所以「鬧的天翻地覆」應該就是指的這裏提到的這件事。

關於怎麼會出現這麼多的異文，劉世德《紅樓夢版本探微》第二章有很詳細的分析。劉先生的結論是所有的異文均出自曹雪芹之手，舒本的文字是初稿，而其他幾種是後來的改稿。鄭慶山《脂本彙校石頭記》有類似見解。

筆者認爲，劉先生强調舒本某些異文的重要性是對的。説這裏舒本的文字出自曹雪芹之手我也基本贊同。但其他各本的文字是否作者改稿却值得懷疑。雖説曹雪芹曾「於悼紅軒中，披閲十載，增删五次」，但是否剛好把這個地方修改了五次，剛好五次修改的稿子都流傳了出來，而且剛好都被過録而流傳至今？天下就算有這麼巧的事，爲什麼現在各本的其他地方没有這樣戲劇性的多次修改的痕跡留存？

如果没有這麼巧，那麼會是怎樣的情況呢？

我們知道，舒本是個拼湊本。它的第九回文字較勝，所據底本當爲曹雪芹的原稿，而且有可能是類似於甲戌本底本的定本。而另外的本子在「賈瑞只要暫息此事又悄悄的勸金榮説俗語説」之後殘缺了——抄本在回首或回末殘缺的現象書中有好幾處——後來的整理者以及過録者就根據上文文意，找了一句意思相關的俗語來補缺，所以纔會出現所用俗語各各不同的情况。列本和甲辰本補文簡單，所引俗語的意思都是比較泄氣的，也並不符合賈瑞、金榮的性格，顯非曹雪芹原作。己、庚、楊、蒙四本的文字意思比較完整而一致，但把磕頭的對象錯爲寶玉（這個錯誤直到戚本或其母本纔被人改正），仍然不是曹雪芹親筆，很可能是脂硯或畸笏所爲。

周汝昌《石頭記會真》第九回回末按語説：

此回之結式，「在蘇本」獨存其真，可貴之至。《夢覺本》猶保持原式，却將俗語抽換，大背原意。雪芹豈肯宣揚此等人生哲學乎？《舒序本》之妄纂收場，一片胡云，可發大噱。由此以觀，諸本之高下純雜，一面秦鏡，儼然可鑑。

周老先生這裏的見解有些獨特。按他的意見，賈瑞成了曹雪芹「人生哲學」的代言人。而各本之高下、何者存其真，本是仁智之見，周先生未加分析，用嚴厲措辭指責舒序本「妄纂收場，一片胡云，可發大噱」，就有點讓人難以理解了。

三百六十兩不足龜？

《紅樓夢》第二十八回有一段話：

寶玉笑道這些都是不中用的太太給我三百六十兩銀子我替妹妹配一料丸藥包管一料不完就好了王夫人道放屁什麼藥就這麼貴寶玉笑道當真的呢我這個方子比別的不同那個藥名兒也古怪一時也説不清只講那頭胎紫河車人形帶葉參三百六十兩不足龜大何首烏千年松根茯苓膽諸如此類都不算爲奇只在群藥裏算那爲君的藥説起來唬人一跳前兒薛大哥哥求了我一二年我纔給了他這方子他拿了方子去又尋了二三年花了有上千的銀子纔配成了太太不信只問寶姐姐……（甲戌本卷二十八頁四至五）

其中「人形帶葉參三百六十兩不足龜大何首烏」如何斷句，時有争議。上海紅學會的《紅樓夢鑑賞辭典》，把「不足龜」作爲一個詞條，認爲「不足龜」即「無足龜」即「玳瑁」（紅研所二〇〇八年三版註釋也採納此觀點）。周汝昌在《紅樓奪目紅》中則認爲，「不」乃「六」字之誤抄，此處應作：「人形帶葉參三百六十兩，六足龜，大何首烏……」（其《石頭記會真》維持此説）

這樣的解讀是否有根據呢？

首先我們來看原文。除己卯本缺此回外，其他各本原文如下：

甲戌本：人形帶葉參三百六十兩不足龜大何首烏

舒序本，程甲、乙本同。

庚本同。「不足龜大何」旁硃批「聽也不曾聽過」。

戚本：人形帶葉參三百六十兩還不够龜大的何首烏（俞平伯校本從。蔡義江校本據前句作「還不够」，劉世德校本據後句添「的」字），蒙古王府本同。

列藏本：無「三百六十兩不足」

楊本：人形帶葉參（旁添「三百六十兩不够還有」）龜大的何首烏

甲辰本：人形帶葉參三百六十兩也不足龜大何首烏（甲戌鄧校本據添「也」字）

再來看看各新校本標點情況：

紅研所一九八二年初版《紅樓夢》「人形帶葉參，三百六十兩不足。龜大何首烏」，這是最流行的標法。紅研所一九九六年二版作「人形帶葉參——三百六十兩不足——龜大何首烏」。

其他排印本大多數在不足後斷句，也有作「；」或「，」的。

人文社舊版：「人形帶葉參，三百六十兩不足，龜，大何首烏，」

中華書局啓功等校本：「人形帶葉參，三百六十兩不足龜，大何首烏，」（紅研所二〇〇八年三版改用此種標點）

仔細考察以上各本異文，提出幾點看法：

一、「三百六十兩不足」，是解答王夫人「什麽藥就這麽貴？」說的：前面寶玉向母親要這三百六十兩銀子，只用來購買「人形帶葉參」（或加上「頭胎紫河車」）就不够用；戚本、甲辰本說得更清楚（其異文未必是原有，但可以證明向來讀者的理解都是一致的）。列藏本及楊本原文無「三百六十兩不足」。所以，在「足龜」二字中間應該斷句。

二、不考慮前人意見，硬把「不足」和「龜」連在一起，作「三百六十兩不足龜」也是經不起推敲的。紅研所三版注釋引顧玠《海槎録》云：「（玳瑁）大者難得，小者時時有之。」玳瑁是海龜的一種，體形較大，「平均體重一般可達四十五至八十千克，歷史上曾經捕獲的最重的玳瑁達到二百一十千克。」（據維基百科）而三百六十兩的玳瑁不到二十千克，是小中尤小者，既時時可得，何足以和其他藥材相提並論。周校把「三百六十兩」當作「人形帶葉參」的劑量，有悖常理，而「六足龜」改動原文，兹不討論。

三、「龜大何首烏」的意思當是「像龜一樣大的何首烏」，以龜來狀物大小，固然新奇，却也非絶無僅有，現在閩南方言中就有「龜大鱉小」一語，只不過它側重在「鱉小」，用於形容物品之小而已。

另外，宋《開寶重定本草》稱何首烏「根大如拳」，明《五雜俎》卷十一謂「何首烏，五十年大如掌……百年大如腕……百五十年大如盆……」。和「龜」一樣，「拳」「掌」「腕」也是没有固定大小的，但只要不是故意抬槓，它們的大小還是有形可循的。綜上，「龜大何首烏」一語是可通的。

四、列藏本及楊本原文無「三百六十兩不足」，這七個字或是評語混入正文。紅研所一九九六年二版《紅樓夢》的標點：「人形帶葉參——三百六十兩不足——龜大何首烏，」說明校註者也認爲「三百六十兩不足」是註釋性文字，但格於體例，没有把它删去。正文中如删去「三百六十兩不足」一句，餘下幾種藥材都帶修飾詞形容其難得，比較整齊，而語氣似覺更流暢些。

關於評語混入正文，我們在整理中還發現了若干例。我們已經儘量加註指出來。

「氣力自然」

第七十回，寶釵寫完柳絮詞《臨江仙》後——

衆人拍案叫絶都説果然翻得好氣力自然是這首爲尊纏綿悲戚讓瀟湘妃子情致嫵媚却是枕霞小薛與蕉客今日落第要受罰的

這段話，各抄本基本相同。程本則删去「氣力」二字。

其中「果然翻得好氣力自然是這首爲尊」一句，目前查到的以脂本爲底本的整理本，包括俞平伯校本、紅研所本、劉世德校本、蔡義江校舊版、鄭慶山校本、周汝昌會真本、鄧遂夫庚辰校本等，都一致的斷句作「果然翻得好氣力，自然是這首爲尊」，唯一例外的，蔡義江校新版（作家出版社二〇〇七年一月出版）斷爲：「果然翻得好，氣力自然是這首爲尊。」

傳統的斷句中，「翻得好氣力」這樣的説法顯然很彆扭。程本整理者看來也意識到這個問題，所以避難就易，删去「氣力」二字，變成「果然翻得好，自然是這首爲尊」，這樣貌似就通順了，只是妄删原文，並不足取。

比較之下，蔡校新版的斷句就高出一籌，它已經把「氣力」當作一個批評術語來看待。按這樣的斷句，意思就是寶釵翻得好，表現在「氣力」比别人的好。

這裏，蔡校新版和其他本子雖然斷句不同，但都是把「自然」作「當然」來理解的。我們知道，「自然」還有一個意思是「天然，不造作」，在古代文學批評中常用。而後面衆人都分别用四字考語來評價黛玉和湘雲的作品。於是我們想到，「氣力」「自然」也應該是評價寶釵的詞作的。因此嘗試斷句爲：

衆人拍案叫絶，都説：「果然翻得好。氣力自然，是這首爲尊；纏綿悲戚，讓瀟湘妃子；情致嫵媚，却是枕霞；小薛與蕉客今日落第，要受罰的。」

如此，意思既明白，而語氣也比較順暢。

「氣力」和「自然」並舉，並非没有先例。清初賀裳《載酒園詩話·又編》中評價劉長卿詩，即有這樣的話：「盛唐人無不高凝整渾，隨州短律，始收斂氣力，歸於自然，首尾一氣，宛如面語。」

口語的邏輯性

《紅樓夢》的人物對話非常生動鮮活，因爲這些對話很口語化，讓讀者有如臨其境、如聞其聲的感覺。但是，記録爲書面語之後，有些話看起來就不大合邏輯。例如：

晴雯道：「要是我，我就不要。若是給别人剩下的給我，也罷了。」（第三十七回）

二姐道：「你放心。咱們明日先勸三丫頭，他肯了，讓他自己鬧去。鬧的無法，少不得聘他。」（第六十五回）

前一句是在秋紋因王夫人給她舊衣服沾沾自喜時，晴雯對她説的話。話本身很不合邏輯，怎麽前一句説「要是我，我就不要」，緊接着又説「給别人剩下的給我」還可以接受？於是舒序本將後一句改爲「若不是給別人剩下的給我，也罷了」，添了一個「不」字。

第二句是尤二姐跟賈璉談論三姐的婚事時説的，一看也是不大明白：她既肯了，還讓她鬧什麽？雖然諸本没有異文，苕溪漁隱《痴人説夢》記載的一個舊抄本就不同，作：「……他肯了就好，不肯，讓他自己鬧去。」

這兩處改文，表面上解決了句子中的矛盾，所以爲某些新整理本所採用。但是，如果我們把以上對話放到原語境裏考察，仔細聯繫上下文，就會發現，原文没有錯誤，而且説得很精彩。

晴雯對秋紋説的話，後面有一句潛臺詞「給别的人挑剩下的，還可以要；就是給襲人剩下的，我堅决不要」。略去的這句話，説的人不便直説，聽的人則完全明白所指。

而尤二姐跟賈璉説的話，是對於前面賈璉説的賈珍捨不得把三姐聘出去的話而來的，她的意思是：「咱們明日先勸三丫頭（考慮婚事），他肯（嫁人）了，讓他自己（跟賈珍）鬧去。鬧的（賈珍）無法，少不得聘他。」但是如果補上括號中的這些字，就變成是説給讀者聽，而不是説給賈璉聽的了。尤二姐顯然不會這樣説。

弄清了這些問題，我們當然就不會再去改動原文了。

事實上，在人們日常會話中不可能先打底稿，修改的合乎語法再説。本書中另有一種情況，對話中語法上確實有點問題，但不影響理解，我們認爲也不必改動。例如：

（尤三姐說：）「倘若有一點叫人過不去，我有本事先把你兩個的牛黄狗寶掏了出來，再和那潑婦拚了這命，也不算是尤三姑奶奶！」（第六十五回）

有的本子在「我有本事」中間加入「要没」兩字，作「我要没有本事」；有的則加個「不」字，作「我有本事不先把……」，認爲這樣纔和末句的「也不算是」相照應。殊不知這樣又和前句「倘若……」失了照應，句子也變得很拗口了。爲避免顧此失彼，我們認爲以保持原文爲宜。

總之，我們在整理時，碰到費解之處，首先會盡力去體會底本原文意義，寧可被認爲不作爲，不敢標新立異，率意改易，試圖弄出四不像的「原筆」出來。

「又有些較過」

第五十九回「柳葉渚邊嗔鶯咤燕　絳芸軒裏召將飛符」：春燕她娘因爲編柳條的事打她，追到怡紅院。大家勸不住，告訴了平兒，平兒讓「攆他出去，告訴了林大娘在角門外打他四十板子」——

那婆子聽如此説，自不捨得出去，便又淚流滿面，央告襲人等説：「好容易我進來了，况且我是寡婦，家裏没人，正好一心無掛的在裏頭伏侍姑娘們。姑娘們也便宜，我家裏又有些較過。我這一去，又要去自己生火過活，將來不免又没了過活。」

按作者筆下的人物對話都使用符合其身分的本色語言，下層僕婦説的方言土語多未見諸「又有些較過」爲庚本文字，「較」字另筆點改爲「攪」字。戚本作「也省些交過」，列本無「些」字，楊本「交」作「繳」。甲辰本無此句，他本無此回。

文字，只能記音。如此，没有使用這一方言詞的地區就無法理解。今人即認爲「較過」爲訛文，並根據現代方言中發音相近、意義相類的詞彙「嚼裹」「攪裹」等，寫出多種論文來。

查各新校本，定字也很不一致：

俞平伯校本依底本作「也省些交過」，周汝昌校本依列藏本作「也省交過」；

紅研所新校本和劉世德校本依庚本旁改作「攪」字。紅研所本註：

攪過——嚼裹的音轉，意思是「吃穿」。「嚼」指吃，「裹」指穿。延伸爲日用開銷。這是一句老北京話，讀時「裹」字輕讀。語源是滿語。今老北京人還常説。東北也流行這句話，讀「嚼咕」，「咕」字輕音，意思已偏重在吃。（據二〇〇八年第三版）

蔡義江校本和鄭慶山校本則逕改爲「嚼裹」，蔡校本註云：

嚼裹——諸本或作「較過」、「攪過」。楊傳鏞先生説：「《紅》書中有些東北方言、方音，此點吴恩裕先生説過，他是東北（滿）人。我意『較過』係『嚼裹』訛（汪曾祺京味小説中用過此二字，見《晚飯花集》），即指吃穿。也有用『澆裹』的，意同，但不如『嚼裹』顯豁。近日觀《駱駝祥子》連續劇，虎妞口中數出『嚼裹』字樣。」

鄧遂夫庚辰校本則據楊本改作「繳」，並謂：

「我家裏也省（原誤又有）些繳（原誤較）過」，甲辰本無此句（屬擅删）。句中「也省」二字，據其餘各本改；「繳」，據夢稿本改，其餘各本作「交」。原另筆未改原誤「又有」二字，却點改原誤「較」字作「攪」，其隨意妄改之跡甚明。新校本據各本改「也省」二字是對的，却不據各本改「繳」或「交」，偏依另筆妄改之「攪」字，則謬。甚至還註云：「攪過——這裏義同『嚼用』，即日常吃穿用度。」實乃强爲之解。揆其各本文字，不論是「繳過」或「交過」，纔真正含有交納支付日用開支之意，都比另筆旁改之「攪過」更爲恰切，也更近作者原文。

以上各本都各有理由，但是共同的特徵就是都不採用庚本原抄之「較過」。那麽，庚本原文「較過」真的是訛文嗎？却也不然。查《漢語方言大詞典》（復旦大學與日本京都外國語大學聯合編纂，中華書局一九九九年四月出版），裏面就收有「較過」一詞，釋義如下：

較過〈動〉日常開支。冀魯官話。山東壽光：一個月工資，～了去，還剩下十塊錢。

這本詞典同時收有「嚼谷」「攪裹」等詞條。按：「攪裹」也見於清代小説，而「嚼谷」也作「嚼裹」，現代作家多有使用，現在一些方言區也在使用。它們和「較過」意思差不多，應該都是同一口頭詞彙的記音，本没有誰對誰錯。蔡校本和鄭校本在没有版本依據的情況下逕改原文爲「嚼裹」似没有必要。

紅研所新校本雖没有逕改原文，但其採用「攪過」是認爲「攪過」是「嚼裹」的音轉，那麽「較過」同樣是「嚼裹」的音轉，爲什麽不採用底本原文而採用不可靠的旁改文字？而鄧校本作爲「庚辰校本」却不採用庚辰本原文，偏選擇較次要版本的「繳過」，本來也説得過去，但是其解釋「『繳過』或『交過』，纔真正含有交納支付日用開支之意」，則似有望文生義之嫌了。

至於此句前三字，「又有些」諸校本一律不用，均依戚本作「也省些」，也未必是。從婆子原話看，她留在園子裏可以得到些生活費，出去了就没有其他生活來源。這裏説的是生活費的有無，還談不上能否「節省」。因此，「也省些」雖也可通，但是「又有些」更準確。

關於人名

我們知道，曹雪芹在給書中人物命名時，有以下特點：

一、使用諧音。如：四春的名字諧音「原應嘆息」、甄英蓮諧音「真應憐」、賈雨村諧音「假語存」、單聘仁諧音「善騙人」等等。

二、帶遊戲性的因事命名。如：大觀園的設計者叫「山子野」；第五十六回承包竹子的叫老祝媽，承包莊稼的叫老田媽，承包花草的叫老葉媽。純粹遊戲筆墨的，如第十四回以十二地支命名的「六公」。

三、衆多僕人、丫鬟、侍妾的名字喜歡採用成對的詞語命名。如「鋤藥」和「掃紅」、「麝月」與「檀雲」等。

對於名字諧音，有的帶有一定象徵性，有的則只是符號，並無深意。而且這種諧音只出現在少數人名上，不必每個人名都拆解一番，更不要大索其隱。對於遊戲性命名，會心一笑即可，如「六公」，如果不是脂批提示，可能許多人猜想不出，但也並不影響閱讀。而瞭解第三個特點，讓我們對一些人名進行統一提供了依據。書中人物前後不同名的，如「茗煙」與「焙茗」，統一爲「茗煙」，以與「墨雨」相對。同一人不同抄本不同名的，如「待書」不作

「侍書」，以與「入畫」相對。

另有一些人物，是一是二，前後矛盾：如鳳姐的女兒是大姐，到五十二回由劉姥姥取名巧姐的，書中却有兩處巧姐和大姐同時出現；王夫人的丫鬟，彩霞和彩雲，有時是兩人，有時又合爲一人。這是成書過程留下的問題，只能一仍其舊。

分回問題

現存己卯本與庚辰本第十七至第十八回不分回且十八回無回目，列藏本第七十九至第八十回不分回（庚辰本雖已分回但八十回缺回目）。均獨異於諸本。

這兩處根據脂批的提示，應該都是原稿的原始面貌。

己卯本與庚辰本在第十七至十八回前有批：「此回宜分二回方妥。」從此回篇幅看，是應該分回的，分成兩回後的分量也與其他各回相當。這是曹雪芹原稿未及分回，整理者尊重原作，未改動，也是在等待作者自己來分回並補寫十八回回目。

但列藏本第七十九回又是另一種情況。

庚辰本第七十九回有一條夾批：「此回題上半截是『悔娶河東獅』，今却偏逢『中山狼』，倒裝上下情孽，細膩寫來，可見迎春是書中正傳，阿獃夫妻是副，賓主次序嚴肅之至。其婚娶俗禮一概不及，只用寶玉一人過去，正是書中之大旨。」第八十回正文：「薛蟠亦無別法，惟日夜悔恨不該娶這攪家星罷了，都是一時没了主意。」處庚本夾批：「補足本題。」庚辰本第八十回無題目，此處的本題顯然是指第七十九回回目的「悔娶」。由此可見，庚辰本原來也是不分回的。

從庚辰本此兩回篇幅看，也是無須分回的，作爲一回跟其他各回分量相當，分成兩回就明顯短些。這是曹雪芹原稿本就是一回，並不打算分回，但後來後文散失。整理者覺得一部七十九回的殘稿不像個樣子，乃把第七十九回拆開爲兩回，凑成「八十」的整數。

因爲原著「八十回」已經衆所周知，我們現在似無必要整理個七十九回本出來。紅研所整理本第十七至第十八回不分回本固然是底本原貌，但作爲普及本，完全可以按脂評提示並參照諸本分回。鄭慶山校本題作「第七十九至第八十回」，但目前並没有一個抄本是這樣標題的。

回目問題

談到回目問題，《紅樓夢》各抄本也是異文很多，各本互有優劣。但可以肯定，甲戌本回目都是原擬的，且藝術上較勝。爲什麼這樣説呢？試舉一二例説明之。

有網友問：第五回回目爲什麼没有根據庚辰本（己卯本也是）而根據甲戌本呢？也就是説，爲什麼不是「遊幻境指迷十二釵　飲仙醪曲演紅樓夢」，而是「開生面夢演紅樓夢　立新場情傳幻境情」？

蔡義江《紅樓夢詩詞曲賦鑑賞》中説：

甲戌本第五回回目也與諸本皆異，作「開生面夢演紅樓夢，立新場情傳幻境情」。以「情」疊字安排在回目中是雪芹的習慣，如「痴情女情重愈斟情」（第二十九回）、「情中情因情感妹妹」（第三十四回）、「濫情人情誤思遊藝」（第四十八回）、「情小妹恥情歸地府」（第六十六回）等皆是。可見此回目是作者親擬無疑。又庚辰本已改此回目而第二十七回却仍有脂評「開生面、立新場，是書不止『紅樓夢』一回」等語，更可證甲戌本此回回目是原擬的。類似的回目差異，還見於第三、七、八等回，讀者可自行比較。

蔡先生的解説比較嚴密地論證了甲戌本回目是原擬的。我想補充説的是，從藝術的角度看，甲戌本回目也是較爲優勝的。

「開生面夢演紅樓夢　立新場情傳幻境情」

「遊幻境指迷十二釵　飲仙醪曲演紅樓夢」

前者對仗工整；後者根本不對仗。「開生面」「立新場」，藴涵深意；「遊幻境」「飲仙醪」，泛泛之言；「夢演紅樓夢」，表述準確；「曲演紅樓夢」，「曲演」二字不通。

第七回回目甲戌本作「送宮花周瑞嘆英蓮　談肄業秦鍾結寶玉」，而正文中嘆英蓮的不是周瑞而是其妻，所以有人就認爲「周瑞嘆英蓮」不確（類似「不確」的回目還有「第十三回　秦可卿死封龍禁尉　王熙鳳協理寧國府」。封龍禁尉的不是秦可卿，而是賈蓉。該回目諸本與甲戌本並無不同。），所以有了庚辰本的「送宮花賈璉戲熙鳳　宴寧府寶玉會秦鍾」的改文。不過這樣改也不見好，「送宮花」與「宴寧府」不對仗，把「送宮花」和「賈璉戲熙鳳」兩事併作一句，意也不明。

另外，第八回回目也是甲戌本和諸本差别較大的一個。甲戌本作「薛寶釵小恙梨香院　賈寶玉大醉絳芸軒」，庚辰本作「比通靈金鶯微露意　探寶釵黛玉半含酸」（己、楊本同），看起來兩者都能貼合本回内容，只是側重點不同。但庚辰本第十九回眉批却提到「小恙梨香院」，顯見甲戌本回目爲原有，而己、庚、楊諸本是後改。

有關本書整理中的碰到的問題，當然不止這麽多。但是有不少問題有關專家已經論述過，有些還引起熱烈的争論，如「花魂」「詩魂」之争，「絳洞花王」與「絳洞花主」之争。這些校勘成果，本書已經儘量採納，不再在這裏一一討論了。我們雖然主觀上作了一些努力，但限於學識，本版的問題肯定還很多，希望不斷得到各方朋友的指教。

參考文獻

乾隆甲戌脂硯齋重評石頭記，臺北商務印書館一九六一年影印
脂硯齋重評石頭記己卯本，北京圖書館出版社二〇〇三年影印
脂硯齋重評石頭記（庚辰本），人民文學出版社一九七五年影印
脂硯齋重評石頭記庚辰本，國家圖書館出版社二〇一二年影印
戚蓼生序本石頭記，人民文學出版社一九七五年影印
戚蓼生序本石頭記　南圖本，人民文學出版社二〇一一年影印
張開模藏戚蓼生序本石頭記，國家圖書館出版社二〇一四年影印
蒙古王府本石頭記，書目文獻出版社一九八六年影印
石頭記（列藏本），中華書局一九八六年影印
甲辰本紅樓夢，書目文獻出版社一九八九年影印
清乾隆舒元煒序本紅樓夢，上海古籍出版社二〇〇七年影印
乾隆抄本百廿回紅樓夢稿，上海古籍出版社一九八四年影印

鄭振鐸藏殘本紅樓夢，書目文獻出版社一九九一年影印
繡像紅樓夢（程甲本），吉林文史出版社影印
程甲本紅樓夢，北京圖書館出版社二〇〇一年影印
紅樓夢程乙本（桐花鳳閣批校本），北京圖書館出版社二〇〇一年影印

紅樓夢，曹雪芹、高鶚著，啓功注，人民文學出版社一九五七年出版
紅樓夢八十回校本，俞平伯校，王惜時參校，人民文學出版社一九五八年出版
紅樓夢，中國藝術研究院紅樓夢研究所校注，人民文學出版社一九八二年出版
紅樓夢，蔡義江校注，浙江文藝出版社一九九三年出版
脂硯齋評批紅樓夢，黄霖校點，齊魯書社一九九四年出版
紅樓夢，劉世德校注，江蘇古籍出版社二〇〇〇年出版
脂硯齋重評石頭記甲戌校本，鄧遂夫校訂，作家出版社二〇〇〇年出版
脂本匯校石頭記，鄭慶山校，作家出版社二〇〇三年出版
石頭記會真，周祐昌、周汝昌、周倫玲校訂，海燕出版社二〇〇四年出版
脂硯齋重評石頭記庚辰校本，鄧遂夫校訂，作家出版社二〇〇六年出版

脂硯齋重評石頭記彙校彙評，馮其庸、季稚躍編著，北京圖書館出版社二〇〇八年出版
紅樓夢，陳熙中校注，中國盲文出版社二〇一九年出版

金瓶梅詞話，蘭陵笑笑生著，人民文學出版社一九五七年影印
姑妄言，三韓曹去晶編，臺灣大英百科股份有限公司思無邪匯寶本
古本小説叢刊（第一至第四一輯），中華書局一九八七、一九九一年影印
古本小説集成（第一至第五輯），上海古籍出版社一九九一－一九九五年影印
金聖歎全集，陸林輯校整理，鳳凰出版社二〇一六年出版

脂硯齋紅樓夢輯評，俞平伯輯，中華書局一九六〇年出版
新編石頭記脂硯齋評語輯校，陳慶浩編著，聯經出版事業公司一九七九年出版
紅樓夢脂評校録，朱一玄輯，齊魯書社一九八六年出版
紅樓夢批語偏全，［美］浦安迪編釋，臺北南天書局一九九七年出版
紅樓夢脂評輯校，鄭紅楓、鄭慶山輯校，北京圖書館出版社二〇〇六年出版

紅樓夢新證，周汝昌著，棠棣出版社一九五三年出版
紅樓夢卷，一粟編，中華書局一九六三年出版
紅樓夢版本論叢，南京師範學院中文系資料室一九七六年編
論庚辰本，馮其庸著，上海文藝出版社一九七八年出版
考稗小記，吴恩裕著，中華書局香港分局一九七九年出版
紅樓夢詩詞曲賦評注，蔡義江著，北京出版社一九七九年出版
紅樓夢探源外編，吴世昌著，上海古籍出版社一九八〇年出版
紅樓夢脂評初探，孫遜著，上海古籍出版社一九八一年出版
紅樓夢版本小考，魏紹昌著，中國社會科學出版社一九八二年出版
石頭記鑒真，周祜昌、周汝昌著，書目文獻出版社一九八五年出版
紅樓夢縱橫談，林冠夫著，廣西人民出版社一九八五年出版
胡適紅樓夢研究論述全編，上海古籍出版社一九八八年出版
俞平伯論紅樓夢，上海古籍出版社一九八八年出版
紅樓夢論源，朱淡文著，江蘇古籍出版社一九九二年出版
紅樓真本，周祜昌、周汝昌著，北京圖書館出版社一九九八年出版

石頭記脂本研究，馮其庸著，人民文學出版社一九九八年出版
紅樓探源，吴世昌著，北京出版社二〇〇〇年出版
紅樓夢的版本及其校勘，鄭慶山著，北京圖書館出版社二〇〇二年出版
犬窩譚紅，吴克岐著，廣陵書社二〇〇三年影印
紅樓夢版本探微，劉世德著，華東師範大學出版社二〇〇三年出版
讀紅隨考録，季稚躍著，北京圖書館出版社二〇〇三年出版
追蹤石頭——蔡義江論紅樓夢，蔡義江著，文化藝術出版社二〇〇六年出版
紅樓夢的版本及其校勘續編，鄭慶山著，北京圖書館出版社二〇〇六年出版
紅樓夢版本辨源，楊傳鏞著，北京圖書館出版社二〇〇七年出版
紅樓夢版本論，林冠夫著，文化藝術出版社二〇〇七年出版
紅樓夢魘，張愛玲著，北京十月文藝出版社二〇〇九年出版
海角紅樓——梅節紅學文存，梅節著，北京圖書館出版社二〇一三年出版
一瓢譚紅，裴世安著，上海文藝出版社二〇一五年出版
《紅樓夢》校讀文存，吕啓祥著，北京時代華文書局二〇一六年出版
世紀回眸——當代紅學的記憶，胡文彬著，北京時代華文書局二〇一六年出版

紅樓求真録，陳熙中著，北京大學出版社二〇一六年出版

紅樓夢研究集刊（第一至第十四輯），上海古籍出版社一九七九－一九八六年出版

紅樓夢學刊（一九七九至二〇二二年），紅樓夢學刊雜誌社

紅樓夢研究輯刊（第一至第十二輯），紅樓夢研究輯刊編輯委員會

曹雪芹研究（第一至第三十六期），北京曹雪芹學會編輯，中華書局出版

紅樓夢版本研究輯刊（第一輯），蘭良永主編，華僑出版社二〇二二年出版

康熙字典，中華書局一九五八年影印

宋元語言詞典，龍潛庵編著，上海辭書出版社一九八五年出版

辭源（合訂本），商務印書館一九八八年出版

辭海（語詞分册），上海辭書出版社一九八八年出版

金瓶梅詞典，王利器主編，吉林文史出版社一九八八年出版

紅樓夢鑒賞辭典，上海市紅樓夢學會、上海師範大學文學研究所編，上海古籍出版社一九八八年出版

水滸語詞詞典，李法白、劉鏡芙編著，上海辭書出版社一九八九年出版

水滸詞典，胡竹安編著，漢語大詞典出版社一九八九年出版

古諺語辭典，張魯原、胡雙寶編，北京出版社一九九〇年出版

紅樓夢大辭典，馮其庸、李希凡主編，文化藝術出版社一九九〇年出版

金瓶梅詞典，白維國著，中華書局一九九一年出版

中國俗語典，曹聰孫編著，四川教育出版社一九九一年出版

中華俗語源流大辭典，李泳炎、李亞虹編著，中國工人出版社一九九二年出版

宋元明清百部小説語詞大辭典，吴士勳、王東明主編，陝西人民教育出版社一九九二年出版

敦煌文獻語言詞典，蔣禮鴻主編，杭州大學出版社一九九四年出版

西遊記辭典，曾上炎編著，河南人民出版社一九九四年出版

紅樓夢語言詞典，周定一主編，商務印書館一九九五年出版

漢語大詞典（縮印本），漢語大詞典出版社一九九七年出版

紅樓夢成語辭典，高歌東主編，天津社會科學院出版社一九九七年出版

古代漢語詞典（第二版），商務印書館一九九八年出版

漢語方言大詞典，許寶華、宮田一郎主編，中華書局一九九九年出版
明清吴語詞典，石汝傑、宮田一郎主編，上海辭書出版社二〇〇五年出版
古代漢語大詞典，徐復等編，上海辭書出版社二〇〇七年出版
三國演義大辭典，沈伯俊、譚良嘯編著，中華書局二〇〇七年出版
近代漢語大詞典，許少峰編，中華書局二〇〇八年出版
漢語成語源流大辭典，劉潔修著，開明出版社二〇〇九年出版
漢語大字典（第二版），漢語大字典編輯委員會編纂，崇文書局、四川辭書出版社二〇一〇年出版
古代小説語言詞典，白維國主編，商務印書館二〇一一年出版
中國典故大辭典，趙應鐸主編，上海辭書出版社二〇一二年出版
中國古代小説俗語大辭典，翟建波編著，上海辭書出版社二〇一三年出版
詩詞曲語辭辭典，中華書局二〇一四年出版
近代漢語詞典，白維國主編，上海教育出版社二〇一五年出版
近代漢語虚詞詞典，鍾兆華編著，商務印書館二〇一五年出版
明清小説俗字典，曾良、陳敏編著，江蘇廣陵書社二〇一七年出版

《金瓶梅詞話》《醒世姻緣傳》《聊齋俚曲集》語言詞典，徐復嶺編著，上海辭書出版社二〇一八年出版

新編紅樓夢辭典，周汝昌、晁繼周主編，商務印書館二〇一九年出版

新版後記

本書是在撫琴居網站的朋友們共同努力下整理完成的。在整理過程中，浪知、君子九思、愛如潮水、婁員外、梁三、兔子她媽、休閒、志學齋主、daphne 諸位協助覆校，訂正不少錯誤；冰冰冰冷、雲濤、yupeng、藍山、瀟湘楚客、zhwl、liuzhoufish、尋夢園、阿迦、影樂之聲、rocwings 等諸位先後參與討論，指出了若干問題。在本書整理過程中，曾以電子版的形式在網絡上廣泛流傳，既產生了一定的影響，也收穫了許多批評與建議，其質量不斷得到提高。二〇一三年十月，在上海《紅樓夢研究輯刊》主編蕭鳳芝老師、白山出版社原總編董志新老師的支持和協助下，此書由萬卷出版公司首次出版紙質版本。

倏忽之間，這本書出版已届十年。十年來，本書受到普通紅迷的廣泛歡迎，也得到紅學界前輩的關愛。梅節先生欣然爲本書題詞：「紅壇新枝，特出冠時。沾溉後學，豈不我思。」蔡義江先生賜函鼓勵，認爲本書：「採用的版本及批語編排設計都非常恰當，校文也相當精審，實爲難得的好書。」《紅樓夢學刊》爲本書發表書訊，譽之爲「網絡紅學的代表作」。《紅樓夢研究輯刊》組織了專題筆談，胡文彬、董志新、蕭鳳芝、詹丹等老師參與了筆談，提出了許多中肯的意見和建議。北京大學陳熙中教授惠贈新著《紅樓求真録》，其中有關語詞考釋的文字讓筆者深受教益。還有許多專家學者和紅迷朋友通過不同方式給予指教和鼓勵，如卜喜逢、付若石、賈劍方、吴營洲、蘭良永、揭存等先生都曾對本書提出若干具體意見，不少朋友先後在報刊和網絡上著文推介本書。

十年來，還有多家出版單位惠垂青眼，表達出版新版本的意願。其中，在浙版數媒的肖若臻和龍傑兩位老師的支持下，二〇一四年在亞馬遜網站上架了kindle電子版本，二〇一八年在浙江古籍出版社出版了繁體字版本；在北京曹雪芹學會胡德平會長和位靈芝秘書長的支持和幫助下，二〇一九年在清華大學出版社出版了簡體字修訂版。

今天，在本書出版十周年之際，承石帥帥老師支持，即將在海内外古代文史典籍的出版重鎮上海古籍出版社出版繁體字修訂版，筆者尤感忻幸。

回首這十年，在本書整理和修訂過程中，作爲業餘研究者，筆者常感綆短汲深，力有不逮。幸有衆位專家學者、紅壇好友和熱心讀者，不斷對筆者給予支持和鼓勵，讓筆者有勇氣努力前行。在此，謹對一直以來爲本書提供支持和幫助的師友們，表達心中最誠摯的感謝！期待各方師友繼續不吝賜教，使本書得到不斷完善。

吴銘恩　壬寅年歲末

圖書在版編目(CIP)數據

紅樓夢脂評匯校本：典藏版 / (清) 曹雪芹著；(清) 脂硯齋評；吴銘恩匯校. —上海：上海古籍出版社，2024.1 (2024.4 重印)
ISBN 978-7-5732-0845-3

Ⅰ.①紅… Ⅱ.①曹… ②脂… ③吴… Ⅲ.①《紅樓夢》評論 Ⅳ.①I207.411

中國國家版本館 CIP 數據核字(2023)第 173202 號

責任編輯：施 萍
書籍設計：嚴克勤
營銷編輯：戴亞伶
技術編輯：伍 愷

紅樓夢脂評匯校本(典藏版)
(清)曹雪芹 著 (清)脂硯齋 評
吴銘恩 匯校
上海古籍出版社出版發行
(上海市閔行區號景路 159 弄 1-5 號 A 座 5F 郵政編碼 201101)
(1) 網址：www.guji.com.cn
(2) E-mail：guji1@guji.com.cn
(3) 易文網網址：www.ewen.co
上海麗佳製版印刷有限公司印刷
開本 787×1092 1/16 印張 113.5 插頁 21 字數 799,000
2024 年 1 月第 1 版 2024 年 4 月第 3 次印刷
印數：10,001—15,000
ISBN 978-7-5732-0845-3
I·3761 定價：498.00 元
如有質量問題，請與承印公司聯繫